C'est le monde à l'envers !

Nicolas Vanier

Avec la collaboration
de Virginie Jouannet et Diane Vanier

C'EST LE MONDE À L'ENVERS !

roman

Librement inspiré d'un scénario de film écrit par
Nicolas Vanier et Jérôme Tonnerre

XO
EDITIONS

ISBN : 978-2-37448-373-3

Printemps, été

1.

— Merde !

En remontant sa ligne de fond, Dédé constate qu'elle a cassé, vraisemblablement à cause de la traction exercée sur le vieux fil par un poisson trop gros.

— Je l'savais… Fallait que je le change bordel de merde ! regrette-t-il en marmonnant dans sa barbe.

Par chance, la seconde ligne a tenu. Dédé remonte une anguille d'un bon mètre de long, pesant bien trois kilos. Il l'enfourne dans son sac à dos en grosse toile et quitte l'ombre du pont Marie qui enjambe la Seine pour relier l'île Saint-Louis au quai de l'Hôtel de Ville.

Son visage buriné s'éclaire dans la lumière que projette une enseigne fluorescente. Une alerte canicule y clignote. À 5 heures du matin en ce début du mois de mai, la température dépasse déjà les 35 degrés, et ils annoncent 43 dans la journée.

À l'arrière de son vélo-remorque, Dédé a arrimé un coffre en bois destiné à son matériel de pêche. Après avoir démonté ses cannes, rangé leurres et hameçons dans sa boîte d'appâts, puis calé le tout avec sa besace, il déverrouille la grosse dynamo en forme de main qui enferme le pneu avant et se met en selle. Les rues de la capitale sont quasi désertes, mais, dans la moiteur de la nuit, persiste un bruit de fond, celui du ronronnement sourd qu'émettent des dizaines de milliers de climatiseurs tournant à plein régime. Pour transformer la fournaise des appartements en fraîcheur, ces machines consomment de phénoménales quantités d'énergie, entraînant elles-mêmes des émissions de gaz à effet de serre, responsables du réchauffement climatique qui génère ces canicules précoces. *C'est le serpent qui se mord la queue,* pense Dédé, *un non-sens…* mais le monde n'est plus à une contradiction près !

Ce n'est pas dans sa nature de ressasser des idées noires et même si la vie ne l'a pas épargné, même s'il ne se fait guère d'illusions sur le genre humain, l'homme a appris à composer avec les cartes qu'il avait en main.

C'est qu'il revient de loin Dédé. Fils illégitime d'un braconnier et de la femme d'un garde-chasse, il a connu la DDASS puis, placé en famille d'accueil, a réussi à décrocher un BTS en comptabilité avant de se marier. Malgré ces quelques ratés au démarrage, il aurait probablement mené l'existence de Monsieur Tout-le-monde si la fausse couche de sa femme chérie n'avait pas fait voler son existence en éclats. Incapable de faire son deuil, Louise l'a quitté et, ce faisant, a ranimé en lui cette ancienne blessure d'abandon. Dédé a perdu pied, et tout ce qu'il avait patiemment construit durant toutes ces années s'est trouvé réduit à néant en quelques semaines. Devenu SDF, il a erré plusieurs mois avant de trouver son coin de paradis, un endroit où se raccrocher à la vie.

Il roule à présent à travers le très chic septième arrondissement, à l'affût d'une bonne affaire. Dans un parking deux-roues, il repère du « matériel ». Rien d'illégal ; il fait même le boulot de la voirie ! Piochant dans le coffre, il saisit sa grosse pince métallique et sectionne l'antivol qui retient encore à l'arceau de sécurité une roue de vélo esseulée qu'il dépose dans la remorque parmi ses dernières trouvailles – un pied de lampe, une selle, un cadre doré, une bassine en zinc. Question d'habitude, il balaie l'endroit du regard avant d'en partir, guettant d'éventuels dépôts sauvages d'encombrants, mais ne trouve rien de plus à récupérer cette fois-ci.

Sa balade le mène à l'arrière-boutique de la *Brasserie Madeleine*. Un établissement de renom figurant parmi ses meilleurs clients. Il toque contre le battant, en habitué. C'est le commis de cuisine qui lui ouvre. Dédé se fend d'un sourire, par politesse.

— Salut petit. Mike est là ?

Le jeune homme s'efface pour le laisser entrer. Dans l'enfilade, il entrevoit la salle du restaurant où les serveurs s'affairent à préparer les tables pour le prochain service.

— En cuisine, suivez-moi.

Mike, déjà en poste, délaisse un instant ses fourneaux. D'un geste un peu automatique, il s'essuie le front de son avant-bras et s'approche, sourire aux lèvres, pour serrer la main de son visiteur.

— Alors ?

Dédé montre l'anguille qui se cache dans son sac avant de l'étaler sur l'îlot central.

— Belle prise.

— J'en avais sans doute une bien plus grosse… M'a cassé le fil, la garce.

— On se demandait où t'étais passé. On te voyait plus !

— Avec cette foutue fournaise, le poisson se colle au fond sans appétit, pas moyen d'en prendre.

— M'en parle pas… Y a pas que les poissons qui manquent d'appétit, les clients aussi font régime ! Ils ne jurent que par les soupes glacées et ne commandent que des salades.

– C'est pourtant eux les responsables de cette merde !

– Tu vas pas recommencer, Dédé, on la connaît ta chanson et au point où on en est…

– Bon, tu me la prends combien ?

– Dix du kilo comme d'hab.

– C'était 12 !

– Non, 12, c'est en hiver.

– OK. Trois fois 10, ça nous fait 35.

Les deux hommes se marrent, le pêcheur parce qu'il tente toujours une rallonge, le chef parce que, sans ce marchandage, Dédé ne serait pas Dédé.

– Hé, Nico, va me chercher de quoi le payer !

– Trente ou 35 ?

Le chef soupire, pour la forme.

– Va pour 35 et sers-lui un petit noir…

Dédé boit le café qu'on lui offre et, au passage, glisse la bûchette de sucre qui l'accompagne dans sa poche. *Il n'y a pas de petites économies*, se dit-t-il en pensant à toutes ces dosettes servies et gaspillées chaque jour, souvent manipulées par des doigts fébriles et déchirées sans même être consommées.

Le chef et ses aides ont déjà repris le travail. Malgré l'heure matinale, l'effervescence monte en cuisine, prémices d'une journée à plus de quatre cents couverts.

Quand il ressort de la brasserie, le jour est déjà bien levé et la chaleur accablante. Il pédale mollement pour rejoindre son fief, dans le quinzième arrondissement. Il bifurque dans une ruelle pavée et stoppe devant la palissade d'un terrain vague coincé entre deux immeubles de standing. Sur cette parcelle laissée à l'abandon depuis vingt ans, la nature a peu à peu repris ses droits et les arbres ont colonisé l'espace. Il surveille les lieux, attendant le moment propice pour se glisser derrière les planches quand le voyant de la porte du garage voisin se met à clignoter. Il patiente, concentré sur l'ouverture imminente du volet électrique. Repérables entre tous, les deux phares d'une magnifique Maserati ébène apparaissent bientôt, face à la chaussée.

Dédé, en nage, hésite, puis s'en approche, le sourire aux lèvres. Il a reconnu Stanislas, un trader certes plein aux as, mais pas condescendant comme peuvent l'être certains, et qui n'hésite pas à tailler une bavette ou à arroser la discussion d'une bière de temps à autre. Rasé de frais, le quinquagénaire porte un costume taillé sur mesure et une grosse montre au poignet, le genre qui va avec la bagnole.

Stan l'interpelle avec bonne humeur.

— Alors le Braco, la pêche a été bonne ?

En guise de réponse, Dédé siffle d'admiration.

— Nouvelle cette voiture, j'la connaissais pas celle-là.

— Je l'ai essayée hier. Je vais sans doute la garder.

— Ben oui, c'est pas comme si t'en avais déjà assez…

— Tu collectionnes bien les vélos !

Appuyant sa mimique indéfinissable d'un clin d'œil, Dédé poursuit :

— Maria m'a dit qu'il y avait une nouvelle dans l'immeuble.

— Une mannequin d'origine italienne.

— Le genre aussi bien carrossé que ta voiture !

Le trader s'esclaffe avant de le saluer.

— Faut que j'y aille, j'ai une grosse journée, je passerai peut-être ce soir avec deux bières fraîches.

— Ça me va.

Dédé retourne à son vélo sans accorder le moindre regard à la Maserati qui s'éloigne en vrombissant. Après un rapide coup d'œil aux alentours, il passe la main entre deux lattes de bois et saisit une poignée qu'il tire d'un geste habile, déclenchant un ingénieux système de contrepoids à double palan. Constituée de quatre planches, la porte invisible se met à coulisser sur un rail métallique assez large pour qu'il s'engouffre dans l'ouverture avec son vélo-remorque. Il s'assure une dernière fois que personne n'a observé son manège puis referme le panneau. La palissade couverte d'affiches a retrouvé sa physionomie de façade depuis la rue. Impossible d'imaginer qu'un homme vit là, tranquille comme Baptiste ! Dans cette petite rue au calme, il y a peu de mouvement et quasiment jamais de miséreux qui passent – il craint les squatteurs comme la peste – mais, par prudence, il a renforcé la clôture de l'intérieur.

Sa bonne fortune, Dédé la doit à une interminable affaire de succession. La famille propriétaire du lieu, quoique fortunée, s'écharpe depuis deux décennies sur le partage. Un grand classique du genre. Faute de compromis et malgré les relances des promoteurs, le terrain constructible est resté en friche, la nature ayant horreur du vide, plantes et arbres se sont mis à pousser comme de la mauvaise herbe. Dédé est tombé dessus par hasard il y a une quinzaine d'années et y a peu à peu reconstruit son « nid ».

Après avoir rangé son vélo sous le toit de tôle qui abrite son atelier de réparation, il emprunte la sente dans l'entrelacs de la végétation menant à son logis, une cabane desservie par une petite terrasse surmontée d'une pergola couverte de lierre. Sur le toit, Dédé a posé deux panneaux solaires récupérés chez un pote ferrailleur et installé un réseau de gouttières afin de collecter l'eau de pluie. En guise de citerne, il a recyclé un énorme tonneau posé sur un empilement de parpaings. En hauteur, un premier tuyau noir qui serpente sur le toit et emmagasine la chaleur fait office de douche. Plus bas, un second alimente, entre autres, l'évier installé contre le mur extérieur, à l'abri d'un petit porche.

Outre sa petite cabane chauffée grâce à un poêle à bois, ses toilettes sèches et son atelier, il cultive un potager en permaculture et bichonne les quatre poules pour lesquelles il a fabriqué un poulailler accueillant.

L'homme se débarrasse de son polo trempé de sueur et enfile une chemise propre suspendue au fil à linge, puis attrape un thermos et se sert un café. Une fois désaltéré, il sort les pelures de carottes qu'il a réservées de la veille et sifflote pour appeler ses « filles ». Quatre gallinacés surgissent du taillis, caquetant d'impatience. Il leur distribue les épluchures et les observe s'affairer avec des mines de duchesse. La petite rousse se presse contre ses jambes, en quête d'une caresse.

— Alors Bichette !

Il la soulève, lisse ses plumes d'un geste affectueux et l'emporte jusqu'au hamac tendu entre deux trembles. Il s'y installe, la poule sur la poitrine, la ramure dense des arbres lui assurant de l'ombre pour une bonne partie de la journée. À portée de main, sa radio, reliée à la batterie des panneaux solaires et branchée sur Radio Classique, diffuse en sourdine des notes se mêlant au mélodieux chant des nombreux oiseaux qui égayent son petit coin de paradis.

Dédé soupire d'aise puis ferme les yeux et s'endort, bienheureux.

*
* *

Au même instant, Stanislas avance au ralenti, coincé dans l'avenue embouteillée en direction de la Porte Maillot. Il n'a pas le choix s'il veut rejoindre ses bureaux de la Défense, mais pas question de prendre les transports en commun, d'autant qu'il a besoin d'être en contact permanent avec ses collaborateurs.

Dans son bureau ambulant, il écoute BFM Business livrer ses pronostics, l'œil rivé sur les écrans lumineux d'un iPad aimanté sur le tableau de bord et d'un autre accroché plus loin. Chiffres, pourcentages et courbes défilent, qu'il traduit aussitôt en schémas tactiques. Guillaume, à l'autre bout du fil, suit son analyse.

Il commente à voix haute :

– Sur le Nasdaq Nogitek et NetApp à la cotation de 23 heures.

Son collaborateur proteste. Le ton sceptique qui sort des haut-parleurs est aussi net que s'il se trouvait face à lui.

– Nogitek, Charles pense qu'il faut attendre.

– Et attendre quoi, bordel ! Que ça monte encore ? On était à 46 hier, on est à 52 ce matin. Il se fout de ma gueule ou quoi ?

– C'est fragile.

– Fragile ! C'est lui qu'est fragile. Il commence à me les casser avec sa prudence de puceau. Si ça lui va pas, qu'il aille bosser à la Poste, merde !

– T'énerve pas Stan, on va en prendre. Combien ?

– Transfère tout Alexion, leur vaccin c'est de la merde.

– Comment tu sais ça ?

– On en parle tout à l'heure.

Il raccroche sans autre forme de procès et demande à Siri, l'assistant intelligent :

– Appelle Marc.

Siri confirme et la voix ensommeillée de son collaborateur résonne dans l'habitacle.

– Stan, tu sais que je suis à Buenos Aires ? Il est 4 heures.

– Je croyais que tu étais revenu à Londres.

– C'est toi qui m'as demandé de rester…

– Ah merde, désolé, je te rappelle plus tard.

– Vas-y, maintenant que je suis réveillé…

– Non, j'ai un double appel, prends le temps d'émerger.

C'est faux, mais il n'a aucune envie de discuter stratégie avec un mec qui, au saut du lit, ne pense qu'à son premier café. Marc est un tueur, sauf au réveil, faut juste lui laisser le temps de rassembler ses idées.

Chance ou hasard, la circulation se fluidifie, il passe un premier feu au vert, puis deux, trois… La voiture file à trente-cinq à l'heure, presque un miracle à 7 heures du matin.

Les dieux semblent être avec lui.

Un regain d'optimisme efface le léger malaise qui l'étreignait un peu plus tôt. Sophie prétend que c'est normal, commencer la journée avec le JT de BFM TV est aussi plombant que cette interminable canicule qui sévit depuis le début de l'été. Cet événement climatique extrême ne touche pas seulement la France mais tout le sud du continent européen, sans parler du continent africain. La sécheresse a pris tant d'ampleur dans les zones arides du globe qu'un flux continu de population cherche à fuir ces terres brûlées, devenues incultes et aussi dures que la pierre. Par endroits, il n'a pas plu une goutte depuis deux ans. La mousson qui arrosait autrefois ces régions s'apparente à un souvenir. Des régions entières deviennent inhabitables, alors que la biodiversité s'effondre, entraînant de graves déséquilibres. Le problème est tellement préoccupant que le G20 s'est enfin décidé à convoquer ses membres afin de prendre des mesures d'urgence pour venir en aide aux centaines de milliers de réfugiés climatiques, comme on les surnomme désormais. Partout dans le monde, les appels à agir des ONG et des associations se multiplient, relayés par les réseaux sociaux où certaines vidéos chocs battent des records d'audience.

Il secoue la tête et, par bravade, pousse la clim de la voiture. Il déteste cette chaleur moite. L'image de son fils surgit, tel un reproche. Jonathan l'accuse de se comporter en « capitaliste cynique ». Certes, il sait qu'avoir l'esprit rebelle et formuler ce genre de critique est normal à son âge mais le côté ado *no future* lui sort par les yeux. Pas une seule seconde le trader ne réalise que l'absence de futur est justement le problème de cette nouvelle génération confrontée de plein fouet à une réalité aux contours apocalyptiques…

Lui, il en a bavé durant toute sa jeunesse. Rejeton d'une mère alcoolique et d'un père touche-à-tout sans le sou, il a dû travailler deux fois plus que les autres pour intégrer Dauphine et décrocher sa maîtrise. Ensuite, il a joué des coudes pour intégrer un cabinet de gestionnaires d'actifs. Brillant, bosseur, il s'est fait remarquer et a gravi les échelons un à un, économisant ses gains avec l'obsession, déjà, de monter sa propre affaire. À force de travailler quinze heures par jour et quasiment sept jours sur sept, il y est parvenu à même pas trente ans. Quant à ses parents et son frère, qui n'est autre qu'une réplique de leur père, il ne les voit plus depuis des années. Aujourd'hui il le regretterait presque. Les grandes idées de Jonathan ne tiendraient pas deux minutes face à cette parentèle bancale !

Balayant ces pensées déplaisantes, Stan consulte les données qui défilent sur son écran. L'exercice agit comme un baume sur son esprit en surchauffe. Avec les chiffres et les opérations hasardeuses, il se sent en terrain connu. *Son terrain de jeu.* Même en situation critique, il trouve toujours la parade qui lui permet de reprendre l'avantage. C'est ça qu'il aime ! L'adrénaline provoquée par l'urgence, le vertige de la course en avant qu'il maîtrise avec une habileté de virtuose. C'est un don unique et, qui plus est, servi par un vrai talent. Il lit la Bourse comme d'autres déchiffrent une partition et convertit ses intuitions en actions selon deux notes majeures : Vendre et Acheter.

Ce matin-là, Stanislas pénètre dans le parking souterrain avec sept minutes d'avance sur le temps moyen d'un trajet maison-bureau. Sans être superstitieux, l'homme y voit un excellent présage.

L'open space de la société bourdonne déjà d'activité. La clim tourne à plein régime. D'un pas rapide il traverse l'espace, hochant la tête pour saluer ses opérateurs de marché, tapant sur l'épaule de Romain et Ben, ses meilleures recrues, puis, tout en embrassant Rose et Sarah, deux tradeuses juniors au gros potentiel, il prend le temps de répondre à Guillaume qui s'inquiète du marché indien. La journée commence comme à l'accoutumée, pourtant il a l'impression qu'elle sera différente… Un putain de jour nouveau !

— Allez les gars, Ça ouvre bientôt à New York, on va tout faire péter aujourd'hui ! Ça bouge de partout avec tous ces migrants qui affolent les marchés. C'est excellent pour nous, ça !

*
* *

Une mésange bleue s'est posée sur une branche basse à quelques mètres de Dédé qui entrouvre un œil quand elle lance ses premières notes. Fasciné, il l'observe sans ciller, craignant de l'effaroucher. La poule rousse, douillettement installée contre lui, dort profondément.

Soudain, le gros fil de pêche vissé dans le mur de l'immeuble contre lequel il a adossé sa cabane se met à vibrer, faisant tintinnabuler la cloche suspendue. Son interphone personnel… Dédé s'extirpe du hamac et dépose en passant sa poule Titine dans l'un des fauteuils en rotin de la terrasse. Doigts écartés, il recoiffe sa tignasse, lisse sa barbe blanche et inspecte sa mise dans le miroir cloué au poteau de la véranda. Ça ira comme ça. Il trotte vers la palissade, ôte le bouchon qui fait office d'œilleton et, vérification faite, le visiteur est une visiteuse : celle qu'il espérait.

Il demande machinalement :

— C'est bon ?

— Oui, personne.

Plutôt que d'actionner tout le système du portail, il invite Maria à se glisser dans l'entrebâillement d'une porte étroite située sur le côté. Originaire des Philippines, la cinquantaine, les pommettes hautes, des joues rondes et une chevelure de jais striée de gris, Maria a des airs de bayadère avec ses hanches larges et sa taille fine.

— Elle est encore toute chaude, dit-elle en brandissant sa baguette de pain.

— Entre.

Elle consulte sa montre, les sourcils froncés.

— Je prends mon service dans dix minutes.

— Le temps qu'il faut pour partager un bon café.

Elle hésite pour la forme puis acquiesce avec un sourire. Dédé, prévenant, dissimule mal son plaisir.

Il la précède jusqu'à la véranda et désigne la boîte d'œufs remisée sur une clayette.

— Eux aussi sont encore tièdes de ce matin, bons à gober. C'est pour toi.

— Merci…

Il allume le réchaud de sa cuisine et verse le café du thermos dans une casserole tout en l'invitant à s'asseoir.

Elle se laisse tomber dans un fauteuil avec un soupir d'aise.

— J'ai vu ton patron ce matin avec sa nouvelle voiture.

Maria lève les yeux au ciel.

— Avec le quart de ce que ça coûte, ma famille pourrait vivre pendant vingt ans.

— Je sais.

— Il sent bon, ton café…

— J'ai pris le mélange Chili-Guatemala. Une saveur de miel corsée.

— Délicieux. Il fait bon ici, à l'ombre… Dans la pièce de notre appartement communautaire, il n'y a pas d'air, c'est irrespirable. Pour dormir je mets un linge humide sur un ventilateur mais j'ai beau me lever plusieurs fois par nuit pour le mouiller, il fait de toute façon trop chaud…

— Tu ne peux vraiment pas changer d'endroit ?

— À Paris ? J'ai mis un an à trouver cette pièce en banlieue sud et encore, par relations… Mais bon, assez de jérémiades. Tu fais quoi aujourd'hui ?

— Bricoler un peu. J'ai un cadran à redresser et une chaîne à nettoyer. On m'a passé commande. Un vélo de dame.

Ils sirotent pensivement leur café, amollis par la chaleur autant que par la quiétude du lieu, puis Maria se relève en sursaut.

— Houlà ! Je dois y aller !

— Elle va pas te manger pour cinq minutes.

— Elle doit me donner ses consignes avant de partir chez son esthéticienne, si je la mets en retard, ça va faire toute une histoire.

Comme elle est déjà debout, Dédé s'empresse d'ajouter :

— Je te raccompagne.

Tandis qu'ils cheminent à l'ombre, Maria, prise de lassitude, soupire encore.

— Ils ont prévu 46 cet après-midi, autant qu'au sud ! Tu crois que ça va durer ?

— J'espère pas. C'est mauvais pour la pêche, autant que pour le reste.

Il s'incline vers l'œilleton, vérifiant que la voie est libre. Juste avant de se glisser à travers la palissade, elle se tourne vers lui et chuchote, complice :

— C'est bête, mais j'aime bien te savoir là, à l'abri de ta forêt. Ça me rassure. J'y pense chaque fois que je suis coincée dans un bus ou dans le métro. Un peu comme une île dans le désert, tu comprends ?

Sans attendre sa réponse, elle disparaît et Dédé reste coi, le cœur chahuté par quelques battements un peu plus rapides, cherchant ce qu'il aurait bien pu répliquer.

*
* *

– Maître Catrou voudrait vous voir aujourd'hui, sans faute.

Campée sur le seuil du bureau, Hortense a pris l'air grave, comme chaque fois qu'une urgence se présente. Son assistante est une maniaque de la ponctualité et des agendas tirés au cordeau. Elle ne déparerait pas sur un terrain militaire.

Stan consulte rapidement son emploi du temps.

– En fin de matinée alors, et décalez la réunion en interne à 14 heures.

Il se décide à rappeler son associé et parle avant même que Marc ait le temps de clamer « Allô » :

– J'ai un peu tardé mais on doit faire de la VAD sur toutes les actions de valeurs non essentielles, fais un tour d'horizon et propose des titres, on validera ensemble.

– Je ne te suis pas bien…

– Tu as écouté Fox News ? Ça chauffe, c'est le moins qu'on puisse dire, et pas mal de valeurs vont plonger, fais-moi confiance.

Il raccroche aussitôt. Marc a l'habitude. La politesse, pas un truc de traders, sinon vous êtes mort. Dans ce milieu seule la réactivité compte, pas le temps d'y mettre les formes. La VAD, l'acronyme de « vente à découvert », est une opération boursière qui consiste à vendre un titre que l'on ne possède pas en pariant sur la baisse de sa valeur afin de réaliser une plus-value.

Stan occupe l'heure suivante à identifier avec ses collaborateurs les actions qui sont supposées baisser dans les prochaines heures, voire les prochains jours.

Une fois encore, Stan a raison car, à l'heure du déjeuner, grâce aux titres sur lesquels ils ont joué la baisse et qu'ils ont rachetés au plus bas, ils réalisent 350 000 euros de bénéfices.

Dans son bureau, l'un des écrans, branché en permanence sur CNEWS, restitue les informations du jour. L'ONU a ouvert des discussions autour des aides aux sinistrés climatiques. L'image bascule sur la manifestation en cours sur plusieurs ponts de la Seine bloqués par des membres d'Extinction Rébellion. D'après ce que Stan en sait, le mouvement prône la désobéissance civile non violente pour pousser les gouvernements à agir face au risque d'effondrement social et écologique. *Des petits cons trop gâtés*, pense-t-il alors en visionnant le reportage dont les prises de vues montrent plusieurs rassemblements de foule. Une succession d'images dont l'une, fugace, vient activer son cerveau reptilien. Trop rapide pour qu'il soit sûr.

Il consulte sa montre, puis sonne son assistante en s'efforçant de garder un ton neutre :

– Hortense, trouvez-moi un enregistrement du bulletin de CNEWS. L'image qui m'intéresse vient de passer à 12 h 04. Et vite, s'il vous plaît.

– Je m'en occupe tout de suite. M. Catrou est ici.

– Bien. Faites-le entrer et prévenez-moi dès que vous avez l'enregistrement…

Philippe Catrou est l'un des avocats attachés à la société d'investissement de Stanislas, certainement le plus fiable et le plus compétent. Quasiment un ami. Plus d'une fois, il l'a très habilement tiré de fâcheuses situations. Philippe est doté d'une qualité rare : un véritable don d'anticipation qui lui permet d'avoir toujours un ou deux coups d'avance sur les autres. Et Stan aime ça. Ils détiennent ensemble un fonds sur lequel ils ont placé une partie de leurs actifs, un fonds évidemment géré par l'une des filiales de sa holding. Administrée plutôt prudemment, leur société d'investissement génère toutefois entre 5 et 15 % de gains par an.

– Tu voulais me parler ?

– Oui. Je pense qu'il est temps d'investir dans quelques fermes.

– Des fermes !...

Sur l'instant, le trader a du mal à comprendre. Il imagine un troupeau de moutons, un poulailler industriel, des hectares de serres alignées à perte de vue.

– Des fermes. Tu veux dire de vraies fermes... agricoles ?

– Oui. Ton portefeuille est essentiellement composé d'actifs actions, c'est risqué par les temps qui courent.

– Tu me conseilles donc de me diversifier en achetant de la bouse de vache ?!

– Oui. Des fermes, des bois et des terres aussi, tout ce qui va flamber demain. Tu as entendu les nouvelles ?

– Quoi ? Les migrants ? Rien de très nouveau, non ?

– Tu connais l'adage ? Ne mets pas tous tes œufs dans le même panier. Crois-moi, j'ai du flair...

Stan est sur le point de protester mais quelque chose chez Philippe lui souffle de ne pas rejeter en bloc ses arguments. Son associé est on ne peut plus sérieux. Il a même l'air grave.

Tablette en main, Hortense apparaît dans l'encadrement de la porte.

– Votre enregistrement, monsieur.

Stan s'empare prestement de l'appareil en la remerciant et actionne la vidéo. Il fige l'image qui l'intéresse puis zoome sur un visage.

– Le petit con !

Philippe s'est approché, curieux. Stan lui désigne la silhouette attachée à la rambarde en fonte d'un pont, vraisemblablement celle du pont Sully. On reconnaît aisément son fils Jonathan au milieu d'autres imbéciles enchaînés les uns aux autres tel un bouclier humain pour faire obstacle aux forces de l'ordre qui, armées de pinces monstrueuses, sectionnent déjà à tour de bras les épais maillons qui les entravent. L'avocat émet un gloussement.

– C'est ton gamin, là ?

– Lui-même ! Écolo de salon, révolté par principe. Quinze ans et trois poils sur le menton !

– C'est de son âge, tu ne crois pas ? Au moins tu ne peux pas dire qu'il ne s'intéresse à rien !

– J'ai surtout l'impression qu'il saute sur la première occasion de faire chier ses capitalistes de parents...

– Écoute, Stan, c'est autant l'ami que l'avocat qui te parle. Investir dans le vert c'est aussi une forme de réponse aux inquiétudes de ces jeunes, et je ne suis pas le seul à le penser. Regarde les Chinois, ils achètent les terres de la Beauce, les bois d'Île-de-France, tout le foncier qu'ils trouvent, et bien plus cher qu'au prix du marché. Ça fait des années qu'ils investissent en France mais aussi en Europe, au Brésil, en Afrique... Le monde va avoir faim, Stan.

Au même moment et venant corroborer cette sinistre prédiction, CNEWS diffuse les images d'échauffourées autour d'un camion de ravitaillement pris d'assaut par des cohortes de pauvres gens démunis et prêts à tout pour un sac de farine ou de riz. Apparaissent ensuite les ferrys et bateaux sur lesquels des centaines de personnes tentent chaque jour de traverser le détroit de Gibraltar. Ces migrations massives engendrent des drames humains qu'on ne peut plus passer sous silence. Comme un aveu d'impuissance, la voix du commentateur résonne sinistrement : « Le Maroc, le Portugal, l'Espagne et l'Italie en appellent à la communauté internationale tant l'afflux de migrants devient incontrôlable. Aucune frontière, aucune barrière ne résiste à cette misère humaine et les autorités... »

— Ça empire chaque jour...

Cette fois Stan se rebiffe. Philippe se laisse rattraper par la trouille et ce n'est pas bon pour les affaires. Il ouvre un fichier, pianote vivement sur le clavier.

— C'est formidable tu veux dire ! Tu veux savoir combien on a engrangé aujourd'hui sur le fonds RISKA ? Putain, presque un million, 920 000 euros, plus qu'en un mois « normal » !

— Un mois normal ? C'est ça que tu qualifies de « normal » ?!

Son doigt pointe l'écran qui, cette fois, montre une file de femmes dont la plupart portent un bébé ou sont accompagnées d'enfants en bas âge. Elles avancent sur une piste désertique, sous un soleil accablant. Certaines titubent, aidées par des compagnes à peine plus vaillantes.

— Au-delà de la détresse de ces femmes et de ces hommes, tu as ici le terreau pour alimenter une crise humanitaire sans précédent. Une catastrophe inévitable si l'on en juge par l'inaction des pays riches et les mesures envisagées, très loin d'être à la hauteur des enjeux.

— Alors quoi ? Ta réponse c'est d'investir à la campagne ?

— Oui. Le pire n'arrivera peut-être pas, mais mieux vaut s'y préparer...

— OK. Pars sur 6 ou 7 millions. Ça te va ?

– C'est un bon début. Je vais t'identifier quelques propriétés, tu n'auras qu'à choisir.

– Ça vaut combien une ferme moyenne ?

– Environ 6 000 euros l'hectare, prix moyen.

– L'hectare ? Ça fait 60 centimes le mètre carré ! Putain, on est loin de Paris !

Soudain, l'idée de posséder des terres verdoyantes le ragaillardit. Il regarde son avocat avec une pointe de reconnaissance. Sacré Philippe ! Au pire l'opération lui coûtera quoi ?

– Tu as raison après tout, vas-y, tu as carte blanche.

2.

Stanislas est rentré tôt, une fois n'est pas coutume. Il a envoyé un SMS à son fils pour le prévenir qu'ils dînaient en famille et qu'il avait une nouvelle à leur annoncer. Jonathan ne pourra pas se défiler. S'il avait eu des ennuis, la police l'aurait déjà appelé. Selon toute vraisemblance, seuls les meneurs ont été coffrés pour entrave à la circulation.

De retour chez lui, il demande à Maria de dresser une belle table sur la terrasse, un magnifique rooftop offrant une vue à 360 degrés sur les toits de Paris. Elle servira de la sole accompagnée de petits légumes, puis une salade de fruits frais et de la glace. Sophie fait peu de cas de la cuisine et généralement leur employée de maison et lui élaborent ensemble les menus. Il aime bien Maria, surtout dans ces moments-là, et il mesure combien elle est utile à la bonne marche de la maison.

Sa femme est allongée dans le noir. À trente-huit ans, Sophie n'a rien perdu de son charme de créature éthérée. Blonde et fine, elle est restée l'idéal féminin de Stan. Après son rendez-vous à l'institut de beauté, elle a passé l'après-midi chez son luthier – elle est toujours fourrée là-bas depuis quelque temps – et, comme chaque fois qu'elle en revient, elle semble ailleurs, à la fois mélancolique et frustrée. Stan sait qu'elle aurait adoré devenir soliste, à défaut d'exercer la médecine, son véritable rêve. Elle était cadre infirmière quand ils se sont connus, mais la naissance de Jonathan a bouleversé ses projets. Musicienne talentueuse, elle fait partie d'un ensemble à cordes qui, visiblement, ne suffit pas à remplir sa vie. Elle se plaint qu'il travaille trop – comme si c'était nouveau ! –, qu'ils ne se parlent plus et qu'elle est lasse de jouer les potiches durant ses dîners d'affaires. À l'approche de la quarantaine, elle s'est mis en tête d'avoir un « petit dernier », ce qu'il refuse sans d'ailleurs vraiment pouvoir l'expliquer. Et elle lui en veut bien sûr, un reproche de plus dans la liste de ses doléances... Ce qui ne l'empêche pas pour autant de dépenser les fortunes qu'il gagne dans les boutiques de l'avenue Montaigne. En réalité, son mal-être tient en un mot : l'ennui. Elle a beau dépenser sans compter, jouer merveilleusement du violon ou se passionner pour la déco, cela ne remplit pas son vide intérieur ! Mais Stan considère que cette envie d'enfant est un caprice. On ne met pas au monde un gosse pour se distraire, quand même ?

Dans l'espoir de la sortir un peu de sa léthargie, il la prévient qu'ils ont une nouvelle à fêter en famille et que l'apéritif l'attend sur la terrasse. Elle sourit vaguement, un peu requinquée. Elle adore le champagne et plus généralement tout ce qui est prétexte à se faire belle. Et puis une soirée à trois, c'est encore suffisamment rare pour la distraire et pimenter son quotidien.

Jonathan fait son apparition juste avant 20 heures. Ses yeux sont légèrement rougis et Stan se demande si c'est à cause des gaz lacrymogènes. Il a troqué son déguisement de « commando » pour une tenue on ne peut plus classique, histoire de faire bonne figure. Les yeux rivés sur l'écran de son Fairphone, le téléphone portable le plus écologique vendu sur le marché, démontable, réparable et rechargeable au solaire, un symbole de la lutte contre l'obsolescence programmée, il espère esquiver les questions et les regards inquisiteurs. Stan connaît par cœur ces stratégies d'évitement : le mutisme, la mauvaise humeur ou l'agressivité, lui aussi en a abusé à l'adolescence. À un détail près… Contrairement à Jon, le contexte familial au sein duquel il a grandi ne faisait pas de lui un privilégié !

Sans cette subtile pointe de sarcasme, la question sonnerait presque naturelle.

– Alors, les cours ? Pas d'autres profs malades ?

– Non, comme d'hab. Et toi, ta surprise ?

– On attend ta mère.

Il se tourne vers Maria qui apporte le plateau en argent. Elle a préparé un assortiment de toasts au caviar et au foie gras, accompagnés de quelques verrines de tartares de saumon sauvage pêché à la ligne, mariné et servi avec une crème fouettée aux herbes.

– On dîne dans vingt minutes, ça ira Maria ?

– Oui, Monsieur, je lance tout de suite la cuisson du poisson.

Stan la remercie d'un sourire. Cette femme est une perle, il faudra penser à l'augmenter.

Grâce aux brumisateurs installés aux quatre coins de la terrasse et à l'immense velum tendu au-dessus de la table, la température est agréable. Il se sert un verre d'un grand cru, ignorant la mauvaise humeur de son fils qui opte pour un panaché. Jonathan est à cran, mais il n'osera rien dire, pas après les événements du matin. Considérant la situation, Stan se demande alors s'il aurait préféré avoir un petit con d'héritier dépensier et inconséquent plutôt que cet ado révolté par le sort du monde. L'arrivée de sa femme moulée dans une robe échancrée et visiblement neuve fait diversion. Elle ébouriffe affectueusement la tignasse du gamin sans se soucier de son grognement de protestation, saisit délicatement la flûte que son mari lui tend et lui offre un sourire.

Stan aurait peut-être dû se contenter de la réponse laconique de son fils, mais il ne peut s'empêcher de le relancer :

– Alors Jon, tout se passe bien à ton lycée ?

– Je t'ai dit. Normal.

– Et tu as étudié quoi aujourd'hui ?

– Qu'est-ce qui t'arrive, Stan, tu t'intéresses à ses études, maintenant ?

Sophie a parlé de ce ton acide qu'elle utilise assez fréquemment ces derniers temps, mais elle semble plus curieuse que réellement fâchée. Stan préfère ignorer le cynisme de sa femme et botte en touche.

– Vu ce que son lycée privé me coûte, c'est normal que je m'informe.

Jonathan sursaute, piqué au vif.

– C'est ça ta grande surprise ? Un cours de rattrapage en éco ?

– Absolument pas ! Au contraire, ça risque de te plaire !

– Genre…

– Je suis en train d'acheter des fermes, des terres et de la forêt.

Sophie et Jonathan le fixent, les yeux écarquillés, mais l'instant de grâce ne dure pas. Le gamin attaque, bille en tête.

— Je parie que c'est pour tout raser et bétonner. Tu pourras y mettre des hangars de stockage, des entrepôts géants pour je ne sais quelle plate-forme commerciale qui ne vend que des saloperies polluantes et encourage à la consommation de masse. C'est bien le genre de boîtes dans lesquelles tu investis ?

— Jon, tu exagères !

— Maman, tu es aveugle ? Tu as regardé les infos ? Vous savez ce qui est en train de se passer ? C'est la finance qui est en train de tuer la planète, ces conglomérats qui exploitent et sacrifient toutes les matières premières ou même pire, qui spéculent sur leur manque !

— Avant que tu nous assommes avec un discours sur la fin du monde, mon garçon, je précise que mes acquisitions « véreuses » resteront ce qu'elles sont. Je ne compte pas y couler un mètre cube de béton. Tu veux que je te dise, Jonathan ? Tu es un petit survivaliste qui mange du caviar…

C'est très précisément ce que son fils est en train de faire, la bouche pleine de béluga, ce mets exquis dont Stan veille à toujours avoir quelques boîtes en réserve au réfrigérateur pour accompagner une coupe de champagne. Le gamin manque de s'étrangler et avale rageusement sa bouchée.

— Mais putain, vous êtes irresponsables ? Des centaines de milliers de gens sont en train de fuir leur pays devenu invivable ! Bientôt ils seront des millions ! Et c'est notre faute ! Vous n'avez pas vu les images ?

Stan en a assez, son fils va trop loin. Il réplique froidement :

— Si, et pas plus tard que ce midi. Ils montraient aussi la manif des jeunes pour le climat… En pleine semaine. On imagine que beaucoup de manifestants ont séché les cours payés par leurs pollueurs de parents pour bloquer les ponts de Paris et emmerder les travailleurs… J'ai un enregistrement si ça t'intéresse.

Il brandit son portable et laisse défiler la vidéo. Jonathan encaisse pendant que sa mère découvre avec effarement son fils enchaîné, défiant les forces de l'ordre. Celui-ci choisit d'enfoncer le clou.

– Oui… et je suis prêt à recommencer dès demain ! Ah, et pour « ton » lycée privé, t'inquiète pas, je te rembourserai ! Faudra juste que l'argent vaille encore quelque chose, parce qu'à la vitesse où ça va, la crise sera bien pire que celle de 29 !

– Ben voyons ! On t'enseigne ça en histoire-géo ?

Le ton est plus cinglant qu'il ne l'aurait voulu, mais le message parfaitement clair ; Jonathan est bien trop jeune pour lui faire la leçon de la sorte. Bouillonnant de rage, l'adolescent quitte la terrasse à grands pas.

Stan s'en veut aussitôt. Il aurait dû affronter avec calme son fils au lieu de le provoquer. Bêtement, il a cru que l'annonce de ses acquisitions lui vaudrait une forme de respect ou au moins un peu plus d'indulgence. Il ne comprend pas comment le fossé a pu se creuser si vite et profondément entre eux. Il a eu son gosse quand sa carrière a décollé et c'est vrai qu'il ne lui a pas consacré beaucoup de temps, mais bon sang, s'il se démène tant c'est pour lui assurer un avenir, lui offrir une vie meilleure ! Lui a dû se battre comme un diable pour en arriver là ! Il n'a bénéficié d'aucune aide, pas le moindre passe-droit et il n'a escroqué personne ! Le pire, sans doute, et il a beau s'en défendre : quelque chose le dérange dans la maturité du discours politique que tient son fils, et pas uniquement parce que ses arguments lui ont été soufflés et servis par d'autres… Non, il ressent comme un soupçon de culpabilité. Ne devrait-il pas se mettre à la place de Jon et considérer son point de vue pour envisager le monde autrement qu'avec son œil de spéculateur ? Généralement, le mépris des gens pour le monde boursier provoque l'effet inverse et a tendance à l'endurcir plutôt que lui faire réviser sa position et modérer son propos. Oui, il est devenu un prédateur financier, mais c'était la règle du jeu et il a plutôt bien joué, non ?

Devant sa mine sombre, Sophie soupire que ce n'est pas si grave, Jon peut bien dîner dans sa chambre. La migraine a dû lui donner faim, car elle dévore sa sole avec un détachement exaspérant. Évidemment, ce n'est pas avec elle que le gamin est en conflit.

Stan vide son verre de pomerol cul sec. Le vin lui semble soudain écœurant, comme s'il avait tourné aigre. Ce doit être la chaleur…

*

* *

Stan s'est réveillé avant l'alarme réglée sur 5 h 45. Le manque de sommeil ne fait qu'exacerber ses ruminations à moins que ce ne soit le fait de cogiter qui l'empêche de dormir. Cette anxiété dure depuis huit jours, sans aucune raison précise. Les marchés sont électriques, ses actions décollent, les coups se multiplient, et pourtant il a l'impression d'être à côté de la plaque. Une forme de déconnexion, voire de dissociation entre ses pensées et la réalité… Peut-être aussi devient-il tout simplement trop vieux pour endurer cet état de tension permanent.

Et puis il y a Jonathan. Ils n'ont pas échangé trois mots depuis leur dernière altercation. Le gamin a beau faire profil bas, son silence vaut condamnation, et Stan sait bien que, quoi qu'il dise ou fasse, rien ne trouvera grâce à ses yeux.

Imperceptiblement, alors qu'il prête une nouvelle attention aux divers sujets traités dans les JT, il sent naître un sentiment diffus d'inquiétude et d'embarras. C'est peut-être ça qui joue sur sa concentration.

Pour couper court à ses idées noires et se distraire un peu, il appelle Max qui est rentré hier. Son associé ne décroche pas : soit il est sous la douche, soit il pionce.

Sophie grogne à ses côtés.

– Tu fais chier Stan, il est quelle heure ?

– Six heures. Ça va bouger grave sur les marchés, chérie, je te parie ce que tu veux !

– Jamais je ne miserai un kopek contre toi à propos de la Bourse. Et je m'en fiche royalement, d'ailleurs.

– Tu t'en fiches sauf quand tu fais chauffer ta carte.

– Très élégant...

Encore un réveil loupé ! Il n'a aucune envie de se disputer avec Sophie maintenant. *Ni jamais*, pense-t-il. Pas tant qu'elle restera si insatisfaite. C'est d'elle que Jonathan tient, en réalité.

Il bougonne :

– Siri, café en route.

La télécommande vocale le somme de répéter, ce qui l'agace profondément.

– Café-en-route !

Sophie se moque et le corrige :

– Café *en marche*, pas *en route* !

Siri annonce que le café sera prêt dans six minutes. Le temps de se doucher et de changer d'humeur. Pilonné par les jets réglés au maximum, il se répète que tout est sous contrôle. Le boulot n'a jamais si bien marché, on parle même de lui et de sa holding dans la presse spécialisée et tout le monde va bien chez lui. Sophie finira par apprivoiser le bonheur et Jonathan trouvera sa voie, probablement dans une ONG, et la vie lui apprendra à mettre de l'eau dans son vin avec les gens qui font tourner le monde. Des hommes comme lui, pragmatiques et lucides.

Une heure plus tard, dans le parking, Stanislas hésite entre ses trois bolides. La Maserati est assez récente pour lui procurer le sentiment de la nouveauté, mais il aime bien le confort de l'Audi R8. La Jaguar est la plus élégante... Finalement c'est la superstition qui l'emporte.

L'Audi lui a toujours porté chance.

*
* *

Philippe fait défiler les clichés des propriétés qu'il a sélectionnées. En une semaine, il a fait un super-boulot. Rien à redire, tout y est : vues aériennes, plans, bilans comptables, rendements. Et le prix, d'une modestie qui relèverait presque de l'indécence aux yeux de Stanislas.

— Pourquoi ne pas acheter une grosse ferme plutôt que plusieurs petites ? Ce serait plus facile à gérer, non ?

— Pas forcément. Et ces affaires sont saines. On a sélectionné la crème de la crème et on en a visité sept, histoire de savoir où on met les pieds.

— Tu as mis tes bottes pour aller patauger dans le purin ?

— Pas moi, des gars de mon équipe.

— Tu me rassures !

— Et ce ne sont pas des petites fermes. Toutes font entre 80 et 150 hectares, ce sont déjà de belles exploitations.

— Qui font quoi ?

— Ça dépend, culture ou élevage, souvent les deux et du maraîchage. J'ai aussi trouvé une magnifique forêt pleine de chênes et de charmes.

— Je m'en fous qu'elle ait du charme ! Je veux de la rentabilité.

— Stan, le charme, c'est un arbre…

Philippe sort un dossier relié par une baguette en plastique noir. La photo d'un homme renfrogné devant un mur de pierres sèches illustre la couverture.

— Un gars du Morvan m'a envoyé ce document papier.

— Il allume le feu avec des silex ? Il a l'air un peu niais, non ?

— C'est un mec plutôt normal. Je l'ai eu au téléphone.

— Ah il en a un, quand même ?

— Stan, tout le monde ne vit pas forcément comme toi. Ce type est certes un peu sauvage mais son exploitation a été pas mal modernisée.

— Il ne vaudrait pas mieux choisir un fermier plus « contemporain » ?

— Cet homme est endetté jusqu'au cou à cause des investissements que nécessitait sa ferme. Le prix est dans les clous et il est obligé de vendre mais il continuera l'exploitation et versera un fermage garanti par le Crédit agricole.

— Si tout ne se casse pas la gueule d'ici là…

— Eh, que veux-tu dire, là ?

— Tu regardes les infos ?

— Oui, et la crise on la surmontera comme les autres avant elle.

— Puisses-tu dire vrai…

— Ça alors, ça va Stan ? Je ne t'ai jamais vu si pessimiste ! D'habitude, c'est moi qui endosse le rôle du rabat-joie !

— T'inquiète. C'est la chaleur, ça me tape sur le système. Tu as sans doute raison, une fois de plus. Achète ces fermes.

— J'ai prévu de signer aujourd'hui même les promesses de vente en nom propre et celles qui sont en société, comme la ferme du Morvan. Celle-là, on peut l'avoir sans délai.

— OK, vois avec Hortense pour les fonds nécessaires. Merci Philippe.

L'avocat sort du bureau, visiblement satisfait. Il est 13 heures et, malgré la petite voix qui lui souffle d'aller faire une pause à cette nouvelle adresse de la bistronomie qui vient d'ouvrir au pied de la tour, Stan monte le son de CNN.

Soit la crise s'est encore aggravée, soit son seuil de tolérance a encore baissé d'un cran. Les présentateurs affichent tous une mine éplorée et adoptent le ton solennel qui sied à l'annonce des mauvaises nouvelles. À Beyrouth, une émeute de la faim soulève la population. Dans les capitales des pays touchés par la sécheresse, les pillages et les actes de violence à l'encontre des sociétés étrangères se multiplient, traduisant le ressentiment qu'entretiennent les populations affamées contre ces pays riches dont l'avidité les a précipitées dans une spirale de misère ! L'Occident est un coupable tout désigné…

Toutes ces dernières années, les appels au sursaut de l'ONU ou de l'OMS dans le sillage des différentes COP et des rapports alarmants du GIEC sont restés vains. Et le plan d'action envisagé aujourd'hui pour répondre à la crise paraît soudain aussi futile que dérisoire, totalement dépassé face à l'ampleur des enjeux et du risque de contagion de la révolte à l'échelle mondiale. Malgré le déblocage de centaines de millions d'euros destinés à des mesures d'urgence, malgré la multiplication des camps de transit hâtivement érigés pour tenter de juguler les débordements, le flux migratoire est inexorable et des millions de réfugiés se pressent aux frontières de l'Europe. Rien ne semble pouvoir les arrêter, ils se jettent sur les routes, talonnés par la peur de se trouver piégés sur place. Partout, les armées se mobilisent pour élever des barrages et poser des kilomètres de remparts de fils de fer barbelés dont le prix a flambé brutalement depuis que la pénurie en a fait une denrée rare. Mais comment contenir cette marée humaine en proie à la plus profonde détresse ? Ici et là, incapables de faire usage de la force face à des femmes et des enfants, les militaires débordés ont été obligés de battre en retraite. En Espagne, au Portugal, en Grèce ou en Italie, des villages et des villes sont envahis par ces miséreux tandis que les résidents entassent leurs biens dans leurs voitures et se lancent sur les routes. Des échauffourées opposent les « envahisseurs » et les habitants qui refusent de céder le terrain. Le chaos s'installe et les gouvernements submergés partent à la dérive, impuissants à canaliser ce flot de vies en sursis.

Face à l'avalanche de ces sombres prévisions, Stan tente de faire la part des choses, mais à mesure que les jours passent, son pessimisme s'intensifie. Là où hier encore il escomptait des gains monstrueux, il redoute à présent des faillites en cascade.

Rongé par un sale pressentiment, il sort de son bureau afin de juger de l'état de ses troupes. Dans l'open space habituellement bruissant de rumeurs règne un silence plombant. Ses collaborateurs sont regroupés devant les écrans, la mine sombre. Le présentateur a laissé la place à une carte du monde sur laquelle clignotent des points rouges. « En quelques heures, la situation est devenue incontrôlable », commente une voix off. Quelques membres de son staff relèvent la tête et le fixent d'un regard interrogatif.

– On fait quoi ?

C'est Guillaume, l'éternel inquiet, qui a pris la parole. Ben et Romain renchérissent, ce qui n'est guère dans leurs habitudes.

– On devrait peut-être attendre de voir comment la situation évolue… Ça sent mauvais, là.

Pour la première fois de sa vie, Stanislas est incapable de donner une direction, d'autant que la plupart des places boursières mondiales ont fermé, bloquant toute spéculation.

– Allez déjeuner. On se retrouve cet après-midi pour réfléchir à une stratégie.

Il regarde les traders se disperser avec cette étrange impression que quelque chose est sur le point de se rompre, comme les écrans : tous à l'arrêt.

Le bistrot du quartier où il atterrit offre une pénombre apaisante, mais cela ne dure pas. Contrairement à son habitude, il a décidé de déjeuner seul, histoire de faire le point. Il mange du bout des lèvres, en s'efforçant de ne pas consulter son portable où s'accumulent les messages de clients inquiets pour leurs actifs. Il observe ses voisins, des hommes d'affaires à l'air sévère, qui discutent à mi-voix de « stratégie d'urgence ». *Ces types ont des têtes de cauchemar*, pense-t-il en son for intérieur, avant de songer que la sienne ne doit guère offrir une plus réjouissante vision. Il pourrait appeler Max, Philippe ou n'importe qui aux quatre coins du monde, tenter de décrocher un tuyau, engager une conversation et se saouler de paroles, mais curieusement la simple idée de composer un numéro lui donne envie de disparaître. Il envoie tout de même un message à une ancienne stagiaire devenue une sorte de maîtresse intermittente, espérant qu'elle pourra lui rendre visite dans l'après-midi.

À 15 heures, après avoir passé un bref moment avec cette magnifique Géraldine, il s'arrête un moment sur un banc et dévisage ses semblables qui s'agitent avec une assurance suspecte. Il déteste être si amorphe. Cherchant à se déculpabiliser, il se convainc que c'est un simple coup de mou, il a trop bossé. Sophie a raison, ils vont partir un week-end, se prendre un gîte au fin fond de la cambrousse, mieux, un endroit sans connexion, en attendant que les places boursières rouvrent afin de vraiment décompresser. Un sevrage total pendant trois jours, c'est cela qu'il leur faut : pas d'infos, pas de Bourse, juste sa femme et lui, pour se retrouver, donner un nouveau souffle à leur couple, en finir avec cette amertume qui les ronge, et discuter enfin tranquillement d'eux, de Jon, de leurs projets…

Revigoré par cette perspective, il remonte au bureau. Mais sur le seuil de l'open space, une bouffée d'angoisse le saisit. Ses collaborateurs l'attendent, leur anxiété est palpable. Il se contente alors de lancer d'un ton paisible, feignant l'assurance qui lui fait défaut :

– Il faut appeler vos plus gros clients et les rassurer. Leur dire que la fermeture des places boursières est une bonne mesure de précaution.

★

★ ★

De retour chez lui, et pour la seconde fois de la journée, Stan se coupe de l'actualité et abandonne son portable dans la chambre, curieux de savoir s'il tiendra la soirée. Sophie vient de rentrer d'une séance de ciné avec une copine et il ne sait pas trop comment lui proposer cette escapade. C'est tellement idiot, il repense à leurs premières années ensemble, à cette complicité qu'ils ont égarée en chemin…

C'est le jour de congé de Maria mais, avant de partir, elle a lavé et prédécoupé chaque ingrédient pour composer une belle et riche salade composée. Toutes les conditions sont réunies pour une soirée qu'il voudrait romantique et, alors que Sophie prépare une vinaigrette, il débouche un excellent pouilly-fuissé bien frais et lui sert un verre.

L'espace d'une seconde, Stan se sent soudainement léger, presque heureux, mais cette agréable quiétude se fracasse sur la question de Sophie.

– Je ne comprends pas cette crise, comment a-t-on pu en arriver là ?

Il rétorque avec prudence, car il n'a aucune envie d'entamer une polémique.

– Ce n'est pas la première, c'est assez normal dans un couple.

– Stan… je ne parlais pas de nous, je pensais à la situation mondiale ! Mais puisque tu mets le sujet sur le tapis, allons-y. Cela fait un moment que je veux t'annoncer que j'ai besoin d'un break.

– Ma chérie, c'est une excellente idée. J'y pensais aussi. On pourrait se faire un week-end à New York, ça fait longtemps…

– Non, Stan, pas ce genre de break.

Sophie est anormalement calme, et c'est ce comportement inhabituel qui l'effraie le plus. Il sait comment traiter ses plaintes – *ses jérémiades* – mais pas cette gravité, ce ton froid et posé n'augure rien de bon. *C'est à cause de cette foutue crise mondiale qui ébranle le monde des affaires, et cela n'a rien à voir avec notre couple, rien*, se persuade-t-il…

— Sophie, je sais que je n'ai pas été très présent ces derniers temps, tu le dis toi-même, avec ce qui se passe on est tous affectés, mais ça ne va pas si mal quand même ! On est heureux, tu ne manques de rien…

— Si, justement, mais tu ne t'en rends même pas compte, et tu sais pourquoi ? Parce que les problèmes des autres, au fond, tu t'en fous totalement. Au risque d'ajouter à ta charge de stress, non, ce n'est pas un voyage éclair au bout de la planète qui changera quoi que ce soit. Alors tu peux ranger les violons pour ce soir, on va dîner, regarder un bon film et surtout éviter de discuter sérieusement, ça ne servirait à rien et ne réglera pas le problème. J'ai besoin d'un break. D'une pause. Après ça… on parlera.

Elle sourit ironiquement puis lève son verre, à la soirée ou à leur mariage qui se délite à vue d'œil, quelle importance… C'est ce qu'elle semble penser et, pour une fois, *vaut mieux ne pas relever*, se dit-il. Un silence gêné s'ensuit, sans doute préférable à une discussion à l'issue hasardeuse.

★

★ ★

En se réveillant dans un état de totale apathie, Stan tente de se convaincre que c'est normal vu l'enchaînement de ses emmerdes. L'éventualité d'un *burn out* l'effleure mais il la réfute aussitôt. Les maux à la mode le débectent. Sophie a dû se lever aux aurores, sa place est froide – *aussi froide qu'elle*, pense-t-il avec amertume.

Il traîne encore un peu au lit, zappant d'une chaîne à l'autre. Apparemment la situation ne s'est pas arrangée depuis la veille, bien au contraire. À en croire l'imbécile qui s'agite derrière son pupitre tandis que défilent les infos sur le bandeau au bas de l'écran, elle a même empiré : « La crise boursière mondiale conjuguée à la catastrophe climatique s'annonce périlleuse selon les économistes de l'OCDE, le ministre de l'Agriculture sonne l'alarme, un million de migrants aux portes de l'Europe… » Délaissant télé et portable, Stan part siroter son café sur la terrasse, mais l'oppressante chaleur a tôt fait de le refouler à l'intérieur du penthouse climatisé.

Il débarque au bureau avec deux bonnes heures de retard, pris au piège des multiples embouteillages qui se forment un peu partout, dans et autour de la capitale : des milliers de personnes commencent à fuir Paris. L'open space a des allures de navire déserté, il manque au moins la moitié des effectifs. Seule Hortense conserve un air impassible, aussi appliquée et méticuleuse qu'à l'accoutumée. Elle l'accueille avec sa liste de rendez-vous qui se réduit comme peau de chagrin. Il a tout de même une visioconférence à 17 heures avec Hong Kong et un déjeuner, en suspens, avec le banquier. Ce dernier ne répond pas, sa secrétaire non plus, mais Hortense promet de rappeler le siège. Quelques collaborateurs se sont excusés, trois bronchites, deux fièvres inexpliquées, un coup de pompe, poursuit-elle, Guillaume est là, mais Ben et Romain sont en retard et elle n'est pas encore parvenue à les joindre.

Puis elle ajoute d'un ton moins assuré, comme pour s'excuser :

— Sur France Info, ils disent que le taux d'absentéisme dépasse soixante pour cent, public et privé confondu.

– Je sais, j'ai entendu ça. On va faire le gros dos en attendant que l'orage passe.

Stan s'efforce de garder une attitude optimiste, mais il ne parvient pas à sortir de sa torpeur, il est comme anesthésié, accablé par sa propre incapacité à prendre des décisions. Il doit couver quelque chose, une saloperie due à la canicule.

Il ajoute, comme si ça pouvait changer un tant soit peu la situation :

– Vous n'avez qu'à baisser la climatisation, Hortense. Après tout, on peut se montrer solidaires…

Et sans attendre, il part se réfugier dans son bureau. Il s'y sent bien d'ordinaire, or ce matin la pièce lui paraît froide et impersonnelle. Comme si un autre que lui y travaillait. Son nouveau moi tourne en rond, ne trouvant pas sa place. Les ordinateurs sont comme paralysés, les écrans figés sur les courbes de la veille. La Bourse est dans le coma.

La planète entière retient son souffle, pense-t-il. Il hésite à allumer la chaîne d'infos, mais il n'a aucune envie d'écouter leurs sinistres prédictions. Il doit se concentrer. « Rattroupe tes esprits », disait sa grand-mère, une maîtresse femme.

Pour ne pas être agressé par les commentaires, il clique sur le fil d'actualité du *Monde*. Les mots le heurtent sans qu'il saisisse vraiment toute leur portée. *Catastrophe sociale. Engorgement. Engagements drastiques. Mesures d'urgence.* Un éditorialiste évoque les rouages d'une société caduque en passe de se gripper, évoquant avec cynisme les tentatives vaines des gouvernements qui cherchent à éviter le pire.

La matinée s'écoule dans un brouillard qu'il est incapable de dissiper. Il ne sort pas de son bureau, ne sent ni la faim ni la soif. Hortense n'a pas réapparu, mais il est persuadé qu'elle se tient à côté, fidèle au poste.

À 11 heures précises, la Bourse de Paris fait une nouvelle annonce, reprise en boucle sur son écran : elle restera fermée jusqu'à nouvel ordre.

Le terme occupe Stan trois bonnes minutes. « Nouvel ordre » est-il à double sens ?

Il devrait appeler Marc ou bien Philippe, mais le désarroi l'emporte. Finalement, il se décide à allumer CNEWS. Les images lui sautent littéralement à la gueule. Des gens courent en tous sens, en proie à l'affolement. Partout on tente de s'organiser, de rassembler les siens. Les supermarchés sont pris d'assaut, les autoroutes vomissent des flots de Parisiens qui fuient vers leurs résidences secondaires ou partent retrouver leur famille en province. Sur les réseaux sociaux les messages apocalyptiques se succèdent. Son téléphone portable vibre au rythme infernal des alertes clignotant tous azimuts pour annoncer des pénuries en série et prédire la rupture du système. Tout manque ! Carburant, nourriture, argent liquide et même munitions… Stan observe, médusé, les vidéos montrant des files de voitures devant les stations-service, des queues interminables aux caisses des supermarchés, une banque assiégée par la foule en colère, des distributeurs signalés hors service, des armureries dévalisées…

Devant une célèbre enseigne de bricolage, un cameraman a filmé des gens entassant des sacs de ciment, de sable et des parpaings dans leur coffre.

Cathy57 signale que les barrières des péages de l'A10 au niveau de Bordeaux sont restées ouvertes, faute de personnel. Spiderman que son agence bancaire a fermé ses portes sous son nez et que des casseurs sont en train d'en briser les vitres. NikoKlass que le médecin-chef de son service vient de se faire la malle.

Les gens deviennent fous.

Abasourdi, Stan est tout à coup pris d'une terrible angoisse. Il tente de se connecter à ses comptes, mais un message d'erreur s'affiche à l'écran : « Site inaccessible. »

Sa fortune : des millions inaccessibles eux aussi. Son univers est en train de s'écrouler… Le système est en train de sauter.

La sonnerie de son portable le tire de sa sidération. La voix de Sophie lui parvient, hystérique.

– Stan qu'est-ce que tu fous ?

– Comment ça, qu'est-ce que je fous ?

– Viens vite, il n'y a plus rien…

– Plus rien ?

– Plus d'essence, plus de bouffe… Heureusement j'ai rempli la baignoire d'eau avant que ça coupe !

– D'eau ?

– Stan, arrête de répéter ce que je dis ! Viens tout de suite !

Il raccroche et ouvre la porte de son bureau avec la sensation d'être projeté dans un autre monde. Blanche comme un linge, Hortense contemple sidérée Sarah qui sanglote dans les bras du petit nouveau.

– C'est la grosse grosse merde ! s'exclame quelqu'un.

Stan n'a rien à répondre. Il n'a même pas conscience de quitter les lieux avant de se retrouver dans le parking. Un homme est en train de siphonner l'essence d'une BMW. Il l'ignore et monte dans sa Jaguar, obsédé par l'idée de rentrer aussi vite que possible.

Le boulevard circulaire est totalement engorgé. Il lui faut une heure pour rejoindre la Porte Maillot où règne une pagaille indescriptible. Plusieurs véhicules ont été abandonnés, portes béantes. Ceux qui s'obstinent doivent sinuer entre les obstacles en profitant de chaque trouée. Un camion bloque l'accès à une rue, sa remorque vide a probablement été dévalisée. Stan se prend à noter chaque détail de la scène, tel le spectateur d'un film catastrophe, avec la même impression d'être à distance, comme si, calé dans son fauteuil, il était hors d'atteinte de ce monde terrifiant.

À la radio, les nouvelles résonnent, plus alarmantes les unes que les autres. Soudain le ton change, le journaliste récite une annonce gouvernementale appelant la population au calme. Tout est fait pour remédier aux problèmes logistiques, bla-bla-bla… Stan a le temps de penser qu'ils sont sacrément gonflés de prêcher la raison vu le bordel ambiant, quand le programme s'interrompt net. Au même instant, il doit piler pour éviter le gros 4 × 4 qui déboîte sur sa droite. Devant, tout est bloqué. Trois conducteurs jaillissent de leur voiture, portable brandi en l'air, cherchant une connexion.

Machinalement, il vérifie son écran. Plus de réseau. Aucun service.

Simultanément les feux de circulation s'éteignent et durant quelques instants le silence semble écraser la ville privée de toute énergie.

Le *black-out* total.

Certains réalisent déjà que le monde vient de basculer sous leurs pieds. Plus rien ne sera comme avant, ni les feux au rouge ni le bourdonnement lancinant des climatiseurs, ni Internet ou la radio. Plus de GPS pour indiquer la direction ni de distributeurs d'aucune sorte.

La bulle a explosé.

Hagard, Stan abandonne sa précieuse Jaguar coincée dans l'inextricable encombrement. En vérité, il s'en fout.

Autour de lui, partout, les gens effarés errent tels des zombies. Leur angoisse est palpable. En une seconde les règles de leur société policée ont volé en éclats et bientôt la panique se propage comme dans une horde d'animaux pourchassés poussée vers l'abîme d'un précipice. Tous les coups sont désormais permis. Partout, des bagarres explosent pour n'importe quel motif : autour d'un scooter, pour une bouteille d'eau. Les plus forts, ou les plus perfides, s'en prennent aux faibles et aux personnes vulnérables, comme cette jeune fille qui se fait brutalement dépouiller de son vélo par un type en costume. Un peu plus loin, trois hommes en viennent aux mains devant un distributeur de billets. Stan se hâte de quitter le boulevard. Sur le trottoir d'en face, un commerçant tente de baisser son rideau de fer tandis que s'échappent des pillards, leur butin serré contre la poitrine : de vulgaires sacs de riz et quelques paquets de pâtes…

Par chance, en tournant dans une contre-allée, il déniche une trottinette électrique dissimulée sous un porche. Il reste quarante pour cent de charge. Il l'enfourche sans se poser plus de questions et choisit d'emprunter les petites rues pour rejoindre son quartier. Malgré cela, un groupe de jeunes se lance à sa poursuite en essayant de l'encercler et un homme d'une trentaine d'années lui barre le passage. Dans les deux cas, il ne doit son salut qu'à la vitesse de l'engin lancé à fond. La batterie rend l'âme alors qu'il n'est plus qu'à quelques centaines de mètres de chez lui. Il termine le trajet à bout de souffle et rempli d'effroi.

Putain de délire ! Il va bien finir par émerger de ce cauchemar ! Ce matin, il s'est réveillé riche à millions et subitement le voilà dépouillé de tout ce qui le rendait si fier et si puissant.

Évidemment, l'ascenseur est hors service... En montant à tâtons dans le noir à la seule lueur de son portable, il bute sur Célina, sa nouvelle voisine. La top model enjouée d'hier s'est muée en une créature hirsute, les joues maculées de mascara.

— Je cherche de l'eau ! Vous savez où je peux en trouver ?

Sans ralentir, il émet un grognement incompréhensible. Sophie a évoqué une baignoire pleine, il en saisit maintenant la raison. *Une eau trop précieuse pour être partagée...* Que la fille se débrouille, il y a l'épicerie du coin...

Au dernier étage, l'escalier de secours débouche sur un sas donnant sur leur terrasse. Il tambourine de longues minutes contre les vitres épaisses avant que Sophie apparaisse enfin.

— Ouvre ! rugit-il, conscient qu'elle ne peut pas l'entendre puisqu'elles sont faites en verre composite dernière génération.

Rien ne bouge.

Sa demande est pourtant parfaitement claire. Tout comme la réponse : faute d'électricité, la baie vitrée reste hermétiquement close. C'en est trop, après tout ce qu'il vient d'endurer, Stan s'effondre. Se laissant glisser sur un fauteuil en rotin, il éclate en sanglots déchirants, comme un gosse, la bouche ouverte, et renifle bruyamment.

L'explosion le tire de ses pleurs.

Jonathan tient encore à bout de bras l'éléphant en bronze dont il s'est servi pour briser l'obstacle. Face au regard halluciné de son père, l'adolescent bafouille en guise d'excuse :

— Y avait pas d'autre moyen.

Stan est prostré, il ne réagit pas. Sa femme s'est approchée et le hisse de force sur ses jambes.

— Viens, tu vas t'allonger un moment.

Le malheureux se laisse guider sans protester. Sophie comprend qu'il est inutile de chercher à discuter, son mari est manifestement sous le choc et, en réaction à son abattement, elle sent naître en elle un regain de combativité. Par réflexe, elle s'empare de son portable – elle va appeler leur médecin – avant de réaliser qu'il n'y a plus personne de disponible et plus de réseau. Logique. Plus d'eau, plus d'électricité, et aucun moyen de joindre qui que ce soit… Ça ressemble au début de la fin.

Curieusement, cela ne l'affole pas. Elle se sent même parfaitement calme face à cette nouvelle responsabilité qu'elle doit assumer. Ce qui lui a, se rend-elle compte, tant manqué dans l'ombre d'un mari qui tient ferme la barre et prend toutes les décisions importantes. La seule période où elle s'est sentie libre n'a duré que deux ans, lorsqu'elle était à l'hôpital et qu'elle exerçait son métier d'infirmière, avec la sensation d'être utile. Un métier que son mari, sous prétexte qu'il avait « besoin » d'elle à la maison, l'avait contrainte à arrêter, prononçant cette phrase qu'elle n'oublierait jamais : « En une demi-journée, je gagne ce que tu gagnes en un mois, laisse tomber ce job au rabais. »

En s'allongeant, Stan se met soudain à hoqueter d'un rire affreux et bafouille une suite de mots à peine intelligibles :

— J'ai cru… Imagine… Tout s'est éteint. Plus rien… rien. Pffff. Comme ça ! Foutu tour de magie… T'aurais vu ma gueule… Ha, le con ! le con ! Mais quel con !

— Tu as besoin de te reposer un moment, chéri.

— Tu crois ?

— Oui. Dors un peu. Je te réveillerai.

Elle n'a même pas besoin d'argumenter. Épuisé tant physiquement que mentalement, Stan ferme les yeux et sombre dans un sommeil de plomb.

Elle parle d'une voix ferme pour ne pas se laisser envahir par le doute :

— On doit quitter Paris au plus vite. Cette ville va devenir un piège !

Contrairement à Stan, l'adolescent encore pétrifié devant la baie vitrée fracassée revient aussitôt à la réalité. L'agressivité lui arrache une grimace. *La peur*, devine Sophie.

— Et comment on s'y prend ? Tout est bloqué et y a plus d'essence nulle part. Et puis on irait où ? T'as jamais voulu de résidence secondaire, tu disais que tu préférais voyager et aller dans les grands hôtels !

— Arrête tes sarcasmes chéri, veux-tu ! Tu te souviens que ton père a acheté des fermes et des forêts ? Il vient de signer pour une exploitation dans le Morvan. On va s'y réfugier… le temps d'aviser. Ce n'est pas si loin et on sera en pleine nature.

— C'est pas l'idée qui me déplaît mais ton plan d'aller planter des choux dans le Morvan c'est un peu radical, non ? J'entends pour papa et toi… Là franchement, je suis pas sûr…

— Tu as une meilleure idée ?

Jonathan la foudroie du regard. Évidemment non. De toute façon, ce n'est pas son taf de décider. Il y a quand même un truc qui l'intrigue chez sa mère, une sorte de métamorphose bizarre. On dirait presque qu'elle se moque des obstacles, voire que ça la galvanise !

— Bien ! Admettons. Et, on y va comment, dans le Morvan ?

— À vélo.

— À vélo !?

— Tu viens de le dire : en voiture, on a besoin d'essence et vu les bolides que ton père collectionne, il nous faudrait un camion-citerne ! Et de toute façon, d'après le dernier bulletin d'infos, toutes les sorties de Paris sont bloquées.

Le garçon émet un long sifflet.

— Et tu les trouves où tes bécanes ? À part la mienne !

Sophie sourit. Quand son fils a parlé de planter des choux, elle s'est souvenue du clodo qui a élu domicile derrière la palissade. D'après Stan, il s'est arrangé un campement de fortune où il vit en quasi-autarcie notamment grâce à son potager.

— Chez l'homme qui loge dans le terrain vague d'à côté. Ton père m'a dit qu'il en réparait. Il doit bien en avoir quelques-uns en réserve.

— Oublie ! Jamais il ne voudra s'en séparer ! Et si on suit ta logique, un vélo ça vaut de l'or maintenant…

Un raclement de gorge les interrompt. Maria vient de se glisser dans le salon par la baie vitrée fracturée en mille morceaux. Elle ne paraît pas plus surprise que ça devant le désordre.

— Maria ! Mais que faites-vous là ? Vous êtes venue travailler ?

— Non, Madame, je suis venue voir un ami et j'en profite pour passer prendre mon solde.

— Votre solde ?

— On est le 21 mai. Vous me devez donc trois semaines.

— Mais… Vous êtes sûre que l'argent vaut encore quelque chose ?!

— Je ne sais pas, Madame, je préfère quand même l'avoir.

— Bien… Je vais vous faire un chèque.

— Pas un chèque, Madame, de l'argent.

— Mais je n'en ai pas sur moi !

— Le coffre de Monsieur.

Sophie se sent presque vexée. C'est vrai qu'ils possèdent un coffre dissimulé derrière un petit meuble de leur chambre, où ils remisent ses bijoux et une certaine quantité de cash, mais personne n'était censé être au courant, pas même l'employée de maison si digne de confiance soit-elle !

— Il est en train de dormir. Il ne va pas très bien.

— Monsieur ?

— C'est le stress.

— Un choc post-traumatique ?

Devant la mine estomaquée de sa patronne, Maria précise.

— Aux Philippines, j'étais dentiste, mais j'ai fait une année de médecine.

— Oh ! Mais vous ne m'en avez jamais parlé !

— Vous ne m'avez rien demandé… à part le ménage. Je ne vous le reproche pas, c'est mon travail ici.

— Je suis désolée ! Vous savez, j'étais infirmière avant… et puis je me suis mariée, je suis tombée enceinte… J'imagine que ce n'est pas facile de trouver un poste équivalent.

— Mon diplôme n'est pas reconnu en France et il fallait bien que je vive… Monsieur est dans sa chambre ?

— Oui. Il est complètement incohérent.

— Cela ressemble à une amnésie traumatique. Le cerveau décroche en cas de grande violence.

— C'est grave ?

Jonathan semble inquiet, mais pas franchement surpris par le changement de statut de la bonne. Après tout, puisque le monde s'effondre, pourquoi pas une femme de ménage ex-dentiste, des autoroutes impraticables, de la monnaie de singe ou une baignoire pleine de flotte !

— Ça dépend du choc, mais aussi des gens. Certains supportent des choses terribles puis s'écroulent après coup, d'autres craquent sur un détail. D'autres... ça dépend, poursuit songeusement Maria.

— Je vais chercher votre argent.

Stan dort en boule, d'un sommeil agité. Sophie ouvre le coffre et prélève une liasse, le double de ce qu'elle donne habituellement. Une idée lui vient à l'esprit, mais elle doit agir avec tact si elle veut convaincre la bonne. *Non, ce n'est plus la bonne, ne sois pas si snob, ma vieille...*

Maria range les billets sans les recompter, ce qui agace vaguement Sophie. D'un autre côté, c'est bien la preuve de sa confiance, non ?

— Maria, j'aimerais vous demander un service. Voilà, dès que Stan se réveillera, j'aimerais partir, quitter la ville, alors...

— Oui, Madame ?

— Vous pourriez vous installer ici, profiter de l'appartement. Cela me rassurerait de savoir que quelqu'un veille sur nos affaires, tient la maison en ordre et arrose les plantes de... Oh merde !

Sophie se sent partagée entre le fou rire et la désolation : arroser les plantes quand l'eau devient si précieuse ! Heureusement Maria n'a pas l'air d'être offusquée. Elle hoche simplement la tête.

— Je ne sais pas si ce serait bien...

— Ne me dites pas que vous serez mieux dans votre... en banlieue ! Ici au moins vous avez un peu d'air le soir. Je vous en prie...

C'est la première fois que la patronne demande une grâce à son employée. Cela n'est pas formulé clairement, mais les deux femmes ont saisi la nuance et détournent le regard, gênées.

Maria acquiesce.

— D'accord. Je viendrai demain matin.

— Oh, parfait ! De toute façon vous avez la clef d'en bas ! Et puis vous connaissez la maison !

Sa boutade tombe à plat. Maria semble pressée maintenant que l'affaire est réglée, sans doute veut-elle faire des achats tant que l'argent vaut encore quelque chose, et avant que Madame n'exige un dernier service, elle disparaît par la baie vitrée.

Stan émerge deux heures plus tard. Son premier réflexe est d'attraper la télécommande posée sur sa table de chevet.

— Café en marche. Allumer BFM.

Siri ne répond pas et, pour couronner le tout, il fait une chaleur de dingue ! Il a dû s'endormir, cela explique sa migraine. Il ne fait jamais de sieste, pas même en vacances. Il appelle, étreint par une sourde angoisse.

— Maria, Sophie !

En voyant débarquer son épouse et son fils, il sent monter l'anxiété.

— Y a plus de jus dans la chambre !

Il se lève en titubant, essaie d'actionner les interrupteurs.

— Stan, assieds-toi.

— Quoi ? Pourquoi vous faites cette tête d'enterrement ? Et toi, Jon, tu ne devrais pas être au lycée ? À moins qu'il n'y ait une nouvelle manif pour sécher les cours…

Il parle de plus en plus vite, animé d'un sombre pressentiment qu'il ne cherche pas à comprendre, pas maintenant, pas avec cette chaleur qui l'étouffe et…

— Stan, s'il te plaît, on va t'expliquer…

Il n'aime pas ce ton douceâtre et plein d'empathie. Il se relève et se dirige vers la fenêtre qui l'attire comme un aimant. Il se penche vers la rue qui donne à l'arrière et découvre deux voitures abandonnées en plein milieu de la chaussée. Une famille charge une remorque à vélo de valises et de sacs-poubelle pleins à craquer, à croire qu'ils sont en train de rejouer l'exode de 40. *C'est quoi ce bordel ?!*

Cette vision lui rappelle vaguement quelque chose, une chose désagréable, odieuse, à laquelle il n'a absolument pas envie d'être confronté de nouveau.

Sophie parle avec une délicatesse suspecte.

— Tu souffres d'un choc post-traumatique qui a provoqué une amnésie passagère.

— Tu te fous de moi ?

Au lieu de répondre, elle l'entraîne vers le salon et lui montre la baie vitrée fracturée.

— Tu es rentré par là tout à l'heure. L'ouverture était bloquée, faute d'électricité.

— C'est quoi ce délire ?

— Stan, tout s'est effondré ce matin.

— Effondré ?

— La Bourse, les banques, Internet, l'électricité, l'eau, tout je te dis. Le système a sauté. On ne peut plus appeler l'ascenseur, tourner un robinet, allumer une lampe et encore moins se connecter. Je ne parle même pas de tes affaires… Tout est à l'arrêt. Les métros, les bus, les trains, les stations-service, plus rien ne fonctionne. Aux dernières nouvelles, les magasins étaient pris d'assaut. Et ça, c'était quand il y avait encore du réseau. Je n'ose même pas imaginer ce qui se passe dans les hôpitaux… J'ai croisé notre voisin du troisième, le conseiller d'État.

Il paraît que le président est confiné dans un abri sécurisé, mais la plupart des ministres se sont débinés, volatilisés. Et c'est partout pareil.

À ces mots, des bribes de souvenirs émergent. L'open space vide, le visage blême d'Hortense, un homme qui arrache une pauvre fille de son vélo. Lui filant en trottinette devant ses poursuivants.

Une main le secoue. Il voit le visage de sa femme qui s'approche. Elle l'observe avec inquiétude.

— Stan, tu ne vas pas recommencer, on n'a plus de temps à perdre. J'ai commencé à regrouper l'essentiel de nos affaires. Nous aussi on doit bouger…

Toute mauvaise humeur oubliée, Jonathan renchérit. L'état de son père le bouleverse bien plus qu'il ne veut le montrer.

— Maman dit qu'il faut partir et je crois qu'elle a raison.

— Partir ? Où ça ? On est coincés ! Où veux-tu qu'on aille ?

— Mais non. Rappelle-toi ces fermes que tu as achetées. Là-bas, au moins, on pourra trouver de l'eau et se nourrir…

— Stan, on n'a même plus d'eau ici. J'avais rempli la baignoire par précaution lorsque cette foutue télécommande l'a vidée.

— Je me souviens ! Tu m'as prévenu, tu as dit que…

— Je sais ce que j'ai dit ! Après avoir raccroché, j'ai crié à Jon de ne pas vider la baignoire et ce stupide engin a compris : vider la baignoire. On a perdu toute l'eau.

Stan ne peut réprimer un rire nerveux en repensant aux innombrables fois où Sophie s'est moquée de lui parce qu'il ne formulait pas ses ordres correctement. Mû par une subite impulsion, il se dirige vers la lampe

Tiffany qui leur a coûté la modique somme de 8 000 euros et shoote dedans de toutes ses forces.

– Putain ! Trente ans à bosser comme un dingue et voilà le résultat : on n'a plus rien, même pas de quoi remplir une baignoire ! Alors on fait quoi ? Un pique-nique en forêt avec les p'tits zoziaux ?

La détresse a fait place à une profonde colère nourrie par le sentiment d'être victime d'une injustice abominable.

– Stan, calme-toi ! On va prendre les choses une par une et on va s'en sortir. Oui, j'ai pensé qu'on pourrait aller se réfugier dans l'une de tes nouvelles propriétés, le temps que ça se calme. Tu m'as parlé de la ferme du Morvan. C'est beau le Morvan. Des forêts, de l'eau… et ce n'est pas si loin que ça !

Il se laisse tomber sur le canapé, le souffle court. Il a l'impression que sa femme joue un rôle dans un très mauvais film. Elle l'observe quelques instants avant d'ajouter avec douceur :

– Je vais trouver de l'eau. Jonathan, tu restes avec ton père. Je fais au plus vite.

Elle s'empare d'une lampe torche qu'elle a mise de côté un peu plus tôt, attrape deux bouteilles de soda vides et quitte l'appartement. Elle ne peut pas parler des vélos de but en blanc, elle doit d'abord tâter le terrain. Le clodo… son nom lui échappe. René ? Denis ? Elle s'apprête à remonter pour ne pas se trouver idiote quand ça lui revient subitement : Dédé ! Le type qui squatte le terrain vague et dont Stan s'est mystérieusement entiché s'appelle Dédé !

3.

La nuit a été plutôt blanche et bonne. Grâce à une légère baisse des températures, Dédé a ferré deux sandres sur les lignes de fond posées dans le contre-courant que la Seine crée par basse eau entre le pont de l'Archevêché et le Mémorial des martyrs de la déportation. Le sandre se vend à plus de 15 euros le kilo et Mike lui a lâché 85 euros pour sa pêche miraculeuse, de quoi s'acheter un peu d'épicerie sèche : café, sucre, sel, farine…

Après un solide en-cas, il s'est calé au fond de son hamac et a pioncé comme un bienheureux tandis que le monde s'écroulait au-dehors.

À midi, il se lève. La radio s'est éteinte pendant son sommeil. *Faudra vérifier la batterie*, pense-t-il. Il apprécie le silence, autant que la musique classique. C'est tout juste s'il perçoit une quelconque différence dans l'ambiance inhabituellement assourdie de la ville, une impression qu'il met sur le compte de sa longue sieste. D'habitude, il ne dort pas tant.

Le temps que son café chauffe, il fait son petit tour habituel : il commence par le poulailler où l'attendent six énormes œufs puis pousse jusqu'au potager pour cueillir une laitue. *Faudra qu'j'arrose ce soir.* En effet, la terre a beau être protégée par un épais paillis, ses légumes commencent à flancher. En cas de pénurie, il peut toujours se ravitailler à la fontaine publique du square voisin, à condition d'y aller la nuit. On n'est jamais trop prudent…

De retour au cabanon, il bat énergiquement quatre œufs dans un bol, ajoute du sel et quelques herbes aromatiques, met un peu d'huile dans la poêle, et quand ça grésille, verse le mélange dedans. Il écoute chanter l'omelette, les yeux dans le vague, sourire aux lèvres. La journée s'annonce aussi belle que la nuit.

Après son déjeuner, il retourne au potager et y travaille deux bonnes heures. C'est à ce moment-là que Maria toque contre la palissade.

Elle lui apprend que le monde a tourné cul par-dessus tête et lui raconte en deux mots la situation ; elle n'a pas beaucoup de temps et doit filer préparer ses affaires pour être de retour le lendemain. Elle va s'installer chez ses patrons.

Comme quoi, à toute chose malheur est bon.

La palissade n'offrant aucune ouverture visible, Sophie se met à tambouriner contre une planche et appelle à mi-voix, soucieuse de ne pas se faire remarquer. Stan prétend que Dédé est très pointilleux sur le sujet de la discrétion. Comme personne ne répond, elle avise un caddie abandonné. Sans doute des gens qui se sont approvisionnés au supermarché… Par chance, cette corvée leur sera épargnée ! Avec Jonathan ils ont fait l'inventaire des placards et la liste des choses à emporter. Logiquement, ils ont à peu près tout : piles, trousse de secours, nourriture et les dernières bouteilles d'eau gazeuse qu'elle réserve au voyage. L'idéal serait de trouver une remorque et d'y entasser autant de provisions que possible avant de se lancer sur les routes… Sinon ils prendront les deux sacs à dos de son fils, et chargeront les porte-bagages.

Tout en réfléchissant, elle pousse le caddie à l'extrémité de la palissade et parvient à le coincer solidement contre l'angle de l'immeuble. En s'aidant de la balustrade du balcon des voisins, elle grimpe assez haut pour escalader les planches de bois. Son cœur n'a jamais battu si vite, elle ne sait pas trop si c'est la honte qu'on voie sa culotte, le ridicule de sa posture ou la peur de se fracasser en bas !

Par miracle, elle parvient à se laisser glisser et chute lourdement sur un talus d'herbes.

Quand la poule jaillit de la broussaille, Sophie ravale un cri d'épouvante. Durant une seconde, elle a cru avoir affaire à un chien sauvage sur le point de l'attaquer. Elle s'aventure dans le fouillis de la végétation avec la sensation de pénétrer dans une jungle.

Elle trouve le sentier qui sinue à travers les hautes herbes et la conduit à un cabanon soigneusement entretenu. Les lieux semblent déserts. Niché dans la verdure, l'édifice évoque ces bicoques bohèmes photographiées dans les magazines déco. Les planches de bois sont patinées et, à l'avant, deux fauteuils en rotin se font face sur une adorable terrasse. Des lampions suspendus à la pergola achèvent de lui donner un style singulier mais assez bucolique.

Sophie remarque alors le tonneau aux allures de citerne. Bingo ! Il doit bien contenir des centaines de litres ! Elle tente un timide « Il y a quelqu'un ? » afin de se donner une contenance, mais seul le silence lui répond. Elle en profite pour se pencher vers le robinet fixé au bas du réservoir, peine à le dévisser et finalement l'ouvre en grand. L'eau jaillit en éclaboussant la terre.

— C'est pas le moment de gaspiller, si ?

Elle tourne la tête, rouge de honte. Le sourire indulgent de son interlocuteur la rassure un peu, mais Sophie ne s'est jamais sentie si bête.

— Je suis votre voisine et…

Elle désigne son immeuble, mais Dédé l'interrompt.

— Je vous ai reconnue. Avec votre mari on se salue. Qu'est-ce qui vous amène chez moi ?

— Eh bien justement, il ne va pas très bien et on n'a plus d'eau alors… j'ai pensé…

— Il n'y a pas de problème, servez-vous. Stan ne va pas mieux ?

Trop gênée pour noter la curieuse interrogation de Dédé, elle bafouille.

— C'est le choc. Il ne se souvient pas des dernières heures. On dirait qu'il veut effacer la dernière journée, la plus improbable journée du siècle.

— La plus probable vous voulez dire ? Depuis le temps qu'on y va tout droit, fallait bien qu'on se mange le mur ! On récolte ce que l'on sème et tout se paie… un jour ou l'autre.

— Peut-être… sûrement. Mon fils pense comme vous, mais maintenant qu'on est face au mur, il faut bien réagir.

Tout en discutant, elle observe les installations du cabanon : les panneaux solaires, l'« eau courante », le système d'évacuation, le hamac tendu entre deux arbres et ce qui ressemble à un poulailler. Elle conclut non sans une pointe d'envie :

— Pour vous, ça ne changera pas beaucoup j'imagine ?

— Ah, quand même, j'aime bien le café et une petite bière de temps à autre… Pour le reste, je me débrouille.

Elle hoche la tête. Parler avec cet homme l'apaise un peu. Sa manière de vivre conforte l'idée que son projet d'aller à la campagne est la bonne solution. Elle comprend mieux maintenant pourquoi Stan aime bien discuter avec lui. Ce type doit être un des rares Parisiens à ne pas céder à la panique aujourd'hui. Sans compter les miséreux qui vivent, *ou plutôt survivent*, pense-t-elle, dans la rue… Cela signifie bien qu'une autre existence reste possible, ailleurs, autrement. *Un nouveau monde…* Elle songe aux discours enflammés de Jonathan. Son fils a sûrement acquis des connaissances qui leur seront utiles. En attendant, elle doit convaincre Dédé de lui céder deux vélos.

— Vous avez décidé quoi ?

L'homme la regarde avec bienveillance, si bien qu'elle décide de lui faire confiance.

— On va partir. Stanislas a acheté une ferme et…

— Une ferme, lui ?

L'homme réprime un sourire.

— Je vous rassure, il ne comptait pas élever des vaches, mais un de ses conseillers l'a convaincu de se diver… bref de verdir ses acquisitions, mais…

— Oui ?

— Pour y aller, comme il n'y a plus d'essence… j'ai pensé…

En guise de réponse, Dédé lui tourne le dos tout en l'invitant à le suivre. À une cinquantaine de mètres, niché sous un bouquet de frênes, Sophie découvre un véritable atelier avec un établi, un étau, des outils soigneusement suspendus sur une grille, quelques pots de peinture, des bidons d'huile. Dans des boîtes en plastique transparent, on devine tout un attirail de vis, de crochets, de clous. Plusieurs vélos sont garés sous l'auvent. Pour les tenir debout, l'ingénieux bricoleur a creusé de larges encoches dans des parpaings afin d'y loger la roue avant.

Dédé semble attendre une réaction et si Sophie décèle la petite lueur au fond de ses prunelles, elle ne sait pas vraiment comment l'interpréter. Elle rougit et se racle la gorge, incapable de trouver les mots justes pour formuler sa requête. Comme s'il devinait son embarras, il lui lance d'un ton narquois :

– Il vous en faut combien des bécanes ?

– Eh bien... deux ?

Il désigne les vélos devant lui.

– Ceux-ci ne sont pas à prendre. Il en reste quatre, choisissez.

– Je ne sais pas trop... Que voulez-vous en échange ? J'ai de quoi payer.

Pour la première fois, Dédé paraît irrité et la coupe assez sèchement :

– Je ne réclame rien parce vous n'avez absolument rien qui m'intéresse en dehors du fait que ça me fait plaisir de vous aider.

– Je ne sais pas quoi dire.

– Ne dites rien, alors.

– Je vais revenir avec Stan. On... On les choisira ensemble.

– Je ne bouge pas d'ici.

– Merci. Vraiment...

Elle remonte l'escalier de l'immeuble en toute hâte, rassérénée par cette première bonne nouvelle. Avec ces vélos, elle est certaine qu'ils pourront quitter Paris. Bien sûr ce sera difficile, mais ils n'ont pas le choix. La ville est une souricière mais, en s'organisant bien, ils vont pouvoir s'en échapper... Il est trop tard pour partir aujourd'hui, d'ailleurs ce ne serait pas prudent avec la première vague de gens. Ils attendront demain.

Elle pénètre dans le salon sans se soucier des bris de verre. Son fils est assis sur la bergère, la tête entre les mains. Avant qu'elle ne pose la question, il ouvre les bras en signe d'impuissance.

— Papa s'est barré. J'ai essayé de le retenir, je lui ai demandé d'attendre que tu reviennes, mais il n'a rien voulu savoir. Il savait que tu ne serais pas d'accord !

— Bon sang, Jon, ce n'est pas possible ! Il a filé où, tu sais ?

— Tu poses la question ? Au bureau, bien sûr !

— Il est fou ?

— Il a dit qu'il avait un truc à récupérer. T'inquiète pas trop, m'man, il avait l'air à peu près clair.

*
* *

Stanislas a hésité un instant à sortir l'Audi mais il s'est vite ravisé en se souvenant de l'enfer dans les rues. En l'espace d'une demi-journée, Paris est devenu une chausse-trappe et, plutôt que de sacrifier la voiture, il opte pour la marche à pied, le sac à dos de Jon bien calé sur les épaules pour ne pas se le faire arracher.

Par chance, il déniche de nouveau une trottinette électrique. Elle est déchargée mais elle roule. Il passe le pont de Grenelle, traverse le seizième arrondissement en évitant les axes trop embouteillés. Les gens sont en train de quitter la ville, un exode massif où se côtoient pêle-mêle des individus en tenue de randonnée ou en jogging baskets, les uns traînant des valises à roulettes, d'autres poussant des landaus chargés de sacs, des poussettes où l'on a empilé enfants et bagages, des diables sur lesquels ont été ficelés quantité de cartons, ou encore des caddies pleins de provisions… Les mieux lotis vont à moto ou en scooter, du moins ceux qui ont encore de l'essence, et se faufilent aussi vite qu'ils peuvent, suscitant l'indignation et la colère dans leur sillage. Des familles entières se tiennent par la main, affolées à l'idée de se perdre dans la cohue. Quelques rares véhicules se risquent dans les rues, mais finissent bloqués, il suffit de traverser un rond-point ou une grosse avenue pour s'en rendre compte. Parmi les voitures abandonnées au beau milieu de la chaussée, certaines sont occupées par des jeunes ou quelques SDF, attirés par l'aubaine d'un squat confortable.

En remontant la rue de Franqueville où déjà s'amoncellent les ordures ménagères, Stan aperçoit une bande de rats qui éventrent les sacs-poubelle. Ce grouillement de rongeurs parmi les déchets, laissant présager une invasion, a des relents apocalyptiques qui le font frissonner. Alors qu'il s'apprête à couper par le bois de Boulogne, il croise un groupe de cyclistes. Les hommes, six en tout, encadrent cinq femmes, le visage livide de peur ou marqué par l'effort. *Mais où vont-ils tous ?*

Chacun dans cette société en plein délitement cherche à tirer son épingle du jeu et des opportunistes, à l'affût, tentent de profiter du *black-out*… Stanislas a toujours pensé que la loi du plus fort s'appliquait dans le monde des affaires, que les gros mangeaient les plus petits, parfois même pour un mutuel bénéfice, mais là… Subitement cette loi de la jungle, cette loi naturelle qui veut que le fort bouffe le faible lui paraît nettement moins justifiable !

Au pont de l'Europe, un type à la mine patibulaire et deux jeunes tout aussi menaçants lui bloquent la route. Il est obligé de laisser là la trottinette… objet de toutes les convoitises. Pas un seul mot n'est échangé. Il s'éloigne aussi vite qu'il peut.

Il couvre la distance restante au petit trot, malgré la chaleur écrasante. Heureusement, les portes de la tour, bloquées, sont restées ouvertes. Il s'engouffre dans l'escalier en haletant. Les bureaux sont au vingt-troisième étage. L'ascension est épuisante, surtout à bonne allure, mais le temps presse. Stan ignore pourquoi, mais le sentiment d'urgence grandit à chaque minute qui passe. Sophie a raison, ils doivent partir, mais pas avant d'avoir récupéré son trésor de guerre, le dernier qui lui reste.

Même s'il s'y attendait, voir l'open space sombre et totalement déserté lui fait l'effet d'un uppercut. Passé le choc, il remarque les détails : deux chaises renversées, des bureaux en désordre, des tiroirs ouverts, quelques gobelets renversés et ce calme, oppressant, qui confère à l'endroit un caractère totalement irréel. Il traverse les lieux comme en rêve, pousse la porte marquée à son nom. Il l'a quittée vers midi, pourtant la pièce lui semble métamorphosée. Ce n'est plus son bureau mais une coquille vide. Il lui faut quelques instants pour saisir que cette impression est due au silence, *un silence de mort*, pense-t-il… Et ces écrans stériles, qui transfigurent l'endroit, c'est bien la fin de quelque chose.

Il se dirige vers le coffre-fort dissimulé derrière un cliché en noir et blanc de Berenice Abbott et l'ouvre.

Tout est là. Huit lingots d'un kilo qu'il enfourne hâtivement dans son sac à dos… Il fouille ensuite dans sa corbeille, exhume avec soulagement le dossier papier envoyé par Patrick Bouillot, le paysan éleveur. Grâce à cela, il possède une destination précise et la trace de leurs tractations. Pourvu que la banque ait exécuté à temps le transfert des fonds, c'est tout ce qu'il demande. Au dernier moment, il se souvient de son porte-bonheur en étouffant un juron. Encore un peu et il l'oubliait. Il cherche dans le tiroir, saisit le poinçon de son père et le glisse dans sa poche.

Le parvis de la Défense est vide, la chaleur cogne dur. Stanislas s'accorde un court répit. Il se sent à bout de forces, déjà épuisé par le trajet à venir, avec le stress de se faire attaquer. Malgré l'heure avancée – il est presque 20 heures –, les températures oscillent toujours entre 38 et 40 degrés, impossible de savoir, faute d'affichage. Il se met en route, pestant contre lui-même. Il n'a pas pensé à se désaltérer à la fontaine d'eau du bureau, à présent il est assoiffé. Quel con !

En remontant la voie Perronet, il repère un caddie abandonné. Il hésite un instant à l'idée de se faire remarquer. Il ne s'est ni changé ni douché – bien sûr ! –, son costume est fripé, il pue et il fera une cible parfaite à pousser un chariot de supermarché, mais cela lui paraît moins pénible que de se coltiner plus de huit kilos d'or sur huit ou neuf bornes.

À la guerre comme à la guerre, se dit-il. *Et si on m'attaque, je pourrai toujours balancer mon char dans les pattes de l'ennemi !*

Il n'est pas loin de 23 heures quand Dédé entend toquer contre la palissade. Trois visites en une journée, c'est un record ! Il bougonne un peu en se dirigeant vers la porte dérobée, mais au fond de lui il n'est pas mécontent. Il a beau être préparé pour tenir un siège, les événements le turlupinent. D'habitude, à cette heure-ci, il roupille comme un bienheureux. Il va devoir réfléchir à une meilleure défense, au cas où des indésirables se mettraient à traîner dans le coin.

Les coups reprennent, mais il reste muet jusqu'à ce que son visiteur commence à gémir.

— Dédé, mon pote, tu es là ? Ouvre s'il te plaît, c'est moi…

Moi. Décidément, son *pote* bourgeois ne doute de rien ! Dédé ravale un gloussement. Stan doit être dans un sale état pour geindre de la sorte. Il ouvre sa porte dérobée.

— Entre, mais ne fais pas tant de boucan !

Le trader s'accroche à son caddie. Il a effectivement une sale tête. Il soulève avec difficulté un sac qui semble peser un âne mort, puis repousse l'engin avec un gros soupir.

— T'as encore changé de bagnole ?!

Stanislas hoche la tête en ricanant, appréciant malgré tout ce trait d'esprit.

— Tu crois pas si bien dire ! Je viens de me taper le trajet bureau-maison à bord de ce fier équipage. J'ai bien cru que j'allais me planter une dizaine de fois. Je voulais arriver avant la nuit noire, y a plus un lampion, plus une seule foutue lumière, sauf les lampes torches de mecs bizarres en train de patrouiller, des braseros qui brûlent et…

— Et tu t'es dit que plutôt d'aller te coucher, t'allais souhaiter bonne nuit à ton pote du rez-de-chaussée, c'est ça ?

— Désolé. Ça pouvait pas attendre demain.

— Entre, je préfère pas me faire repérer même si y a moins de risques avec cette obscurité. T'as remarqué ?

— Quoi ?

— Le ciel.

— J'ai pas trop eu le temps, en fait !

— Alors c'est le moment. Mate ces étoiles ! Jamais il n'y en a eu autant dans le ciel de Paris. Jamais depuis mille ans !

— Dédé…

— Je sais, je fais de la poésie quand toi tu tiens à peine debout. Viens, je vais te préparer un café.

— Tu en as ?

— Ben oui, pourquoi ?

— Rien. Merci. Tu es un pote, un vrai.

Ils demeurent silencieux, plongés dans leurs pensées pendant que le café infuse. Stan, après s'être désaltéré, s'est vautré dans le fauteuil et fixe deux vélos que Dédé a rangés au pied de sa véranda. Sur chacun des porte-bagages un gros cageot en bois est solidement arrimé par des tendeurs. Il a dû travailler dessus aujourd'hui. Ce ne sont que de vieux biclous, mais, connaissant le bonhomme, ils doivent être réglés au millimètre.

Dédé n'est pas un imbécile, il doit savoir que leur valeur a décuplé. Comme ce dernier lui tend sa tasse, Stan se lance d'une traite, sans réfléchir.

— J'ai une affaire à te proposer. Une affaire en or, et crois-moi c'est le cas de le dire. Je t'échange deux vélos contre un lingot. Je ne chercherai pas à t'embobiner, les euros, ça ne vaut plus une tune, mais l'or reste une valeur sûre. C'est ça que je suis allé récupérer à mon bureau.

Tout en parlant, il a sorti un lingot de son sac et le pose sur la palette qui fait office de table basse. Durant un instant, il ne se passe rien, puis Dédé secoue la tête, visiblement consterné.

Ce n'est pas assez, putain ! Stan a du mal à réajuster sa stratégie. Pas avec Dédé. Avec lui, il blague et philosophe sur les petites choses. La météo, la pêche, une bonne bière de temps en temps. C'est facile, et ça n'engage à rien.

Il repousse la sale impression de se faire avoir et repart à la charge.

— Tu es en position de force, nous le savons tous les deux. Combien tu en demandes ?

— J'en veux rien.

— Rien… ! Même si je t'en propose deux… trois !

Dédé le regarde maintenant bizarrement.

— Mais… tu veux quoi ?

— Rien, je t'ai dit.

— Rien ?

— Tu sais, Stan, puisqu'on cause vélo va falloir que tu changes de braquet. Tu peux pas continuer à voir le monde avec ton système.

— Mon système ?

— Ta femme est venue. Ces vélos que tu vois là sont pour vous. Je les ai vérifiés, graissés, préparés. Elle m'a expliqué votre projet de départ.

— Alors tu étais au courant…

— Ben oui !

— Je me sens tellement con. Comment te remercier ?

— En remballant ton or.

— Putain, j'ai vraiment l'air con…

— Et si tu veux t'en sortir, il va falloir que tu commences à réfléchir autrement, c'est tout.

⋆

⋆ ⋆

Le premier jour du nouveau monde ressemble exactement à celui de la veille, du moins au thermomètre. Il marque 35 degrés et il n'est pas encore 8 heures du matin. Stan est réveillé en sursaut par un rêve de labyrinthe qui s'effiloche à l'instant où il ouvre les yeux. Seule subsiste cette angoissante sensation de danger et de fuite.

Sophie est déjà debout. Elle est pâle, des cernes violets soulignent ses yeux, et pourtant son regard a changé, comme animé d'une nouvelle flamme.

– Ça va ? On est en train de faire le tri avec Jonathan. Tu peux préparer tes affaires ?

– Pas de café, j'imagine ?

– Il nous reste des litres de jus de fruit. Mieux vaut garder toute l'eau pour le voyage. Les bouteilles pleines sont dans le cagibi, chacun en prendra six ou sept dans son sac. Et on a le bidon que Dédé nous a donné en plus.

– Tu es sûre de vouloir partir aujourd'hui ?

– Sûre. On attendrait quoi, ici ? Que la situation empire ?

Stan ne peut s'empêcher d'envier son assurance. Perclus de courbatures, engourdi par le manque de sommeil, il a du mal à retrouver l'élan qui l'a saisi la veille au soir dans le jardin de Dédé.

Quand il est rentré, vers minuit, sa femme commençait à envisager le pire. Au lieu de le féliciter d'avoir récupéré l'or, elle lui a reproché son imprudence. Ils ont failli se disputer à cause des lingots. Sophie les trouve bien trop lourds à emporter et elle craint qu'ils ne se fassent dépouiller en route. Stan n'a pas eu le courage de discuter, il est tombé comme une masse.

Ce matin, elle semble avoir oublié leur discussion, mais lui n'a pas changé d'idée. Pas question de laisser son trésor au coffre. Il trouvera bien un moyen de les emporter en douce… et il a déjà sa petite idée.

Il jette quelques vêtements sur le lit, pulls, chemises, pyjamas et deux paires de chaussures de sport.

– Chéri, tu plaisantes ?

Sa femme fixe le tas, les yeux écarquillés.

— On ne part pas au Club Med, Stan. On va pédaler pendant des centaines de kilomètres et, avec un peu de chance, on atterrira dans une ferme à patauger dans la gadoue ! Tu prends le strict minimum, ça doit tenir dans un sac de courses.

Il grommelle vaguement un accord sans conviction. En réalité, il peine à se reconnecter et, à ce stade, il envisage encore leur départ comme un jeu, une épreuve à la con qui s'avérera être un canular. Il fait semblant. Seul l'or lui paraît concret, une valeur sûre. C'est pour cette raison qu'il refuse de l'abandonner ici, même planqué.

— Je vais finir les bagages au salon. N'oublie pas de prendre tes bouteilles d'eau. Tu n'as qu'à les mettre dans le sac à dos de Jon.

Sa femme et son fils ont procédé par ordre et réparti les affaires en trois tas. Un premier avec le matériel de base : des briquets, deux lampes torches, un paquet de bougies, un réchaud de camping rescapé d'une colonie de vacances et trois rouleaux de papier hygiénique – le minimum après une discussion féroce ! Le second avec les deux duvets, un plaid en pure laine, une trousse de secours, leurs vêtements fétiches, et quelques effets personnels : photos, papiers d'identité, deux livres, un carnet, des stylos et quelques bijoux faciles à dissimuler, le troisième avec les bouteilles, la nourriture et, pour finir, le bidon d'eau que Dédé leur a offert.

Mais ils se rendent vite à l'évidence, faute de disposer d'une remorque, un second tri s'impose… Difficile quand il s'agit de renoncer à ses effets personnels. Ils n'ont pas le choix : exit les tee-shirts blancs que Jon adore, sa chemise favorite, son vieux cuir troué ou ses converses trop fragiles. Il n'a gardé qu'un jean, un survêtement, un sweat, un short de rechange, ses polos en coton bio et une pile de sous-vêtements. Sophie, elle, se résigne à n'emporter que sa chaîne en or, un pendentif en rubis et son diamant. Elle laissera le reste, des bijoux trop ostensibles qui pourraient attiser la convoitise. Elle a aussi renoncé au plaid – ils se débrouilleront bien avec un seul sac de couchage... De toute façon, les nuits fraîches, ce n'est pas pour tout de suite ! Côté vestiaire, elle se limite à deux petites robes, deux jupes, trois pantalons en coton, un jean de marque, deux bermudas et un corsage brodé qu'elle a planqué sous ses tee-shirts. Plus encombrante, sa trousse de toilette est bourrée de ses crèmes hydratantes, sérums liftants, dentifrice, brosse à dents et autre fards *indispensables*. Il a fallu néanmoins sacrifier ses vernis, les masques et le peeling. Dans la poche intérieure, Sophie a glissé cinq photos et leurs cartes d'identité. Et bien sûr, leur portable, le réseau finira bien par revenir un jour ou l'autre. Forcément...

Stan observe toute cette pagaille avec scepticisme, et Sophie de se justifier :

— Il faut vérifier que tout rentre dans les caisses des porte-bagages. Jon est allé récupérer les vélos chez ton ami et en attendant, il les a rangés dans la cave avec le sien. On y descendra les sacs en un seul voyage pour éviter d'aller et venir et d'être tentés de rajouter quelques bricoles de plus...

Mais en reconnaissant soudain les courbes d'un étui à violon, Stan manque de suffoquer.

— C'est une blague ? Tu me fais la leçon pour qu'on parte légers et tu embarques ton violon !

— La musique est vitale pour moi, Stan, ce n'est pas négociable. Si je ne joue pas, je crève.

— Tu ne dramatises pas un peu ?

— Écoute chéri, contrairement à tes lingots qui risquaient surtout de nous encombrer, l'étui est léger. Je voudrais vraiment que tu comprennes l'importance…

— OK, Sophie, après tout, tu sais ce que tu fais. Mais est-ce indispensable de partir si vite comme ça dans l'urgence ?

— Le plus tôt sera le mieux. La nuit, ce sera impossible de se repérer. Tu l'as dit toi-même…

— Et sans GPS, comment on fait ?

— Tu as bien une carte routière ou un atlas dans la voiture ?

— Dans la Maserati, mais le système qui sécurise le verrouillage des portières est commandé par une appli sur mon portable.

— Eh bien, on ne va pas se poser plus de questions.

— Ça veut dire quoi ?

— Ça veut dire qu'on utilise les grands moyens. Ton fils a bien explosé celle du salon, on n'est plus à une vitre près, non ?

— Enfin quand même Sophie, on parle d'une Maserati là !

— Putain, Stan, tu veux vraiment qu'on se prenne la tête à chercher des solutions là où il n'y en a pas ? Tu crois franchement qu'on a le temps de tergiverser pendant des lustres ? Oh, il faut que tu te réveilles ! On est dans la vraie vie, là, pas dans un escape game à résoudre en famille !

— OK, OK… ne crie pas.

Stan sait qu'il n'aura pas le dernier mot ; Sophie est déterminée, limite survoltée, en quelques heures, elle s'est métamorphosée. Dans le fond, il sent bien qu'elle a raison même s'il résiste encore à accepter la tournure catastrophique que prennent les événements. Tout en lui refuse l'idée d'un Grand Effondrement, celui dont son fils lui rebattait encore les oreilles la veille avec toutes ces théories écolos de décroissance sous couvert de transition énergétique, de sobriété heureuse, et des bla-bla-bla de la jeune activiste Greta Thunberg. Tout ce qu'il méprisait encore hier par peur d'affronter la réalité s'impose à lui aujourd'hui brutalement. Stoppé net dans son élan, il vacille.

Tous trois s'activent maintenant à empiler leurs possessions dans des sacs en plastique, les soupesant au fur et à mesure pour équilibrer au mieux les charges ; ils écartent un kilo de sucre trop encombrant dans l'un et le remplacent par un coupe-vent plus léger, discutent de l'utilité d'avoir deux torches, une provision de piles, un tube d'arnica… Fort de ses expériences en rando, Jon convainc ses parents d'enfiler des chaussettes en laine malgré la chaleur pour s'épargner des ampoules. Leur tenue a été choisie au plus pratique, pantacourt ou bermuda, tee-shirt et casquette. Ils passent une dernière fois en revue la liste du matériel puis se préparent un solide petit déjeuner pour tenir toute la journée.

Sophie décide qu'ils prendront ce pantagruélique dernier repas au salon sur leur plus belle nappe ! Avec tout ce qui a décongelé, ils ont l'embarras du choix : croissants, brioche aux pépites de chocolat, gigot d'agneau froid, carpaccio de saumon fumé, sans oublier les deux boîtes de béluga du réfrigérateur qu'elle n'ose pas emporter – de quoi auraient-ils l'air si on les surprenait à déguster du caviar en plein exode ! – et des muffins.

Face à cet inhabituel entrain, Stan est troublé. Plus aucune trace de morosité, on dirait même que Sophie s'amuse de la situation. Sa bonne humeur, presque incongrue, serait-elle une forme de provocation ? se demande-t-il.

— Tu comptes laisser la maison comme ça ?

Sa femme le foudroie du regard. Un crissement de verre met fin au malaise. Maria esquive tant qu'elle peut les morceaux de la baie vitrée qui jonchent toujours le sol. Elle porte deux énormes cabas, affichant un sourire jovial, égale à elle-même, bienveillante et fidèle Maria, sur qui on peut toujours compter et qui vient prendre son service… C'est à croire que dehors rien n'a changé !

— Bonjour Maria, mais que faites-vous là ?

— Madame m'a proposé de m'installer ici en attendant votre retour.

— Oh… Formidable, c'est une excellente idée…

Il bafouille sans réellement comprendre. Leur employée ici pendant qu'ils seront sur les routes ? C'est quoi cette dernière lubie ? Il reprend, cherche une banalité, en panne d'inspiration.

— Et… Vous n'aurez pas peur, ici, toute seule ?

— Pas plus que dans ma banlieue. Et puis j'ai un ami pas loin d'ici.

— Un ami qui va rester ?

— Oui, je crois.

Stan sort de sa poche une grosse poignée de billets qu'il avait préparés.

— Tenez, un mois d'avance et vos congés payés, j'espère que cela suffira pour vous approvisionner en eau, prenez la nourriture qui reste dans les placards, et s'il arrive quoi que ce soit… je vais vous laisser nos coordonnées.

Il lui donne, griffonnée sur un papier, l'adresse de la ferme.

Pendant ce temps-là, armé d'un Titleist T300, le club de golf favori de son père, Jonathan accomplit un swing parfait. Le fer s'écrase sur le pare-brise qui se fissure aussitôt. Par réflexe, Stanislas détourne les yeux. Il enchaîne sur un deuxième coup puis un autre… Au cinquième impact, le verre est pulvérisé.

Si par miracle l'atlas routier se trouve encore dans la voiture, c'est grâce à sa couverture vintage, raccord avec le standing de la Maserati. Ses indications le sont également, elles datent des années 2000, mais c'est largement suffisant pour établir un plan de route.

À vue de nez, ils doivent parcourir un peu moins de 300 kilomètres.

Tout a fini par entrer dans les caisses arrimées sur les porte-bagages de Dédé. Ce dernier est venu assister à leur départ. Au dernier moment, il leur offre un paquet de rustines, le genre d'accessoire indispensable, bien moins encombrant qu'un foutu violon, songe le trader avec mauvaise humeur.

Il se tourne vers son « nouveau vieil ami », un homme qu'il connaissait finalement bien mal et qui s'est révélé providentiel. L'émotion lui serre la gorge.

— Tu n'hésites pas : chez moi, tu es chez toi ! J'ai prévenu Maria, notre… la dame qui s'occupe du ménage. Elle restera là-haut le temps que ça dure…

Dédé s'esclaffe, visiblement ravi.

— Tu pédaleras sur mon vieux biclou pendant que je me pavanerai sur ta terrasse ? Dis donc, c'est le monde à l'envers !

Il ouvre les bras et avant que Stanislas comprenne ce qui lui arrive, ils s'étreignent mutuellement. Une franche et sincère accolade qui lui broie les épaules.

4.

Le poids des lingots l'oblige sans cesse à corriger sa posture pour garder l'équilibre. Évidemment, il ne peut guère s'en plaindre, et encore moins demander à Sophie et Jon de ralentir la cadence alors qu'ils s'éloignent à la queue leu leu en direction de l'autoroute A6. Jonathan a pris la tête de la caravane. Sophie le suit avec aisance, pédalant en rythme, avec une détermination qui ne cesse de le surprendre. Même dans l'effort, son corps délié exprime toute sa grâce.

En débouchant sur l'avenue des Champs-Élysées, le trio se trouve happé dans la nasse des fuyards. Une foule en mouvement qui s'étire, aussi loin que le regard porte, au-delà de la place de l'Étoile. La plupart à pied ou à vélo, certains juchés sur des attelages hétéroclites tirés par des hommes en sueur, des femmes qui, ayant troqué leurs talons hauts contre des tennis, poussent à leurs côtés des caddies remplis à ras bord et même devant eux un double-poney et sa carriole : certainement l'un de ceux qui promènent les enfants au Jardin d'acclimatation.

Dans la touffeur de la cohue, la chaleur semble avoir encore grimpé de dix degrés. Peu habitué à être au contact de la foule et encore moins à devoir s'y frayer un passage, Stan sent le malaise monter. Ils passent devant l'immeuble de la Gaumont, semblable à une forteresse vide. Sur sa façade, un slogan géant clame un message dérisoire : « Le cinéma, c'est tous ensemble ! »

Tous ensemble. Celui qui a pondu ça ne s'est jamais trouvé coincé au milieu de milliers de gens en sueur ! Cette idée de fuir est une folie. Il suffirait d'un mouvement de panique générale ou d'un fou haranguant quelques excités pour que cela vire au drame. Pour endiguer sa panique et réprimer son agoraphobie, le trader se concentre sur sa roue avant. La transpiration imbibe son bandana. Un peu plus tôt, il a fait halte dans une impasse. Il en a profité pour nouer un foulard sur son front. Sophie et Jon l'ont imité. Chacun a bu aussi discrètement que possible une gorgée d'eau.

Ils atteignent l'autoroute vers 13 heures. Le spectacle qui s'offre à eux est dantesque, hallucinant. Une marée de véhicules figés sur le macadam brûlant telle une langue de métal que la route régurgite sans discontinuer. Des moteurs tournent encore en dégageant une odeur insupportable de gasoil et Stan met un moment à comprendre pourquoi personne n'a le bon sens de les éteindre. Barricadés dans l'habitacle de leur véhicule, les gens profitent des dernières minutes de climatisation, à l'abri de la foule grouillant autour d'eux. Quelques-uns les invectivent au passage, mais il serait vain d'en venir aux mains. L'accablement écrase les nuques et coupe le souffle, autant que la température qui atteint à présent les 45 degrés.

Malgré leurs efforts de rationnement, ils ont déjà bu deux bouteilles d'eau. Stan a décidé qu'ils attendraient de trouver un endroit à l'écart avant de sortir le bidon. Comme eux, la plupart des gens boivent en cachette, chacun veillant à ne pas attiser la convoitise des voisins, mais que se passera-t-il quand leurs réserves seront épuisées ?

Quinze kilomètres et deux heures plus tard, le trader obtient un début de réponse. La scène se déroule autour de la première station-service de l'A6, sur l'aire des Lisses. Quelle a été l'étincelle qui a mis le feu aux poudres ? Mystère… Accablées et épuisées, une trentaine de personnes ont cédé à la colère. Les codes de la bienséance n'ont plus lieu d'être et les digues ont sauté, opposant les deux camps. D'un côté des individus démunis qui s'entendent sur une manœuvre d'encerclement du bâtiment d'une station protégé par un rideau de fer, et de l'autre la famille qui, derrière le volet métallique, essaie de protéger ses biens. Parmi ceux qui observent la scène, certains hésitent visiblement à rejoindre la meute des assiégeurs tandis que d'autres, moins hardis, semblent attendre la fin de la curée tels des charognards prêts à se repaître d'une carcasse.

Des prédateurs oui, beaucoup d'humains le sont devenus depuis quelques heures… pour un peu d'eau, un reste de paquet de biscuits…

Jonathan a mis pied à terre. Les dents serrées, Stan ordonne :

— Tu me suis. Vite !

Le gamin ne discute même pas. Sophie a compris, elle aussi. Ces gens sont prêts à tout pour mettre la main sur les stocks de la boutique. Et s'ils réussissent à entrer, ils vont se ruer tous en même temps sur les rayons et ça risque de virer à la foire d'empoigne. Il y a fort à parier que tous n'en sortiront pas indemnes, il y aura des blessés… ou même pire. Il faut dégager vite fait d'ici avant que l'émeute n'éclate, pédaler malgré la douleur des muscles. Par chance, l'affluence est moins dense depuis quelques kilomètres. Ils parviennent à contourner l'engorgement et à prendre un peu de vitesse.

Ils ont les cuisses et les mollets en feu, les bras ankylosés à force d'être tendus sur le guidon et leur dos, raidi par l'effort, n'est plus qu'une ligne douloureuse qui oscille de gauche à droite, depuis la nuque jusqu'aux épaules, et qui se diffuse de bas en haut, tout le long de la colonne vertébrale. Leur corps tout entier est desséché, leur langue a doublé de volume et ils ont la sensation que du plomb fondu coule dans leurs veines. Ils ne rêvent que d'une chose : le moment où ils pourront enfin stopper cette fuite. Pourtant ils continuent, aiguillonnés par la peur, guidés par cette méfiance atavique des Autres, des êtres tout aussi assoiffés et mal en point qu'eux.

Stan qui pédale maintenant en tête bifurque sans prévenir vers la bretelle de sortie. Il ne supporte pas l'idée d'être bloqué et pris au piège sur l'autoroute, cela finira mal, il en a l'intuition.

Après avoir roulé un kilomètre sur une route secondaire, ils s'accordent une demi-heure de pause et en profitent pour se désaltérer. Se remettre en selle relève de la torture, sans doute le pire châtiment de leur vie, pourtant il n'y a pas l'ombre d'une hésitation, ni d'une protestation d'ailleurs, il n'est pas question de traîner par ici, ils doivent quitter cette banlieue avant la nuit.

Une heure plus tard, sous un ciel plombé, le paysage s'ouvre enfin sur quelques champs, les premières gouttes s'écrasent sur leur épiderme brûlant. Un soulagement de courte durée car cette plaisante averse vire bientôt au déluge et les bourrasques de pluie les poussent à se réfugier sous un arbre. Stan se demande distraitement de quelle espèce il s'agit, probablement un chêne. Sophie se laisse glisser contre le tronc, les yeux mi-clos, Jonathan tire une casserole de son barda et va la disposer directement sous la pluie battante avant de bricoler un entonnoir avec une feuille de papier arrachée à un carnet qu'il glisse dans sa gourde. *Malin de penser à refaire les réserves d'eau.*

Cherchant un meilleur refuge, Stan s'éloigne un peu sur la route et aperçoit un groupe de campeurs à l'abri d'un bosquet non loin de là. Ils ont déployé une grande bâche pour se protéger et ils ont allumé un feu. Il s'avance vers eux, d'un pas hésitant. L'homme agite un bras dans sa direction dans un geste d'invite. Et si c'était un piège ? Le roulement du tonnerre le rappelle à l'ordre. Ils ne peuvent pas se permettre le luxe de refuser.

La toile est juste assez large pour tous tenir dessous. Thomas, l'homme qui a fait signe à Stan, a tout du bon père de famille. Avec lui il y a sa femme, Anne, leurs deux enfants, Romain et Louison, et un couple de vieux – Hélène et Georges – qui se révèlent être leurs voisins de pavillon. Le groupe s'empresse de faire de la place aux nouveaux venus. Stan remarque le seau placé là où la pluie se déverse, le leur est déjà à demi plein. Soit ces gens ont anticipé l'orage, soit ils ont l'habitude de camper… Sur le feu, une pleine marmite de haricots agrémentés de bouts de saucisse dégage un fumet qui lui fait venir l'eau à la bouche. En guise d'apéro, les gosses sont en train de griller des chamallows au bout de bâtons.

Les présentations se résument à leur lieu de départ – Charenton-le-Pont pour leurs hôtes – et leur destination, un village des Landes où ils ont des parents. Contrairement à Stan et sa famille, les campeurs possèdent des vélos de compétition, de vrais sacs à dos de randonnée et surtout, ils tractent une remorque pleine à craquer de bagages. Malgré ce très chaleureux accueil, Stan ne peut s'empêcher de ressentir une gêne et il met quelques instants à en comprendre la raison. En fait, chacun veille à ne pas trop se dévoiler, pour ne pas susciter de jalousie. Alors que le silence s'installe, particulièrement pesant, Anne propose de partager leur dîner, « À la guerre comme à la guerre », dit-elle avec un petit rire, sans doute dans l'espoir de détendre l'atmosphère. Ils acquiescent bruyamment et Stan parvient à pincer Sophie, juste avant qu'elle ne déballe leur dîner, une salade composée faite des restes d'agneau et de pâtes cuites le matin même.

Il explique d'un ton qu'il espère convaincant :

– Vous êtes très aimables de nous accueillir ! On était tellement chargés qu'on n'a pas pu prendre grand-chose d'autre que de l'eau.

Thomas le regarde avec une expression étrange, mais Stan s'en fout. « À la guerre comme à la guerre », disait très justement sa femme.

Le repas se déroule dans un silence gêné, à peine entrecoupé de quelques banalités. Thomas est agent immobilier, sa femme institutrice et leurs voisins un couple de fonctionnaires à la retraite. Stan se contente de révéler qu'il travaille dans le secteur bancaire, que Sophie est violoniste et qu'ils doivent rejoindre leur résidence secondaire du côté de Château-Chinon. Ce sont des échanges anodins, sans conséquence, mais tout vaut mieux que disserter sur la catastrophe en cours ou évoquer la peur qui les tenaille tous. La peur des autres, celle de ne pas s'en sortir, cette peur de l'inconnu qui a ouvert un abîme sous leurs pieds…

La tension se relâche un peu à la fin du dîner, la discussion devient plus technique en abordant leurs itinéraires respectifs. Grâce à la carte beaucoup plus détaillée de leur hôte, Stan apprend qu'ils ont couvert une soixantaine de kilomètres malgré la canicule, ce qui équivaut à un exploit pour des amateurs ! L'autre bonne nouvelle, c'est que sans le savoir ils ont pris la meilleure direction possible en quittant l'A6. Thomas désigne un point sur l'entrelacs des routes : ils sont ici, à cinquante kilomètres de Montargis. *Une foutue chance,* songe le trader, *même si Montargis ou la lune, là maintenant c'est kif-kif !* Demain, il leur suffira de continuer par la départementale D64, de rejoindre Château-Landon avant d'emprunter la D40. Ensuite, et à condition de tenir une moyenne de soixante kilomètres par vingt-quatre heures, ils devraient arriver en deux jours. Trois si l'on compte aujourd'hui… Stan annote aussi clairement que possible l'itinéraire sur sa propre carte.

Les vieux frissonnent de fatigue et ne tardent pas à se recroqueviller dans leur coin. La gamine boude parce qu'elle ne peut pas aller sur Twitter ou Insta. Seuls Jonathan et le fils aîné semblent s'accommoder de l'aventure. Ils se sont mis à l'écart et discutent d'un groupe de musique, des pillards qu'ils ont vus ou du mouvement Extinction Rébellion. Ce dernier thème déplaît visiblement à son père qui lui demande de changer de sujet. À cet instant, Stan réalise que ces gens leur ressemblent, ils sont même plutôt sympathiques dans le genre banlieusard. Cela n'empêche pas que dorénavant ce sera chacun pour soi. Ce n'est peut-être pas tout à fait la loi du plus fort, mais assurément celle du plus dégourdi et des petits malins qui s'assureront d'avoir toujours deux coups d'avance…

La nuit est tombée pendant le repas. Chacun va se soulager à tour de rôle vêtu d'un K-way ou d'un imper pour ne pas se faire tremper. Anne a nettoyé la marmite et remballé leurs affaires de façon à libérer un maximum d'espace pour la nuit. Ils s'enroulent dans leur duvet, les muscles fourmillant d'une douleur exquise maintenant qu'ils sont allongés. Au-dessus de leurs têtes, la pluie criblant la bâche en plastique produit un bruit de staccato qui finit par les bercer. Éreintés, ils sombrent vite dans un sommeil haché de rêves étranges.

Brutalement arraché au sommeil, Stanislas lutte contre un assaillant invisible. Il se débat et grogne avant de réaliser que ce n'est pas un ennemi mais Sophie qui tire sur son sac. La pluie a cessé.

Il s'efforce de chuchoter.

– Qu'est-ce qu'il y a ?

– Passe-moi de l'eau. Mes bouteilles sont avec les vélos et je ne veux pas réveiller les autres. C'est la saucisse, elle était trop salée. Je meurs de soif.

– Attends…

Il se redresse avec précaution. Dans la pénombre il distingue une forme allongée. Son fils ? Il redresse la tête, note l'absence de la toile protectrice. Quelque chose ne va pas du tout.

– Où sont les autres ?!

Cette fois il a crié, assez fort pour réveiller Jonathan qui se redresse, affolé.

– Putain, j'y crois pas ! Ils se sont barrés avec nos provisions !

– Quoi ?!

– La petite famille dans la prairie et leurs gentils voisins cacochymes ! Ils sont partis en douce ! Les enfoirés !

Sophie secoue la tête, affolée. À mesure que leurs yeux s'accoutument à la pénombre, ils mesurent mieux l'étendue du désastre. Leurs sacs ont tous été ouverts, leur contenu répandu n'importe comment sur le sol boueux. Les provisions ont disparu. Le bidon d'eau qu'ils gardaient en réserve, les boîtes de conserve, le pain, le riz, les pâtes et même leur saladier ! Les campeurs ont abandonné le reste non par charité, mais pour ne pas s'encombrer : les habits, la trousse de secours et les affaires de toilette et un litre d'eau généreusement épargné, sûrement pour leur éviter d'avoir trop mauvaise conscience. Bien sûr ils ont aussi emporté leur précieuse bâche. Ils ont fait semblant de s'endormir et ont attendu que la pluie cesse…

Heureusement que Stan dort sur son sac de lingots. Il a sauvé le principal, sans compter les trois litres d'eau censés dissimuler son trésor. Bande d'enfoirés !

Sophie se tord les mains de désespoir.

— Merde ! Ce n'est pas possible. Anne avait l'air tellement gentille !

— Ben voyons ! Ils nous ont embobinés !

— Peut-être que si on avait partagé notre salade…

Jonathan a parlé avec hargne. En réalité, l'adolescent est dégoûté par la trahison d'Axel. Le mec lui parle d'un monde à rebâtir et ensuite il laisse ses darons les dépouiller ! Ils ont même échangé leurs numéros au cas où le réseau reviendrait.

Son père a un rire amer.

— Tu rêves, fils ! Ça aurait changé quoi de leur refiler nos provisions, sinon de se faire enfler dans les grandes largeurs ? Le coup de « Je vous accueille et on partage » c'était du bluff, juste une façon de nous amadouer ! Ils ont dû se mettre d'accord avant de nous faire signe ! Au fond ça ne m'étonne pas, il y avait un truc qui ne collait pas !

— Alors pourquoi tu t'es fait avoir si c'était tellement flagrant ? l'interroge rageusement Sophie.

— Parce que je suis crevé, qu'on était trempés et que je n'ai pas voulu écouter mon intuition ! Et puis ce type, Thomas-mon-cul, il a fini par m'endormir avec son air de pépère tranquille et ses super-itinéraires routiers, tout juste s'il m'a pas proposé son oreiller ! En même temps j'aurais dû le voir arriver l'agent immobilier ! C'est vraiment une profession d'escrocs !

— Papa, ça te va bien de dire ça !

— Parce que je joue en Bourse ? Moi au moins je ne prétends pas faire le bonheur des gens !

— Ça, c'est sûr ! Bon, on fait quoi maintenant ?

— L'inventaire. Ensuite on se repose jusqu'à ce que le soleil se lève. On a soixante bornes à faire demain.

*

* *

Au petit matin, encore tout courbaturés et un peu plus déprimés que la veille, ils reprennent la route en contournant une nationale trop encombrée, s'épargnant ainsi de se frotter à une bande de jeunes excités.

À la mi-journée, après une première crevaison de la roue arrière de Sophie, réparée grâce aux rustines de Dédé, ils s'accordent une longue halte pour déjeuner, ou devrait-on plutôt dire à l'heure du déjeuner car ils doivent se contenter d'un pain tranché, rare rescapé des fouilles de la famille Rapetou. Ils dévorent la miche providentielle arrosée de trois longues goulées d'eau, puis s'allongent dans un sous-bois, au milieu des fougères, dissimulant au mieux ce qu'il reste de leurs affaires, et s'endorment. Ils repartent deux heures plus tard encore groggy de fatigue, mais dopés par la hantise de se retrouver en rade, sans ressources, à la merci de quelques dingues.

Ils quittent les départementales pour rejoindre une nationale jonchée de véhicules abandonnés entre lesquels ils sont obligés de slalomer, comme autant d'obstacles à éviter. Toutes ces carcasses vides immobilisées au milieu de la chaussée offrent une vision de totale désolation, qui donne à Stan l'impression d'être catapulté sur le tournage d'un film catastrophe dans la scène figurant le monde après un grand cataclysme. Un de ces films de science-fiction qu'il aime bien regarder à l'occasion pour frissonner et se faire peur. À présent il donnerait tout pour paresser mollement devant une niaiserie romantique… Quel comportement inconséquent, c'est à croire que les gens se foutent complètement d'aggraver la situation en semant la panique.

Les courroies de son sac à dos lui scient les épaules mais Stan serre les dents, si lourde soit la charge, pas question de se délester des lingots. Non, celui qui l'étonne vraiment c'est Jon, il n'a presque pas ouvert la bouche depuis leur départ – *sauf avec le petit con d'Alex !* Sans aucune forme de triomphalisme, il cherche à bien faire, pédale sans broncher, offre son aide… À sa place, Stan n'est pas sûr qu'il aurait été si fair-play. Bon, cela ne signifie pas qu'il s'est converti sans réserve aux thèses du gamin. Rien n'est jamais tout blanc ou tout noir ! Bien sûr, il y a eu un mauvais alignement des planètes : la finance un peu trop agressive, l'arrivée des exilés aux frontières de l'Europe, les mesures écologiques qui foutent le bordel… Une convergence de facteurs, oui, ce fameux effet cocktail, explosif, capable d'entraîner les pires catastrophes. En Bourse on parle d'externalités, ces phénomènes extérieurs imprévisibles ou non maîtrisables.

Le soleil rasant nimbe la route d'une lumière douce et peut-être fait-il un peu moins chaud à présent. Quand ils parviennent dans une zone commerciale, cela doit faire pas loin de dix heures qu'ils pédalent. Se détachant sur l'azur bleu du ciel, le toit rouge barré des deux cornes blanches de l'enseigne Buffalo Grill réveille instantanément leur faim.

De près, l'endroit ressemble à une ville fantôme après le passage d'une bande de pillards. Ils passent devant un supermarché dont les portes pulvérisées forment un tapis d'éclats de verre sur une vingtaine de mètres. Hormis deux pauvres hères encore assommés par l'alcool, il semble n'y avoir personne, mais quand Stan fait mine de s'arrêter, Sophie proteste énergiquement. Il reste forcément des gens à l'intérieur, pas question de prendre le risque de se faire dépouiller de leurs vélos.

Le long des parkings déserts, ils roulent sur les lambeaux de sacs éventrés, parmi lesquels pâtes, chips et grains de riz craquent sous leurs roues. Plus loin, ils aperçoivent une harde de sangliers au milieu des détritus fouillant les maigres reliques déjà avariées. Ils dépassent deux magasins de sport, une enseigne à bas prix, une jardinerie investie par quelques familles en train d'installer des tentes, une station-service dévastée, un garage intact, des entrepôts anonymes, un garde-meuble. Un supermarché bio les attire. Ses portes sont béantes. Cette fois, Stan met pied à terre tandis que sa femme et son fils restent prudemment en arrière. Il tend l'oreille à l'affût d'un bruit suspect mais le silence règne.

— Je tente le coup, j'ai trop faim. Vous m'attendez ici. Si quelqu'un se ramène, donnez l'alerte !

Sophie se tait, les pupilles dilatées par la peur tandis que Jonathan, sourcils froncés, acquiesce d'un hochement de tête.

Un rapide coup d'œil à l'intérieur suffit à le faire déchanter. Les rayonnages sont complètement vides, tout a été ratissé et vandalisé par les fuyards. Les éclairages de secours jettent une lueur blafarde parfaitement sinistre sur les débris qui jonchent le sol et collent aux semelles. Un rat en train de ronger des coquillettes baignant dans des résidus de sauces indistincts se débine à son approche, le ventre gonflé d'avoir trop bâfré. Stan inspecte aussi vite qu'il peut les rayons puis l'entrepôt qui sert de réserve, mais les lieux ont été intégralement pillés, comme partout. Alors qu'il retourne bredouille vers la sortie, l'intuition le pousse à fouiller autour des caisses dont le tiroir a été forcé. Il fouille d'une main tâtonnante sous l'une d'elles et débusque un paquet de petits-beurre miraculeusement épargné. L'oubli d'un client ou la collation d'un vendeur mise de côté pour sa pause ?

Il sort en courant, brandissant le paquet en l'air.

— J'ai trouvé ça !

— Génial !

Ils contemplent sa prise avec convoitise. C'est marqué « farine sans gluten », mais peu importe, du moment qu'il y a du gras et du sucre !

Jonathan demande avec un regard suppliant :

— On doit attendre ce soir ?

— Non. Si on veut avancer, on a besoin de forces.

Il ouvre fébrilement le paquet, distribue les biscuits, cinq chacun, et partage le dernier en trois. Ils mâchent religieusement leur part, les yeux mi-clos de ravissement.

– Sans gluten, tu crois que c'est moins nourrissant ?

Sophie plaisante à moitié. Les traits tirés, la peau desséchée par le soleil et l'air épuisé commencent à marquer son visage délicat, mais cette collation improvisée et bienvenue semble l'avoir un peu requinquée.

– Il reste combien d'eau ?

– Un peu moins de deux litres.

– Tu n'as rien trouvé, là-dedans ?

– Pas une goutte. Même pas d'alcool.

– Tu exagères, Stan ! Avant de partir, je t'ai demandé d'emporter au moins six litres d'eau, tu en a pris la moitié alors que je comptais dessus !

– Je sais… J'avais plus la place.

Avant que la discussion ne s'envenime, il ajoute doucement :

– Écoute, je suis persuadé qu'on trouvera de l'eau dans un ruisseau ou des gens pour nous en donner un peu. De toute façon cela ne sert à rien de refaire l'histoire. On va y arriver. Encore une journée et on pourra se reposer, boire et manger…

– Tu crois ?

– J'en suis certain. Tu avais raison chérie, on sera beaucoup mieux à la campagne. Il y a des sources, des légumes, des poules et du bétail aussi… Bon sang, je pourrais dévorer un bœuf !

5.

Trois jours qu'ils pédalent. Leurs muscles sont tétanisés, traversés de sévères crampes, même au repos. Leurs visages sont tellement cernés qu'ils semblent n'avoir pas fermé l'œil depuis plusieurs jours. En dépit des protections, casquettes, crème solaire ou bandanas, leur peau commence à peler. Ils ont faim et déjà soif mais ils continuent, poussés par une farouche détermination, surtout depuis que Stan a annoncé qu'ils avaient passé la frontière virtuelle du Morvan. En attaquant les premières côtes, ils pensent mourir d'épuisement ou d'apoplexie. Jonathan voudrait prêter son vélo à sa mère, le sien possède douze vitesses, mais Sophie est incapable de tenir dessus, alors elle se contente de sa bicyclette de dame à trois vitesses. Quand la pente devient trop raide, Stan et elle grimpent à pied. Jonathan est jeune, physiquement, il souffre moins que ses parents, mais chacun apprend à doser son effort, à gérer son souffle et à économiser chaque parcelle d'énergie.

La veille, heureusement, ils ont pu remplir leurs bouteilles d'eau dans un petit ruisseau puis, miracle, ils ont trouvé quatre boîtes de thon à l'huile au bord de la route, sans doute tombées d'un chargement. C'est le reflet du soleil sur l'opercule métallique d'une des conserves qui a attiré leur regard sur le bas-côté : une aubaine ! Les trois autres, moins visibles, avaient roulé dans le fossé en contrebas.

Au crépuscule, ils trouvent un abri sous un tunnel ferroviaire où ils peuvent planquer leurs vélos et leurs maigres bagages. Sophie commence par protester par crainte de voir surgir un train. Et si le trafic recommençait sans qu'on le sache ? Finalement elle consent à s'étendre avec eux contre le talus en pente. Tous trois dégustent les miettes de thon comme s'il s'agissait du meilleur des caviars puis, sans autre cérémonie, s'allongent le plus confortablement possible et sombrent aussitôt dans un lourd sommeil.

Le lendemain matin, en guise de petit déjeuner, ils se contentent de boire de l'eau.

Il reste soixante kilomètres. Soixante-dix au pire…

Stan ne sent plus ses épaules, juste une brûlure constante. Il essaie de faire diversion en calculant des distances imaginaires. Pour l'aider à se distraire, il se fixe un objectif à atteindre, puis se concentre au point d'oublier le reste. Un arbre solitaire, une ferme, un panneau, un pylône électrique… qui, songe-t-il en le dépassant, sans électricité, est aussi inutile qu'une douille vide. *Comme notre système tout entier, non ? Devenu tout à coup complètement obsolète…*

L'idée qui lui vient est si dérangeante qu'il dévie de sa trajectoire et doit peser de tout son poids sur les pédales pour retrouver l'équilibre. *La nature a horreur du vide et des choses stériles, elle continuera bien sans nous. Il suffit de regarder tout autour : l'eau, le soleil, les nuages, la végétation, tout ça ne va pas s'arrêter d'un coup… pas comme notre foutu système qui s'est écroulé tel un château de cartes… et même si nous l'avons bien malmenée, la planète, elle, se remettra. Le monde peut bien tourner sans nous, rien à carrer de ces humains qui ont réussi à s'autodétruire et peu importent nos petites agitations de fourmis : les riches, les pauvres, les pollueurs, les sages, les enfants, nous sommes tous logés aujourd'hui à la même enseigne… les privilèges sont tombés. Est-ce déjà trop tard ? Saura-t-on tirer la leçon et corriger le tir ? Pas facile d'être optimiste…*

Le Morvan est une région verdoyante, presque sauvage aux yeux du trader. Ça lui donne le vertige. À moins que ce soit le soleil qui tape trop fort. Une insolation qui s'ajoute aux pensées noires qui l'assaillent sans arrêt.

Quand ils finissent par faire halte, ils n'ont plus rien à se mettre sous la dent, mais un simple coup d'œil sur la carte suffit à les consoler. Sophie effleure du doigt le tracé qui suit leur route et ânonne le nom des villages. Il ne reste qu'un quart de bouteille. Chacun en prélève deux petites gorgées avant de s'étendre pour la sieste.

Ce soir, ils boiront tout leur saoul. Ils mangeront et peut-être même s'endormiront-ils le ventre plein dans un vrai lit. Le luxe suprême. Stan rêve d'une longue douche pour se décrasser de la sueur et se laver de l'épuisement qui lui pèse autant que l'angoisse l'étreint. Avec un peu de chance, il y aura même une source ou un point d'eau. Ça fait des années qu'il n'a pas nagé dans la nature… Un lac de montagne, le souvenir surgit, intact. Il ressent presque la fraîcheur de l'onde, l'odeur humide de la terre, le picotement des joncs, la boue qui glisse entre ses orteils quand il reprend pied, oui, toutes ces sensations le ramènent à de lointaines vacances chez les grands-parents, quand il était môme.

Il s'endort avec la désagréable et étrange sensation de s'enfoncer en eaux troubles…

Il doit être aux alentours de 18 heures, peut-être 19. Ils ont traversé quantité de hameaux sans trouver le courage de demander l'heure. Les gens les dévisagent comme s'ils étaient des étrangers, *ce qu'ils sont ici*, se dit-il. C'est une sensation étrange. Citadins contre péquenauds. Stan s'interroge : *Est-ce cela que ressentent les migrants, ce rejet, la méfiance dans les yeux des « braves gens » ?* Aussitôt il chasse cette idée dérangeante. Derrière lui, la voix de Sophie s'élève, métallique. Il met quelques secondes à comprendre qu'elle imite la voix du GPS.

— Vous êtes bientôt arrivés… Dans cinq cents mètres, tournez à gauche, à gauche…

Un cerf et des biches franchissent soudain le mur végétal et jaillissent sur la route, quasiment sous leurs roues. Ils en ont le souffle coupé. Les jambes tremblotantes, ils mettent pied à terre, le temps de se remettre de leurs émotions. La fatigue leur donne le tournis, pourtant il faut remonter en selle.

Ils pédalent lentement, focalisés sur la nécessité de garder l'équilibre, l'œil rivé sur les rayons qui tournent et grignotent le bitume mètre après mètre. L'éternité a une fin puisque la route de gauche s'avère être la bonne. Encore un effort et ils aperçoivent au loin le panneau blanc encadré de rouge où les lettres se détachent, comme une promesse.

Les Hautereaux

Même Jonathan semble s'en émerveiller.

Le village se compose d'une artère principale qui vient s'enrouler autour de son église. Il règne ici une atmosphère paisible qui les surprend agréablement. Bien que les rues soient vides et que les commerces aient baissé le rideau, il ne semble pas y avoir eu de scènes de chaos comme celles auxquelles ils ont assisté depuis leur départ. Nulle trace de vandalisme ou de violence, c'est comme si, dans cette petite commune à l'écart des grands axes et de leurs agglomérations, le temps s'était arrêté, sans heurt.

La petite famille remonte à pied jusqu'à la place de l'église. Stan devine que derrière les persiennes, on les regarde passer et on s'interroge. Et puis son attention est attirée par un attroupement, une file de gens qui ont l'air de faire la queue devant une boutique au-dessus de laquelle il peut lire, dans un style un peu désuet : « Boulangerie-Pâtisserie Chez Ginette ». Une dame et une gamine les observent avec ahurissement.

Sans savoir ce qui lui prend, il leur lance sans réfléchir :

— Pardon, il y a des croissants ?

La dame s'exclame avec force, comme pour prendre les autres à témoin :

— Des croissants ? Et pourquoi pas des pains au chocolat et des tartes au citron ! Mais vous arrivez d'où, mon pauvre monsieur ?

— De Paris. Voici ma femme et mon fils. On a pédalé trois jours durant, on n'a plus rien à manger et on a fini toute notre eau.

Si Stanislas espérait s'attirer la compassion, c'est loupé.

Un gros type se tourne vers lui en soufflant. La fureur empourpre son visage, à moins que ce ne soit l'alcool, en tout cas il paraît au bord de la crise d'apoplexie.

— Y a que du pain noir, et c'est réservé aux gens d'ici. On n'est pas chez Leclerc, ici ! Vous avez vu ce qu'ils ont fait à la supérette du bourg ? Ratiboisée ! Facile de quitter le navire quand il coule et de venir emmerder le monde !

Stan sent que Sophie le tire par la manche. Elle lui chuchote à l'oreille que cela n'a aucune importance puisqu'ils sont arrivés.

– Oh ! Paulo, tu pourrais te montrer un peu plus généreux de ton cœur et moins de ta salive !

L'homme qui vient de surgir de la boulangerie est vêtu d'une soutane, comme les curés d'autrefois. Tout en approchant du trio, il rompt un tiers du pain qu'il vient d'acheter.

– Tenez, mangez, ça vous calera un moment. J'en ai de trop pour moi seul…

– Oh merci mon père. C'est tellement… tellement généreux de votre part.

Sophie a la voix qui tremble de reconnaissance.

– Si ce n'est pas moi qui le fais… alors qui ? Et vous allez où comme ça, bonnes gens ?

– Chez M. Bouillot, la ferme du Chien-Rouge. Vous connaissez ?

Le saint homme se rembrunit, perplexe, et répète, un peu comme pour lui-même : « La ferme du Chien-Rouge… Eh bien… », avant de se tourner vers Stanislas.

– Vous êtes attendus là-bas ?

Stanislas hoche la tête.

– Plus ou moins…

– Alors je vous souhaite que ce soit plutôt plus que moins. Je vous préviens, le bonhomme n'est pas commode, il n'aime pas le village et certains le lui rendent bien, mais si vous y tenez, je vais vous montrer la route à suivre…

*

* *

Ils ont pédalé le long d'un chemin de terre sans y croire vraiment, et soudain il est là, devant leurs yeux, cet ultime refuge qui met fin au long cauchemar ! Dressée sur un promontoire, la ferme fortifiée défie les années. Son robuste mur d'enceinte s'achève par une tour de guet qui lui donne des airs de château fort tandis qu'une vaste cour ouvre sur des bâtiments plus récents. Stan se rappelle avoir lu qu'une partie de la propriété remonte à l'époque médiévale. Au nord, une langue de forêt vient mourir au pied de l'escarpement, si profonde qu'il en émane une bouffée de fraîcheur. Les champs s'étalent devant eux en un patchwork de couleurs depuis les bruns de la terre au jaune pur des colzas, ou encore aux tons pastel des étendues laissées en friche, parsemées d'herbes folles et piquées de coquelicots.

Le trader en reste bouche bée. Sur les photos grossièrement photocopiées et hors de son environnement, l'habitation semblait assez commune, mais devant la beauté de cette bâtisse toute en vieilles pierres qui s'érige en pleine nature, il éprouve une sorte de soulagement : voilà donc sa propriété ! Il est aussi impressionné qu'agréablement surpris.

— Putain, on a affaire à un vrai parano !

— Pas de gros mots, s'il te plaît, Jon !

Son fils désigne alors une série de pancartes destinées à décourager les visiteurs. « Entrée interdite ! » « Propriété privée ! » « Attention, pièges ! » C'est d'autant plus surprenant que la ferme est à l'écart de tout. *Parano peut-être pas, misanthrope sûrement…*

Ils n'ont pas plutôt franchi la côte que deux molosses bondissent du fond de la cour et se précipitent à leur rencontre en aboyant furieusement. Ils en restent figés sur place, trop apeurés pour fuir. Campés face à eux et leur barrant le passage, les chiens émettent un grondement sinistre. Alerté par le boucan, un paysan de forte corpulence surgit d'un bâtiment en tôle, les cheveux poivre et sel collés de sueur sous son couvre-chef. À mesure qu'il approche des trois intrus, la senteur âcre de foin et de sueur qui émane de son corps se précise… Souhaitant prendre les devants, Stanislas cherche une formule pour se présenter, mais l'homme éructe déjà :

— Savez pas lire ? C'est privé ici ! Fichez le camp !

Comme personne ne fait mine de bouger, il poursuit avec hostilité :

— Comprenez pas le français ?

Mieux vaut tenter une approche neutre. Cet homme a dû être importuné plusieurs fois par des gens de passage, il ne peut pas savoir à qui il a affaire mais cet accueil réveille chez le trader un mélange de mécontentement et d'angoisse. Quelque chose ne tourne pas rond ici…

— Bonjour, je…

— Non. Adieu, plutôt. Y a pas de bonjour qui vaille !

Le mec est fou ou quoi ? Stanislas hésite. Il est tenté de l'appeler par son nom, mais une approche personnelle pourrait être perçue comme une marque de familiarité et envenimer les choses. Heureusement, au même moment, une femme apparaît dans l'encadrement de la porte de la ferme en pierres. Sûrement l'épouse. Les cheveux entortillés auréolent son visage d'une surprenante beauté. Elle essuie ses mains sur le tablier taché qui protège sa robe fleurie et appelle :

— Enfer ! Damnation ! Aux pieds !

À son ordre, les molosses cessent de grogner et reviennent vers elle. Considérant tour à tour son mari et les nouveaux venus, elle intervient d'un ton ferme, nettement moins agressif cependant que celui du paysan :

— Vous voulez quoi ? On n'a rien à donner ici.

— Stanislas Tramont. Désolé d'arriver à l'improviste, voici ma femme et mon fils.

— Tant mieux pour vous, mais je vois toujours pas en quoi ça nous regarde.

— Je suis le nouveau propriétaire.

— Le propriétaire de quoi ?

— De votre ferme.

La femme en reste bouche bée tandis que l'homme sursaute. Il tente de dissimuler son embarras et s'avance vers les intrus, le bras à demi levé, leur intimant l'ordre de faire demi-tour. Flairant le regain de tension, les chiens se raidissent de nouveau, prêts à bondir.

— C'te bonne blague ! Allez, j'ai du boulot, moi ! Ouste ! Dehors ! Comment il faut vous le dire ?

La colère monte sans prévenir, une décharge d'adrénaline si forte que Stanislas en oublie instantanément sa fatigue. Sa voix se fait coupante, comme celle qu'il adopte avec les négociateurs rétifs.

— Je viens de l'acheter ! Stanislas Tramont, « ST investissement ».

Sophie intervient à son tour avant que la situation empire :

— Écoutez monsieur, c'est devenu invivable à Paris. Je ne sais pas si vous avez vu les images, mais les gens fuient, il n'y a plus d'eau, plus d'électricité, des pillages partout, alors on s'est dit qu'on pourrait peut-être s'installer ici, vu que mon mari a acheté votre…

Elle n'a pas le temps de finir. L'homme s'est empourpré sous le coup de l'indignation.

— Chez moi ?

Stan réplique vertement :

– Chez nous ! On a signé. C'est bien la ferme du Chien-Rouge, non ? Et vous êtes Patrick Bouillot ?

– Et alors ? On a peut-être signé, mais ça c'était avant. Et avant, c'est pas aujourd'hui.

Le paysan a retrouvé son aplomb. À ses côtés, la femme secoue la tête, abasourdie. Vu sa mine consternée, il est probable que son mari ne l'a pas tenue au courant de la transaction. Le trader ne connaît rien au monde rural, mais il sait reconnaître les signes qui trahissent la honte d'un vendeur malhonnête. Il en a croisé un certain nombre de ces mecs qui, en société, se la jouent grands seigneurs et qui se planquent pour effectuer des opérations boursières limite, voire carrément véreuses. Ce sont les pires ! Ceux qui pensent pouvoir s'affranchir des règles et être exonérés de tout devoir. En dépit de cette logique, Stanislas s'entête à argumenter. Il ne peut pas reculer maintenant…

– Vous avez tout de même encaissé les fonds.

– Ah oui… par virement électronique, tu veux dire ? Et il est où l'argent ? Montre-les-moi, mes sous ! Tu serais bien en peine, té, parce que tes sous c'est comme mes sous : y sont envolés, bras dessus bras dessous comme l'eau et l'électricité !

– Mais il y a eu une transaction !

– Une transaction virtuelle dont il ne reste rien ! RIEN !… Pschitt ! Alors je le répète encore une fois : DE-HORS !

Stanislas sait bien qu'il a raison. Les millions sur ses comptes bancaires ? Disparus… volatilisés dans le grand tourbillon virtuel ! Ses efforts, ses sacrifices, ses économies, sa discipline de fer, c'est le travail de toute une vie qui s'est envolé…

Deux gamins noirs sortent en courant de la cuisine et s'arrêtent net devant l'attroupement. Ils portent une carabine en bandoulière et, à bien y regarder, on dirait des frères jumeaux. Entre agacement et tendresse, la femme les apostrophe :

– Les garçons, vous allez où ?

– On a repéré des traces le long de Pigaille ! Toute une harde !

L'homme bougonne, mais on sent poindre la fierté dans ses paroles.

– Bon d'accord, mais faites gaffe, et si un gars du village vous cherche des noises, tirez-lui dans le cul de ma part !

– Promis, papa, dans le cul, ha ha ha ! Mais c'est qui les gens ?

– C'est personne, allez ouste !

Les jumeaux se marrent en s'éloignant. Stanislas se demande quelle sera l'issue de ce mauvais scénario, d'autant que le paysan repart à la charge :

– Allez, les Parigots, dehors… ou je lâche les chiens !

C'est à ce moment-là qu'un énième personnage entre en scène. Cette fois, c'est un vieux qui gueule depuis le seuil de la cuisine, de guingois sur ses jambes flageolantes.

– Qui c'est ? Mais nom de Dieu, c'est-y encore ces satanés voleurs de poules ?

– T'occupe, rien de grave papa, retourne là-dedans !

Comme l'aïeul n'a pas l'air décidé à bouger, le paysan se résigne à appeler :

– Juliette, descends rentrer grand-père !

L'adolescente passe la tête par la fenêtre du premier étage. Elle brosse ses longs cheveux sans se presser, lorgnant le garçon à vélo.

Stanislas a de plus en plus de mal à se repérer dans ce vaudeville rural. À combien vivent-ils là-dedans ? Il en sort de partout ! À croire qu'ils ont orchestré cette mise en scène pour les déstabiliser.

Un rugissement le ramène à la réalité.

– Juliette ? Je ne le répéterai pas deux fois !

Poings sur les hanches, Patrick Bouillot ne consent à bouger que lorsque sa fille a réussi à rentrer le vieux. Les dents serrées, il daigne donner un semblant d'explication et déclare :

– Mon père a fait un AVC juste après la signature. Vendre la ferme familiale à des étrangers... Il a pas supporté.

– Haaa, eh bien, nous y voilà !

– Voilà quoi !?

– Vous venez de confirmer que vous avez bien vendu la ferme !

– Et ça change quoi à l'argent qui s'est envolé ? De toute façon on n'a plus de place. On est complets. Allez, bon vent !

Le déni total de la réalité ajouté au mépris dont ils sont l'objet depuis leur arrivée horrifie le trader. Même leurs chiens sont mieux traités ! Avec des escrocs, au moins, on peut toujours discuter et essayer de négocier. Mais contre ce mur de mauvaise foi, que faire ? Comment ne pas s'arracher les cheveux ? Stan ressasse sans arrêt l'enchaînement des faits, tous ces événements qui l'ont mené à la déroute, et aujourd'hui, devant cet homme inflexible.

La voix de Sophie s'élève, misérable :

– Excusez-moi... J'aurais besoin d'aller aux toilettes.

Le paysan l'examine de la tête aux pieds. Histoire de montrer qu'il ne va pas se laisser amadouer par la petite dame, il ne fait pas dans la dentelle et concède de mauvaise grâce en exagérant l'accent du cru :

— Ça dépend c'est-y pour quoi faire. La petite commission, où ça vous chante sauf dans le potager, les légumes ne goûtent guère l'acidité. Si c'est pour autre chose, y a le tas de fumier, derrière, et du papier journal. Profitez-en, et raouste !

Sur ces mots bien sentis, il se dépêche de regagner son hangar car la pluie menace. Pour lui, ils ont cessé d'exister.

La femme semble un peu plus hésitante. Son visage jusque-là fermé s'éclaire d'un demi-sourire alors qu'il se met à pleuvoir faiblement.

— Ne faites pas attention, il est un peu rustre, mais il n'est pas si méchant dans le fond. Vous, venez avec moi, commande-t-elle à Sophie. Pendant ce temps, vos hommes peuvent s'abriter sous ce hangar. L'orage s'en vient et il sera sévère. Au moins vous serez protégés sous la tôle. Je ne peux guère vous proposer mieux, c'est vrai que la maison est pleine et avec mon beau-père qui perd la boule…

— Je ne sais pas comment vous remercier… Oh, je m'appelle Sophie et voici Stanislas et Jonathan, notre fils.

— Salut Jonathan. Ma Juliette ne doit pas être plus vieillotte que toi. Et il y a les deux loustics que vous avez vus filer. Moi c'est Joëlle. Mais assez parlé, suivez-moi, c'est par là…

Les deux femmes pénètrent dans une cuisine toute proprette. Un doux fumet de soupe au lard s'échappe de la marmite posée sur le feu de la cheminée. Malgré la chaleur ambiante, la pièce est accueillante, joliment décorée même, à mille lieues de ce qu'imaginait Sophie.

À quoi s'attendait-elle d'ailleurs ? À vrai dire, tout dans cette famille lui semble bizarre, à commencer par les deux gamins et leur couleur de peau.

Son hôtesse l'entraîne au premier étage jusqu'à une salle de bains toute carrelée de rose, du sol au plafond. Une baignoire à pieds, un énorme lavabo en porcelaine, des miroirs encadrés de bois clairs, on sent la patte féminine de Joëlle jusque dans les moindres détails. Émerveillée, Sophie réprime un fou rire. Elle vient tout à coup d'imaginer « Patrick » dans cet univers couleur guimauve.

Son hôtesse lui tend une serviette éponge qui embaume le propre.

– Profitez-en pour faire un brin de toilette. Le voyage n'a pas dû être de tout repos.

– C'était assez horrible, en fait.

Elle s'interrompt soudain, estomaquée.

– Mais… Vous avez encore l'eau courante, ici ?

– Ce n'est pas l'eau de la ville, c'est celle du puits qui se trouve sur la propriété mais on l'économise, surtout pendant l'été. On se lave le minimum et on tire la chasse uniquement pour la grosse commission. Pour le potager, la vaisselle ou la lessive, on a l'habitude de récupérer l'eau de pluie dans des citernes…

Les mots bourdonnent à ses oreilles. Sophie ouvre timidement le robinet et place dessous ses mains en coque pour recueillir le mince filet et y baigner son visage. Le contact de l'eau sur sa peau la plonge dans un état quasi extatique. Pour la première fois de son existence, en sentant les gouttes ruisseler sur son épiderme asséché par le soleil et la poussière, elle réalise à quel point l'eau est précieuse, l'élément parfait. Cette prise de conscience fait ressurgir un sentiment de profond désarroi. Elle referme le robinet et reste penchée dans l'espoir d'endiguer la montée des larmes. *Ils vont devoir repartir…* Elle a fourni tant d'efforts, espéré si fort trouver un refuge, et maintenant que c'est fichu, elle sent une incommensurable fatigue l'envahir, à tel point qu'elle aimerait rester là, au calme, se laisser glisser sur le carrelage propre, fermer les yeux et ne plus bouger.

– Tenez… Ça va aller. Tantôt, j'irai chercher des couvertures. On va s'arranger, au moins pour cette nuit.

La femme s'est tue. Elle lui tend la serviette. Sophie l'accepte et y enfouit son visage, s'enivrant de l'odeur de lavande. Petit à petit, les battements de son cœur s'apaisent.

– Merci beaucoup.

Elles se sourient. Il n'y a rien à ajouter.

La dépendance attenante au corps de ferme est en chantier. Un mur a été recouvert de placoplâtre aux vis apparentes, les autres, composés de parpaings bruts, attestent la suspension brutale des travaux. Un fil électrique dénudé pendouille au plafond, inutile. Au fond de la pièce traînent encore deux paires de bottes crottées près d'une échelle et d'un tas de bâches en plastique et parmi les outils qui s'entassent pêle-mêle sur l'établi sont posés une perceuse électrique et plusieurs mètres de câbles enroulés. Bien qu'une vitre brisée ait été obstruée avec une plaque de contreplaqué, le sol est maculé de déjections d'oiseaux. Dans la pièce voisine, probablement la future salle d'eau, Stanislas découvre un lit de camp et quelques caisses vides.

Père et fils font tout leur possible pour rendre les lieux confortables. Une fois les sacs vidés – mis à part celui des lingots ! – et leurs affaires rangées en fonction de leur utilité dans les cageots empilés contre le mur, ils déplient le lit de camp dans la petite pièce – ce sera celui de Jonathan. Des poches en plastique bourrées de slips et de chaussettes feront office de coussins. La trousse de secours et les petits outils sont remisés de côté avec les portables et le chargeur solaire. Stan bricole une table, une planche qu'il pose sur des parpaings. *À condition d'avoir quelque chose à bouffer*, pense-t-il, encore secoué par son affrontement avec le fermier.

Plantée sur le seuil du hangar, Sophie observe ses deux hommes étaler des couvertures sur la paille, le cœur serré. Jonathan paraît presque heureux ici, comme s'il jouait à être en vacances au camping… comme s'il avait trouvé sa place… Depuis toujours il rêve de vivre à la campagne, et d'ailleurs, il ne s'en est jamais caché malgré les railleries et le désintérêt de son père dès qu'ils évoquaient le sujet. De fait, le contraste avec Stan est sévère. Contrairement à Jon, son mari se tient avachi, et porte un regard vide, presque éteint, sur ce qui l'entoure.

Malgré la lassitude qui la fait presque tanguer, elle soulève le panier que Joëlle lui a donné « pour ce soir » ; il y a du pain, un gros morceau de fromage et du jambon. En guise de dessert, la fermière a ajouté trois pommes ridées qui viennent de sa réserve.

« Il n'en reste plus guère, a-t-elle chuchoté, mais on tiendra bien jusqu'à la prochaine récolte si on ne dilapide pas tout. »

– La femme est vraiment chouette. Elle nous a donné tout ça mais m'a demandé de ne pas en dire un mot à son mari.

– Il va vraiment nous foutre dehors ?

Jonathan la fixe avec dépit, son air inquiet lui serre de nouveau le cœur.

— Je pense que oui, mais nous allons pouvoir rester au moins un jour, peut-être deux, le temps de reprendre des forces…

La voix de Stan en tremble d'indignation.

— Elle nous fait l'aumône, en gros.

— Écoute, on a un lieu pour dormir, de quoi boire et manger, alors tu peux monter sur tes grands chevaux autant que tu veux, moi, en attendant, je prends !

— Ah oui ? Et on est censés dormir où ? Sur le sol en béton-fientes ?

— Eh bien, appelle la réception et demande la suite royale ! Stan, sérieusement, on dirait que tu cherches la bagarre. Tu crois vraiment que c'est la bonne approche ? Mets-toi deux secondes à la place de cet homme, on déboule dans sa ferme, on…

— Je te rappelle que c'est lui qui avait besoin de vendre ! Il a signé et touché l'argent !

— Chéri, je ne suis pas un de tes clients que tu dois convaincre. À ce que j'ai cru comprendre, à cette minute précise, l'argent est à peu près aussi utile qu'un vélo sans roues. Toi et moi on ne va pas refaire le monde ce soir et sois bien sûr que je le regrette !

— Et tu penses comme ton fils que je suis responsable de la crise, des migrants et de la fonte des glaciers pendant qu'on y est ?

— Non, je te trouve simplement incohérent ! Tu espérais quoi ? Qu'on te déroulerait le tapis rouge ? D'après Joëlle, si la situation est un peu plus enviable ici qu'au sein des grandes agglomérations, ce n'est quand même pas Byzance. Les gens se déplacent en bande, les supermarchés ont tous été pillés et les exploitations se barricadent les unes après les autres de peur d'être envahies. C'est un peu le chacun chez soi et le chacun pour soi avant de voir comment ça tourne. Et puis il y a les bêtes. Tout était géré par ordinateur, la distribution d'eau et de nourriture, la traite, le traitement thermique et le conditionnement…

– Encore un peu et tu leur claqueras la bise en partant, non ?

– Quand bien même ? Tu proposes quoi à la place ? Tu veux leur intenter un procès, *peut-être* ? lui lance-t-elle, à bout.

– Et toi, tu voudrais *peut-être* que je les remercie pour l'accueil trois étoiles ? Non mais tu as vu ce hangar !

– En attendant, le robinet de la cour fonctionne ! On a le droit de remplir deux litres, vous pourrez même vous débarbouiller un peu.

– Quoi ? Ils ont encore de l'eau ?!

– C'est le réseau qui est tombé en panne. Eux ne dépendent pas de l'eau de la ville, ils ont une source. Et ils nous permettent de nous servir… Tu y vas ?

– Laisse, je m'en charge !

Leur fils bondit vers la cour, raflant deux bouteilles au passage. Stan grommelle pour reprendre contenance.

– Bon sang, c'est à croire que ça l'amuse.

– Tant mieux ! Je préfère mille fois qu'il manifeste de l'enthousiasme plutôt que de tirer une gueule de six pieds de long comme toi, surtout après les horreurs qu'il a vues sur la route.

– Évidemment… N'empêche, tu ne trouves pas sa réaction bizarre ?

– Stan, c'est un ado, il a seize ans. Pour lui, ce périple ressemble à une aventure grandeur nature !

Elle est prise d'un fou rire nerveux qui redouble d'intensité devant l'air interdit de son mari.

— *Grandeur nature…* C'est exactement ça ! On vient de se prendre la réponse de mère Nature en pleine figure, de plein fouet ! Et si tu voyais ta tête, je crois que tu l'encadrerais !

— Putain ! Après le fils écolo, voilà ma femme convertie !

Malgré toutes ses paroles, il éprouve un profond soulagement : pour ce soir au moins, ils sont à l'abri.

— P'pa !

Jonathan le fixe bizarrement, à l'entrée du hangar. Il jette un regard en arrière, inquiet qu'on puisse l'entendre.

— Il a demandé du renfort pour les bêtes…

— Pardon ? Qui ?

— Le proprio. Il est passé quand je remplissais les bouteilles. Il a dit que puisqu'on buvait de son eau, on devait travailler. Que sinon, il nous chasserait à coups de fusil ou qu'il enverrait les chiens !

— Bon sang, le mec ne manque pas d'air !

*

* *

En l'absence de ventilation, l'air saturé de miasmes est brûlant. La poussière mille fois remuée du foin, des granules et les restes d'excréments qui, malgré les nettoyages quotidiens, ont fini par tapisser le sol, dégagent une odeur pestilentielle. Stan est au bord de l'asphyxie.

Le bâtiment de la stabulation est divisé en deux parties par une travée centrale qui dessert les stalles en enfilade où sont parquées les bêtes. Torse nu, dégoulinant de sueur, Patrick soulève une botte de paille puis, rythmant l'effort d'un « Ahan » marqué, la balance devant lui, sur le sol légèrement pentu qui s'achève en rigole par laquelle on évacue les déchets. Depuis que l'eau est rationnée, les souillures et le purin s'accumulent et remplissent l'air déjà irrespirable d'une odeur à peine soutenable les jours de fortes chaleurs.

Stan ravale le sarcasme qui lui monte aux lèvres. Même furieux, il sent que ce n'est pas le moment. Titiller le bonhomme armé d'une fourche revient à agiter un chiffon rouge sous les naseaux d'un taureau mal embouché. C'est à ça qu'il ressemble, d'ailleurs, le péquenaud. Un taureau solide, un peu décati par les années.

Ce dernier interrompt son dur labeur, conscient de l'intrusion. Il se redresse non sans esquisser une grimace de souffrance et attend qu'il approche.

Gêné par cette attention, Stanislas trébuche dans la rigole à purin, et son pied plonge dans la merde. L'effluve fétide lui flanque la nausée, mais il refuse de flancher. Il se contente de frotter sa semelle comme si ça n'avait aucune importance et qu'il se fiche de foutre en l'air des Valentino Garavani à cinq cents balles ! De toute façon, il n'a pas vraiment le temps de se lamenter, déjà Patrick lui jette un énorme sac de granulés dans les bras.

— Faut répartir ça dans les mangeoires. En principe, c'est entièrement automatisé, géré par ordinateur : eau, nourriture, ventilation. Là, on doit tout faire à la main, comme dans le temps ! Ah, j'en connais un qui se marrerait, salopard de banquier, le même qui m'a conseillé de réduire la voilure et puis de vendre ! Je l'entends encore, l'enfoiré. Faut être lucide, c'était pas le seul à m'entourlouper ! Pendant des années, on te tanne pour que tu t'agrandisses et que tu te modernises, que t'achètes tous leurs systèmes connectés, leurs machines à tout faire, et une fois que t'as mis le pied dans l'engrenage, c'est fichu tu t'endettes pour produire toujours plus afin de rembourser tes crédits et payer tes traites. T'as plus le sens du produit, juste la valeur marchande et des objectifs de rendement, c'est pas ça notre métier pourtant ! Et puis patatras, v'là qu'un beau matin, faut tout changer, retour à la case départ ! D'un coup on s'aperçoit que la sécheresse c'est pas bon pour les affaires, que les pesticides, ça a beau faire du rendement, ça finit quand même par épuiser les sols, que les haies qui prenaient trop de place elles valaient mieux que le remembrement et ces immenses parcelles sans vie où y a plus un prédateur pour bouffer la vermine ! Foutus bureaucrates, n'y connaissent rien à la terre, ont été élevés hors sol, ça c'est du garanti sur facture ! Tellement déconnectés qu'ils pourraient aussi bien danser la gigue sur Mars ! Tu veux que je te dise le Parisien ?! Nos parents, eux c'étaient des cultivateurs, nous on est des exploitants exploités !

Sans attendre de réponse, il s'arrête face à l'auge de la première stalle, ouvre le sac et y pousse un tas de granulés. Le mutisme de Stanislas ne paraît pas le déranger. De toute façon que répondre à ça ? Que sa ferme ne vaut plus un clou ? Le fermier hausse les épaules et bougonne.

— C'te fournaise. Jamais vu ça. On finira tous par cramer.

Il saisit une gourde attachée à sa ceinture, s'enfile deux longues rasades sans même songer à lui en proposer.

Stan ne bronche pas malgré sa soif. Il a bu quelques gorgées avant de venir, mais il pourrait avaler l'équivalent d'une baignoire pleine. Toutes ces poussières en suspension et cette moiteur, lourde, aggravée par l'odeur âcre du lieu, l'ont complètement desséché…

Le sac se vide au fur et à mesure de leur progression. Une vache brune s'agite à leur approche et balance des coups de sabot au hasard, communiquant sa nervosité à ses voisines. Le trader éprouve un brusque sentiment d'empathie, sans doute parce qu'il se trouve aussi coincé que l'animal, à la merci du paysan irascible. Cette fois, il ne peut pas s'empêcher de lancer une pique :

– Vos bêtes, elles crèvent à petit feu dans ce hangar. Pourquoi vous ne les laissez pas brouter dehors, dans un pré ?

– Parce qu'elles s'échapperaient, té ! Ou bien pire, on me les volerait. Hier encore j'ai délogé une bande de citadins comme toi à coups de fusil. Ils courent encore, ces salopards !

Stanislas ravale une réplique cinglante. Des voleurs de vaches ? Ce mec se prend vraiment pour un cow-boy en plein Far West ! Même un geek débile se rendrait compte que le troupeau souffre... Avant qu'il ait le temps de protester, un nouveau sac lui atterrit brutalement dans les bras et il manque de s'écrouler, déséquilibré par la charge. Pour couronner le tout, un des molosses approche, menaçant, le poil hérissé sur l'échine.

– Enfer, fous le camp !

– Il risque pas de m'attaquer ?

– Tant que tu restes à ta place...

Ils achèvent leur tâche en silence et se quittent sur un simple hochement de tête. L'un et l'autre sont convaincus que leur affaire est sans issue, ils ne trouveront pas de terrain d'entente.

Dehors, le ciel a viré au blanc terne. Sous l'effet de la canicule, le monde semble placé sous cloche. L'orage approche.

Profitant que Jonathan traîne du côté de la cuisine et que Sophie a encore disparu avec « sa » Joëlle, Stanislas se saisit du sac de lingots qu'il a planqué sous l'établi en attendant de trouver mieux. Que les divagations du péquenaud parano soient exagérées ou pas, si un vagabond vient fouiller ici, il n'aura qu'à se baisser pour s'emparer du magot. Il doit trouver une cachette, une bonne, un endroit improbable. Le mieux serait d'enterrer son trésor dehors, mais ça prendrait du temps, il risque de se faire surprendre. Indécis, il déplace le fouillis, soulève les bâches dans l'espoir de trouver une idée. Il passe en revue les parois, son regard s'arrête sur un plafond inachevé à l'une des extrémités du hangar. L'isolant s'échappe d'un pan de contreplacage, à trois mètres de hauteur. Il va vite chercher l'échelle, la cale et gravit les échelons jusqu'à la laine de verre. Le cœur battant, il la tasse afin de se ménager une cavité, puis se dépêche d'aller chercher le sac à dos. S'assurant au passage que personne ne l'espionne – décidément il est en train de virer parano lui aussi ! –, il remonte et coince les lingots dans ce nid improvisé. Il dégringole les barreaux, traîne l'échelle à l'autre bout de la salle et l'allonge par terre pour plus de sûreté.

Satisfait, il contemple son œuvre. Personne n'irait deviner que plus de 400 000 euros dorment là-haut !

Le coup de tonnerre le fait sursauter. Joëlle et Sophie arrivent au même instant, traînant derrière elles un vieux sommier surmonté d'un matelas. Jonathan les suit, les bras chargés de draps, à demi caché par un vieil édredon fleuri et quelques coussins. Elles papotent déjà comme deux vieilles copines, sans lui accorder la moindre attention.

— Vous serez bien là-dessus. J'avais prévu d'acheter une literie neuve, mais on a dû tout arrêter quand la banque a refusé le prêt. On voulait faire un gîte ici, pour arrondir les fins de mois. J'aimais bien l'idée de recevoir à la ferme, d'ouvrir une table d'hôtes, de sortir un peu de notre isolement…

– C'était quand ?

– Un peu avant que tout parte en vrille, avant l'été. Depuis, rien n'a bougé.

– Merci infiniment.

Stanislas en reste interdit. Bientôt elles en seront à échanger des recettes de cuisine et à se raconter leurs histoires de nana ! Et pendant qu'elles se marrent ensemble, qui le remercie, lui, pour la corvée de vaches ?

Le crépitement de la pluie interrompt ses pensées. Joëlle se redresse d'un bond. Elle se précipite vers l'entrée et crie assez fort pour se faire entendre depuis la cuisine.

– Les enfants ! On sort les bassines et les seaux ! Allez hop, tout le monde s'y met !

Elle se détourne, avise l'adolescent qui l'observe, impressionné par son tempérament énergique.

– Tu nous aides, Jonathan ?

– Pas de souci !

Sophie file vers l'établi et, l'espace d'une seconde, Stanislas craint qu'elle ne découvre son secret, mais ce n'est pas sa cachette qui l'intéresse. Elle attrape une paire de bottes et les enfile prestement.

– Tu viens ? Ils ont besoin d'un coup de main.

– Encore !

– Stan, tu es bouché ? On doit saisir notre chance.

– Notre chance ?

Sophie secoue la tête, consternée. Elle se précipite dehors, sans même répondre.

Les jumeaux, Juliette et Jonathan ont traîné les bacs jusqu'aux endroits stratégiques où la pluie s'écoule à torrents. Joëlle tend à Sophie une bassine déjà presque pleine, empoigne un seau et la devance pour lui montrer le chemin menant vers les deux grands réservoirs qui jouxtent la stabulation. Aucune trace de Patrick. Il doit s'affairer ailleurs.

Stanislas finit par sortir de la grange et se tient là un moment, la tête penchée vers l'arrière, immobile, offrant son visage crasseux au torrent de pluie. L'averse le lave de sa mauvaise humeur. Il se décide à rejoindre la chaîne des femmes et des enfants qui se passent de main en main tout ce qui peut faire office de récipient. Jonathan, tout sourire, les biceps saillants sous le tissu trempé de sa chemise, plaisante avec Juliette, la fille de la maison, qui lui crie de faire gaffe de ne pas glisser. Cantonné l'espace d'une seconde à un rôle d'observateur extérieur, la scène à la fois familière et surréaliste le scotche sur place. Son esprit vagabonde et une pensée fugitive le traverse : Dédé et Maria… Il se demande s'ils ont pris leurs quartiers chez eux ou s'ils ont préféré rester planqués derrière la palissade, à siroter les grands crus de sa réserve.

C'était dans une autre vie.

Pour l'heure, il s'agit de remplir deux citernes, ensuite il pourra s'écrouler et roupiller tout son saoul.

6.

Le vacarme que produit l'averse martelant le toit de la dépendance est assourdissant mais c'est le bruit sec de la porte restée ouverte et cognant violemment le chambranle qui les réveille en sursaut. Un claquement suivi d'un roulement de tonnerre qui précède de peu une série d'éclairs zébrant le ciel d'une lumière aveuglante. Redoublant d'intensité, l'orage se rapproche à la vitesse grand V, grondant maintenant si fort qu'il couvre le bruit de la pluie battante.

Ils se jettent à bas de leurs couches, se chaussent à tâtons puis se précipitent vers la porte béante. Martelé par des gouttes énormes, le sol trop dur n'absorbe plus rien. Pendant qu'ils dormaient, la cour s'est transformée en un lac, d'où l'eau, faute de pouvoir s'écouler normalement et s'infiltrer progressivement, trace son sillon et ravine le sol, formant des tourbillons dans chaque creux, chaque déclivité. C'est à peine si sous ce déluge on distingue encore les contours de la ferme qui se dresse, massive et sinistre, dans la pénombre.

Le contraste est saisissant, et le choc brutal. Les bourrasques drossent vers eux une pluie lourde, presque glacée qui efface jusqu'au souvenir de la canicule des jours précédents. Ils frissonnent, inquiets, pressentant avec raison qu'une averse pareille n'apporte aucun bénéfice. Ils ont raison. Le ruissellement violent est en train de ravager les champs à la périphérie desquels aucune haie, aucun buisson ni végétation naturelle n'apporte plus de protection contre les intempéries. Depuis que la monoculture intensive a unifié les paysages, tout est devenu lisse et sans relief. On a gommé les aspérités, abattu les arbres et dessouché, comblé les fossés, rasé les haies, et supprimé la vie de milliers d'organismes indispensables à l'équilibre du biotope… Un véritable lifting des territoires agricoles. Alors, quand surviennent comme aujourd'hui des pluies torrentielles, plus rien ne fait obstacle au ruissellement qui creuse des rigoles, emporte les semences et participe à l'érosion des sols.

Le boucan s'est brusquement intensifié et il leur faut un moment pour comprendre d'où vient un tel tapage. Cloîtrées dans leur stabulation, les vaches s'agitent, en proie à l'affolement. Le meuglement désespéré des plus fébriles achève d'effaroucher les autres et la peur se propage de bête en bête. Les plus enragées commencent à se débattre et frappent au hasard, frontalement ou avec leurs sabots contre les cloisons qui les emprisonnent.

D'habitude, l'orage n'engendre pas une telle panique, mais voilà plusieurs jours que le troupeau est à la diète, rationné en eau. Malgré les soins prodigués quelques heures plus tôt, l'odeur de la pluie exacerbe les privations subies et rend les vaches incontrôlables. Plus rien ne saurait contenir la détresse de ces malheureuses qui meuglent à tout va et bottent au point de tordre les barrières métalliques entravant leur liberté. Une immense bousculade projette les bovins situés en première ligne contre le portail coulissant, qui sort de ses rails en faisant sauter les gonds et s'ouvre. C'est l'hystérie générale : les vaches se précipitent vers l'issue et se déversent hors de la grange dans une furieuse débandade.

À cet instant un cri s'élève de la grande maison, suivi par le rire démoniaque du grand-père qui se met à hurler comme un fou : « Ah ! la vache ! Ah les vaches ! Les vaches ! »

Sans échanger un mot, ils se retrouvent tous sous l'averse. Les occupants de la ferme foncent à l'aveugle derrière les bêtes, bientôt rejoints par les Parisiens hagards, portés par un élan naturel de solidarité. Dans le chaos général, les cris et le désordre, l'adrénaline prend le relais de la raison et pousse à l'action. Il faut bien faire quelque chose, courir avec les autres…

Patrick fonce dans l'obscurité pour tenter de rattraper les fuyardes, au moins les plus lentes. Les autres finiront bien par s'arrêter, sauf qu'il faudrait les prendre en chasse vite fait avant qu'elles ne se barrent à Perpète-les-Oies et qu'on les leur chourave ! Joëlle et Juliette viennent l'aider à bloquer cinq bêtes entre le tracteur et la porcherie et à les apaiser un tant soit peu. Pour bien faire, ils devraient les reconduire à l'étable, et remettre d'équerre les barrières avant de se lancer à la poursuite des vagabondes, autant dire que ce n'est pas gagné ! À demi aveuglé par la pluie torrentielle, Patrick remarque alors la présence de ces emmerdeurs de squatteurs qui battent des bras dans une piètre tentative pour contenir la Rousse, près du puits. Rincé par l'averse, en polo et boxer, chaussé de ses baskets trop blanches, le Parigot a perdu de sa superbe. Il se réjouirait presque de cet hilarant spectacle si l'urgence ne les tannait pas ! La femme en petite tenue dérape dans la boue et voilà que son andouille de mari manque de lui tomber dessus en voulant la relever. Par miracle, il parvient à se remettre d'aplomb, mais vu comment il recule quand la Rousse le frôle pour repartir en cavale, Patrick jurerait qu'il n'a jamais approché un animal plus gros qu'un chihuahua ! Quelle bande de crétins ! Il s'arrache pourtant à sa joie revancharde. Les vaches tournent sur elles-mêmes, affolées, perdues. Il les appelle en gueulant, puis, à grand renfort de gestes, montre à tous comment former un couloir humain jusqu'à la stabulation pour pousser les bêtes récalcitrantes dans la bonne direction. Un éclair déchire le ciel en deux et le tonnerre explose, résonnant dans tout leur être, jusqu'aux os. Légèrement sonné, il secoue la tête. Joëlle a dû sentir qu'il flanchait car elle s'avance vers les vaches, les bras ouverts, en criant leurs petits noms : « Allez la Grise ! Du calme Marguerite ! On rentre, là, tout doux ! » Au milieu du chaos, sa voix monocorde, ferme et calme semble enfin apaiser les bêtes affolées. La Grise mugit lamentablement puis s'immobilise devant cette présence familière dont elle reconnaît l'odeur. Les autres l'imitent et viennent à leur tour chercher du réconfort derrière elle. Joëlle se met en marche, aussi paisible que le joueur de flûte de Hamelin, sa chevelure ruisselante encadrant son visage pâle. Cette vision provoque chez Patrick un regain de remords ! Bien sûr, sa femme savait qu'il pensait à vendre et ils avaient causé maintes fois de leur surendettement. Toute façon, c'était ça ou se trouver une corde et aller dans la grange pour en finir… Sauf qu'elle n'a jamais voulu céder, elle disait qu'ils pouvaient s'en tirer, faire autrement, changer leurs pratiques… Alors quand l'affaire s'est conclue, il n'a pas osé le lui avouer. Et maintenant que le monde s'est cassé la gueule et que tout est cul par-dessus tête voilà que l'acheteur ramène sa fraise, tout faraud… Et alors quoi ? Il devrait lui laisser sa ferme pour rien ? Et il en ferait quoi, cet ahuri, avec ses baskets blanches et son air de banquier ? Déjà qu'il peine à rester debout sous un peu de flotte !

Une à une, les vaches s'engouffrent dans la stabulation. Tandis que Joëlle et Juliette se démènent pour réparer la porte enfoncée, Patrick commande aux gamins de retourner auprès du vieux toujours campé sur le seuil de la maison, qui n'a pas cessé de brailler ses « Ah, la vache ! » comme s'il était au spectacle. Parti comme c'est, mieux vaut éviter qu'il se taille lui aussi sous l'orage, et puis il se méfie, Patrick, depuis qu'on sait que les ennuis, ça vole en escadrille, la preuve ! D'abord la coupure géante de courant, les bandes de pillards, l'arrivée de « son acheteur », maintenant cette pluie à te désosser un cimetière et, pour couronner le tout, son troupeau en cavale ! Curieusement, malgré une accumulation sans fin d'emmerdes, le paysan retrouve l'énergie d'éprouver ses muscles, ça fait même des mois qu'il ne s'est pas senti si vivant ! À présent que le pire est arrivé et largement dépassé, que pourrait-il bien encore se produire ?

Il est temps d'aller récupérer ses bêtes, quitte à pactiser avec l'ennemi ou embaucher le diable lui-même !

D'un geste brusque, il appelle le Parisien et son ado tout maigrichon et leur fait signe de grimper derrière lui sur le tracteur. Ils tiennent à trois dans l'habitacle, trempés jusqu'aux os, trop sonnés pour parler. Patrick démarre vers le grand champ du bas, non sans avoir jeté un coup d'œil au réservoir. Il reste un demi-plein qu'il va falloir économiser. Ils roulent environ cinq minutes quand il croit discerner une masse sombre, puis une autre dans le faisceau tremblotant des phares. Les vaches ont fait halte dans une sorte de cuvette, pas très loin de la route départementale. Les bourrasques ont perdu en intensité et la pluie tombe désormais moins dru. Il n'a même pas le temps de se réjouir qu'un mouvement furtif lui arrache un juron :

— Putain de voleurs ! Vous avez vu ça !

Les Parisiens se penchent pour mieux voir. Un groupe vient de surgir à une centaine de mètres et se met à courir vers la génisse la plus proche.

— C'est qui ?

Stan a posé la question pour la forme. Qu'importe la réponse d'ailleurs ! À cet instant, ils se retrouvent ensemble, le paysan et son rival, unis dans une même indignation.

— Tout ce que je sais c'est que ces fils de pute ne sont pas d'ici ! Il aura pas fallu attendre plus de deux jours de ce bordel pour voir débarquer cette vermine ! Mon voisin prétend qu'il en a reconnu un, un gars qu'il a vu traîner dans la zone industrielle du bourg, le genre punk à chien toujours en train de chercher les embrouilles. Moi, perso, j'appelle ça des charognards ! Ils se mettent en bande et ils chourent tout ce qui leur tombe sous la main. Ce soir, c'est ma vache, demain, si on n'y prend pas garde, ce sera la ferme.

— On fait quoi ?

— Rien.

— On n'essaie pas de la récupérer ?

Surpris, Patrick relève la tête. Les cheveux plaqués sur le front, les traits tirés et les yeux cernés, le Parigot l'interroge du regard. Il semble réellement concerné.

— Ces gens sont prêts à tout et avec ton gosse, mieux vaut pas s'y frotter. Combien sont-ils, à vue de nez ?

— Au moins six, je dirais.

— Ça fait douze poings contre quatre. Je préfère encore m'en retourner chercher le fusil, là on pourra causer.

— Et l'autre vache ?

— Ils risqueront pas de perdre leur prise pour nous attaquer. On se dépêche de la choper, et on la rentre avec les autres, ensuite je lâcherai les chiens. Je les ai enfermés quand le troupeau s'est barré pour pas qu'ils se mangent un mauvais coup. Y a plus qu'à prier que ces satanées fugueuses ne se soient soit pas barrées à dache ! Si tu es partant…

— J'ai que ça à faire, non ?

C'est la deuxième fois que le Parisien l'étonne. Patrick hoche la tête, mais se croit obligé d'ajouter :

— Ça veut pas dire que t'es le bienvenu.

— J'avais compris.

— Et moi ? Je viens aussi ?

— Si ton père est d'accord, ça me va.

Le gamin lui renvoie un sourire ravi qui lui fait regretter son empressement. Il leur est redevable, à présent. Une fois pour remplir les citernes – Joëlle s'est chargée de lui raconter comment ils avaient été formidables ! – et maintenant… Heureusement qu'il n'a rien promis. Le coup de main, c'est pour l'hébergement. Ils resteront deux ou trois jours maximum, nourris en prime, et ensuite dehors ! C'est pas comme si on leur devait quelque chose.

Lorsqu'ils reviennent armés du fusil, il n'y a plus personne, ni voleurs, ni vaches à voler. Patrick commande :

— Y en a peut-être qui se sont postés en lisière de forêt, vous prenez par la gauche et moi par la droite, comme ça, on les poussera l'un vers l'autre.

Et sans attendre, il s'enfonce dans l'obscurité. Stan et son fils font de même, s'insufflant l'un l'autre le courage d'avancer. Ils errent ainsi une bonne demi-heure avant d'atteindre la lisière et commencent à la remonter lorsqu'ils distinguent la silhouette d'une des vaches.

– Nom de Dieu ! Comment peut-on faire pour l'attraper et l'attacher ?

– Donne ta ceinture !

– Une Gucci toute neuve !

Stan obtempère néanmoins aussitôt et, avec une prudence de Sioux, l'adolescent s'approche de la vache. Celle-ci, tout à fait indifférente à la proximité du garçon, s'est remise à brouter l'herbe. Mais si elle se laisse passer le nœud coulant de la ceinture autour des cornes sans broncher, elle est en revanche nettement moins coopérative quand il s'agit de suivre Jonathan. Il a beau tirer, la vache ne bouge pas d'un iota.

– Aide-moi, mets-toi derrière et tape-lui les fesses !

– Pour qu'elle me donne des coups de sabot ? rétorque son père.

– Coupe une branche dans un buisson.

Stan s'exécute et, enfin, la bête daigne avancer. C'est à ce moment-là qu'ils aperçoivent Patrick se diriger vers eux.

Stan se met à crier en exultant :

– On en a une ! On en a une !

– Oh, oh… Ça va, calme-toi, t'as pas attrapé un grizzly !

Patrick récupère sa vache et, sans un regard pour le père et le fils, se remet en marche vers le haut du champ.

Ils rentrent sans plus échanger un mot et, sans demander son reste, Stan part se coucher, épuisé autant que découragé.

*

* *

Au matin, le réveil de Patrick ressemble à un lendemain de cuite et le ciel lourd est au diapason de son humeur. Le fumet de viande qui embaume depuis la cuisine lui fait monter l'eau à la bouche. Il ne doit pas être loin de 10 heures s'il en croit son estomac. Se lever si tard, ça ne lui est jamais arrivé. Les événements de la veille lui reviennent en bloc : les Parisiens, l'orage, les vaches, tout ce chambardement…

Patrick s'étire en grimaçant. Ses muscles sont douloureux. Cette nuit, ils ont pu récupérer quelques vaches. En comptant les six ramenées à la stabulation cela fait neuf laitières sauves sur un troupeau de cinquante bêtes. Les autres se sont perdues ou ont disparu, probablement entre les mains de rôdeurs.

Avec neuf bêtes, ils n'iront pas bien loin… Le seul avantage, tente-t-il de relativiser, c'est qu'elles seront moins difficiles à soigner.

Il va devoir gamberger à un moyen de renforcer son système de protection, surtout à cause de la source. Si le bruit court qu'à la ferme du Chien-Rouge ils en possèdent une, les resquilleurs ne tarderont pas à affluer. Heureusement, avec la pluie, le problème du ravitaillement en eau vient de passer au second plan pour quelque temps. N'empêche : deux clébards et trois murs fortifiés, ça reste léger en cas de pépin. Et sans radio ni téléphone, on ne peut même pas se renseigner sur la situation… Joëlle prétend que le courant n'est pas près de revenir, que ça leur pendait au nez, Patrick ne veut pas y croire. Il ignore comment tourneront les choses, en revanche il est bien décidé à aller voir de ses propres yeux. Pas au village, bien sûr. Là-bas, c'est tabou, ça n'existe pas. Peut-être qu'au bourg les choses ne sont pas si terribles…

Reste le problème des Parisiens.

Ce n'est pas un ingrat. C'est vrai que, sans eux, il aurait vraiment galéré cette nuit, et l'autre gus, Stanislas – *qui peut porter un nom pareil, sérieusement !* –, il a beau avoir deux mains gauches, il ne s'est pas débiné. Quant à son mioche, y a pas à dire, il cherche à rendre service. N'empêche… cela ne change rien au fond de l'affaire : la ferme lui appartient toujours. Même si la vente a été signée, c'était avant. Un avant d'il y a dix jours qui paraît aussi vieux que l'an 40 ! Sans compter que le pognon a disparu, donc, jusqu'à preuve du contraire, on peut légitimement considérer l'opération comme nulle et non avenue.

Convaincu d'être dans son bon droit et toujours chez lui, il descend l'escalier un peu ragaillardi.

Quand on parle du loup… Jonathan s'affaire au beau milieu de la cuisine, penché sur une roue de vélo et ce qui a tout l'air d'être une batterie de voiture. Juliette et le vieux suivent chacun de ses gestes, fascinés.

Tout en laissant subrepticement glisser sa main posée sur la taille de sa femme jusqu'à ses fesses, il grommelle, un peu ronchon :

— Tu m'as gardé du café ?

— J'en ai même préparé du frais quand je t'ai entendu bouger, Majesté !… J'ai cru que tu ne te réveillerais jamais !

— Il est quelle heure ?

— Sans doute pas loin de 10 heures. Avec les nuages, difficile à dire. J'ai pensé que tu avais vraiment besoin de dormir.

Patrick se verse une tasse de café. Il a envie de demander où sont les autres, mais pas devant le gosse. À la place, il questionne :

— On peut savoir ce que tu bricoles, gamin ?

— Une éolienne.

La réponse le cueille à froid. Il a demandé comme ça, histoire de se montrer poli… pour une fois. Il ne s'attendait pas à une réplique si catégorique.

— Ah ouais ? Tu m'expliques ?

— J'espère obtenir de l'électricité. Votre femme m'a trouvé un petit générateur et une batterie. Le circuit n'est pas compliqué, il suffit de le relier à une roue. Là, évidemment, c'est un peu du bricolage, mais du moment qu'on trouve un bon emplacement bien venté, cela devrait marcher. Le seul problème c'est qu'il n'y aura pas un gros rendement.

— Tu te fous de moi ?

— Non, pourquoi ?

Juliette intervient, les yeux brillants de malice :

— P'pa, Jonathan a appris ça au cours d'un stage qu'il a fait dans une association « d'écolos de mes deux » comme tu dis si souvent. Et grâce à lui, on aura peut-être un peu de lumière !

Sa fille lui adresse un de ses sourires radieux qui ont pour effet de le rendre aussi tendre qu'un chamallow. Pareil avec les gamins. Au début, il ne voulait pas entendre parler d'adoption. Et puis devant l'insistance de Joëlle et de Juliette qui rêvait d'un petit frère, il a cédé. À présent, il n'imagine pas la vie sans eux.

Joëlle lui adresse un regard en coin en guise d'avertissement. Elle veut s'assurer qu'il restera aimable avec leurs visiteurs. C'est sa marotte à elle l'accueil, la gentillesse. Dans ses mauvais jours, ça l'agace salement, Patrick, toute cette mièvrerie, mais il se dit aussi parfois que sans elle, sans sa Joëlle, il serait devenu un sale con… N'empêche, même si ça lui fait un peu mal de l'admettre, il se voit mal les foutre dehors aujourd'hui. Pas après la nuit qu'ils viennent de passer à cavaler derrière les vaches. Mais pas question pour autant qu'ils prennent leurs aises !

– Je prépare un poulet pour midi avec des patates et…

– Un poulet ? Pas question ! Tu veux nous dévaster le poulailler après l'étable ?

– On a des invités.

– Ma Jo…

– Quoi : « Ma Jo » ? Ce n'est pas parce que je n'ai rien dit à propos de la vente de la maison que j'ai digéré l'affaire, « mon Pat » !

– Tu savais que le banquier nous laissait pas le choix !

– Oui, je savais. Mais j'en étais restée là et tu t'es bien gardé de me dire ce que tu manigançais. Dans mon dos !

– J'aurais dû, je sais. C'était trop dur. Après ce projet de chambres d'hôtes qui tombait à l'eau, tu aurais été encore plus affectée. Et puis avec l'argent… Je croyais qu'en te présentant ça après coup, comme une possibilité de prendre un nouveau départ… Bref, je sais, c'était très con, désolé…

– Patrick, je crois que j'ai saisi. Tu fais les choses à ta façon et moi à la mienne. Alors si je veux avoir nos invités à ma table, il me semble que tu peux, aussi, faire un effort.

En présence du gamin, il ravale une remarque acide. De toute façon Joëlle a toujours le dernier mot dans ce genre de discussion, c'est d'ailleurs pour ça qu'il n'a rien dit à propos de la vente. Il la connaît, sa femme. Dure à la tâche, mais aussi butée qu'un âne quand il s'agit de respecter des principes.

Bien entendu, aucune allusion n'est faite à la transaction qui a mené la famille Tramont par ici durant le repas… Les hommes se gardent bien d'aborder les sujets qui fâchent et le pépé, constant dans sa bonne humeur, paraît tout à fait content. Les gamins complotent de leur côté en chuchotant, quant aux femmes, elles semblent ravies de faire alliance au milieu de tous ces hommes. Bien que Joëlle et Sophie ne se connaissent pas encore, on sent déjà se dessiner des affinités, chacune faisant preuve d'empathie et de bienveillance envers l'autre. Bientôt on échange des plaisanteries qui se cantonnent surtout à des anecdotes sans conséquence : ici, la mésaventure d'un taureau qui refuse la saillie, les touristes qui ont tourné trois jours en forêt l'an passé ou là-bas, à Paris, l'existence de Dédé le sage, pêcheur-réparateur de vélos et propriétaire-squatteur d'un paradis caché !

Ce n'est que vers la fin du déjeuner que l'humeur de Patrick s'assombrit de nouveau. Un poulet pour neuf, une vieille patate par personne, et une fine tranche de pain dur.

— Ce pain-là, il est sec comme l'âme du diable, mais c'est tout ce qu'il nous reste, alors on l'économise.

Stanislas l'interrompt, inconscient du soudain regain de tension.

— On a vu une boulangerie en arrivant, vous n'y allez pas ?

Le coup de poing assené sur la table fait sursauter tout le monde.

— On ne parle pas du village !

Joëlle se penche vers les invités, le visage rouge d'embarras et enchaîne avec un entrain forcé :

— Grand-père, un morceau de fromage ?

– J'peux pas.

Le vieil homme fixe l'écran noir du poste de télé les yeux écarquillés.

– Ça vient juste de commencer. Ils finiront bien par nous dire qui a tiré sur JR !

Sa remarque dissipe aussitôt le malaise. Les adultes éclatent de rire, tandis que les jumeaux récitent à tue-tête : « Sue Ellen ! Cliff ! Lucy ! Bobby ! Allan ! Kristin ! »

Devant l'air ahuri de Jonathan, Juliette explique à mi-voix :

– *Dallas*... c'est une vieille série.

– Mais le poste est éteint !

– Pas pour lui. Il est dans les années 80 et sa télé marche.

– Ah ouais... quand même !

Dans l'espoir de radoucir leur hôte, Sophie demande ingénument :

– Mais à la campagne l'approvisionnement est quand même plus facile, non ?

Joëlle secoue la tête.

– Vous savez, on a pris l'habitude de se fournir à l'hyper du coin, comme la plupart des gens. Il ne faut pas croire qu'on est si différents à la campagne.

Patrick renchérit, l'œil noir :

– En tout cas, les rats des villes sont plus chapardeurs que ceux de chez nous ! La nuit qui a suivi la coupure de courant on nous a chouravé tous nos lapins ! Il aura pas fallu vingt-quatre heures ! Même ces foutus sangliers font pas tant de ravages !

– Et comment vous savez d'où ça vient ?

– Parce que les gens d'ici auraient jamais fait un coup parcil !

– Et... Vous faites du bio ?

La question de Jonathan a le mérite de détourner l'attention et Joëlle se hâte d'y répondre avant que son mari n'embraye sur ce sujet hautement inflammable :

— Non, trop de contraintes. Quand on est engagé dans l'agriculture intensive, c'est compliqué et cher de revenir en arrière...

— Le bio c'est pour les bobos...

Patrick rayonne d'une joie mauvaise. Sa diatribe n'est pas destinée au gamin mais bien à son père et à tous ces citadins qui n'y comprennent rien, à tous ces imbéciles et ces truands lâchés sur les routes. Stanislas en a assez de ces allusions. Tête baissée, il passe à l'attaque et l'interroge à son tour, sarcastique :

— Qu'est-ce qui vous a décidé à vendre ? Ça allait si mal que ça ?

— On peut le dire, ouais. Tout partait en remboursement de crédits qu'on nous a presque imposés à force de nous les proposer toutes les semaines. Il a fallu investir pour s'agrandir, s'équiper en machines achetées, elles aussi, à crédit... Puis il y a eu la sécheresse, les épisodes de grêle, les gelées tardives... Ce printemps, le sol était tellement cramé qu'il était devenu impossible à travailler, dur comme du béton ! Là-dessus y a le banquier qui me suggère de vendre. « Je vous suggère, monsieur Bouillot... », qu'il m'a dit, texto ! Y a vraiment des coups de pied au cul qui se perdent ! Et pourquoi pas devenir métayer d'un grand seigneur, comme du temps des rois tant qu'on y est !

— Les rois maudits !

— Tais-toi, pépé ! Y sont tous morts !

Stanislas profite de l'interruption. Quelque chose l'intrigue.

— Il était de combien, votre bénéfice ?

– 5 400 euros.

– Plus de trois fois le SMIC ? Pas si mal, même à six.

– 5 400 par an, couillon.

La raillerie lui fait l'effet d'une baffe. Le paysan poursuit avec une pointe de sarcasme :

– Et toi, ton bénéfice, il se montait à combien ?

Le trader rougit, soudain moins combatif :

– Oh, ça dépendait… des fluctuations des marchés…

– Pareil avec le prix du lait. Mais mon petit doigt me dit qu'on cause pas des mêmes chiffres !

À côté de lui, le grand-père se trémousse. Ce doit être le moment de la pub dans son monde intérieur. Il dévisage ses voisins comme s'il découvrait leur présence à l'instant.

– C'est qui ces gens-là ? Ils cherchent le trésor ?

– Non, papa, non…

– Quel trésor ? s'étonne Jonathan.

– Toi, ne fais pas le malin, je t'ai à l'œil ! lui rétorque Patrick.

– Le trésor des Templiers, pardi ! assène le vieux avec conviction.

Tandis que les deux pères de famille se toisent du regard, Joëlle s'empresse d'aller chercher un reste de tarte aux pommes dans le grand frigo qui fait désormais office de garde-manger maintenant qu'il n'est plus branché. Elle a failli desservir les assiettes – aussi propres que si elles venaient d'être mises – avant de se rappeler que ce genre de délicatesse n'est plus de mise. Désormais, il faut aller chercher l'eau à l'étang, dans des bidons de trente litres, alors la vaisselle des dimanches, on s'en passera !

Les petites parts de tarte, poudrées d'un voile de sucre glace, tiennent du miracle, une pure merveille que chacun déguste dans le plus grand recueillement. Pour l'accompagner, Patrick a tenu à servir une eau-de-vie de prune et pour lui une double dose qu'il avale cul sec. Est-ce l'effet de la chaleur de l'alcool ? En tout cas son humeur vire encore, le Parisien lui ferait presque pitié maintenant avec ses millions envolés !

Il lève un doigt afin de réclamer l'attention et fait mine d'ignorer l'expression inquiète sur le visage de sa femme. Joëlle redoute un esclandre, mais l'orage a passé, il veut juste exprimer une chose essentielle, même si c'est très confus. Tout ce qu'il sait, c'est que ça lui noue les tripes et qu'il faut que ça sorte, devant sa famille et ces gens qu'il connaît à peine. Après tout, ils sont dans le même pétrin.

— Y a pas à chier, on s'est tous fait avoir ! Ouais, tous couillonnés, même les petits malins, même les plus prévoyants ! C'est la faute aux gouvernements, mais ça, j'aurais pu le parier depuis longtemps ! Ces gens nous poussent à acheter et consommer, maintenant ils nous laissent nous démerder ! Je sais ce qu'on va me dire : on n'est pas des mômes, on aurait pu voir venir le coup. Sauf que c'est facile de le dire une fois qu'on est dans la merde, parce que moi, j'ai essayé et j'aurais pu tout aussi bien pisser dans un violon. Ça marche pas comme ça. Pour les jeunes, je sais pas, peut-être qu'ils ont raison de manifester, peut-être que l'avenir sera tellement changé pour eux qu'on passera pour des ringards préhistoriques. En attendant, on va pas se tourner les pouces. Je pars faire une virée au supermarché de Chaloux voir s'il reste encore des trucs à acheter. Môssieur Tramont va m'accompagner.

Ce dernier reste bouche bée. Il ne s'attendait ni à ce brusque revirement ni à ce discours un poil embrumé.

Pour dire vrai, le mot « supermarché » lui provoque une crampe à l'estomac. Il a vu trop de choses sur la route, et ce à quoi il a assisté dépasse tout entendement. La violence, la loi du plus fort… il repense fugacement aux JT qu'il regardait sans frémir la semaine passée dans son fauteuil de trader, ces exilés au visage émacié, leur progression aveugle, erratique. Il a soudain l'impression de comprendre, comme s'il lui avait fallu attendre cette seconde pour faire le lien entre ces déferlements de violence et la misère. Les mêmes causes produisent les mêmes effets. La faim, la soif et la peur… Il devrait prévenir Bouillot qu'ils ne trouveront rien dans ce supermarché, au lieu de ça, il acquiesce obligeamment.

— Bien sûr, je vous… je t'accompagne !

Patrick va pour protester mais se ravise, préférant feindre qu'il n'a pas entendu le tutoiement. Il se lève, hésite puis lâche :

— Et puis faudrait voir à pas s'incruster. Si on trouve quelque chose, ça vous fera quelques provisions pour votre voyage, car il ne s'arrête pas ici, que ce soit bien clair !

Joëlle lance un regard à Sophie, très expressif : *Surtout ne dites rien… laissons-le causer.*

Ce qu'ils font en se levant de table et en remerciant pour le repas.

Pour se rendre au bourg distant d'une douzaine de kilomètres, ils prennent le tracteur. Patrick possède encore quelques litres de GNR, le gazole non routier destiné aux engins agricoles. Sans ses soucis de trésorerie, il aurait rempli ses cuves il y a deux mois, mais il a préféré échelonner ses charges, si bien qu'il est quasi à sec. Foutu pour foutu, autant s'offrir une virée et tenter de rapporter quelques réserves.

Durant le trajet, les deux hommes ne causent guère, en proie à une inquiétude grandissante, or mieux vaut passer pour une carpe que pour un trouillard. Patrick n'est pas sorti de la ferme depuis les événements, mais il sent quelque chose dans l'air qui ne lui dit rien qui vaille. Sur la départementale, ça va encore, mais c'est en empruntant un tronçon de nationale que la réalité les rattrape de plein fouet. Certes, rien de comparable au chaos parisien, mais ici aussi les traces de l'exode sont visibles : partout, des voitures abandonnées, portières ouvertes ou vitres brisées. Ils dépassent un landau aux roues tordues, un caddie abandonné à l'intersection d'un chemin de terre, probablement hors d'usage. Il n'y a pas âme qui vive à l'horizon, mais Patrick devine la présence d'au moins trois feux de camp dont les fumées s'étirent en fin panache sur le ciel gris.

Il tourne la tête vers son compagnon et le questionne presque à contrecœur :

– C'est partout le même bordel ?

– Cent fois pire.

Stan hésite à poursuivre. Quelque chose lui dit que cette balade avec le paysan pourrait lui être utile, sans trop savoir pourquoi ni comment.

Ils arrivent. Trônant sur un parking parsemé d'ordures, le temple de la consommation n'est plus qu'un vaisseau fantôme. Ici, comme ailleurs, les portes sont restées béantes, un rideau de fer arrêté à mi-course laisse penser qu'on a voulu le baisser à la hâte ou bien, au contraire, que les pillards l'ont forcé avant de se précipiter à l'intérieur.

Il manœuvre son tracteur de façon à se garer au milieu du hall.

Absolument personne et ce silence accentue le sentiment d'étrangeté. Les rayonnages ont été intégralement vidés, des casiers traînés dans les allées, d'autres ont été fracassés et des tags rouge sang fleurissent sur les murs : *Extinction, dernière station ! This is the end ! Capitalisme = Fascisme ! Col63 est passé par là ! NiqTaMèreGaia ! Fin du Game : Terre1-Humains0 ! Société de consumation !*

— Faut pas traîner. On prend ce qu'y a à prendre et on dégage !

Bouillot a peur, mais il ne veut pas le montrer. Tandis qu'il s'éloigne vers le fond du magasin, Stanislas lit chacune des inscriptions dans l'espoir de comprendre le déchaînement qui a été à l'œuvre ici. Qu'est-ce qui pousse les gens à détruire quand il n'y a plus rien ? Il pense à la colère constante de Jonathan, à leurs discussions impossibles et prend conscience du changement qui s'est produit depuis l'Effondrement. Son fils a cessé de faire la gueule. C'est peut-être cher payé la métamorphose, mais comme disait feu son père : « Fais avec ce que tu as, tu verras que c'est déjà un bout de bonheur. »

Perdu dans ses pensées, il sent un crissement sous son pied. Mélangé aux éclats d'une bouteille explosée, du riz parsème le sol. Il se baisse et tâtonne prudemment, balayant le carrelage de la paume pour éviter les esquilles de verre. Ceux qui sont passés avant lui ont dû en récupérer l'essentiel car il récolte seulement l'équivalent d'une poignée de grains qu'il glisse dans sa poche. Cela fera toujours une portion à ajouter dans la soupe du soir.

Il rejoint son compagnon d'infortune. Ce dernier ratisse méthodiquement les rayons, en vain. Ils vérifient les dix allées du magasin, puis les caisses – toutes forcées –, l'entrepôt où sont stockées les réserves, même les conteneurs qui servent de poubelles pour les produits défectueux. Ces derniers ont été renversés et ne contiennent plus que des emballages souillés. Patrick s'interrompt sans cesse pour vérifier que personne ne traîne du côté du tracteur. Après avoir fouillé l'endroit de fond en comble, les deux hommes doivent se rendre à l'évidence : tout ce qu'ils trouveront ici tient dans la poche de Stan : une foutue poignée de riz !

Sur le chemin du retour, leur accablement est palpable. Patrick ne dit mot et lorsqu'il dépasse une charogne que des corbeaux se partagent, il se met à grogner indistinctement.

Pour Stanislas, s'il n'y a pas de révélation majeure, la vision du supermarché vandalisé l'a replongé en plein cauchemar. Les vingt minutes qu'ils ont passées là-dedans n'ont fait que renforcer sa conviction : la ferme du Chien-Rouge est un havre de paix, le seul refuge, et tant pis si l'autre borné de péquenaud se prend pour Dieu le Père, ils ne bougeront plus ! Avec le bétail et le potager, il y a largement de quoi nourrir deux familles, non ? Reste à convaincre ce couillon de les garder, peu importe ce qu'il réclame en échange ! Dehors ils sont exposés à tous les dangers. Ils iraient où ? Au hasard ? De quoi vivraient-ils ? Comment se nourriraient-ils, comment se protégeraient-ils ?

En quittant Paris, Stan était convaincu que seules les grosses agglomérations seraient en proie au chaos. Le gouvernement finirait par trouver une issue, et après une période de troubles, ils rentreraient chez eux, indemnes. Jamais avant cette journée il n'avait sérieusement envisagé qu'un certain monde était sans doute en train de s'achever là, maintenant.

Pour Patrick, en revanche, leur virée a provoqué un électrochoc. Se confronter à la réalité des pillages a été brutal. Jusqu'à présent, malgré ses clapiers défoncés et le vol de ses vaches, il n'avait pas mesuré la gravité de la situation.

7.

Joëlle a bien vu que ça ne tournait pas rond au retour de leur escapade et, aux questions qu'elle lui pose, Patrick répond laconiquement, en quelques mots, dans un style quasi télégraphique : « Pas de marchandises. Tout a été vendu. Non, il n'y avait personne, aucune info, rien. »

La chaleur est revenue, écrasante, et achève de leur mettre le moral à zéro. La pluie n'est plus qu'un souvenir, l'humidité déjà évaporée et les rares nuages en altitude s'effilochent. Le soleil cogne dur, aussi ardent que dans une fournaise, desséchant tout, les âmes et les plantes…

Ne s'occupant plus des Parisiens, Patrick s'immerge dans les tâches les plus urgentes. Réparer les barrières et la porte de la stabulation, soigner les bêtes, remplir l'abreuvoir. Habituellement ses laitières consomment de cinquante à cent cinquante litres d'eau par jour, environ trois litres d'eau par litre de lait produit, seulement il a cessé de livrer sa production et, en attendant de trouver comment l'écouler, il peut descendre à quarante litres. Cela fait un peu plus de cinq cents litres quotidiens. Ils pourront toujours fabriquer des fromages. La source peut-elle supporter ce débit ? Et pendant l'été ?

Il passe à la remise vérifier qu'il aura du bois en suffisance pour fabriquer deux cents piquets. Il pense clôturer un demi-hectare à l'orée du bosquet. Ce n'est pas idéal pour voir venir les voleurs de bétail mais l'herbe y est encore abondante. Avec les chaleurs de juin, il n'a pas vraiment le choix. Le mois prochain, il choisira une autre pâture pour laisser la terre se régénérer. Les vaches auront largement de quoi se nourrir et il économisera autant de fourrage. Cette façon de faire le ramène en arrière… Au temps du vieux, quand on misait sur la rotation des cultures pour ne pas épuiser les sols plutôt que de pousser les rendements au maximum en aspergeant les terres dénutries par la monoculture intensive avec des engrais et toutes sortes d'intrants chimiques : herbicides, fongicides, pesticides qu'on leur a vendus par quintaux avec la promesse d'éradiquer adventices, maladies, et autres saccageurs… Un ravage généralisé pour la profession oui, avec à la clé l'endettement, la surproduction, les prix cassés par l'agro-alimentaire qui ne leur permettent même pas de vivre de leur labeur… Pourtant eux, les 35 heures, connaissent pas, c'est au cul des vaches ou le cul sur le tracteur qu'ils passent les vacances ! Et après on s'étonne que des pauvres bougres finissent par se pendre…

À la fin de la journée, il fait un détour par la dépendance pour convier les Parisiens à sa table parce qu'ils doivent « causer ». Il fait mine de ne pas remarquer la subite pâleur de Sophie, inquiète de la conversation à venir. Quant à Stanislas, il a baissé la tête, fuyant son regard.

À la maison, une surprise l'attend. Joëlle lui demande de s'asseoir et de fermer les yeux le temps de compter jusqu'à dix. Il l'entend fourrager à la fenêtre, comme si elle tirait les persiennes. Quand il les rouvre, il ne réalise pas tout de suite, tant la lumière est familière.

L'ampoule à filament de la cuisine fonctionne.

— C'est grâce à l'éolienne du gamin, explique sa femme. Pendant que tu étais occupé avec les bêtes, ils l'ont mise en place sur le silo, les garçons, Juliette, Jonathan et son père. Ils voulaient te faire la surprise…

— C'est pas mal.

— Pas mal ! Sérieusement, tu ne pourrais pas faire un effort ?

— J'en fais. T'as qu'à les inviter à partager la soupe ?

— Bien sûr. On la mangera froide. Ça économise le petit bois et avec cette chaleur c'est aussi bien.

— Mais faut pas que ça dure cette histoire… Vont pas s'incruster, hein.

— Tu pourrais pas faire preuve d'un peu d'empathie… Quand je vois tous ces pauvres gens, partout…

— Toi, tu voudrais sauver le monde, mais ça, c'est pas possible et les Tramont, c'est pas les plus malheureux ! Loin de là…

Joëlle se contente de soupirer pour ne pas gâcher le plaisir de l'éolienne. Elle éteint l'ampoule, repousse les persiennes pour laisser entrer la lumière rasante du crépuscule. Derrière le carreau, la vision d'un passereau la fait songer à ces oiseaux qui, méticuleusement, construisent leur nid, brindille après brindille, tissant avec une patience infinie plumes, mousse, lichen, crins et poils d'animaux. De quoi sont capables les êtres vivants pour protéger leur espèce ?

— Bon, inutile de se voiler la face. À partir d'aujourd'hui, faut plus compter sur rien ni personne ! Au supermarché, y avait que dalle à récupérer !

Autour de la table, les visages sont devenus sérieux. Même le pépé semble saisir la gravité de l'instant puisqu'il cesse de gesticuler. Les jumeaux écarquillent les yeux d'effroi, ce qui incite Patrick à calmer le jeu. Pas la peine non plus de traumatiser les troupes !

– Joëlle a commencé à faire l'inventaire de ce qu'on a et la liste de tout ce qui va manquer. Ensuite on établira ce qu'on peut obtenir. Tous participent et se creusent la tête. À ce propos, je te félicite, Jonathan. C'est vrai que j'y croyais pas trop à ton éolienne, mais là je te tire mon chapeau !... Bon, pour l'instant, on a de quoi se nourrir, c'est l'essentiel. Avec le stock de céréales et de fourrage on devrait voir venir, surtout maintenant que le troupeau a rétréci des trois quarts. Pour le carburant, malheureusement, c'est galère. Les cuves sont vides, alors il faudra se débrouiller autrement.

Patrick marque une nouvelle hésitation. Il préfère rester dans le vague et éviter pour l'heure d'évoquer le départ des Parisiens, même si cela reste d'actualité. *Chaque chose en son temps*, pense-t-il. Les jours qui viennent, il aura besoin de bras pour la clôture. Il faut tailler des piquets, les planter et tendre les barbelés. Il lui en reste quelques rouleaux qui traînent dans la remise, bien lui en a pris, il ne s'en était pas débarrassé lorsqu'il était passé aux clôtures électriques puis à la stabulation automatisée...

– Alors si ça vous dit, vous pouvez rester encore quelques jours et aider.

– On aidera, répond sans hésiter Stan, croisant le regard plein d'espoir de Sophie.

Joëlle apporte la soupe au lard et reçoit un accueil digne d'un grand chef. Elle remplit les assiettes généreusement car, ce soir, il n'y aura rien d'autre.

Les garçons avalent le potage avec empressement en se lançant des coups d'œil coupables. Ils ont bien tiré sur un lièvre, mais trop loin, sans le toucher. Puis, planqués dans la forêt, ils ont vu des groupes de gens passer. Certains avaient des vraies mines de zombies. Maintenant, ils s'arrangeront pour rester à l'écart des routes.

⋆

⋆ ⋆

Sur le point de s'endormir, Sophie se redresse, le cœur battant. Stan est en train d'inspecter leur matelas et frôle dangereusement le drap avec la bougie. Seul vêtement de luxe qu'il se soit autorisé dans son bagage, son pyjama en fil d'Écosse lui donne une allure assez cocasse, songe-t-elle dans un accès de tendresse.

Depuis qu'ils sont partis, elle ne lui a pas beaucoup prêté attention, sauf pour évaluer son degré de stress. Elle se demande si ce n'est pas une façon involontaire de prendre sa revanche, la réponse de la bergère au berger. Depuis combien d'années Stan la néglige sous prétexte de « faire » de l'argent ? Combien de fois le lui a-t-il répété ? « C'est pour vous, pour la famille, pour… », comme si cela excusait tout. Et maintenant que reste-t-il de ce travail acharné ? Un pyjama haute couture, des pompes hors de prix détruites et un vélo de clodo. Pourtant, le voir si démuni réveille en elle un sentiment d'agacement teinté d'indulgence.

Elle parle bas, pour ne pas réveiller Jon qu'on entend ronfler d'épuisement à côté :

— Tu te couches ou tu mets le feu ?

— Je vérifie si y a pas des squatteurs.

— Dans le matelas ?

— Des puces, des acariens, même des larves, va savoir !

— Des larves ? Stan… on ne campe pas dans la forêt amazonienne.

— On aurait dû penser à l'antimoustique. Il y en avait à la maison. Je me suis fait bouffer, pas toi ?

— Non. J'imagine que les moustiques préfèrent tes coups de soleil. On demandera à Joëlle demain. Elle aura peut-être une recette de répulsif.

— Je vois le genre, oui ! Du style les trucs de grand-mère qui font pas de mal mais qui font pas de bien… non plus !

— Y a une autre solution, tu peux aller te rouler dans la boue, ça fera une croûte en séchant. Je crois que les éléphants font ça. Allez, éteins. On ne va pas user une bougie pour chasser une puce invisible.

— Si je me fais piquer…

— Ce sera ma faute.

Stan souffle la mèche de la précieuse chandelle et se glisse sous le drap. Par la porte restée entrouverte, il distingue un bout de ciel étoilé. Il songe que, hormis la dramatique crise mondiale, il pourrait presque se sentir bien, là, serré contre sa femme. Ses muscles lui font mal, sa peau le gratte, mais il y a quelque chose de rassurant à savoir qu'ils ont sans doute passé le pire…

Sophie l'arrache à ses divagations :

— Tu penses quoi de Patrick qui n'arrête pas de nous dire de partir et qui, de l'autre côté, nous propose d'aider ?

— Pas grand-chose, à vrai dire…

— Vous avez un peu sympathisé ?

— N'exagérons rien. Disons qu'il a arrêté de m'aboyer dessus. Maintenant il préfère se foutre de ma gueule, on verra quelle sera la prochaine étape…

— Joëlle est charmante. Elle m'apprend à entretenir le potager et je vais proposer des cours de musique aux jumeaux.

— Chérie ! Faut les laisser chasser sinon on n'aura rien à bouffer. Tu penses vraiment que c'est le moment d'apprendre le solfège ?

— Il faut bien trouver quelque chose, être utile !

— Faut pas non plus oublier que je l'ai achetée cette foutue ferme !

— Ne reviens pas là-dessus ou il va vraiment nous foutre dehors !

Sophie a murmuré le dernier mot. Ses paupières se ferment toutes seules et son corps s'alourdit dans un délicieux abandon.

— Tu dors ?

— J'essaie.

— Tu entends ?

— Oui.

— C'est quoi ?

— Toi.

— Arrête ! On dirait que quelqu'un marche au-dessus de nous.

— C'est sûrement l'effraie.

— Quoi ?

— Un genre de chouette à face blanche.

— Comment tu sais ça, toi ? Joëlle te donne des cours ?

— Culture G.

— Tu te fous de moi ?

— Presque. C'était dans un album de *Tintin*. Et Joëlle m'a raconté que c'était elle qui avait brisé la vitre.

— Je rêve !

— Tu sais pourquoi on l'appelle l'effraie ?

— Raconte…

— À cause de son cri et son apparence de fantôme. Cela remonte au Moyen Âge.

Sophie glousse doucement, avant de se recroqueviller en chien de fusil. L'incongruité de la situation étreint brusquement Stanislas. Ils sont en train de papoter comme si le monde ne s'était pas disloqué, mais jusqu'à quel point ? En cet instant, il donnerait n'importe quoi pour entendre un bulletin d'infos, savoir comment le gouvernement gère l'urgence, quelles décisions sont prises, avec quelle marge de manœuvre… Ont-ils déployé l'armée ? Il n'a pas entendu un seul avion depuis qu'ils sont partis. Pourtant ils ont dû réquisitionner le kérosène. Ne pas savoir, c'est le pire… La panne géante du réseau des communications a-t-elle pu anéantir leur société ? Cela paraît inimaginable, bien trop cauchemardesque pour être réel.

Il repense à la chouette effraie et cela l'apaise un peu.

Insensiblement, Stanislas sombre dans un rêve peuplé de formes blafardes et de pupilles brillantes qui ouvrent sur des ténèbres.

Physiquement, le trader s'est toujours flatté d'avoir la forme. Contrairement à la plupart des quinquas qu'il connaît, il a gardé la ligne. Deux fois par semaine, il court ses dix kilomètres en une heure sans forcer. Sur le tapis, en salle, il peut monter à quinze avec une excellente fréquence cardiaque et son exploit à vélo l'a conforté dans ses certitudes. Mais ce matin, il prend toutefois conscience qu'il est encore loin du compte, alors il serre les dents, résolu à tenir coûte que coûte.

La tâche du jour consiste à fabriquer les piquets qui serviront à clôturer une pâture, près de la ferme. Faute de pouvoir brancher sur le secteur les outils adéquats, Patrick lui a flanqué dans les mains une hachette avec laquelle il est censé se débrouiller. Du menton, il indique une grosse souche où caler le futur pieu.

— La lame doit toujours tomber verticalement, assène le paysan en guise d'explication. C'est ton bois qui se présente dans le plan de coupe, ensuite tu tournes d'un quart de tour, tu abats l'angle et ainsi de suite.

— OK. Rien de plus simple... sur le papier.

En pratique, c'est une autre histoire, son bois ne veut rien entendre. Il se tourne, vrille dans sa paume et l'écorche au passage. Et quand Stan parvient à l'entamer, ce n'est pas au bon endroit : toujours trop haut, trop bas, trop en biais...

Du côté de Patrick, les pieux s'amoncellent.

Au bout d'une demi-heure, lui n'a obtenu que trois piquets à peu près correctement effilés. Quand Sophie et leur fils déboulent sous le préau où ils travaillent, il doit se mordre la langue pour ne pas crier de soulagement.

— Attends, on va t'aider.

L'adolescent commence par observer la façon de faire du paysan, puis ils se mettent d'accord sur la façon de procéder. Jon maintiendra le piquet incliné sur la souche pendant que Stan pourra se concentrer sur l'épointage. Ses manières manquent peut-être de style, mais en tenant la hachette à deux mains, il parvient enfin à infliger des coups réguliers. La lame fend de larges copeaux obliques, et bientôt une pointe non pas parfaite, mais tout à fait acceptable émerge. Le trader en éprouve une fierté disproportionnée.

Sophie qui est chargée d'empiler les piquets dans une grande brouette brandit le sien en l'air.

— C'est comme de tailler un gros crayon ! Vous avez vu, monsieur Bouillot !

Le paysan considère, goguenard, le trio de choc : lui est déjà trempé de sueur, le cheveu en bataille et sa chemise en lin maculée de crasse pendouille sur son bermuda ;

elle, porte une robe sans manches, totalement décalée pour ce travail de force ; quant au gamin, il semble gêné et baisse la tête en attendant le verdict. Entre sarcasme et encouragement, Patrick hésite un instant… C'est finalement la bonne foi qui l'emporte :

— À condition de passer la seconde, c'est pas si mal pour des Parigots. Et tu peux me dire *tu*, sans quoi on y passera la journée avec tes vous et tes monsieur !

— D'accord Pa… Patrick. Si on s'y met à quatre, ça ira plus vite, non ?

— Pour sûr…

Il doit le reconnaître, ces bourgeois arrivés en fanfare sont parfois surprenants. Maladroits et naïfs, sans doute, mais ils ne rechignent pas à la tâche. Il a beau se douter que la démarche est intéressée, Patrick se laisse attendrir et cela l'agace parce qu'il ne peut pas s'offrir le luxe de se laisser embobiner. La seule chose qui importe c'est la ferme, il faut tenir le temps qu'il faut, et tant pis pour les autres, qu'ils aillent au diable !

N'empêche, pour quelqu'un qui a l'habitude de travailler en solitaire, la compagnie n'est pas si déplaisante.

À la pause de la mi-journée, tout le monde va se vautrer sous le gros chêne de la future pâture.

Juliette, Jonathan et les jumeaux cassent la croûte entre eux, Sophie et Joëlle, un peu plus loin, échangent encore à mi-voix, à croire qu'elles ont une tripotée de secrets à partager. Au menu du déjeuner, ils partagent un peu de lard, accompagné de croûtons à l'huile d'olive – autrement dit quelques rognures de pain rassis trempées dans le gras – et les premières tomates du jardin. Assommé par la chaleur et l'effort physique, Stanislas s'endort sitôt la dernière bouchée engloutie.

Une heure plus tard, il est arraché du paradis en sursaut. Patrick le toise de toute sa hauteur et, moqueur, le houspille :

— Allez, le col blanc, t'es pas au bureau, là ! On a du pain sur la planche !

Stan se redresse tant bien que mal, en étouffant une plainte. Ses jambes sont aussi raides que des poteaux, quant à ses épaules elles semblent soudées entre elles par une crampe monstrueuse, mais il préfère souffrir que se montrer faible et prêter le flanc à la critique !

Sophie et Joëlle partent au poulailler. Elles ont décidé d'ajouter une extension au cabanon pour que les pondeuses puissent s'y ébattre à leur aise, d'autant qu'elles ont dans l'idée d'y élever des poulets. Depuis le vol des lapins, il n'est plus question de laisser les animaux vagabonder à portée des maraudeurs.

Le trajet jusqu'au préau ressemble à un chemin de croix. La chaleur s'est encore accrue et dépasse probablement les 40 degrés à l'ombre. Sous l'abri, l'air est encore plus lourd. Il n'y a pas le moindre souffle. Jonathan et Juliette s'occupent d'entasser une fournée de pieux dans la brouette puis les emportent jusqu'au champ. Stan se retrouve ainsi seul. Maintenant qu'il a pris le coup de main, il parvient à tailler convenablement un piquet, mais les ampoules qui gonflent ses paumes gâchent le plaisir qui accompagne normalement la satisfaction du travail bien fait.

Alors il respire cet air aussi épais que de la poix en se demandant ce qu'il fout là, en enfer… Il voudrait cesser de réfléchir, de cogiter, et pour ne plus laisser son cerveau le perdre dans une spirale de pensées noires, il se concentre sur ses gestes. Oui, c'est ça, laisser ses mains prendre les commandes pour qu'elles fassent diversion, laisser les automatismes et la douleur envahir son esprit et lui marteler de *tenir bon* !

Au crépuscule, il y a suffisamment de piquets pour clôturer le champ. Les mains du trader ne ressemblent plus à rien, sinon à une portion de steak tartare. Il compte sept ampoules, dont cinq sont déjà ouvertes et purulentes. Son dos est en feu, et sous l'effet de la déshydratation une migraine commence à lui vriller les tempes. Cette fois Bouillot n'y est pour rien. Stan s'est tellement acharné sur ces foutus pieux qu'il n'a pas pris le temps de se désaltérer. Il savait que s'il faisait une pause, il n'aurait pas le courage de reprendre la hache, mais il n'imaginait pas que des courbatures pareilles puissent exister. En comparaison avec ce qu'ils ont enduré pour venir ici l'épreuve des pieux relègue déjà leur voyage au rang des mauvais souvenirs, comme si la douleur présente avait le pouvoir de diluer celle du passé.

Jonathan aussi a morflé. Juliette, coiffée d'une capeline de sa mère, l'a obligé à porter le seul bob de pluie qu'elle a pu trouver mais, malgré ça, ils ont le teint qui vire au brique. Ils ont passé leur après-midi à brûler les pointes des piquets pour les solidifier. Ils termineront demain, pendant ce temps-là les hommes se chargeront de planter. Bien qu'épuisés, ils ont l'air heureux.

Jon engage la conversation sans faire état de sa fatigue et, comme si de rien n'était, interroge Patrick avec entrain :

– On devrait bientôt avoir fini, non ?

– Demain soir. Si on s'y met tous.

– Top ! Les vaches vont adorer !

– Tiens donc ?

– Elles seront plus heureuses dans le pré que dans votre stabulation soi-disant « libre », non ?

Le gosse rougit aussitôt en prenant conscience de sa bourde. Le retour de bâton est immédiat.

– Oh, le morveux, t'y connais quoi, toi, aux vaches ? T'es paysan ?

– Non, je suis au lycée.

– Au lycée agricole, alors ?

– Non.

– C'est donc tes écolos de copains qui t'ont appris comment je dois traiter mes bêtes ?

– Je voulais pas dire ça. C'est juste que j'imagine qu'elles vont être à la cool, là...

– Té, alors tu te chargeras de récupérer les bouses, comme ça tu sentiras bien l'odeur d'une vache heureuse !

– Pas de problème. Je préfère ça à l'odeur des pots d'échappement.

– Pas de problème ? Fais donc le malin... tu verras que t'en auras vite plein les naseaux !

Patrick assène une tape sur l'épaule de Jon sans remarquer sa grimace. Il a beau considérer cet enthousiasme avec perplexité, ça le touche quand même, il ne se dégonfle pas, le gamin ! Si seulement sa Juliette partageait davantage ce qu'elle pense ou au moins s'intéressait un tant soit peu aux travaux de la ferme, il serait le père le plus chanceux du monde ! Elle a beau être prévenante et agréable à vivre, on ne peut pas dire qu'elle prenne part à l'effort général ! Et encore, depuis que Jonathan est arrivé, elle a plus aidé en quatre jours que ce qu'elle concède en un mois en temps normal... D'ailleurs, la présence de Jon n'y est peut-être pas pour rien, ça doit bien lui plaire de travailler à côté de lui...

8.

Les deux journées suivantes sont consacrées à l'édification des clôtures barbelées. En fin de compte, Patrick a décidé d'aménager deux zones de pâture. Il pourra ainsi alterner et en laisser une au repos, ce qui donnera à l'herbe le temps de repousser. Les jumeaux sont affectés à la garde du troupeau qui désormais sortira juste après la traite du matin. Quand ils ne seront pas en faction dans le champ – on ne peut pas les priver de leurs vagabondages –, ils devront patrouiller à des heures différentes au cas où des pillards épieraient l'exploitation. Et pour maintenir un état de veille, chacun des habitants de la ferme ira, en fonction de son labeur, faire une ronde de temps à autre dans le secteur. Le soir, ils rentreront les vaches et la nuit, les chiens suffiront à éloigner des rôdeurs éventuels.

Il y a tant de travail que Patrick semble pour l'instant avoir un peu oublié d'évoquer le départ des Parisiens, et personne n'y fait plus allusion.

Au bout d'une semaine, une sorte de routine s'est installée. Joëlle descend la première pour préparer « le petit déjeuner » qui consiste en une tartine de pain par personne, une lichette de tomme, quelques noix, le tout arrosé d'un café délayé pour faire durer la réserve.

Sophie la rejoint vers 7 heures et elles montent se préparer dans la salle de bains rose. Ce moment d'intimité leur est devenu précieux. Elles échangent des recettes de beauté, des conseils à propos des enfants, s'amusent de l'amourette naissante de leurs ados… que Patrick s'obstine à ne pas voir.

C'est leur moment de légèreté à elles, celui où elles s'autorisent à parler de tout, sauf de l'avenir. Les soucis et les lendemains incertains, elles les gardent pour les moments de solitude ou de découragement. Malgré les non-dits qui planent, elles s'apprécient réellement. Bien que leurs vies d'avant soient diamétralement opposées, aux yeux de Joëlle, Sophie est devenue une copine ; une copine tout à la fois exotique – sa naïveté la touche et certaines de ses réflexions la font hurler de rire – et familière aussi puisque toutes deux, à leur façon, sont des femmes coquettes, qui se soucient de leur famille, prennent soin de leur progéniture et considèrent les travers masculins avec humour. De son côté, Sophie apprécie l'égalité d'humeur de Joëlle. Il y a chez elle autant de générosité que de bon sens, et sa compagnie lui est d'un profond réconfort. Pour la première fois de son existence, la citadine a l'impression de savoir ce que vivre signifie, sans être en permanence torturée par ses états d'âme. Et puis la personnalité de Joëlle l'impressionne, alliant sérénité, assurance et une sensualité que l'âge n'a pas entamée.

Ici, à la ferme, chaque journée apporte une réponse à la question : « À quoi je sers ? » Bêcher, semer, planter, arroser, aller chercher les œufs au cul des poules et les emporter comme le saint sacrement jusqu'à la cuisine. Apprendre à allumer un feu sans gâcher une allumette, à varier les soupes en fonction des herbes récoltées au potager. Ne plus jeter, mais consommer « autrement ». Imaginer d'autres fonctions à un mouchoir en tissu abîmé, raccommoder l'accroc monstrueux de sa jupe en ajoutant une poche, poser une nasse dans la rivière et prier pour qu'une colonie d'écrevisses s'y égare, fabriquer soi-même sa lessive en mélangeant de l'eau de pluie à quatre verres de cendres… Autant de tâches qui valent vraiment quelque chose et qui nous donnent la sensation d'être vivants puisque, justement, tout ce que nous entreprenons est destiné à nous maintenir en vie.

Bien sûr, Sophie a cependant conservé quelques automatismes et se lamente par moments. Elle désespère de pouvoir un jour rattraper ses ongles noircis et sa manucure ruinée autant qu'elle se désole de la fin annoncée de ses shampoings et, faute de pouvoir se faire épiler les jambes et les aisselles, réclame un rasoir : un sacrilège selon les douze commandements d'Adeline, son esthéticienne attitrée. « Ne jamais se raser d'un poil, madame Tramont, les yétis j'en veux pas dans mon institut, je les envoie chez le barbier ! » Ça oui, elle avait son franc parler Adeline sous ses dehors délicats. Elle se demande ce qu'il est advenu de la jeune femme depuis l'Effondrement. Difficile de l'imaginer autrement que coiffée d'un chignon, avec un rouge à lèvres écarlate et des cils interminables. Mais Sophie préfère ne pas trop s'attarder sur la question et ce genre de pensées anxiogènes : que sont devenus leurs proches, leurs amis, tous ces gens qu'ils connaissaient perdus dans la foule en exode, les malades dans les hôpitaux et ceux qui étaient seuls, déjà complètement démunis ?

Pendant que les femmes se préparent, les hommes boivent le café en compagnie du grand-père. Jean

Bouillot est réglé comme une horloge suisse et s'assoit chaque matin à 7 heures tapantes à la table du petit déjeuner. Le vieux s'est habitué aux « étrangers » et quand il ne les engueule pas pour on ne sait quelle offense, leur présence semble le ravir. Le matin, heureusement, il ne moufte guère, soit il préfère s'absorber dans ses souvenirs, soit il peine à en émerger, nul ne sait vraiment. Patrick profite de ce silence pour réfléchir au programme : sortir les vaches, aiguiser les vieilles faux, couper les foins pour nourrir le troupeau l'hiver prochain, bricoler… Les jumeaux se lèvent peu après et participent aux tâches quotidiennes avant de filer en forêt chasser et relever les pièges posés la veille.

Ce matin, Juliette traîne un peu des pieds. Voilà quinze jours qu'elle n'a pas revu ses copines, qu'elle ignore ce qu'elles deviennent, sans doute cantonnées chez elles, sauf pour celles qui habitent le village ! Quand elle a plaidé pour se rendre au moins chez Jess, Patrick a refusé tout net. Trop de rôdeurs sur les routes…

L'horloge sonne la demie de 8 heures : il est temps de se bouger. Le gaillard avale cul sec le reste de son jus de chaussette et se lève.

– Allez, au boulot !

Stanislas lui renvoie un regard désabusé puis désigne une trousse de toilette.

– Je ferais bien un brin de toilette avant. J'ai eu chaud cette nuit et je me suis réveillé en sueur.

– Ça peut bien attendre va, avec ce que tu vas te saloper, ce serait gâcher…

– On fait quoi aujourd'hui ?

– Je préfère garder la surprise. Allez, viens donc ! Et puis on va te donner une tenue plus appropriée que ton accoutrement de citadin cul serré.

Dans la pièce attenante, Stan découvre une armoire vitrée où sont accrochés deux fusils. Courant sur le mur, une enfilade de patères supportent diverses tenues de travail et de chasse, des imperméables, des vestes élimées en velours épais. Ça sent le cuir, l'encaustique, un relent de bois et d'humidité persistante.

Si le trader espérait des vêtements confortables, il en est pour ses frais. À vrai dire, il soupçonne Bouillot de prendre un malin plaisir à le charrier et à le ridiculiser. Cette fois, la blague consiste en une combinaison tellement crasseuse qu'elle pourrait tenir debout toute seule. Il a un sursaut de dégoût.

– Je suis censé enfiler ça ?

– Exactement.

– Et toi ?

– Moi j'ai ma salopette. Et toi, si tu continues à bousiller tes tenues de gala, tu finiras tout nu sur les routes.

Le type ne loupe pas une occasion de lui rappeler leur départ « imminent », ce qui irrite prodigieusement Stanislas, mais il a raison sur un point, il ne peut pas continuer à travailler avec ses fringues.

– OK.

Il a du mal à enfiler la combinaison – on dirait du carton ! – et s'emmêle dans les zips. Le pire, c'est qu'il va crever de chaud là-dedans ! Il prend tout son temps, pour énerver Bouillot.

– Tes grolles, laisse-les.

L'autre lui désigne une rangée de godillots crottés. Stanislas ne lui fera pas le plaisir d'hésiter. Il se baisse vers la première paire, croit sentir un corps étranger et secoue la botte.

Un mulot en jaillit, qui détale à toute allure sur le carrelage.

— Bon sang, c'est quoi ce truc !

— Un mulot.

— Dans une botte ?

— J'imagine qu'il a cru trouver du fromage à becter… Faut dire qu'elles sentent pas la rose.

— Putain, j'aurai tout vu !

— Tout ? Ça m'étonnerait… C'est sûr que pour des types dans ton genre un séjour à la ferme, ça vaut bien un entraînement commando. C'est ce que j'aurais dû proposer au banquier, au lieu des chambres d'hôtes. Un stage de survie dans la cambrousse. À ce qu'il paraît, les boîtes comme la tienne adorent ce genre de plan.

— En attendant, tu nous as prévu quoi, mon colonel ?

— Exercice de fumier.

— C'est pas nouveau, ça.

— Si, cette fois on va pas se contenter de l'évacuer.

— En vrai ?

— Vrai de vrai. Joëlle en veut une bonne couche au potager.

— Ça va puer.

— T'imagines même pas. Et ensuite, il y a le tas de bois à débiter en bûchettes.

— Il y en a plein l'appentis !

— Tu rigoles ? Avec ce que consomme le poêle, ça descend à vitesse grand V.

— Et quand y en aura plus ?

— Alors faudra s'attaquer à plus gros, faudra abattre des arbres.

— Tu as déjà fait ça sans tronçonneuse ?

— Moi non, mais mon père oui.

Stanislas a enfilé les bottes les moins encroûtées du lot, non sans les avoir soigneusement inspectées. Leur départ n'est toujours pas à l'ordre du jour si on en croit les projets de Bouillot. Alors le gars peut toujours enchaîner les allusions et même souligner l'effort que représente le fait « d'avoir du monde à la maison par temps de disette », il a encore besoin d'eux.

Le tout est de s'arranger pour que ça continue.

Ils rejoignent un grand hangar en tôle où l'on stationne les machines et où sont rangés la plupart des outils. Tout est cadenassé depuis les événements. C'est une étuve, la chaleur les accable dès qu'ils passent le seuil. L'endroit paraît curieusement abandonné, comme si l'inutilité des engins électriques avait corrompu l'atmosphère. Stanislas remarque une tronçonneuse et deux sortes de herses, le tracteur sur lequel ils sont montés à deux reprises – pour leur virée inutile au supermarché et pour récupérer les vaches – et ce qu'il identifie comme un motoculteur. Quant à la moissonneuse-batteuse, elle occupe une bonne moitié de l'entrepôt.

— Si c'est pas malheureux, même pas fini de payer tout ça...

Bouillot secoue la tête, l'air consterné.

Il avise de vieux outils gris de poussière et en dégage une scie de long et trois faux qui n'ont pas dû servir depuis trente ans.

— Et dire qu'on va devoir bosser avec ça ! Je m'y fais toujours pas.

— On n'a pas le choix.

Avant que Patrick ne lui renvoie une vacherie, Stanislas se dépêche d'ajouter :

— Supposons que le système se remette en marche, comment tout cela va repartir ? Faudra bien changer des choses, pas recommencer.

— T'es pas près de retrouver du boulot... avant que la Bourse reparte, de l'eau aura coulé sous les ponts !

— Je pourrai vendre des piquets… maintenant que je sais faire !

— Et le bois, tu le trouveras où ?

Stanislas hésite mais se lance :

— Je n'ai pas acheté que des fermes, j'ai acheté des forêts, avec du chêne et du charme.

— Et elles sont où *tes* forêts achetées avec ta monnaie de singe ?

— Je sais plus trop.

— Lorsque ton ordinateur marchera de nouveau, tu me montreras ça, hein ? En attendant, on va rester dans le concret et aller chercher du fumier ! Demain on s'attaquera à du gros…

— Du gros ? Plus qu'aujourd'hui ?

— Aujourd'hui, c'est juste de la salissure et un peu de bois à couper. Ce soir, tu m'aideras à la traite, il est temps que tu t'y mettes. Mais demain, je veux attaquer la fenaison. D'habitude, c'est cette machine qui s'en charge.

D'un coup de menton, il montre la faneuse.

— Ah oui, fenaison, ce sont les foins ?

— Bingo.

— Mais on vient de clôturer deux champs ! Et t'as encore des réserves de fourrage, non ?

— Pas assez pour passer l'hiver. Imagine que ça dure, je fais quoi ?

— Mais c'est dans plus de six mois !

— Et alors ? La terre n'attend pas, on peut pas récolter n'importe quand, et si le fourrage vient à manquer je perds mes bêtes. Tiens, regarde.

Patrick désigne une drôle de herse rouillée.

— J'ai commencé là-dessus quand j'étais môme, avec un cheval de trait. Mon père, je peux te dire que c'était un sacré gaillard, et rude à la tâche !

Il crache par terre.

– Et moi, grand couillon que je suis, j'ai acheté des machines super-performantes, ultra-connectées et je sais plus faire sans…

– Et te voilà donc… à la ramasse !

– Très drôle !

Il attrape deux pelles, s'éloigne en secouant la tête. Stanislas empoigne les bras de la brouette et le suit hors du hangar. Ils cheminent en silence, plongés dans leurs pensées, l'un derrière l'autre, jusqu'à la stabulation.

Sans les vaches sorties sitôt après la traite du matin, le bâtiment vide a des airs de cathédrale-usine. À la place de l'encens plane l'odeur du purin, rendue d'autant plus aigre depuis que le troupeau s'ébat librement.

Stan réprime difficilement un haut-le-cœur.

– C'est quoi cette puanteur ? Ça me paraît pire qu'avant !

– Les vaches ont la diarrhée, normal, c'est l'herbe, ça fait ça quand elles passent du sec à la pâture.

– Pouah, ça schlingue vraiment !

– Tu l'as dit ! Allez, on s'y met. Y en a pas pour longtemps. D'abord on cure le sol en raclant les bouses, ensuite on charge le foin souillé dans la brouette, ensuite on répand quelques pelletées de sciure. Mais faut y aller mollo sur les copeaux, je veux faire durer.

– C'est quand même pas ça qu'on balance sur les légumes !

– Ça, comme tu dis, on le dépose sur le tas de fumier. Et mélangé à un surplus de paille, ça te fait une couverture parfaite. C'est la base du compost dont on se sert au potager. Et pour ta gouverne, Joëlle en a besoin pour planter une nouvelle parcelle, y a pas mieux pour amender le sol…

Il s'interrompt en remarquant l'expression de Stanislas.

– Je parle chinois ? Tu sais ce que c'est du compost, quand même ?

– Évidemment !

Le trader ajoute avec un brin de provocation :

– De la merde mitonnée avec amour...

Bouillot se détourne pour ravaler un gloussement. Ne viendrait-il pas de se faire claquer le beignet par le Parigot ? Il semblerait qu'il est en train de prendre ses marques, faudra veiller à ce qu'il n'en profite pas trop !

Une fois l'étable nettoyée – heureusement, elle n'occupe que le quart des huit cents mètres carrés de la stabulation – vient l'opération la plus délicate, aller décharger le fumier. À première vue, rien de très compliqué. Il s'agit de pousser la brouette jusqu'au tas qui macère en plein cagnard, à la sortie est de la ferme. Mais à mesure que Stan s'en approche, la puanteur s'amplifie et une nuée de mouches l'assaillent, autant attirées par l'odeur du purin que par les effluves de sueur humaine. Ces sales bestioles vert mordoré vrombissent, tournoient et le harcèlent sans relâche. Il est pris d'un immense dégoût alors que ses mains tenant fermement les poignées de la brouette ne lui sont plus d'aucune utilité pour chasser les mouches qui se posent sur son visage, près de ses yeux, de ses narines et de sa bouche. Sa seule parade est de souffler bruyamment et de secouer la tête comme un canasson qui s'ébroue et de continuer à avancer pour en finir au plus vite. Les membres tremblants, il accélère tant qu'il peut tout en s'empêchant de hurler qu'il n'en peut plus, qu'il ne rêve que d'une chose c'est d'aller s'enfermer à l'abri... dans un frigo, tiens ! Oui, c'est ça un frigo qui carbure à la fée Électricité et qu'il entendrait délicieusement ronronner, signe que cet abominable cauchemar serait fini !

Trouvant dans son délire la petite étincelle pour se motiver, il parvient tant bien que mal à franchir la distance qui le sépare du tas d'immondices et, prenant son élan, fonce sur la planche posée en travers du monticule pour gravir la pente jusqu'au sommet, tel un funambule. À cet instant, mal centrée sur la passerelle, la roue de la brouette penche dangereusement vers la droite et déporte brusquement le poids de la charge sur le côté, manquant de le culbuter dans l'immonde mixture. Avec l'énergie du désespoir, il réussit à se maintenir en équilibre et d'une torsion de tout le corps balance son chargement loin de lui, sauvé du plongeon, les deux pieds bien enfoncés dans le lisier de part et d'autre de la planche. La brouette dévale la pente et finit sa course en plein milieu, le bec de la cuve enfoncé dans la boue nauséabonde.

Quelques battements de mains lentement égrenés suivis du rire explosif de Patrick rompent le silence : un rire gras et tonitruant, si contagieux et tapageur qu'il embarque Stan à son tour. Le comique de la situation l'emportant largement sur l'humiliation, les voilà bientôt tous les deux hilares, pliés en deux, les mains appuyées sur les genoux pour ne pas basculer, les yeux noyés de larmes et, bouche ouverte, cherchant l'air avant que leur irrépressible fou rire reprenne.

Stan finit par se calmer. Délicatement, il extirpe une botte, puis l'autre et entreprend de regagner la terre ferme.

Patrick le regarde venir en secouant la tête, repu d'avoir tant ri…

– Va falloir me récupérer la brouette à présent.

– C'est profond ?

– Pas à ce niveau. Et si t'as peur de te salir, balance donc une planche pour l'atteindre. De ce que j'ai vu, t'es plutôt doué…

Beau joueur, Stan encaisse sans moufter. Comment lui en vouloir ? Et puis il en a marre de peser chaque mot et de tout calculer. D'accord, il a manqué de s'étaler dans le fumier et s'est rendu ridicule, mais l'espace de quelques instants au moins, le fermier et lui ont partagé quelque chose qui, ces derniers temps, est devenu très rare : le rire. Et à présent, ses ampoules ayant eu le temps de sécher un peu, il a presque hâte d'être de corvée de bois pour tester sa résistance et évaluer ses progrès. Il est certes toujours un peu empoté ou maladroit quand il doit réaliser des gestes techniques pour la première fois, et ne sait pas encore vraiment gérer son effort, mais il sent que son corps s'endurcit chaque jour davantage et cette sensation lui est agréable.

Il attrape la gourde qu'il trimballe partout depuis que Bouillot la lui a prêtée, avale l'eau tiédie, puis, se concentrant sur ses appuis, se remet en marche, grimpe jusqu'à la brouette et l'arrache du fumier.

★

★ ★

Pour se rendre aux Hautereaux, Joëlle a pris un chemin détourné en suivant la trace du Mauldre. Le ru est quasiment à sec. Elle s'est habituée à son murmure, a toujours trouvé plaisant ce chuchotement qui accompagne ses pas jusqu'aux premières maisons du village, mais aujourd'hui, la chaleur accablante semble avoir fait taire la rumeur de l'eau. Seuls le bruit du frottement des herbes sèches sur ses chevilles et son souffle trop fort habitent le silence.

Le bras tout ankylosé par le poids du panier, elle se dit qu'elle ne devrait pas être là. Il vaudrait mieux retourner sur ses pas, refouler cet inextinguible élan, faire taire son cœur qui bat la chamade. Oublier… Joëlle sourit de sa folie.

La crainte balaie rapidement son excitation quand elle parvient à destination. Persiennes tirées, portes closes, le hameau semble totalement endormi, ou pire, déserté par ses âmes. Elle se dit que son imagination lui fait envisager des choses qui n'existent pas, probablement que quelques commères la verront passer et le bruit se répandra avant ce soir, « la femme à Bouillot est revenue, la garce ! » Joëlle s'en moque un peu, d'autant que le principal intéressé ne risque pas d'être mis au courant…

Arrivée à la porte du presbytère, elle remarque que l'horloge du clocher s'est arrêtée et cela lui provoque un pincement au cœur. Elle toque contre la porte, se surprend à prier qu'on lui ouvre et ça la fait sourire, comme toujours. Le ciel doit l'aimer encore un peu car le battant s'entrouvre et elle devine le curé dans la pénombre. Elle ne fréquente pas ses offices, sauf dans les grandes occasions en dépit de l'opposition de Patrick.

— Vous m'avez fait peur, ma fille, je ne vous attendais pas.

— Mon père, j'ai besoin de vous parler. Je peux entrer ?

— Bien sûr, passez vite ! Avec cette chaleur…

Le petit homme l'entraîne le long d'un corridor jusqu'au salon obscurci. Grâce à l'épaisseur des murs, la température y reste fraîche. Joëlle soulève son panier et le dépose sur une table en acajou. Inutile de demander la permission. Le curé n'a pas plutôt jeté un regard dessus que son visage prend une expression extatique.

— Les merveilles du jardin d'Éden !

— Presque ! J'ai mis des œufs, du lait et le beurre que j'ai fabriqué.

— Vous êtes bienheureuse de ne pas manquer…

— Pour les produits laitiers, c'est vrai, mais je n'ai plus de sel et j'ai besoin de graisse, de café, de sucre et peut-être de confiture pour le beau-père. Alors j'ai pensé... Pourquoi ne pas organiser des échanges ?

— Ici ? Au village ?

— Pardi ! Où donc, sinon ?

— Et... ton mari ? se hasarde-t-il sur un ton plus intime en la tutoyant.

— Lui c'est lui, moi, ça me regarde. Ce qui va en temps normal ne peut plus marcher aujourd'hui. Comment ça se passe, ici ?

— Les gens se débrouillent la plupart du temps comme ils peuvent, ma foi. Beaucoup ont quitté le village pour travailler dans les fermes environnantes. Ils ont besoin de bras pour remplacer l'essence, elles sont toutes à l'arrêt leurs machines !

— J'ai cru voir ça... Mais vous donnez la messe, quand même ?

— Bien sûr, mais sorti de mes vieilles filles, je n'ai pas beaucoup de fidèles qui se déplacent... Je crois que tout le monde est encore un peu sonné et puis avec ces histoires de bandes organisées... il faut les comprendre, les gens se méfient.

— Mais c'est invivable !

— C'est humain, mais ton idée est excellente, elle devrait apprivoiser les plus ombrageux.

— J'ai pensé à un marché de troc. Une fois par semaine sur la place, chacun apporterait ce qu'il a...

— Formidable ! Je m'en veux de ne pas avoir eu l'idée avant que tu viennes me voir ! Quel vieil étourdi je fais !

— C'est sans doute que vous vous souciez davantage des nourritures spirituelles, plaisante gentiment Joëlle.

— Sans les nourritures terrestres, je doute que l'âme s'envole très haut ! Ton marché au troc sera un baume pour les cœurs anxieux en plus de remplir les estomacs. Que dirais-tu de dimanche matin, après la messe de 10 heures ?

— Je croyais que vous n'aviez plus personne !

— Justement... ça pourrait les motiver à revenir !

Joëlle jurerait que le petit homme vient de lui lancer une œillade, mais dans la pénombre elle n'est pas sûre. N'empêche, elle aime bien l'idée de se mettre Dieu dans la poche.

Elle se redresse toute guillerette, consciente que l'heure tourne et qu'il vaut mieux ne pas l'oublier.

— Je dois y aller.

— Je vais te donner du sel et une bouteille d'huile, en attendant. Tiens, tu n'as qu'à vider ton panier pendant que je vais te chercher ça...

— Je vais pousser jusqu'à la boulangerie pour leur en parler.

— Tu es sûre ? Je peux m'en charger pour toi.

— Non, j'en profiterai pour prendre un peu de farine, s'il en reste.

— Très bien, ma fille, tu sais ce que tu fais.

L'allusion est claire, mais elle glisse sur Joëlle sans provoquer la moindre réaction. Il y a des années qu'elle a décidé de choisir comment vivre, plutôt que de se soucier du qu'en-dira-t-on.

La boulangerie a baissé son rideau, mais elle distingue une silhouette derrière le présentoir. Elle va gratter contre la porte, attend, le souffle court.

— Madame Bouillot ! Pour une surprise !

Pierre a les yeux brillants de plaisir. Sur son jean et son tee-shirt, il a simplement passé son tablier.

Silencieusement, il pose un doigt sur ses lèvres pour mimer un chuuut, et aussitôt, l'idée de sa bouche gourmande éveille en Joëlle un doux frisson.

À l'intérieur, la petite Camille est visiblement en plein ménage. Elle a retiré les étagères en verre du présentoir et les frotte avec ardeur. Elle murmure un « bonjour » au salut de Joëlle et s'empourpre.

– Je suis passée voir s'il y avait de la farine... J'imagine que pour avoir une miche c'est compliqué ?

– Je n'en fais plus que sur commande dans le four à bois. Mais venez donc, madame Bouillot, on va discuter de ça au fournil...

Pierre l'entraîne dans l'arrière-boutique. Ses lèvres glissent déjà dans son cou et ses mains courent le long de son corps, caressant sa peau humide de sueur. Joëlle gémit de plaisir, surprise par la force de son désir. Avec les événements, l'arrivée des Tramont, son amitié pour Sophie, elle avait un peu oublié cette vague dévorante, cette envie de n'être plus qu'un corps entre les bras d'un homme amoureux, s'offrant sans penser à rien d'autre qu'au bonheur de donner et de recevoir. Elle réalise combien ça lui manquait, finalement, ce vertige dans sa vie sage.

Contre sa bouche, Pierre murmure :

– Ma Joëlle ! Quitte donc ton vieux ronchon. Ici, tu serais comme une reine, à vendre du pain et des petits gâteaux...

Elle s'écarte avec douceur, lui sourit, mutine.

– Jamais de la vie... tu le sais bien !

*

* *

Sophie retrouve la pénombre de sa chambre avec soulagement. Joëlle lui a laissé quartier libre pour l'après-midi. Elles arroseront le potager en fin de journée, après avoir rentré le troupeau pour la nuit. L'aménagement de la dépendance s'est bien amélioré au fil des jours. Ils ont commencé par un grand ménage, balayé et lessivé le sol, chassé les toiles d'araignées et ôté le carton devant la vitre cassée pour le remplacer par une plaque en tôle émaillée plutôt décorative. Un peu plus tard, Joëlle lui a prêté deux tables de chevet, un petit meuble à tiroir, une paire de rideaux qu'elle tire chaque matin pour préserver un peu de fraîcheur, un immense tapis bouloché qui donne à la pièce des allures de salon douillet, un miroir fendu et deux vieux bougeoirs pour leurs précieuses chandelles.

Aujourd'hui, elle y ajoute sa dernière trouvaille, un pot en grès récupéré dans la remise, et y dispose les épilobes mauves – le nom lui évoque les oreilles pendantes de Bouddha ! – qu'elle vient de cueillir sur le chemin des vaches. Elle ajoute un fond d'eau dans l'espoir que les fleurs dureront au moins jusqu'au lendemain. C'est ainsi qu'elle essaie de vivre, au jour le jour, et de se réjouir de ces petites choses, pour éviter de ressasser. Chaque fois qu'elle envisage le moment où ils devront partir, le ressentiment qu'elle éprouve ne concerne en rien les Bouillot.

Une autre colère la tourmente, cette ancienne rancœur qu'elle se refuse à affronter et endure depuis longtemps. Est-ce la proximité de Joëlle, sa bonne humeur, cette sensualité de femme mûre, la cinquantaine heureuse qui la fait soudain ressurgir ?

Sophie sait pertinemment que Stan l'a trompée avec toutes sortes de conquêtes, mais elle s'en est accommodée, comme de ses absences, de son manque d'attention et de son stress perpétuel.

Elle n'a plus envie de faire l'amour et lui s'en est arrangé, trouvant sans aucun doute ailleurs quand ils vivaient à Paris ce qu'il ne trouvait plus chez elle. L'amour ? Le terme lui paraît absurde. Amour de quoi ? Amour enfui ? Amour en tout cas terni, à force d'encaisser ces coups de canif.

Ils n'en ont jamais parlé, ni avant l'Effondrement, ni depuis… mais le fait est qu'elle ne le désire plus et cela l'intrigue. Et lui, que ressent-il exactement ?

Plongée dans ses réflexions, elle entre dans la pièce de Jon pour y déposer un bocal de marguerites sans réaliser qu'elle enfreint une règle tacite : on ne pénètre pas sur le territoire d'un adolescent.

Le cri la cueille par surprise.

— Maman, putain, c'est ma chambre !

— Oh, pardon chéri je voulais juste… J'ignorais que tu étais là.

Elle dépose les fleurs sur une malle dont il se sert comme chevet et embrasse le décor. Jonathan s'est fabriqué une bibliothèque-armoire composée de cageots. Il y range quantité de vieux bouquins et de magazines agricoles que Juliette lui a donnés et, dès qu'il a le temps, s'y plonge avec une curiosité d'ethnologue. Il a même contaminé son père qui a commencé à bûcher un gros livre sur les semis.

— Bon j'y vais. Excuse-moi chéri…

— Si tu pouvais arrêter de m'appeler *chéri*, au moins devant les autres.

— D'accord chéri !

— Tu te fous de moi ?

– À peine. Tu vas bien sinon ?

– C'est quoi cette question relou ?

– C'est ma faute. On n'a pas vraiment parlé depuis… depuis avant. Je ne sais même pas ce que tu penses de tout ça. Avec les événements, le voyage, tout le reste…

– T'inquiète m'man, je gère.

– Vraiment ?

– Juré.

Jonathan se rallonge sur son lit de camp, une façon de lui signifier qu'il n'a pas envie de parler de sa vie privée. Même s'il refuse de le montrer, il est touché par son inquiétude, mais il n'a pas envie de discuter de la situation avec elle, pas plus qu'avec son père. Ils ne sont jamais d'accord sur rien. Peut-être qu'avec des parents un peu plus engagés, il aurait pu se confier davantage. Leur avouer, par exemple, que la suspension du Net lui a été très dure à encaisser la première semaine. Comme tous les adolescents, Jon est accro aux réseaux, et malgré ses occupations ou les discussions avec Juliette, ne pas pouvoir échanger sur Snap, Twitter, Newmanity, Ecoloo ou Tinkuy relève carrément du sevrage. C'est à peine s'il commence maintenant à oublier les gestes réflexes, comme systématiquement chercher son portable dans sa poche, et bien qu'il ne puisse s'empêcher de vérifier matin et soir que l'écran reste noir, cela ne lui semble plus si dingue. Parfois, il se dit que ce retour en arrière lui a permis de mûrir d'un coup et, bizarrement, d'aller de l'avant. Confronté à l'Effondrement, les choses lui paraissent à la fois moins exaltantes mais aussi étrangement concrètes.

Il se croyait informé, préparé, il a vu des dizaines de vidéos sur la collapsologie, mais il lui semble qu'aucun de ces documentaires ne reflète vraiment ce qu'ils vivent :

l'inconnu total, une incertitude permanente, et plus aucun repère. Tous ces gestes habituels qui n'ont plus de raison d'être et tous ceux qu'il faut apprendre ou réinventer. Il a voulu expliquer ce sentiment à Juliette, mais il n'est pas certain de l'avoir intéressée, ni même d'avoir été écouté. La fille des Bouillot a bien trop peur de finir sa vie dans une ferme de bouseux, comme elle dit, pour disserter sur les nouvelles conduites à adopter. Avant, au moins avait-elle l'espoir de pouvoir devenir citadine, autant maintenant avec ce retour au Moyen Âge ! Oui, la perspective de revenir à une vie normale en ville paraît aussi illusoire que le retour d'Instagram !

Le pire c'est de ne rien savoir. Lui aussi, ça le fait flipper.

Sa seule consolation, lui qui ne se satisfaisait pas de vivre en citadin, est d'être entré rapidement dans le vif du sujet… même si la crue réalité du fumier et le manque de bouffe ont quelque peu érodé son rêve d'un monde meilleur.

Après les corvées du soir – traite et arrosage –, les deux familles se retrouvent désormais autour de la table à laquelle on a ajouté une rallonge. Le deal est implicite, c'est donnant donnant : le gîte et le couvert en contrepartie du travail fourni sur la ferme, et seulement pour « quelque temps », répète Patrick, de moins en moins précis cependant… Il est vrai qu'il a toutes les raisons d'être satisfait et chacun trouve son compte dans cet arrangement équitable. Est-ce justement cet accord tacite qui titille soudain Patrick ? Tandis que sa femme distribue la soupe, il se sent d'humeur querelleuse, sans raison particulière d'ailleurs, ce qui redouble son irritation. Il devrait être soulagé puisque la fenaison est terminée. Une semaine de travail harassant qui a donné lieu à pas mal de jérémiades côté parisien. Évidemment, il a dû se coltiner le plus pénible du labeur, l'essentiel de la coupe et, question rendement, Tramont s'est révélé juste potable, mais bon, honnêtement, le geste du faucheur n'est pas simple à choper. Aussi l'a-t-il chargé de faner le fourrage, c'est-à-dire de tourner et d'étaler l'herbe coupée afin de raccourcir autant que possible la période de séchage. Cela fait un mois que le temps est sec, mais il suffirait d'une bonne trempée pour foutre en l'air le boulot !

Patrick prévoit d'ailleurs de rentrer les foins le lendemain. Cela fera sept jours pleins. Il envisage d'atteler pour tirer la charrette. Pour une fois, il n'est pas mécontent que la crise contraigne à rester chacun chez soi. Il imagine sans mal les railleries au village si on le surprenait ainsi perché sur le tombereau du grand-père !

Alors quoi ? Ce qui le contrarie, c'est cette impression grandissante qu'on le roule dans la farine, mine de rien… Les Tramont ont emménagé dans la dépendance – *Ils se croient dans une résidence de vacances ?* –, ils aident sans rechigner, te bricolent une ampoule magique et puis tout ça s'installe gentiment et te voilà embarqué, piégé avant d'avoir réalisé ce qui se tramait ! Plus personne ne cause de repartir ces derniers temps, au contraire, on tire des plans sur la comète, on arrange un nid douillet et on dîne tous les soirs ensemble ! Le pire dans cette histoire c'est qu'il est le seul à comprendre la manœuvre ! Joëlle chante les louanges de sa nouvelle amie. Juliette ouvre les yeux comme des soucoupes devant le petit génie à l'éolienne, les jumeaux Jules et Jim l'adorent et son père n'est pas en reste, trop heureux de trouver une audience à qui raconter ses bobards… Même lui a failli se laisser attendrir cet après-midi !

Une conversation lui revient en mémoire, celle du troisième jour quand il était question d'instaurer les règles de vie à la ferme. Jonathan et Juliette refusaient de se coucher à l'heure des poules, décrétant qu'on ne pouvait pas les y obliger du moment qu'ils assumaient leur part de travail ! Jugeant l'argument recevable, il s'apprêtait à céder mais sans lui en laisser le temps Stan s'était déjà lancé dans un grand discours, à croire qu'il récrivait la Déclaration des droits de l'Homme ! « C'est leur seul véritable moment de liberté. À seize ans on ne peut pas tout leur interdire, même par temps de fin du monde ! » Avec son ton grandiloquent, la blague était tombée à plat, mais les jeunes avaient décroché leur permission et Tramont le rôle de défenseur des opprimés !

En retrait, Patrick observe tout ce petit monde en train de papoter et l'irritation se mue en franche colère. On se croirait dans un salon de thé, et ça cause et ça cause : gnagnagna le lait des vaches qu'a jamais été aussi bon... le nouveau poulailler tellement chouette... les projets pour finir la dépendance – *Ben voyons !* –, à croire que cette situation les rend heureux, bande d'inconscients ! Plus ils bavardent, plus il enrage parce qu'il est le seul à porter le poids des responsabilités, le seul à se faire du souci, à réfléchir au futur, à calculer ce qu'il faudrait pour passer l'hiver, au lieu de perdre son temps en boniments !

Avant même de l'ouvrir, Patrick sait qu'il vaudrait mieux s'abstenir et fermer sa gueule, seulement c'est plus fort que lui. Et puis il est seul maître à bord ici, non ?

— Si vous pensez que je ne vois pas clair dans votre manège, vous vous fourrez le doigt dans l'œil !

Le silence tombe sur l'assemblée qui le fixe, ahurie. Puisqu'il ne peut plus se dédire, il poursuit rageusement :

— Ça commence à bien faire ce petit jeu. Je te préviens, le Parisien, on va changer la donne !

— J'ai un nom, c'est pas fait pour les chiens !

Joëlle veut calmer son mari, mais elle n'en a pas le temps, Patrick lui coupe l'herbe sous le pied.

— Si ça peut te faire plaisir, *Stan*… Je trouve que vous prenez un peu trop vos aises toi et ta petite famille. Je vous prends pas en traître mais il va falloir penser à dégager.

Il a dit cela d'une traite et maintenant il baisse les yeux, ramasse son couteau qu'il feint de nettoyer. Un silence s'installe, les regards se croisent et se cherchent. Stan, n'y tenant plus, se lève, se met à hurler et cela surprend tout le monde.

— Ah oui ! On trime pour toi toute la journée comme des bagnards et la seule chose que tu trouves à dire, c'est *dehors* ! Jamais un bravo ou un merci. On trime. On s'écorche jusqu'au sang à la tâche et toi tu n'as que ça à la bouche : *Dehors !?*

— Exact. Au moins je ne tourne pas autour du pot, moi !

Joëlle se redresse, prête à intervenir, mais le trader l'arrête d'un geste. Il énumère d'une voix blanche :

— Le bois, la traite, le fumier, l'ampoule de ta foutue cuisine, les tours de garde, le potager, les deux clôtures et à présent les fenaisons ! Sans compter les railleries, parce que tu te paies aussi notre tête, alors que tu as du personnel corvéable à merci ! Fais donc le compte. Tu crois que ça mérite de nous virer comme des malpropres ?

— Le pain, la soupe et un refuge, je dirais que ça colle.

— Patrick ! Ça suffit maintenant. Mais qu'est-ce qui te prend !?

Le ton cassant lui fait l'effet d'un uppercut. Joëlle ne plaisante pas. Son recadrage abrupt tombe comme un couperet et la honte l'envahit aussitôt. *Qu'est-ce qui m'a pris de monter comme ça dans les tours ?* De fait, sa colère retombe comme un soufflé, le laissant maintenant totalement KO. Le pire, c'est que même s'il reste convaincu qu'il se fait entourlouper, il ne pense pas le quart de ce qu'il a vociféré quelques instants plus tôt. C'est à cause de cette foutue rage, elle le ronge depuis trop longtemps ! Il en rougit, sans se douter qu'il ressemble maintenant à un gosse qui vient de se faire sermonner vertement.

– J'y suis peut-être allé un peu fort, d'accord. Mais ici, c'est moi qui décide, je vais pas me laisser marcher sur les pieds !

L'embarras est palpable – à part le pépé qui répète qu'il veut sa confiture –, les autres hochent la tête avec réserve, gênés. Pressé de changer de sujet, Patrick repousse sa chaise et se lève.

– Demain, y a du boulot.

Sentant les regards posés sur son dos, il veut faire bonne figure, se redresse et marche d'un pas décidé, le regard rivé sur l'escalier qui lui offre une porte de sortie. Il aura suffi que son pied bute sur l'aspérité d'une tomette mal jointe pour qu'il trébuche et chute lourdement au sol. Stan se précipite pour l'aider à se relever.

– Pas de mal, ça va ?

Patrick se relève, se masse les reins et, contre toute attente, se met à rire.

– C'est votre faute, vous m'avez énervé.

– Tu t'es agacé tout seul, renchérit Joëlle.

Il tape l'épaule de Tramont.

– Bon, on va boire un coup tiens ! Viens donc m'aider à choisir une bouteille à la cave ?

— D'accord.

Alors qu'il aurait pu la ramener, le Parigot, fair-play, joue la carte de l'apaisement, on ne peut pas lui enlever ça ! Sa faute à moitié avouée, Patrick se sent de fait à moitié pardonné et ça suffit à lui redonner un peu d'entrain pour boire un coup en compagnie. Au fond, il a eu un coup de chaud, il n'y a pas de quoi fouetter un chat ! Et puis ça ne leur fait pas de mal à ces Parigots qu'on leur remette un peu les pendules à l'heure, faudrait voir à pas oublier qui est le patron ici !

Il adresse un clin d'œil à sa femme en guise d'excuses. Joëlle hésite un peu, puis ses lèvres esquissent un semblant de sourire.

En haut de l'escalier qui mène à la cave, il allume une chandelle. Quelques marches plus bas, l'air fraîchit déjà, une bénédiction après l'ardeur du jour. Ils devraient peut-être envisager d'y mettre le garde-manger…

Les deux hommes pénètrent dans une salle voûtée. De part et d'autre, les clayettes où reposent des bouteilles montent jusqu'au plafond. Stanislas siffle doucement entre ses dents.

— Mazette ! J'aurais jamais pensé que tu avais tant de bouteilles !

— Une partie appartient à mon père. Des vins du coin surtout, mais en fouillant un peu on trouvera un bon bourgogne. Tiens, choisis !

— Mais je n'y connais rien !

En réalité, Stanislas pourrait lui citer pêle-mêle quelques grands crus, châteauneuf-du-pape, pomerol, yquem ou saint-estèphe. Pour le reste, il se laisse guider par le sommelier des étoilés qu'il fréquente ou par ses clients, trop contents d'étaler leur science. En outre, il ne va pas s'embêter pendant des lustres à déchiffrer des étiquettes poussiéreuses dans l'espoir de dénicher un grand vin alors que ni lui ni Bouillot ne semblent y connaître grand-chose !

Au petit bonheur la chance, il tend la main et s'empare d'une bouteille ornée d'une étiquette rongée d'humidité.

– Celle-là.

Il n'est pas mécontent de son choix. Si c'est de la piquette, il ne mouftera pas mais son silence parlera pour lui. Et si par miracle il s'agit d'un nectar, ce sera sa récompense d'avoir encaissé la sale humeur du péquenaud sans lui allonger une droite. *Sauf que j'ai pas vraiment envie de me mesurer à sa grande gueule…*

On dirait que Patrick a deviné son état d'esprit car après s'être raclé la gorge, il murmure avec une pointe d'embarras :

– Fais pas trop attention à mon coup de sang de tantôt. Je n'arrête pas de calculer ce fichu calendrier, ça m'met la rate au court-bouillon toutes ces dates…

– C'est bon, on oublie.

– Pour la peine on va s'en mettre deux rincées dans le fond du gosier, tiens, file-m'en une autre !

– T'es sûr ? Je croyais que tu étais pour l'économie des réserves ?

Si Patrick perçoit l'ironie, il n'en laisse rien paraître.

– Primo on a de quoi tenir une paire d'années, même avec des gosiers secs, deuzio c'est notre seconde engueulade, non ?

– Ah oui ? Et la première c'était quand ?

– À votre arrivée, té ! Moi je dis que ça se fête !

Jamais deux sans trois, songe Stanislas. Mais il se garde bien d'insister car l'idée de vider quelques verres de plus et d'oublier pendant une heure ou deux ses soucis lui convient parfaitement. Ce mec a raison. Autant passer à autre chose et oublier que le monde ne tourne plus très rond, au moins pour ce soir !

Tandis qu'ils traversent la cour éclairée par la lueur de la pleine lune, Sophie devine la tension envahir son mari. Ils sont pourtant assez alcoolisés pour se sentir euphoriques. Mis à part la gueulante de Patrick, c'était plutôt une bonne soirée. Et si ces deux-là ne cessent de s'asticoter, tant pis ! Comme dit Joëlle, on va pas se mettre martel en tête pour une bataille de coqs, qu'ils se débrouillent !

Curieusement, la dispute ne l'a pas vraiment inquiétée. C'était un coup d'éclat, trop de bruit pour être grave. À présent elle rêve juste d'étirer ses muscles endoloris. Une saine fatigue qui, constate-t-elle, est le meilleur antidote contre les insomnies et les cauchemars. Avant de pénétrer dans leur chambre, elle se tourne vers la forêt, seule masse sombre restant dans les ténèbres sous le clair de lune. Il n'y a pas un bruit, pas même un souffle d'air. Jon et Juliette ont promis de ne pas s'y aventurer, à cause des rôdeurs. Ils sont partis se balader « pas loin » avec les chiens. Même si Sophie n'est pas très rassurée, elle comprend leur besoin de s'évader un peu sans avoir les parents sur le dos, de s'éloigner de ce vase clos.

Et puis les molosses sont suffisamment impressionnants pour être dissuasifs, personne n'oserait s'attaquer à eux…

Une chandelle est posée sur la tablette à l'entrée. Sophie gratte une allumette et enflamme la mèche avec précaution. Pas question de gâcher, même une simple allumette. Cette parcimonie l'agace prodigieusement ou l'émerveille, c'est selon… Parfois elle aimerait se convaincre qu'en retrouvant sa vie d'avant elle sera capable de retenir tout ce qu'elle a appris ici.

Elle se brosse les dents sur le pas de la porte puis se rince la bouche avec une seule gorgée d'eau qu'elle recrache loin devant. Au début, le rituel lui a paru contraignant, maintenant elle a l'impression d'être retombée en enfance. Elle remarque que le tube de dentifrice sera bientôt vide. Joëlle lui a parlé d'une recette à base d'argile ou de bicarbonate, mais elle devra se passer de ce parfum de menthe qu'elle aime tant au moment de s'endormir. L'aurait-elle cru, si on lui avait dit un mois plus tôt qu'une vulgaire pâte mentholée deviendrait un luxe suprême…

Le lit est un cocon de douceur après une journée de labeur ; pour parfumer les draps où s'allongent leurs corps pas toujours fraîchement douchés, Sophie les frotte avec des brins de lavande qui embaument la toile grossière.

Tandis qu'elle se laisse aller en proie à un délicieux lâcher-prise, Stanislas gronde d'une voix pâteuse :

– J'en peux plus, je suis mort. Couper de l'herbe avec une faux c'est à peu près aussi gratifiant que de creuser sa tombe. Et ça te colle des ampoules comme une guirlande de Noël !

– Je croyais que tu avais fané.

– C'est à peine mieux. Le râteau géant plutôt que la faux.

– Eh bien, couche-toi.

– Le Bouillot, va pas continuer à me faire chier longtemps ! Ce mec ne fonctionne qu'à coups de pied et coups de gueule. Pas étonnant qu'il n'ait jamais su rentabiliser son entreprise !

– Tu m'expliques le rapport ?

Sophie n'a pas spécialement envie de prendre la défense de leur hôte, mais les griefs répétitifs de Stan ne font pas bon ménage avec son état d'ébriété. Il serait temps qu'il change de disque.

– Il faut de l'intelligence pour faire tourner une affaire. De la subtilité, même !

– Et Bouillot est un gros bourrin, c'est ça ?

– Ouaip !

– Alors que toi non…

Plutôt que de répondre, Stan renifle leur édredon.

– Ça pue la rage. Tout pue, ici !

– Toi aussi, je te préviens.

– Désolé, j'ai trimballé du fumier et ensuite j'ai dû fendre du bois tout l'après-midi.

– Tu ne t'es pas lavé ?

– Non ! À la guerre comme à la guerre. Consigne du bourrin !

– Évite de répéter ça, un jour ça t'échappera et…

– Et quoi ? Il nous foutra à la porte ?

– À ton avis ? Tu as vraiment envie qu'on ait cette conversation tous les soirs ?

– Excuse-moi, mais c'est lui qui a commencé ! Ce type me rend marteau, il déteint sur moi.

Sa femme se contente de sourire, énigmatique. À la lueur de la bougie son visage irradie. Stanislas remarque soudain sa métamorphose. Elle a quelque chose de changé, un mystère, comme une sauvagerie, et ça lui va bien. Le désir monte, aussi violent qu'inattendu. À quand remonte leur dernière étreinte ? Et la dernière fois qu'il a fait l'amour, c'était avec elle ou bien…

Il repousse le souvenir, effleure sa hanche, glisse vers la peau tendre de l'aine. Une main le repousse d'une tape sèche.

– Non.
– Ça fait longtemps…
– Justement. On dort ensemble, par la force des choses, mais c'est tout.
– Soph… ma chérie, pourquoi ? C'est à cause du fumier ?
– Le fumier ? Non, pas exactement, *chéri*. À ta place, j'éviterais le sujet.
– Tu es sérieuse ?
– Stan, je ne vois plus les choses de la même façon. Il faut croire que j'ai évolué depuis ma vie dans notre cage dorée.
– Tu peux préciser ?
– On vivait comme des cons !
– On ? Tu te ranges dans le lot ?
– Oui, à une différence près. Toi tu aimais ça.
– Mais toi, non ? Et ton shopping ? Ton esthéticienne, ta coiffeuse de luxe, ta Maria ? Le confort et tes cours de violon ? Tu veux que je continue ?
– Par pitié, arrête un peu ! Ce n'est pas de ça que je parle. Veux-tu que je précise ou bien on se couche bons amis ?

L'avertissement est suffisamment clair pour refouler toute envie de protester. Oui, il a couché avec des femmes interchangeables quand l'occasion se présentait, mais elles n'ont jamais compté, jamais ! Il espérait que Sophie ne le devinerait pas ou, au pire, qu'elle saurait faire la différence, qu'elle passerait au-dessus de ses incartades…

Il s'était trompé, comme sur tout le reste.

*
* *

Campé devant la fenêtre de sa chambre, Patrick discerne la lueur de la bougie dans la dépendance.

Il grommelle autant pour lui que pour Joëlle déjà couchée :

— On se demande bien ce qu'ils fricotent avec la chandelle.

— Sûrement des incantations pour que tu sois plus gentil. Allez gros malin, viens plutôt me faire un câlin.

— Tu es une sorcière, je te l'ai déjà dit ?

— Mille fois !

L'homme se tourne vers son épouse. Elle est étendue au milieu du lit, les yeux brillants de malice, bras ouverts dans un geste d'invite. Ses jambes sont sagement jointes mais déjà elle s'amuse à tourner la pointe du pied, prélude à la provocation. Chez eux aussi la chandelle brûle, *mais c'est pour la bonne cause*, pense-t-il en s'approchant, le cœur battant.

Elle a toujours su comment le prendre dans ses filets, toujours, et pour ça, il lui pardonne tout le reste.

9.

Le jour n'est pas encore levé, mais la clarté de la pleine lune suffit à se diriger. Stanislas s'est réveillé tout seul bien avant l'aube, exactement comme il l'avait prévu. Il ne s'était pas conditionné ainsi depuis des années, il faisait ça autrefois, programmer son esprit à se réveiller à un moment précis. Bien sûr, il ignore l'heure exacte… Assez tôt pour ce qu'il a à faire, espère-t-il.

Les chiens l'ont laissé aller sans aboyer. Ils le connaissent bien désormais. En passant devant le champ clôturé, la pâture, comme l'appelle Bouillot, il ne peut s'empêcher de scruter la colline qui surplombe l'exploitation. Si quelqu'un guette là-haut, le verra-t-il ? Un homme qui marche, le dos bosselé d'un sac. Il presse le pas en essayant de se persuader qu'on ne verra qu'une silhouette indistincte. Qui pourrait se douter qu'il emporte un trésor ! Il serre plus fort le manche de sa pelle. Il songe aux fusils rangés dans l'armoire du vestibule, aux machettes dans la remise.

Cette sortie clandestine le galvanise autant qu'elle l'effraie. Il a l'impression que c'est la première fois qu'il est libre de ses mouvements, qu'il peut agir sans craindre d'être moqué et réfléchir sans éveiller la suspicion des uns et des autres. À l'orée du bosquet, pourtant, son excitation retombe. Une brume vaporeuse noie les contours des arbres et donne à l'endroit une profondeur suspecte. Le sentier s'enfonce dans le sous-bois, cicatrice bleuie qui émerge à peine des ténèbres. Stan a repéré l'endroit au préalable, et, pour justifier ses escapades, il prétendait chercher des baies et des champignons, ce qui lui a valu une salve de moqueries de la part de Bouillot.

« Le jour où tu me dégotes un coin à cèpes, je me fais moine. »

Il s'oblige à avancer, le souffle court. Ces deux derniers jours, il a parcouru le chemin assez souvent pour s'y repérer quasiment les yeux fermés. Il imagine la réaction de Patrick s'il le voyait en ce moment, épiant les ombres avec sa pelle brandie. Cette idée suffit à lui redonner de l'énergie. Il accélère encore. Le poids des lingots est réconfortant. L'or est forcément resté une valeur refuge. Il l'est depuis des siècles ! Un jour prochain, ce sac lui permettra de repartir, de reconstruire. Mais en attendant, il faut qu'il le cache et bien !

La veille, il a profité que les autres étaient occupés à la traite pour sortir le sac à dos de sa planque et le fourrer sous le lit de façon à le garder à portée de main. Il a pris sa décision quand Jonathan a parlé de « finir » le placo pour faire une surprise à Joëlle. Tu parles d'une surprise ! Même si son fils a finalement reconnu qu'il y avait des tâches plus urgentes – Joëlle envisage de fabriquer des toilettes sèches –, mettre le sac à l'abri devenait urgent.

Il regrette d'avoir tenu Sophie à l'écart, mais elle avait tellement mal réagi quand il était parti récupérer les lingots à son bureau. Il avait pourtant l'intention de le lui avouer au terme de leur voyage, une réflexion du style : « Tiens regarde chérie ce que je me suis coltiné pendant nos quatre cents bornes à vélo ! Tu connais l'adage : vivre d'amour et d'or frais ? », mais les jours ont passé, et il est trop tard, surtout après les allusions de la veille. Il connaît sa femme même s'il a un peu de mal à comprendre ses états d'âme, elle serait fichue de lui reprocher d'avoir quand même embarqué les lingots. De toute façon, tout est toujours sa faute ! La crise de leur couple et celle de l'Effondrement !

Il est déjà trempé de sueur à force de cavaler. Pas une goutte de pluie n'est tombée depuis le gros orage à leur arrivée. Canicule matin, midi et soir, et cette sensation d'étouffement perpétuel. Ce doit être encore pire à Paris. Comment font les gens piégés là-bas ? Certains ont dû s'organiser, rétablir un semblant de réseau… Mais quel réseau ? Avec quoi ? Des groupes électrogènes ? Mais avec quel carburant ? Il doit en parler à Jon. S'il a été capable de bricoler une éolienne, pourquoi pas un genre de cibi ? *Une radio CB sans ondes, mon pauvre Stan tu vas te faire atomiser par ton fils !*

Un souvenir refait soudain surface, il devait avoir six ans, il avait bricolé un talkie-walkie à l'aide de deux boîtes de conserve reliées par un fil. Est-ce là leur futur ? Une existence de bric et de broc, la loi de la débrouille ?

Il grommelle à voix haute pour repousser cette pensée. Une fois le réseau électrique rétabli – car il sera forcément rétabli –, le gouvernement s'occupera en priorité des télécommunications. C'est primordial pour la vie en société ! D'abord les besoins vitaux, ensuite la circulation des informations… En attendant, il branche chaque jour son portable sur la batterie solaire de Jonathan. Chaque jour, il espère, même une microseconde, que l'écran s'allumera. Il se contenterait de presque rien, juste des titres, des bribes de phrases : « Paris libéré ! Le gouvernement au travail ! Appel au retour ! » Voire, au pire, d'un message venant d'une communauté de citoyens résistants. « On tient bon », juste ça...

Il songe qu'il a vu trop de mauvais films catastrophe, ce qui s'est passé n'a rien à voir avec des explosions apocalyptiques ou des raz-de-marée meurtriers, c'est un effondrement total. Peut-être qu'à cet instant même sur d'autres continents, dans d'autres pays, des gens continuent de vivre comme si de rien n'était, plaignant la vieille Europe d'avoir sombré deux siècles en arrière... Qu'en sait-on au fond ?

Mais n'est-ce pas illusoire et dangereux de croire que quelque part le monde continue de tourner ? Mieux vaut envisager le pire et s'y préparer, ça n'empêche pas de garder espoir.

L'arbre qu'il a repéré se dresse enfin devant lui, un vieux charme au tronc massif et tordu qu'il pourra facilement retrouver. Il effleure l'écorce, appuie son front dessus le temps de reprendre son souffle. C'est Juliette qui lui a appris à reconnaître l'espèce. « Vous savez comment on différencie le hêtre d'un charme ? Le CHARME d'Adam, c'est d'HÊTRE à poil. » Devant son air ahuri, la gamine avait précisé que les feuilles du premier sont dentelées et celles du second légèrement poilues. Cette discussion, si courte fût-elle, lui avait fait plaisir. C'était la première fois que Juliette s'adressait vraiment à lui.

Il se déleste de son chargement et commence à creuser un trou entre les racines tentaculaires. Quand, une dizaine de minutes plus tard, il le juge assez profond, il y dépose son sac de lingots puis rebouche le tout en tassant bien la terre et, par précaution, disperse au sol un mélange de feuilles et de mousse.

Alors qu'il contemple l'arbre, il remarque que l'obscurité est déjà moins épaisse. Par une trouée des frondaisons, le ciel paraît s'éclaircir.

Il doit se hâter.

Le vieux est dépité. Sourcils froncés, bouche en cul de poule, il fixe son bol, humant le fumet qui s'en dégage, un mélange de chicorée additionnée de pissenlit.

— C'est quoi cette saloperie ?

Joëlle grimace, fatiguée à l'avance de batailler. Quand le beau-père commence sa journée de mauvaise humeur ce n'est pas très bon signe, en général il enchaîne les crises.

— Le petit déjeuner, pépé.

— Pas de café, pas de beurre, et ma confiture de groseilles, nom de nom ! Et ma gnôle, bordel de merde !

— On l'a finie. Il faut se rationner, on manque de tout, vous savez bien.

— Rationner… Les Boches y z-ont calté depuis longtemps ! Alors on rationne quoi ?

Patrick soupire avec irritation.

— Papa, t'énerve pas. La cave est pleine de vin, tu en auras à midi !

— Toi la ramène pas !

Joëlle s'interpose avant que le ton ne s'envenime. Elle n'a aucune envie d'assister à une dispute entre ces deux caractériels.

— Pour la confiture je peux m'arranger. J'irai au vi…

Elle se mord la langue, furieuse d'avoir parlé trop vite. Patrick lui lance un regard.

— Où ça ?

— Nulle part.

— On a bien assez à faire ici pour pas traîner là-bas.

– Je sais… Tiens, les Tramont sont en retard, ce matin.

– À croire que chacun fait comme ça lui chante, réplique son mari, pas dupe de la diversion.

Il consulte la vieille pendule franc-comtoise, élève la voix :

– Jules ! Jim ! Debout là-dedans !

– Laisse-les dormir ! Il n'est pas 8 heures.

– Les pièges vont pas se relever tout seuls.

– Ils ont la journée pour ça. Et les devoirs ?

– Des devoirs ?! L'école est fermée, je te signale.

– Ce n'est pas une raison pour en faire des petits sauvages et je n'aime pas trop qu'ils traînent, surtout en ce moment.

– Tiens donc ! Et tu vas leur dire quoi ? Qu'ils doivent étudier pour construire leur avenir ? Et ce sera quoi l'avenir ? Être bon en maths ?

Stanislas et Sophie ont surgi sur le seuil de la cuisine. On dirait deux moineaux apeurés sur le point de déguerpir. Ils n'ont encore jamais assisté à une dispute en privée des Bouillot. Patrick les apostrophe :

– Vous en pensez quoi vous des lendemains qui chantent ?

La cavalcade dans l'escalier les dispense de répliquer. Les jumeaux arborent de vieux caleçons flottants et un maillot sans manches qui leur pend aux genoux. Jim trébuche sur Jules qui tente un croche-pied, déclenchant un hurlement de cochon égorgé. Électrisé par le vacarme, le grand-père se met à vociférer une logorrhée guerrière qui mêle les Russes aux Boches, les politicards véreux et ce salopard de JR ! Durant une minute, la cuisine ressemble à un asile de cinglés : les femmes suppliant le vieux de se calmer, les gamins cavalant autour de la table sans qu'on sache qui essaie d'attraper l'autre.

C'est l'occasion ou jamais de se rendre utile ! Stanislas se hâte de rejoindre le vieil homme et lui chuchote quelques mots à l'oreille. Aussi sec, le pépé ravale ses imprécations. Un sourire ravi fleurit sur ses lèvres. Stan en profite pour le tirer vers le fauteuil face au poste de télé et l'y assoit fermement. S'assurant qu'il se tiendra tranquille, il va lui chercher son bol de chicorée et sa tartine au saindoux.

– Voilà.

– Ah, mon Lulu, j'chuis ben content de te voir !

– Moi aussi, Jean. Juste à temps pour *Gym Tonic* ! C'est la bonne chaîne ?

Stan a fouillé dans ses souvenirs de programmes télévisés et seule l'émission de Véronique et Davina lui est revenue en mémoire. Sa mère adorait…

– T'es donc sourd comme un pot ? Écoute ! « Toutouyoutou Toutouyoutou… »

Le vieux fredonne le générique, le bras battant la mesure. Il a retrouvé sa bonne humeur et semble avoir oublié ses frustrations.

– Hé, fils, tu viens zieuter les petites pépettes en collant ?

– Non, p'pa, j'ai du boulot. Faut pas qu'on traîne.

– C'est dimanche et on turbine pas le jour du Seigneur !

– Je sais, papa. Sauf qu'on n'est pas dimanche…

– Si !

– Ah oui ? Et comment tu l'saurais ?

– *Gym Tonic* ça passe le dimanche, tête d'œuf !

– Au temps pour moi…

Mieux vaut ne pas le contredire. Joëlle, elle, a réussi à planter les garçons chacun à un bout de table. Patrick retourne à sa place en marmonnant une excuse que son père n'écoute plus, concentré sur sa séance de gym invisible. Jean Bouillot est aussi imprévisible qu'un vent qui tourne. Sa mémoire fluctue selon ses propres remous ; un mot de trop, une odeur ou une intonation, des détails anodins qui font remonter des images qui prennent alors la force d'une vérité éternelle. Voilà maintenant qu'il inflige au Parigot une ressemblance, et il n'en démordra pas, surtout si on le chicane.

Le paysan se demande par quelle malice tout le monde s'acharne à lui faire entendre que les Tramont sont bienvenus chez lui !

– C'est qui, Lulu ?

Stanislas se laisse tomber en face de lui, visiblement intrigué.

– Son meilleur copain d'enfance, celui qu'est mort en mangeant de la mort-aux-rats.

– On ne vous a jamais dit que vous avez des coutumes bizarres, dans le coin ?

Patrick plonge le nez dans son bol pour dissimuler un rictus. Il réalise que la situation l'énerve bien moins que ce qu'il laisse entendre. Batailler lui occupe l'esprit, et ce n'est pas pire que de compter les sous qui manquent. Depuis quand n'a-t-il pas râlé contre l'autre enfoiré de banquier ? D'ailleurs si on en est aux calculs, six mains de plus valent mieux que rien, même des mains de Parisiens…

En attendant il garde ça pour lui. Hors de question de faire les yeux doux à ce nigaud bien policé ! Et pour recadrer les choses, il débite le programme de la journée : le bois à fendre et le foin à ramasser. Il est assez curieux de savoir combien de temps le môssieur tiendra avant de demander grâce.

*
* *

Le jardin potager est florissant en dépit de la chaleur. Les femmes ont tendu de grandes bâches entre les branches des arbres pour éviter que les cultures ne prennent de plein fouet la brûlure du soleil, puis elles ont repaillé chaque pouce du sol pour remplacer l'ancienne couche. C'est un travail pénible, mais nécessaire puisqu'il permet de limiter au maximum l'évaporation après l'arrosage du soir, et aux racines de conserver un peu d'humidité durant la nuit.

Sophie n'aurait jamais imaginé se sentir si bien au milieu des salades et des choux. Cela lui rappelle les *bucket list* des magazines féminins qui sortent au printemps ou à la rentrée sous le titre « La liste ultime des choses à faire avant de mourir ». On y trouve inévitablement une rubrique potagère. Et un encadré « Comment planter un arbre ».

Elle comprend mieux aujourd'hui. Il y a de la sérénité à gratter le sol, humer le parfum poivré d'un plant de tomates ou voir les pousses minuscules que vous avez soignées croître lentement. La terre absorbe ses idées noires et fait taire ses angoisses.

Elle se tourne vers Joëlle qui se tient campée devant un rang de carottes. Elles ont récolté les premiers tubercules la veille, de superbes légumes tendres et sucrés.

— Tu vois ça ? C'est de l'ancolie et de la consoude, des plantes mellifères. Elles attirent les abeilles et aèrent le sol.

Sophie prend note. Ancolie. Consoude. Elle veut comprendre pour retenir.

Les garçons traversent le chemin en cavalant. Ils se dirigent vers la forêt, le fusil en bandoulière. Joëlle les observe, le front plissé.

– Leur père leur a encore donné la permission ! Je n'aime pas trop les savoir en train de battre la campagne...

– Tu crains les vagabonds ? C'est tranquille maintenant, et puis on est loin de tout, ici.

– Oui, presque trop.

– Ils sont débrouillards pourtant.

– Pour ça oui !

– C'est drôle...

– Quoi ?

– Leurs prénoms.

– Jules et Jim ? Ma prof principale de seconde adorait le film et moi je l'adorais elle. Et puis ça sonne bien, Jules et Jim, non ?

– Oui, certainement ! En plus tu as un faux air de Jeanne Moreau.

– Oh, tu me flattes, là !

– Non. Tu es belle, tu le sais quand même ?

– Penses-tu ! Une belle plante qui commence à faner, alors que toi...

– Moi je suis plutôt comme une orchidée en pot transplantée dans un pré à vaches ! La cata !

Sophie exhibe ses ongles courts qui gardent encore la trace de son vernis rose. Pourtant, en dépit de ses bottes crottées, sa robe tachée et ses ongles noircis, elle se sent mieux qu'elle n'a jamais été depuis longtemps. Ses cheveux ont blondi et la sueur les fait frisotter. Évidemment il n'est plus question de les laver tous les deux jours comme avant. Elle se contente de les brosser soigneusement et ce traitement leur convient plutôt bien.

Joëlle semble avoir suivi le cours de ses pensées et s'esclaffe :

– C'est sûr que pour une orchidée, c'est pas trop le décor !

– Au fait… je voulais te demander…

– Quoi ?

– Le village… j'ai comme l'impression que c'est un sujet sensible, je me trompe ?

– Pourquoi tu dis ça ?

– Joëlle, je ne cherche pas à t'embarrasser, mais personne n'a parlé d'y aller depuis qu'on est arrivés. Et dès qu'on parle du village ou plutôt qu'on évite d'en parler, ton mari…

– Il a ses raisons. Ne te soucie pas de ça.

Elle reprend, après un silence gêné :

– Tu arrives à t'y faire ?

– À la campagne, tu veux dire ?

– Oui.

– Mieux que je l'aurais imaginé. Si seulement j'avais pu anticiper que mon univers s'écroulerait si vite et si bêtement ! J'ai l'impression…

Sophie hésite. Elle peine à exprimer cette dualité qui tout à la fois la rend anxieuse et lui offre des moments d'accalmie incroyables. Elle n'ose raconter qu'elle a recommencé à jouer du violon et que ces séances solitaires lui procurent une joie profonde. Elle voudrait parler du plaisir à travailler ensemble, de ces moments, à papoter de tout et de rien, qui la comblent. Quelque chose la retient pourtant, elle est seule depuis si longtemps… Comment expliquer sans en ressentir de la honte qu'elle n'a pas vraiment d'amies et qu'elle redécouvre avec elle la joie de parler, rire et se laisser aller, sans rien attendre de plus que partager ces instants et être en sa compagnie ? Sophie peut-elle ignorer d'où vient cette absence de liens amicaux… de leur train de vie inepte ou d'une faille plus intime ?

Elle change brusquement de sujet :

– Tu as remarqué ? Nos enfants ont tous un point commun.

– Ils sont chiants ?

– Non, ça c'est une constante propre aux plus de dix-huit mois. Voyons…

Elle énumère sur ses doigts :

– Juliette, Jonathan, Jules et Jim. Et toi aussi !

– Le J !

– Voilà !

Elles éclatent de rire, ravies de la coïncidence. Joëlle commence :

– J comme…

– Jaunisse ! répond Sophie du tac au tac, hilare.

– Jarnac !

– Jean-foutre !

– Jambon !

– Jaurès !

– Je t'aime !

Sophie rougit, ou bien c'est la chaleur ajoutée à leur fou rire. Après un moment d'embarras, elle reprend :

– Dis… je peux te poser une question indiscrète ?

Joëlle hoche la tête. Elle la connaît déjà la question, on la lui a tellement posée.

– Comment ça s'est passé pour les garçons ? L'adoption je veux dire…

– On est allés les chercher à Madagascar. Tu sais sûrement que c'est un des pays les plus pauvres au monde. On avait obtenu notre agrément et il fallait faire vite. Les Malgaches ne prennent que les couples en dessous de cinquante ans et on avait déjà la quarantaine bien tapée. Bien entendu, on nous avait prévenus, les enfants auraient au moins un an, à cause de la procédure. Tout nous allait. C'était devenu une obsession pour moi, quant à Patrick...

Elle réfléchit un instant.

— Patrick avait compris que c'était important. Alors autant il peut se montrer dur sur certains plans, obtus même, mais là il m'a suivie. Il a été formidable, tu sais...

— Je n'en doute pas.

— On devait adopter un enfant et puis l'orphelinat nous a parlé d'une fratrie. Heureusement, ce n'étaient pas des quadruplés ! On avait le bon profil. Une fille de huit ans, une grande ferme, largement la place pour deux chérubins. Si tu avais vu les merveilles ! On est repartis avec nos deux petits dans nos bras en priant jusqu'à la dernière seconde que l'avion décolle. C'était irrationnel et complètement évident à la fois après le parcours du combattant qu'on s'était imposé. Ils étaient là, Jules et Jim, déjà dans nos vies comme s'ils étaient nés chez nous, et on était heureux comme des rois...

Les deux merveilles sont loin de se douter que leur mère est en train de se mordre les joues pour empêcher son émotion de déborder en évoquant leur arrivée. Ils ont grandi sur cette terre, ce sont ses enfants, de vrais petits paysans, et ils dépériraient si on les déracinait ! Ici, c'est chez eux, et pas seulement la ferme du Chien-Rouge, mais aussi les champs bruissants de blé, les prairies ciselées en patchwork qui épousent la courbe des collines, les bêtes qui paissent, les rivières et leurs poissons, les trous d'eau où ils se baignent, et surtout la forêt dont ils connaissent les moindres recoins, car les jumeaux sont des braconniers en herbe. Ils ont appris à prélever la vie et ils le font avec autant de naturel que de respect, comme leur père le leur a enseigné. « Pour chasser, il faut aimer l'animal que tu traques, tu lui dois bien ça », leur répète Patrick quand ils partent ensemble en quête de gibier.

Cet après-midi, ils espèrent que les pièges tendus la veille leur réserveront une bonne surprise. Cela fait bientôt une semaine qu'ils n'ont rien pris. C'est à cause des bandes de miséreux qui traversent leur forêt, certains y dorment deux ou trois jours avant de se remettre en route vers le sud. Les jumeaux les ont vus, un premier groupe du côté de la combe aux vipères et l'autre vers le calvaire Saint-Michel. Ceux-là ressemblaient à des brutes, rien que des hommes avec des machettes et des gueules à faire peur.

Ils n'en ont rien dit à personne. Aucune envie de se faire coincer à la ferme et puis ils font attention, ils savent faire. Ils veillent à ne jamais laisser de traces de leur passage et tendent l'oreille pour ne pas se faire surprendre. Ils ont pris l'habitude d'écouter le taillis et le chant des oiseaux, un silence soudain et suspect, ou à l'inverse l'envol trop brusque des engoulevents. À vrai dire, l'ombre du danger rend leurs virées encore plus excitantes. Pour eux, la fin de l'énergie électrique ressemble surtout au commencement d'une formidable aventure.

En arrivant à leur premier piège, Jules lance un « Merde » furieux. Jim met quelques instants à comprendre pourquoi. Le collet qu'ils avaient soigneusement posé à l'entrée d'un couloir herbu a disparu.

— Les foireux ! Ils ont dû trouver un lièvre ! Sagouins ! Non seulement ils chourent le gibier, mais en plus ils ont volé le piège !

— Qui ça, ils ?

— À ton avis ?! Ces salopiauds de rôdeurs !

— Maman aime pas que tu jures.

— Maman est pas là.

Jules attrape le bras de son frère et l'entraîne à travers la coulée de verdure avec l'agilité d'un furet. Si on leur a dérobé le prochain collet, cela signifie que quelqu'un a suivi leurs traces !

Le tapage les alerte bien avant qu'ils ne parviennent à la souille où ils ont disposé le second piège. Des couinements perçants entrecoupés de reniflements frénétiques. Un jeune sanglier est prisonnier du lacet en inox. À leur approche son corps est parcouru de soubresauts violents.

— Merde de cul ! Faut l'estourbir !

— Avec quoi ?

Au lieu de répondre, Jules tourne dans le fourré. Il se redresse enfin en brandissant un morceau de bois assez épais pour faire office de gourdin.

— Ça devrait aller !

— Et moi, je fais quoi ?

Comme à son habitude, Jules accapare le premier rôle. Jim peut bien protester ou lui coller des beignes pour équilibrer les choses, il est plutôt soulagé de laisser sa place cette fois. Il ne l'avouerait pour rien au monde, mais les cris du petit sanglier ne lui percent pas seulement les tympans, le cœur aussi !

Son frère s'est approché à petits pas prudents. L'animal se débat en couinant de plus belle tandis qu'il soulève le bâton. Une voix le coupe dans son élan :

— Laissez-le donc grandir, celui-là ! On ne tue pas les petits et ce n'est pas parce que tout part à vau-l'eau qu'on doit en rajouter en oubliant la morale, surtout quand il s'agit de la nature.

Le gamin recule si vivement qu'il se retrouve sur le cul.

À quelques pas, un type observe la scène, sourcils froncés. Ses cheveux blond filasse lui couvrent les épaules. Au-dessus de son pantalon en toile, il arbore des bretelles rouges, un gilet en jean clouté et une grosse chaîne argentée. Une croix y pend, saugrenue.

À ses pieds, les garçons remarquent un panier rempli de champignons. Des chanterelles et des cèpes. Aussitôt l'eau leur vient à la bouche.

L'homme s'approche du marcassin et parle doucement entre ses dents :

– Tsss, ti père, va pas t'effrayer. Je te libère tout de suite.

Il se détourne un instant, le temps de préciser d'un ton moins sec :

– C'est un jeune ragot, on doit l'épargner. Ça vous plairait, vous, de passer à la casserole avant d'avoir le temps de pousser un peu ?

– M'sieur, faut bien qu'on rapporte quelque chose à manger…

Jim a pris la parole. Il a encore peur, mais les gestes de l'homme, doux et sûrs, sont rassurants. Et des deux garçons, il est le moins impulsif, le plus *diplomate*, prétend maman.

Cela ne provoque aucune réaction. Au lieu de répondre, l'homme se concentre sur sa tâche. En un tournemain il est parvenu à immobiliser le sanglier entre ses cuisses puis il desserre adroitement le lien en métal. Puisqu'il ne semble pas très disposé à négocier, Jim décide de biaiser :

– Y sont où les coins à champignons ? Papa dit qu'y fait trop chaud.

– C'est vrai, sauf quand tu connais les secrets du sous-bois. Ton père doit le savoir. T'as qu'à lui demander, il aura le temps de vous montrer maintenant qu'il peut plus nous emmerder avec ses machines à pesticides !

– C'est pas vrai !

– Oh que si !

– Comment vous le connaissez, d'abord ?

– Parce que j'habite ce coin depuis toujours, que vous étiez même pas un rêve dans la tête de votre mère. Et je sais que vous vous appelez Jules et Jim. Allez, filez.

– C'est vous qui avez chouravé notre piège ?

– Et quoi encore ? Je sais respecter la liberté des autres, à condition qu'ils ne se mettent pas en tête de tout bousiller. Probable qu'il y a des « campeurs » qui se baladent... Faites gaffe sur le chemin du retour, la forêt n'est pas si sûre.

Le malheureux ragot se retrouve brusquement libre. D'un coup de reins, il échappe à l'emprise de l'homme et s'enfuit sur un dernier couinement.

L'homme saisit son panier et s'éloigne sans plus de cérémonie. Jules et Jim se dévisagent, partagés entre le dépit et la honte de s'être fait poisser. Bien sûr, ils savent qu'on ne tue pas les jeunes, mais quoi qu'en dise ce moralisateur, tout a changé, non ? Le ragot aurait assuré au moins trois repas !

Ils s'éloignent à leur tour, s'enfoncent dans le hallier. La forêt, jusqu'alors leur complice, leur paraît soudain moins accueillante. Au-dessus de leurs têtes, la lumière palpite, trouant les houppiers de rais fulgurants. S'ils ne rapportent rien aujourd'hui, ils vont passer pour des rigolos, à force. Leur mère compte sur eux pour épaissir la soupe. Leur père n'a pas le temps, le pépé est devenu zinzin, quant à cette nouille de Juliette, elle préférerait leur arracher les ongles qu'abîmer les siens en plumant un poulet…

La suite confirme leur sale pressentiment. Pas une seule bête ne s'est laissé prendre. Seule consolation, les pièges sont toujours à leur place.

Ils décident de bouger deux lacets. Ils disposent le premier à la trouée d'une piste, infime sillon que les petits mammifères ont creusé en se faufilant dans l'entrelacs des fougères, vers la rivière. Pour l'autre, ils décident de tenter les abords de la rivière. Ils choisissent une branche assez souple afin de la recourber au-dessus d'une belle coulée, attachent son extrémité à un pieu court, vite taillé. Ils ajoutent un bâton flexible qui composera leur triangle et laissent pendre le lacet d'étranglement. Un simple effleurement suffira à déclencher le piège.

Le travail et la frustration les ont mis en sueur. Ils remontent en trottant le cours d'eau sur quelques centaines de mètres – assez loin pour ne pas effrayer le gibier – jusqu'à une petite plage de galets gris. Un méandre plus large a formé une piscine naturelle. Ils se dépouillent de leurs habits et se jettent dedans sans même la goûter. L'eau est si froide qu'elle leur mord la peau. Ils restent une seconde saisis, souffle coupé, avant de s'éclabousser à grands moulinets en hurlant de joie, toute prudence oubliée.

Ils rentrent alors que les ombres s'allongent et que la lumière change. Ils ont emprunté le chemin le plus long. Arrivés au talus qui borde la route communale, ils ont juste le temps de s'aplatir au sommet. La chance leur sourit, un buisson se dresse là, solitaire, mais assez touffu pour les dissimuler.

Il s'agit d'une bande de rôdeurs. Des types barbus, costauds. Celui qui vient en tête a le front barré d'un bandana à tête de mort. Juste derrière, deux colosses portent un cochon ligoté qui couine lamentablement. Les autres tiennent des volailles par les pattes. Ils marchent vite, mais sûrement pas par crainte d'être poursuivis, sinon ils ne tiendraient pas toute la largeur de la chaussée. Et ils ne riraient pas de la sorte.

Les gosses réfléchissent, partagés entre la peur et la frustration. La bande a dû cambrioler la ferme des Gourvil, celle qui se tient à la fourche entre le village et le bourg. Assez isolée pour tenter le coup sans être emmerdés par le voisinage.

Ils voudraient leur lancer des pierres ou des insultes, mais ils restent tapis, retenant leur respiration, jusqu'à ce que l'écho des cris s'estompe. Alors, seulement, ils se risquent à traverser la route, s'élancent vers la côte qui mène chez eux.

Arrivés aux panneaux de mise en garde, ils bifurquent et foncent jusqu'à la nouvelle pâture. Cela leur donnera le temps de réfléchir à ce qu'ils diront aux parents. Ils n'ont même pas besoin de se parler pour savoir comment l'autre pense et fonctionne.

Quelque chose ne va pas, les garçons le comprennent avant même d'apercevoir le piquet qui ferme la clôture barbelée. Ce dernier traîne par terre, laissant le passage libre. À l'extrémité du champ, le troupeau a rétréci.

— Merde ! Ils ont volé des vaches !

— Faut prévenir papa.

— Il en manque combien ?

Jim se concentre pour compter, les yeux brouillés de larmes. Marguerite a disparu. Et la Rousse. Il recompte en priant pour les voir réapparaître. *Quatre, cinq, six…*

— Trois. P'pa va drôlement gueuler !

– C'est pas de notre faute. Tu préfères qu'il découvre ça tout seul ?

– Non.

Jim renifle. Il se sent mal, il ne sait pas trop pourquoi. Il chuchote tout bas.

– Jules, j'ai peur.

Au lieu de se moquer, son frère secoue la tête.

– Moi aussi, Jim. Tout le monde est devenu fou, voleur, tueur… L'homme c'est bien le pire animal de la planète. J'ai honte d'en être un. Je préférerais être un ragondin, une araignée, une chauve-souris… n'importe quoi plutôt que cette créature inutile qu'est l'être humain. Tant mieux qu'ils s'en prennent plein la gueule ces ignobles nuisibles et qu'ils crèvent comme des rats dans leurs villes en perdition !

*

* *

Les vaches ont été rentrées dans la stabulation, les chiens patrouillent dans la cour ; quant aux habitants de la ferme, ils se pressent à la cuisine. L'horloge marque 19 heures. La traite attendra et ils se passeront de soupe s'il faut. Ils doivent décider de mesures d'urgence…

C'est Joëlle qui a donné l'alerte en actionnant la cloche pendue sous le porche. La sonnaille au timbre aigrelet porte loin et ils ont tous rappliqué ventre à terre. Sophie venait d'entamer le premier mouvement de *L'Été*, le concerto numéro deux de Vivaldi. Les hommes, eux, s'échinaient dans la grange à ranger le foin, aidés de Jonathan et Juliette.

La cloche ne sonne jamais, sauf en cas d'urgence.

Un silence lourd s'abat sur l'assemblée. Les petits ont raconté la disparition des vaches, en revanche, ils n'ont rien dit pour le cochon des Gourvil et la bande de malfrats sur la route. Pas la peine d'en rajouter…

Malgré les persiennes fermées, la chaleur reste accablante. Devant les mines renfrognées, le pépé doit sentir que ce n'est pas le moment de la ramener, il s'enfonce dans son fauteuil sans moufter ni même jeter un œil sur le poste de télé. Le spectacle est ailleurs.

Patrick finit par poser une question qui n'augure rien de bon :

– On avait calé des tours de garde, non ? Qui devait s'y coller cet après-midi ?

On dirait un procureur général qui aurait fait ses classes à Trifouillis-les-Oies, songe Stanislas avec sarcasme. Mais en réalité, il n'a guère le cœur à plaisanter, il se demande ce qui va bien pouvoir encore leur tomber dessus.

Juliette rétorque avec humeur, piquée au vif :

– On y a été, papa ! Mais tour de garde ça veut pas dire qu'on se tape l'incruste mille ans !

– Je te prie de prendre un autre ton avec moi, ma fille !

– Pardon, mais on dirait que tu nous accuses moi et Jona ! Tu voulais quoi ? Qu'on passe la journée à rien faire d'autre qu'à les regarder brouter ?

– J'n'ai pas dit ça ! Et j'accuse personne. Je veux juste comprendre.

– Juliette a raison, intervient Joëlle. On ne peut pas être au four et au moulin. Le pâturage est trop loin.

– Et ces foutus clebs, ils roupillaient ou quoi ? Tu parles de molosses ! C'est pas *Enfer* et *Damnation* que j'aurais dû les appeler, plutôt *Plic* et *Ploc* !

– Patrick, ce sont des chiens…

— Alors, on fait comment ? On se laisse piquer toutes nos vaches les unes après les autres ? Sous notre nez ? Et chacun vaque à son aise pendant ce temps-là, c'est ça ?

Joëlle accuse le coup. Elle ne veut rien laisser paraître devant les garçons, pourtant elle est bouleversée par cette intrusion sur leurs terres. Elle imagine ses jumeaux face à une bande d'excités. Ou Juliette et Jonathan... Personne ne peut prédire comment ça tournerait. Affamés et désœuvrés, les maraudeurs se regroupent en bandes. Ensemble, ils n'ont plus ni foi ni loi, ils sont capables de tout... Il y a eu des affrontements, des morts, ça se sait dans le coin.

Sophie se mord les lèvres. L'annonce qu'elle doit faire ne va pas améliorer l'humeur de Patrick.

— Il y a autre chose... Je viens de voir qu'on nous avait fauché des légumes.

Joëlle sursaute, prise en faute. Elle n'est pas retournée au potager depuis qu'elle a arrosé hier au soir.

— Tu te fous de moi ? Quelle quantité ?

— Une bonne moitié de la production. Tomates, choux, courgettes et...

— Quoi ?

— Les pommes de terre.

Sans plus attendre, les deux familles se rendent au potager.

— Ça peut pas être des sangliers ? ose Jonathan.

— Des sangliers qui chaussent du 44, t'as déjà vu ça, toi ? répond Patrick en montrant les traces.

Au même instant, Stan demande avec une hallucinante naïveté :

— Il ne faudrait pas prévenir les gendarmes ?

— Les gendarmes !

Patrick a un rictus sinistre.

— Ils ont disparu… pfuiittt ! Comme tes comptes en banque ! La loi, maintenant, c'est le fusil de chasse. Alors, croyez-moi, on va pas se laisser dépouiller !

— Il faut qu'on s'organise autrement !

Jonathan s'est jeté courageusement dans le débat, mais Patrick est trop furieux pour l'épargner.

— Tu veux pas la semaine de 35 heures et que je te signe un CDI en prime ? En quoi ça vous regarde, toi et tes parents ? J'ai pas ouvert un Airbnb dans la nuit que je sache ? Je veux bien qu'on discute des vaches et des mesures à prendre, mais n'allez pas vous imaginer que c'est un bail à vie, ici ! Je peux vous foutre à la porte n'importe quand et…

— Ici, je suis chez moi, alors, mon Lulu, y reste là !

Le pépé vient de jaillir de son fauteuil et se tient les poings serrés, tremblant de colère.

— C'est bon papa, je gueule mais je mords pas. Lulu peut rester, je disais ça…

— Tu disais ça et tu radotes ! l'interrompt Joëlle. Bouillot ou Tramont, on est tous embarqués dans la même galère. On doit réfléchir autrement, il a raison…

— Tu crois quoi ? Que j'ai attendu ? Pourquoi on s'est tapé la fenaison ? Et les bêtes ?

— Les vaches on ne peut plus les laisser dehors sans surveillance, alors soit on s'y colle chacun notre tour avec un fusil et les chiens pour qu'elles puissent continuer à brouter l'herbe, soit on les laisse dans la stabulation et on entame stupidement les réserves de foin pour l'hiver. Vous, les garçons, je ne veux plus que vous alliez seuls en forêt.

— C'est pas juste ! On fait gaffe, on est super-prudents !

— Pour l'instant ce n'est pas négociable ! tranche Joëlle.

Sa voix s'éteint sur un hoquet.

– Bon, on va pas se mettre à pleurer, ce qui est perdu est perdu. Demain matin, à la première heure, inventaire complet de nos provisions, bougonne Patrick, un peu radouci.

Il aimerait effacer son coup de gueule. Il s'est encore laissé emporter par la colère, la faute à ces foutus brigands !

– On l'a déjà fait, non ? ose Juliette d'une petite voix.

– Eh bien, on recommence ! C'était il y a deux semaines et quand je dis complet, je parle aussi des outils, des machines, même les vieilles qui rouillent dans un coin, les semences, tout... Une fois qu'on aura tout évalué, on bouclera le matériel indispensable et on descendra les provisions à la cave. Et si on doit s'éloigner de la ferme, à partir de maintenant on prend un fusil.

– Nous aussi on pourra ?

Jules et Jim le regardent, suppliants.

– Vos pétaudières, ce sera pour tirer en l'air et donner l'alerte. Pas question de jouer aux cow-boys.

– Sur la route, on a...

Jim se ravise juste à temps. Il a failli se trahir en révélant qu'ils ont déjà vu une bande de pourris avec le bétail des Gourvil. Heureusement, leur père n'a pas relevé, trop occupé à planifier la suite.

– Ce soir, Sophie et Joëlle feront la traite pendant qu'on ira remettre la clôture en place. Vous, les gamins, vous irez arroser ce qui reste.

– Et pour le potager ? demande Sophie.

– On va y mettre les anciennes cloches des vaches tendues tout autour avec du gros fil de pêche ; s'ils viennent, ça sonnera et y aura pas long avant que le fusil sonne aussi ! On vole pas un Bouillot deux fois sans mordre la poussière !

— Foi de vipère ! enchaîne le grand-père, hilare.

10.

— Sardines : cinq boîtes… Huile : deux bouteilles… Conserves : dix haricots, dix cornichons, quatre pêches au sirop, sept poires… Savon de Marseille : trois… Bougies : deux boîtes de douze… Café : plus qu'un paquet… Farine : un sac de sarrasin…

Jules énumère les provisions et Jim note la liste sur un cahier de maths – il a choisi exprès sa matière détestée. Il est 10 heures du matin et depuis deux heures déjà tout le monde est à pied d'œuvre sous un soleil assommant. En guise d'auvent, Patrick et Stan ont tendu une bâche devant la cuisine. La herse rouillée trône à présent dans la cour, avec une vieille javeleuse et une lieuse attendant d'être graissées et nettoyées. L'inventaire peut commencer. Sur des tréteaux, toutes sortes d'outils, d'objets, d'accessoires et même de vieux chapeaux cabossés ont été déposés en vrac. On se croirait dans un musée agricole et des métiers d'antan. Un peu plus loin, Jonathan et Juliette trient les produits ménagers, mettant soigneusement de côté les paquets de piles.

Joëlle relève la tête, l'air catastrophé. Elle est occupée à peser les gros sacs de blé sur une vieille balance de commerce récupérée au grenier.

— Tu es vraiment sûr ? Il n'y a plus de farine blanche ? J'étais certaine d'en avoir gardé quelques kilos de côté.

— Sûr, on a vérifié.

— Mince... Patrick, combien faut de blé pour les semences ?

— Cent kilos.

— Tu plaisantes ! Il ne restera plus rien pour le pain ! On ne peut pas se passer de farine.

— Faudra bien... On récoltera des châtaignes à l'automne et on les mélangera à ce qu'il reste.

Un grognement s'élève, brisant net leur échange.

Alors qu'il somnolait à quelques mètres de là, Enfer a redressé la tête et, regardant fixement au loin, s'est mis à gronder sourdement, comme le tonnerre avant l'orage. Damnation l'imite aussitôt, le poil hérissé sur l'échine et les babines retroussées sur des crocs menaçants d'où perle un filet de bave, signe que le danger est proche. Ses dents claquent de rage. Le grand-père se précipite vers l'encoche qui fait office de meurtrière dans le mur d'enceinte. Campé en équilibre, il agite joyeusement une winchester en plastique. Les jumeaux l'ont récupérée au grenier, en même temps que la balance. De loin, avec son canon scié, le jouet peut faire illusion.

— Y a un groupe de cow-boys à l'approche. On se les farcit ?

— Descends de là tout de suite !... Joëlle, va le chercher, il va se faire buter avec ses conneries ! J'en ai pour une minute...

Patrick se précipite dans le réduit où sont rangées les armes. Il se dit qu'il devra les garder plus près, à portée de main, les accrocher en hauteur sur le mur d'entrée. Son cœur cogne dans sa poitrine, en proie à l'émotion. Animé par la colère autant que par la peur, il déverrouille l'armoire, les doigts tremblants. Heureusement, il a pensé à charger son fusil de chasse. Il vérifie pourtant, casse le canon double d'un geste brusque. *Deux cartouches.* Il repart, sans courir cette fois, pour ne pas risquer l'accident.

Dans la cour, les autres se sont regroupés pour faire rempart et cacher de leurs corps les tréteaux où sont entassées les provisions. Cageots de pommes, légumes, épicerie, sucre, lentilles, riz, une trentaine de bocaux et, au sol, ce qui reste des pommes de terre après le passage des voleurs. Pour l'instant, Joëlle et Juliette ordonnent aux chiens de se tenir tranquilles à leurs pieds, quant aux garçons, ils sont postés de chaque côté du pépé à qui on a confisqué sa winchester.

Les intrus déboulent sous le porche de la grande cour. Ils ont dû faire sauter le verrou de la grille, à l'entrée de la ferme. Ils sont huit adultes : six hommes au visage dur et deux femmes dont une qui porte un bébé emmailloté sur sa poitrine. L'un d'entre eux avance, un grand escogriffe efflanqué au regard fourbe – ou bien est-ce juste la réverbération qui lui fait plisser les yeux et lui donne cet air sournois ? Il brandit un fusil : il l'épaule aussitôt qu'il voit Patrick pointer son arme vers eux. Sous le soleil, la chaleur palpite en volutes aveuglantes.

Passent quelques secondes interminables durant lesquelles les deux camps adverses se toisent, évaluant leurs atouts respectifs. Le groupe de la ferme a l'avantage du territoire, la maison comme refuge et deux chiens de garde qui passeront à l'attaque au moindre signal. Les nouveaux venus, eux, l'emportent sur le nombre, six hommes dans la force de l'âge… et de la nécessité.

— On veut à manger.

Pas de préliminaires, ni de supplications. Le grand type armé sait qu'il n'obtiendra rien sans menace et le fait d'économiser les mots démontre sa détermination. Il ne partira pas sans rien.

Patrick se contente de cracher par terre. Sous sa maîtrise apparente, il bout littéralement de rage mais il y a les gosses, il ne peut pas faire n'importe quoi. Tant que l'ennemi se contente de réclamer, il peut faire face.

Joëlle se manifeste, la main levée dans un geste d'apaisement.

— Je vais vous donner quelque chose.

Il veut protester, lui crier de se tenir tranquille, mais le moindre incident suffira à dynamiter le fragile équilibre qui les tient chacun, lui et le salopard, dans le viseur de l'autre.

Sa femme est rentrée dans la cuisine et il devine qu'elle va chercher du lait. Il compte les secondes, vingt-trois avant qu'elle ne réapparaisse. Il a vu juste. Elle porte un bidon de cinq litres. Assez lourd pour les encombrer mais pas assez pour qu'ils ne puissent repartir.

Elle s'arrête derrière lui, saisit un vieux sac de jute et y fourre en vrac des pommes, des légumes, deux conserves et un gros bocal de pêches. Elle traîne le tout sur les trente mètres qui les séparent, laisse tomber bidon et sac aux pieds du chef, sans prêter attention au canon qui la vise en plein front.

— Il n'y a rien d'autre pour vous…

— Et c'est bien parce qu'il y a un bébé, ajoute Patrick pour sauver la face, sinon vous auriez juste goûté à la chevrotine.

Joëlle toise l'homme en face d'elle et soutient son regard dur. Dans ses yeux clairs danse un éclat de folie. Sans se départir de son calme, et avec un ton aussi neutre que possible, elle prévient :

— Tu ne me fais pas peur. Alors tu prends, tu baisses ton arme et tu t'en vas ou c'est la castagne et mes hommes savent tirer. Il y a celui que tu vois là et ceux que tu ne vois pas planqués là-haut.

Joëlle montre le toit, que l'homme regarde, inquiet.

Alors elle recule d'un pas, opère un demi-tour et revient lentement vers les siens.

Patrick attend qu'elle ait regagné sa place, derrière les tréteaux, avant de prendre la parole. Le timbre de sa voix est méconnaissable, rauque et cassant. Ses mots claquent comme un coup de fouet :

— Prenez ça et foutez le camp. Et vite ! Sinon les armes parleront et les larmes suivront.

La femme au bébé a ouvert la toile de jute et tous viennent autour pour en apprécier le contenu. Ils murmurent entre eux, mais le sens général n'est pas difficile à comprendre. Prendront-ils le risque d'exiger davantage et de briser le statu quo ?

Visiblement la prudence, ou la raison, l'emporte car ils battent en retraite. Un gros baraqué s'empare du bidon, un autre du sac qu'il balance sur son épaule puis ils organisent leur repli. Si la situation n'était pas si tendue et le contexte si tragique, la scène de ces huit bandits marchant à reculons, la peur au ventre, jusqu'à la dernière seconde avant de se retourner et de déguerpir, prêterait à rire.

Sitôt qu'ils ont disparu, les chiens cessent de gronder.

C'est comme un putain de western ! pense Stanislas qui s'aperçoit à l'instant qu'il a oublié de respirer pendant une éternité.

— Vas-y, Josh Randall, règle leur compte à ces bandits !

Le pépé a repris du poil de la bête. Il est tellement comique, le bras tendu, l'index mimant un canon de revolver que tous éclatent de rire. Patrick en pleurerait de soulagement, mais il ne peut pas se laisser aller, alors il ironise... c'est encore ce qu'il fait de mieux.

– T'as eu la pétoche, le Parisien ?

– Si j'ai pas pissé dans mon froc c'est que j'avais déjà transpiré toute l'eau contenue dans mon corps !

– Ça mérite un petit remontant...

Sophie accroche le regard de Joëlle. Le type avait l'air taré, il aurait aussi bien pu tirer...

– En tout cas chapeau bas, Joëlle !

– Allez, je vais chercher la gnôle !

– Maintenant ?

– Et qu'est-ce que tu veux faire de plus, Stan ? Qu'on les poursuive, qu'on les bute et qu'on s'en retourne les mains dans les poches ?

– Je sais pas... et s'ils reviennent ?

– Ça m'étonnerait et puis, toute bouteille bue n'est plus à boire... C'est autant qu'on ne nous volera pas, non ?

Puis la journée a repris son cours sous un soleil de plomb et tout le monde a prêté main-forte. Mais le résultat est à la hauteur de leurs efforts : des barbelés ont été posés dans les ouvertures du mur d'enceinte, les portes des bâtiments « sensibles » ont été verrouillées à l'aide de cadenas, le matériel utile y a été entreposé, tout comme les machines peu gourmandes en carburant et susceptibles de resservir, une faible quantité d'essence étant stockée à la cave avec le reste des provisions. Patrick, Stanislas, Jonathan et Juliette ont aussi installé cet ingénieux système d'alarme reliant du gros fil de pêche à de vieilles cloches destinées autrefois au bétail dans tous les endroits sensibles, potager compris.

La ferme du Chien-Rouge a vraiment l'air d'un bastion, à présent. Pas totalement imprenable, mais suffisamment protégée pour décourager la plupart des vagabonds.

Pendant ce temps, les femmes ont travaillé au potager et se sont occupées de la traite des vaches rescapées. Celles-ci sont restées à la stabulation, mais elles iront au pré le lendemain sous la surveillance des garçons et des chiens. Après l'arrosage, elles ont réorganisé la cave et ont préparé un mélange de blé concassé enrichi de légumes – courgettes, tomates, choux –, d'ail et de thym et une douzaine d'œufs durs. Pour remplacer le pain, elles ont confectionné des galettes de sarrasin.

Malgré l'épouvantable scène du matin et l'effroi qu'elle a ressenti, Sophie est sereine, presque heureuse, trempée de sueur, de travailler à côté de cette femme qu'elle considère désormais comme son amie.

Alors qu'ils s'installent autour de la table, Sophie prend conscience d'un changement. Le lien qui les unit semble à présent plus fort. Sans aucun doute, affronter ensemble le danger a soudé la communauté et fait émerger une nouvelle forme de solidarité, plus fédératrice que le travail collectif de la ferme.

En se baissant pour ramasser sa serviette tombée au sol, elle surprend le pied de Jon contre la cheville de Juliette.

Au même instant, Jonathan se fait une promesse. Ce soir, il essaiera d'embrasser Juliette. Il en a terriblement envie. Il s'est retenu parce qu'il voulait que ça vienne naturellement entre eux – et aussi parce qu'il avait l'esprit préoccupé par un tas d'autres projets ! –, mais aujourd'hui, il sent que c'est le moment.

Quand d'habitude Patrick se contente de faire circuler la bouteille de vin en surveillant le niveau dans les verres, il s'en saisit, se lève et, tout en payant sa tournée, annonce avec emphase :

– Demain, on se met en quête d'un coin de forêt à défricher !

L'adolescent manque de s'étouffer en avalant de travers.

– Comment ça, défricher ?

– Défricher comme on l'entend généralement. Couper des arbres, débroussailler, dessoucher.

– C'est une blague ?

– Je n'en ai pas dormi de la nuit... Les bêtes volées, les foins, tout ça m'a tourné dans la tête. Alors j'ai réfléchi, on doit anticiper. Et si ça doit durer, faut prévoir la prochaine récolte. Alors j'ai calculé que si on défriche une parcelle pour semer le blé tendre en mars, on peut s'en tirer.

– Vraiment... Tu penses que ça durera si longtemps ?

Joëlle le regarde, les yeux un peu trop brillants, difficile de savoir si ce sont des larmes.

– Je crois, oui. Et dans ce cas y a pas à tortiller, faut semer du blé, pour nourrir tout le monde, les animaux et nous.

– Mais pourquoi en forêt ? Tu as des champs à perte de vue !

Stanislas a l'impression d'avoir été trahi. Ils ont trimé ensemble et Bouillot n'a soufflé mot de son projet alors qu'il prend d'habitude un malin plaisir à dresser une liste exhaustive des corvées à venir. Et il songe bien sûr immédiatement au magot enterré.

– Nos terres, sans engrais, elles ne valent plus rien. Zéro. Nada. Stériles comme le sable du désert.

— Stériles ?

— Épuisées si tu préfères que je le dise autrement. Sans l'azote, le phosphore ou le potassium qu'on leur apportait, elles ne peuvent plus rien nourrir d'autres que de rares mauvaises herbes…

— Tu rigoles !

— Je préférerais. Au lycée agricole, on apprenait à doser les fertilisants et les pesticides pour faire du rendement. On nous faisait croire que tous ces produits phytosanitaires étaient le seul moyen de venir à bout des ravageurs, des champignons ou encore des mauvaises herbes. Plus on en mettait, meilleure était la note ! Et aujourd'hui, voilà où j'en suis arrivé, à engraisser les industriels de la pétrochimie, et même plus pouvoir nourrir ma famille. À force qu'on nous dicte comment, combien et quoi produire, nous, les paysans, on est devenus des ouvriers agricoles sous perfusion. On n'est plus maîtres de rien, gavés de subventions, soumis à un tas de normes, et tout ça se décide à Bruxelles sous pression des lobbies…

Il aurait bien continué à se lamenter sur le monde agricole, mais Jonathan, n'y tenant plus, se redresse d'un bond et l'interrompt. L'adolescent a blêmi, étreint par l'émotion. L'espace d'une seconde, Patrick se demande ce qu'il a bien pu dire pour le mettre dans un tel état.

— Vous n'allez pas abattre des arbres ?

— Comment tu veux défricher sinon ? Hein, comment ? Dis-moi, le petit génie…

— Papa, dis quelque chose !

— Calme-toi, Jon.

— Tu ne vas pas être complice de ce massacre ?

Patrick le regarde avec des yeux noirs, un petit sourire cynique aux lèvres.

— Massacre ? Dis donc, faudrait voir à pas exagérer quand même…

— Mais comment appeler ça autrement ? Des arbres qui vivent dix fois plus longtemps que nous ! Nos poumons dans une planète qui étouffe !

— Oh, mais il va arrêter de nous faire la leçon, le petit pois ! Je vais t'apprendre une chose : une forêt, ça se gère. Si tu fais pas de coupes, elle s'étouffe et ne produit plus rien ! Les vieux arbres, ils empêchent les jeunes de grandir et de respirer. Sans compter que ça nous fera du bois de chauffage, des palissades pour le potager, des clôtures, et que sais-je encore !

— Ouais, on a vu ça en Amazonie.

— Jonathan, arrête !

Sophie s'interpose à son tour, inquiète de la tournure que prend la discussion. Ragaillardi, Patrick enfonce le clou :

— C'est qu'il voudrait m'apprendre la vie le petit citadin de mes deux… !

— Je vais arrêter, oui, et vous remercier pour la planète pourrie que vous, les vieux, allez nous laisser !

— *Les vieux !* Non mais c'est qui ce morveux de… ?

— Stop !

Juliette se plante entre son père et Jon. Bouillot secoue la tête, consterné. Il finit par lâcher prise avec l'ado révolté et reporte son indignation vers Stan :

— Y a vraiment des coups de pied au cul qui se perdent ! C'est comme ça que tu l'as élevé ton gosse ?

Le trader hausse les épaules. Que pourrait-il répondre ? Ça fait des années qu'il essaie de comprendre son fils et ce n'est pas ce soir qu'il résoudra le problème. Jon est visiblement bouleversé. Tandis que Juliette le tire par le bras, il crache furieusement :

— Si vous faites l'Amazonie ici, je me barre !

— Vas-y mon petit gars, personne ne te retient ! Une bouche de moins à nourrir, ce sera très bien. Surtout une bouche pareille qui ne crache que des…

Juliette pousse un cri de colère :

— Et il est content de sa blague !

La porte claque et, après le départ fracassant des deux adolescents, le silence s'abat sur la tablée. La dispute leur paraît soudain disproportionnée. Joëlle est la seule qui ne semble pas perturbée outre mesure. Elle tapote la main de son mari.

— Tu n'avais pas des idées arrêtées, toi, à son âge ? Allez, buvons un coup, ça détendra l'atmosphère et ça vous rendra moins belliqueux…

Son verre à moitié plein dans la main, elle reste le bras levé jusqu'à ce que les autres l'imitent.

— À nous !

— À nous !

Ils trinquent et partagent ce moment avec une sorte de recueillement. Passé le coup de sang, ils cèdent au soulagement, la journée aurait pu connaître une bien plus tragique issue… Oui, ils ont envie de fêter cette chance et de s'autoriser à croire en un avenir meilleur.

— Dire que tu vas la défricher tout seul, ta parcelle…

Stanislas dévisage Patrick avec un drôle de sourire.

— Comment ça tout seul ?

— Ben oui, on s'en va, nous. Depuis le temps que tu nous pousses dehors, ça y est. On a tout planifié, on part demain matin ou après-demain.

Joëlle a sursauté. Tramont rayonne. Il a vidé son verre cul sec et Patrick se demande s'il est saoul ou s'il n'aurait pas pris un coup de chaud à travailler en plein cagnard. Complètement décontenancé, il bredouille :

— Vous partez… ?

— Depuis le temps que tu nous bassines avec ça, on s'est organisés.

Il fait un clin d'œil à Sophie qui confirme d'un hochement de tête.

— Mais vous allez où ?

— Dans une autre ferme que j'ai achetée dans le Loiret.

— Ah bon…

Joëlle va pour ouvrir la bouche, mais Sophie l'arrête d'un sourire. Elle comprend immédiatement et surenchérit :

— Sophie m'en avait parlé et je ne t'en avais rien dit avant que ce soit sûr… Depuis le temps que tu veux qu'ils partent, je ne voulais pas risquer de te faire une fausse joie.

Patrick, la mine défaite, dévisage Stan et voit un sourire ravi se dessiner sur ses lèvres. Le Parisien part d'un rire énorme et le gratifie d'une bourrade. Patrick, perdu, regarde autour de lui et ne croise que des regards hilares. Il souffle un grand coup.

— Putain… Tu m'as eu ce coup-ci !

— Allez, ressers-nous une tournée ! Je porte un toast à la ferme du Chien-Rouge et à ceux qui la défendent ! Aux Bouillot et aux Tramont !

— Aux Bouillot et aux Tramont ! reprennent en chœur les deux familles réunies alors que Patrick, peinant à se remettre de ses émotions, vide son verre cul sec.

— Bordel de merde, tu m'as bien eu ! Mais j'te revaudrai ça !

Automne, hiver

11.

Penchée sur le miroir piqué de taches de sa chambre, Sophie inspecte ses traits avec attention, curieuse d'en percevoir les changements depuis quatre mois. Elle se surprend à aimer son nouveau visage, tant pis pour les ridules qui commencent à marquer sa peau sèche, ses cheveux blonds un peu moins soyeux et emmêlés, et ses yeux plus doux, moins éclatants sans l'ombre du mascara. Quelques taches de rousseur sont apparues sur son nez et sur ses joues, et son teint halé est celui des gens qui vivent toute l'année au grand air. Malgré ses doutes et sa peur de l'avenir, elle se sent indéniablement plus forte. Étrange comme le travail de la terre l'a aussi amenée à se recentrer sur elle-même et comment déplacer l'expérience de la musique dans la forêt l'a incitée à mettre sa propre existence en perspective… Elle n'a plus cet air inquiet de bête traquée qu'elle surprenait de plus en plus souvent dans le grand miroir de l'entrée de leur appartement de luxe. Elle n'est même plus certaine de vouloir retourner un jour vivre en ville : *Comment pourrait-on reprendre notre existence comme avant ?* Elle repense à cette carrière d'infirmière interrompue malgré elle, se dit que c'est peut-être sa chance de s'affirmer, de s'autoriser à faire enfin quelque chose pour elle : il faudra qu'elle s'en ouvre à Joëlle…

Sophie secoue la tête et, chassant ces vaines pensées d'un revers de main, va chercher le gilet que Joëlle lui a prêté. C'est un vieux truc bouloché, rose et marron, moche mais confortable. La température a encore sérieusement baissé dans la nuit, 15 degrés en trois jours, pourtant nous ne sommes qu'à la fin septembre. Elle se demande avec une légère appréhension si l'hiver sera froid, s'ils auront assez de bois en réserve.

Les chiens lèvent à peine la tête quand elle traverse la cour. Au début, elle emmenait Enfer pour aller jouer en forêt et, après trois mois sans incident, elle ne redoute plus de s'y rendre seule. De toute façon elle ne s'enfonce pas bien loin dans le hallier. En général, elle va jusqu'à une petite clairière cernée par de grands arbres, essentiellement des chênes et des hêtres, lui a précisé son fils.

En pénétrant dans la cuisine, Sophie trouve Jean, endormi dans son fauteuil.

Elle consulte l'ardoise où sont inscrits les travaux et tours de garde des prochaines vingt-quatre heures. Justement, elle est de quart aujourd'hui…

Son profond soupir en dit long, rien ne l'ennuie davantage que passer la journée à patrouiller armée d'un fusil pour décourager d'éventuels guetteurs. Elle préfère mille fois trimer en compagnie de Joëlle au potager. Mais les consignes sont ce qu'elles sont et personne ne les discute plus depuis longtemps, chacun reconnaissant qu'une certaine discipline est indispensable au bon fonctionnement de la ferme, pour des questions d'efficacité autant que de sécurité. Sophie a beaucoup appris avec Joëlle, à tel point que, hormis un coup de main ponctuel de l'un ou l'autre des jeunes, le potager est devenu leur lieu de prédilection à toutes les deux. Sophie y passe le plus clair de son temps. C'est là, en compagnie de son amie, qu'elle s'épanouit le plus, là qu'elle se sent le plus utile. Depuis que l'enceinte a été sécurisée avec le système d'alarme maison de Patrick, le gros fil de pêche festonné de cloches signale immanquablement l'intrusion imminente de n'importe quel prédateur, homme ou animal. Il arrive qu'ils soient dérangés pour presque rien – un animal venu se frotter d'un peu trop près avant de fuir –, mais le dispositif a fait ses preuves puisque les hardes de sangliers ne sont plus revenues.

Il y a encore tant de travail que le défrichement ne pouvait pas plus mal tomber. Octobre devrait être totalement consacré à la cueillette et à tout ce que l'on peut glaner en forêt : champignons, châtaignes, faînes, mûres et autres, mais le temps manque. Au potager aussi, c'est la saison des céleris, des choux et des navets, de la betterave, des épinards et des courges. Elles vont devoir recouvrir les parcelles au repos de fumier, semer les radis d'hiver et les variétés de printemps qui passeront une saison sous terre, butter ail et oignons pour limiter l'humidité et les risques de pourriture, replanter rhubarbe et œilletons d'artichaut (en espérant que le froid ne les brûlera pas !), repiquer les choux-fleurs et achever la serre destinée aux cultures délicates. Sans oublier qu'en raison du coup de chalumeau de l'été et de la pénurie alimentaire – mais il fallait bien se nourrir – rares sont les plantes qui ont eu le temps de monter en graine, d'où une faible récolte et d'autant moins de semis puis de plants à repiquer plus tard dans la saison ! La transition jusqu'à l'année suivante risque d'être tendue…

La semaine passée, il a plu à torrents tous les jours. Résultat, elles n'ont quasiment pas mis le pied dehors. Consignées dans la cuisine par la force des choses, elles en ont profité pour faire les conserves : une soixantaine de bocaux de ratatouille, de haricots et de choux aux oignons. Ce qui est bien peu pour tenir tout l'hiver compte tenu qu'une partie servira de monnaie d'échange pour se procurer tout ce qui leur manque d'essentiel, c'est-à-dire bien des choses ! Elles ont aussi trois précieux pots de confiture spécial apocalypse, comme l'appelle Juliette, un mélange pommes-poires au miel, puisque le sucre est presque introuvable.

Le marché du dimanche initié par Joëlle a bien changé la donne ! Eux proposent du lait, quelques œufs, parfois un bocal de légumes et en échange ils se fournissent en graines, huile, et parfois un gros pain par semaine. Grâce au moulin à café branché sur l'éolienne, ils ont pu moudre les premières châtaignes et en obtenir une farine grossière. Elle donne des miches légèrement sucrées qui les changent agréablement des galettes de sarrasin.

Depuis que les gens se retrouvent, bavardent ou troquent, s'est développé le sentiment d'appartenir à une communauté. La suspicion s'est dissipée, faisant émerger une nouvelle forme de solidarité, un système d'entraide aussi efficace que possible mais restreint par le peu de nourriture et de marchandises à échanger. Çà et là, des voisins se sont organisés pour se répartir les tours de ronde afin de se protéger des bandes de pillards qui sévissent toujours dans la région. Certains rôdeurs se sont installés dans des entrepôts déserts, formant de véritables campements. Paradoxalement, ils sont devenus moins agressifs depuis qu'ils se sont fixés, comme si la sédentarisation avait gommé une grande part de leur sauvagerie. Stan prétend même qu'ils se sont embourgeoisés et qu'ils ne tarderont pas à subir à leur tour les assauts des clans rivaux moins bien organisés ou des bandes nomades, opportunistes et violentes.

Patrick continue à se tenir à l'écart de cet événement hebdomadaire. Pire, on dirait qu'il en ignore l'existence. Personne n'ose demander d'explication, et Joëlle se montre aussi peu prolixe sur le sujet que son mari. Elle disparaît désormais tous les dimanches matin, et Patrick se doute que ça concerne le village mais l'omerta est de rigueur et aucun d'entre eux ne semble vouloir y mettre fin.

Aujourd'hui, il a noté en gros « Chasse avec les jumeaux ». Hier, au dîner, il a annoncé qu'il fallait absolument trouver de la viande. C'est vrai qu'ils manquent de protéines animales, de viande rouge surtout, mais cela devient de plus en plus difficile de trouver du gibier, en permanence harcelé par ces bandes qui consacrent leurs journées à chercher de la nourriture dans la forêt. De pauvres gueux tellement affamés qu'ils mangent des limaces et n'importe quoi qui puisse remplir leurs estomacs vides.

Stan est affecté à la coupe des bûches en petit bois destiné au poêle. Depuis qu'il a acquis de l'habileté dans le maniement de la hache, ils alternent avec Patrick. L'après-midi, il s'est porté volontaire pour aller aux champignons et Bouillot lui a indiqué ses « coins secrets », sa chasse gardée.

Le trader a bien changé depuis leur arrivée à la ferme. Il consacre maintenant son temps libre à lire les vieilles revues agricoles du grand-père, comme son fils Jon. Ce qui était d'abord une lubie est devenu un dérivatif à ses idées noires et un moyen de combler ses lacunes. Ces lectures, outre l'aspect purement technique des pages pratiques, dépeignent ce qu'est la ruralité : ses paysages, ses acteurs, son activité, ses traditions, un environnement qui lui paraissait à peu près aussi obscur que la physique quantique il y a encore six mois. S'immerger dans la culture des céréales ou la technique des semis de printemps lui permet d'oublier ses angoisses. Quand il cède au découragement, son pessimisme reprend le dessus et lui envoie des images d'un avenir sinistré dans un paysage apocalyptique : des villes étouffées sous la jungle, des usines abandonnées encrassées de résidus toxiques et autres polluants chimiques, des cimetières de carcasses rouillées d'avions, camions, bus, voitures, des tours désertées, ouvertes à tous vents, devenues le refuge des pigeons et des mouettes, et les hommes condamnés à vivre comme au temps de la préhistoire, devant se constituer en clans et se soumettre à des règles de vie primitive… Et puis il grimace, réfutant cette vision par trop simpliste de l'effondrement, tout droit héritée des blockbusters américains. Sophie, résignée à subir ses sautes d'humeur, ne s'alarme plus de ses accès mélancoliques, elle se dit que s'infliger cette caricature du pire est sa manière à lui de l'exorciser, comme s'il cherchait à conjurer le mauvais sort en l'invoquant.

Ils n'ont toujours pas refait l'amour, pourtant ils ont retrouvé une vraie connivence et rient beaucoup plus souvent ensemble. Stan reconnaît qu'il ne se voit plus redevenir le trader shooté à l'adrénaline amateur de bagnoles à vingt litres au cent. Cette autoanalyse réaliste doublée d'une part de dérision plaît bien à Sophie, mais de là à tout reprendre comme avant, il y a un pas qu'elle n'est pas prête à franchir, et cela déprime Stan qui retrouve pour sa femme un désir grandissant alors qu'il le croyait érodé à jamais. Mais il se contient car il sent bien qu'à trop insister il risque de braquer Sophie et de compromettre ses chances de connaître à nouveau avec elle une relation intime.

Sophie consulte le tableau et l'effleure de son doigt, traçant une ligne imaginaire entre le prénom et la tâche à laquelle il est affecté. Les ados, affichés à la corvée « toilettes sèches », devront renouveler le mélange de broyat et de sciure de l'installation, laquelle est adossée au mur de la dépendance.

Ces deux-là ne se quittent plus. Face aux adultes, ils feignent une sorte de tendre camaraderie, mais personne n'est dupe, les yeux avec lesquels ils se dévorent en disent long sur leurs sentiments. Toujours fourrés ensemble dans leur QG, la remise qui flanque le hangar, ils consacrent l'essentiel de leur temps à la fabrication d'objets ou d'installations votées par la communauté. Parfois c'est une franche réussite comme la marmite norvégienne, une méthode de cuisson longue mais économe en énergie, puisqu'elle utilise la chaleur résiduelle de la précuisson d'un plat. Commencé sur un feu traditionnel, un ragoût placé dans un réceptacle isolant et hermétique va ainsi pouvoir lentement finir de mijoter. Cette technique vieille comme Hérode a fait ses preuves et, tout comme les fours solaires, compte de nombreux adeptes de la cuisson low-tech. Toujours pratique aussi un miniréfrigérateur d'appoint : avec seulement deux pots en argile – un grand et un plus petit –, du sable, de l'eau et un linge, il constitue une réplique du « frigo du désert » qui agit selon le principe physique de la thermodynamique ou refroidissement par évaporation de l'eau. Plus classiques aussi la douche extérieure et ses « tuyaux solaires » ou encore les toilettes sèches. Mais parfois, c'est moins abouti.

À en croire Jonathan, ce qui manque pour être vraiment performant c'est un enseignement pratique de la collapsologie, donc l'accès à Internet. S'il avait pu prévoir que l'Effondrement arriverait si brutalement, il aurait collecté des tonnes de documentation et enchaîné les chantiers collaboratifs ! Il en était proposé de toutes sortes « avant », du rafistolage façon DIY à l'édification des kerterres, ces maisons de hobbit totalement intégrées au décor.

Même s'il se montre parfois encore un peu trop exalté, Sophie est rassurée de voir son fils si actif et entreprenant. Elle s'inquiétait bien davantage quand il affichait une mine de six pieds de long et qu'il s'enfermait dans son mutisme avec pour seule compagnie ses idées de révolution totale. Oui, depuis qu'il a trouvé comment inscrire sa pensée dans ses actes, comment concilier sa vie et ses idéaux, l'ado renfrogné est devenu un garçon inventif, jamais fatigué et capable de patience. Rien que pour ça, l'aventure – comment appeler ça autrement ? – en valait sans doute la peine… Sophie va se servir une tasse de café additionné de chicorée, juste un fond. Les précieux grains coûtent une fortune sur l'échelle du nouveau marché, autant que l'essence ou les cigarettes, alors ils l'économisent, mais, même en se restreignant, il n'y en aura plus dans quelques semaines. Oui, bientôt ils manqueront de tout, du moins de tant de choses alors même qu'ils ont déjà si peu… Elle le sirote pensivement, le front collé à la vitre, guettant le passage des autres.

Elle devrait déjà être en train de patrouiller, mais la paresse la cloue ici, à rêvasser. Demain, ils vont commencer à défricher un terrain, à l'orée de la forêt. Après deux mois de tergiversations, les hommes ont finalement sélectionné une parcelle d'environ cinq ares, ni trop dense ni trop éloignée, afin de limiter la charge de travail. Tout le monde doit s'y mettre, sauf les jumeaux qui seront affectés à la chasse et à la surveillance du troupeau en compagnie des chiens. Quant au pépé, il restera seul devant son poste éteint.

Patrick a accepté de sacrifier quelques litres de son précieux carburant destiné à la tronçonneuse pour l'abattage des plus gros arbres. Ensuite il faudra élaguer les fûts, débiter les troncs et déterrer les souches, un travail de titan bien en amont du labour. Pour avoir de quoi semer, ils ont dû se rationner en farine, et malgré le pain du marché, ils ont tous perdu des kilos. À ce rythme-là, ils n'auront bientôt plus que la peau sur les os et trop peu d'énergie pour envisager un travail de force. Un cercle infernal dans lequel il ne faut pas tomber.

« La terre appartient à ceux qui la cultivent. » Cette citation, chaque jour Sophie en mesure la véracité de tout son corps courbatu. Il n'est plus question du contrat plus ou moins fumeux entre Stan et Patrick, ce qui les lie aujourd'hui c'est l'entraide et le mal que chacun se donne, le travail en commun, les repas pris ensemble, jour après jour…

Cette idée la réconforte suffisamment pour la tirer de sa torpeur.

Elle se hâte d'aller récupérer le fusil des femmes – une arme maniable et pas trop lourde –, attrape son casse-croûte pour le déjeuner – trois boulettes aux oignons et une poire blette – et se glisse dehors. Éblouie par la lumière du ciel, elle demeure un instant sur le seuil, humant l'air à pleins poumons. Il fait étonnamment frais pour une fin septembre, mais les températures vont probablement grimper dans l'après-midi.

Le clapotis de l'eau attire son attention. Un nuage de vapeur s'élève de la douche construite par les ados. Le crâne de Stan en émerge. L'eau doit être tiède de la veille, chauffée grâce aux tuyaux du toit que Jon et Juliette ont bricolés. En passant, Sophie ne peut s'empêcher de remarquer la forme de son corps amaigri derrière le rideau de douche.

Un frisson la secoue.

Elle décide d'emporter son violon, pour ne pas avoir à revenir à la fin de sa garde. Elle a envie de jouer, et la semaine prochaine, ce sera sans doute impossible avec le boulot qui les attend. L'étui est accroché au mur, face au lit. Elle lui a fabriqué une longue lanière afin de pouvoir l'emporter partout.

Elle traverse la cour sans se douter que Stan la suit du regard, pensif. Elle porte une blouse brodée sur son jean taché. Besace et violon côté gauche, fusil à droite. Il est probable qu'elle n'offre pas l'image d'une guerrière très crédible ainsi harnachée, mais elle s'en moque.

Ces frivoles petits détails sont partis avec les derniers vestiges de son vernis à ongles.

Après une journée oisive à surveiller les vaches et à ramasser quelques châtaignes dans la forêt, elle débouche dans la clairière vers 17 heures et la traverse d'un pas vif. La règle veut que chacun soit rentré avant 20 heures, alors elle a expédié le dernier tour de surveillance de la propriété aussi vite que possible sans trop resquiller.

C'est drôle. Avant, elle aurait détesté ce silence que seuls le frémissement des herbes, la reptation d'un serpent, le pépiement d'un oiseau, ou encore le frottement des soies d'un sanglier troublent sporadiquement… Sophie n'est pas inconsciente, elle sait qu'elle peut se blesser, se faire mordre ou se faire piquer, mais le sentiment enivrant de liberté est plus fort que ses appréhensions.

Les premiers temps, la forêt lui apparaissait comme un milieu hostile. Aujourd'hui, c'est l'inverse, elle aime s'y réfugier. Dans la pénombre du sous-bois elle peut tomber le masque, être fatiguée, triste ou légère, lâche ou optimiste, mais, quel que soit son état d'esprit, dès qu'elle joue, la musique la transforme, éloigne ses doutes et répond à ses questions.

Arrivée au pied de son arbre fétiche, elle dépose fusil, étui et besace, sort délicatement le violon, puis, les yeux mi-clos, entreprend de jouer, se laissant emporter au hasard de son inspiration. Ses doigts agiles, le cœur léger, elle passe d'une mélodie à une autre, Korsakov, Chopin, Modern Jazz Quartet, Vitali et Bach, toujours, parce qu'il paraît avoir créé ces notes pour cette fin de journée.

Soudain elle perçoit un écho qui semble répondre à la plainte du violon. Stupéfaite, elle relève l'archet, écoute, le cœur battant à tout rompre. *Une guitare…*

Elle attrape ses affaires et se met en route. Guidée par la Suite numéro 1, elle se fraie un chemin à travers le taillis, longe un ruisseau où coule un mince filet d'eau. Parfois le son s'envole, presque effacé par un coup de vent et la rumeur du feuillage, mais elle n'a qu'à tendre l'oreille et il revient, insistant, l'attirant plus loin. Elle finit par arriver à une trouée entre les arbres. Une vieille ferme se dresse de guingois en son centre, nichée dans un large méandre du ruisseau. Le toit en tôle ondulée supporte une éolienne énorme, comme un chapeau de lutin, et lui donne un air presque comique. Elle songe au refuge de Dédé et s'approche, enhardie. Des chèvres gambadent en liberté. Entre leurs pattes, elle remarque des boules soyeuses, puis des oreilles qui s'agitent… des lapins ! Plus loin un groupe de dindes grattent la terre avec application.

C'est quoi cette arche de Noé ?!

Il lui faut une seconde pour apercevoir le joueur de guitare sèche. Torse nu sous un gilet en cuir, la peau couverte de tatouages délavés, il arbore une chaîne en argent et des bracelets de force qui jurent avec la délicatesse de son toucher. Un Stetson couvre ses cheveux blond mêlé de gris.

Elle oblige sa bouche à se refermer devant l'apparition. Songe qu'elle doit avoir l'air bête. Sans marquer de pause, le joueur enchaîne quelques accords mélancoliques. Sa voix rauque s'élève, chantonnant :

– *Toute la musique que j'aime, elle vient de là, elle vient du blues…*

Elle s'avance. Il lui adresse un sourire encourageant.

– Ça me rappelle quelque chose, dit-elle…

Une réplique idiote, mais elle n'a pas trouvé mieux. L'homme réplique avec un sérieux incongru :

– Mon Dieu… vivant pour toujours. R.I.P.

Il dépose la guitare à ses pieds, chausse une paire de lunettes de soleil. La ressemblance pourrait faire illusion sur une scène nimbée de fumigènes. C'est tellement surréaliste que Sophie peine à retenir un fou rire.

– Vous avez toute la panoplie !

– *Yes*, même la Harley, dans la grange. Avec elle, j'ai fait la légendaire 66, « *the Sixty six* ».

– Ah oui ? la route qui traverse les USA de Chicago à la Californie ?

– Presque… Je parle de la nationale 66, qui va de Remiremont à Mulhouse. Mais bon, vu le contexte, aujourd'hui ça revient à marcher sur l'eau, non ? Tu habites bien chez les Bouillot ?

– Oui. Comment le savez-vous ?

– Je t'ai vue souvent. Entendue aussi…

– Oh ! Moi pas…

– Normal, je suis du genre discret. Le vieux grincheux t'a peut-être causé de moi, « l'écolo de mes deux », il m'appelle.

— Non, jamais… Mais mon fils est pareil que vous. Écologiste, je veux dire.

— Pfff, tout ça c'est des étiquettes, des mots tout juste bons à cliver la société en deux camps. Selon qu'on est capitaliste et qu'on envisage le monde sur un mode productiviste et une croissance infinie, ou selon que l'on appelle à la sobriété, considérant que l'exploitation excessive de ses ressources menace l'habitabilité même de la planète… La « décroissance », c'était le mot tabou. Pour les gens d'ici, ça signifiait le retour à la charrue et à la bougie, le concept même d'un monde en déclin. Ben maintenant, ils y sont à la bougie, et moi j'ai encore du jus ! Tu veux que je te dise ? À présent, toutes ces postures idéologiques, c'est du vent, ça tient plus… On est tous sur le même bateau… et pour l'instant ce serait plutôt le *Titanic* ! Reste à savoir si cette fois-ci on évitera le naufrage, parce que le bouillon ce sera le même pour toutes les classes, qu'on soit passagers de la première ou clandestins à fond de cale !

Sophie s'apprête à lui demander des explications, mais un mouvement à quelques mètres de là capte son attention. Tandis qu'elle écoutait la tirade du cow-boy, un cheval sortait tranquillement du sous-bois. L'animal, en totale liberté, sans même un licol, avance à petits pas, s'arrêtant ici et là pour brouter une touffe d'herbe, sans se préoccuper outre mesure de sa présence. Sa robe est claire, d'un blond qui s'assombrit sur son flanc gauche barré d'une large cicatrice.

— C'est plutôt l'arche de Noé que le *Titanic* ici en tout cas !

— Ma foi… Lui, je l'ai recueilli… salement blessé. On a voulu l'éventrer, certainement pour le bouffer. Ça devait être un cheval de cirque, pas du tout le profil des canassons de chez nous. Celui-là il ne trotte pas, il vole ! Faut voir comment il danse dans le labour.

Perdu dans la contemplation évasive de son protégé, il ne s'est pas rendu compte que sa dernière phrase avait instantanément suscité l'intérêt de Sophie, éveillant sa curiosité. Elle rebondit aussitôt :

– Votre danseur, il saurait travailler pour une ferme ?

– Ça, faudrait le lui demander… Mais quoi, c'est Bouillot qui t'envoie ?

– Non. Juste une idée qui me vient comme ça. On n'a pas de cheval et…

– Ah c'est sûr, et comme il se retrouve en rade avec son super-tracteur à cent chevaux, il se dit qu'un seul ferait l'affaire ? Et il se trouve que le seul qui soit encore vaillant, c'est le mien pardi ! Mais pourquoi j'aurais envie de prêter ma bête à ce bourrin de Bouillot ?

– Et à cette bourrine de Sophie ?

– Sophie ?

– C'est moi !

Mutine, elle s'incline gracieusement, exagérant à dessein une courtoise révérence, consciente d'entrer dans un jeu de séduction – ce qui n'est pas pour lui déplaire.

Choisissant de la suivre sur cette partition, l'homme se décoiffe brièvement, l'œil malicieux.

– Moi, c'est Johnny, Jacquot pour les intimes ou les belles petites gueules comme la tienne.

Il tend vers elle une main solide qu'elle serre avec circonspection, et dont elle perçoit, sous la peau calleuse, la poigne d'une force phénoménale.

– Enchantée, Johnny. Ça vous va mieux que Jacquot. Et votre cheval vous l'avez baptisé ?

Sentant visiblement que l'on parle de lui, l'animal s'est approché, les naseaux frémissants. Quand elle reporte de nouveau son attention sur le rocker des bois, il la toise fixement.

— Je t'aime.

Sidérée, elle en a le souffle coupé pendant quelques secondes.

— Vous êtes direct, vous !

— C'est le nom du cheval. Je l'avais appelé Quejetaime, mais c'était trop long.

— Jetaime ? Ça va pas être simple mais je vais peut-être le garder pour moi. Maintenant que je sais où vous trouver…

— T'es une finaude, toi. Mais pour ce qui est de prêter mon Jetaime, y a pas moyen.

— Tant pis.

Elle lui sourit avant de s'éloigner tranquillement. Juste avant de disparaître dans le taillis, elle ne peut s'empêcher de regarder en arrière une dernière fois. Johnny a réuni les bras en croix sur sa poitrine dans la posture de son idole. Elle éclate de rire et agite la main sur un adieu.

*
* *

Le soleil éclaire de mille feux la forêt habillée des couleurs de l'automne. C'est le sixième jour qu'ils travaillent sur la zone à défricher. Les longs fûts abattus ont été traînés à la périphérie du lopin de terre. La clairière ressemble désormais à un chantier, amalgame chaotique de souches, de branchages et de fougères aplaties. Une puissante odeur d'humus et de champignons prend à la gorge, un parfum lourd qui, en dépit du spectacle désolant qu'offre maintenant ce paysage défiguré, est la promesse d'une terre naturellement riche et fertile.

Le bruit de la tronçonneuse cesse alors que le dernier gros arbre s'affale doucement sur lui-même dans un craquement sinistre. Tous ressentent l'onde de choc quand il ébranle le sol. Aussitôt, Joëlle, Sophie et Juliette vont dépouiller les branchages et font des fagots tandis que Stan et Jon se chargent de traîner les branches alourdies de feuillages pour dégager le terrain. Ils se redressent, les mains posées sur les hanches, grimaçant à cause de leurs muscles raidis par l'effort.

Patrick laisse glisser la tronçonneuse à ses pieds.

— Plus de jus !

Ils redoutaient tous ce moment. À présent, ils vont devoir débiter les troncs à la scie…

Père et fils rejoignent le paysan qui demeure figé devant sa machine désormais inutile. Ils savent combien la fatigue aggrave le découragement et, dans ces moments-là, mieux vaut ravaler ses conseils.

Sans attendre davantage, Stan s'attaque à l'une des branches maîtresses et parvient à la défaire du tronc en quelques coups de hache bien assenés. Ses gestes ont gagné en force et en habileté. Les autres ne tardent pas à l'imiter, mais il leur faut tout de même plus d'une demi-heure d'efforts à trois pour dénuder le fût.

Tandis qu'ils reprennent leur souffle, Patrick remarque la tristesse de l'adolescent devant le spectacle des grands arbres abattus. Malgré son opposition bien affirmée du début, Jonathan a largement participé au défrichage. Face à Juliette, il a même admis que sa réaction avait été exagérée. Comme Bouillot aime à dire, « on ne fait pas d'omelette sans casser des œufs », autrement dit, ils ne vont pas rebâtir un monde sans sacrifier quelques arbres… Alors même si ça lui crève le cœur, l'adolescent en a pris son parti. Patrick lui en est reconnaissant et, pour faire montre de bonne volonté, il a pris le temps de lui expliquer la différence entre les monocultures propices aux coupes à blanc et une forêt correctement exploitée qui se régénère bien et dont l'homme ne fait que récolter les intérêts sans entamer le capital. Ainsi, les vieux arbres sont coupés pour laisser aux jeunes la place de se développer et grandir tout en veillant à préserver toutes les essences présentes sur une parcelle pour entretenir la dynamique de la biodiversité.

Il le rejoint et lui envoie une bourrade.

— C'est vrai qu'il y a eu des abus au cours de l'histoire, et contrairement à ce que l'on pourrait croire, on sait mieux gérer la ressource bois aujourd'hui qu'au Moyen Âge et jusqu'au XIXe où l'on défrichait à tout va... Mais depuis on a reboisé et la forêt a regagné du terrain. Mes ancêtres étaient tous des forestiers. Le bois, c'était la richesse de la région. On l'expédiait jusqu'à Paris par les fleuves. Et puis, ça s'est arrêté d'un coup, avec les nouveaux matériaux de construction ou les essences exotiques venues de l'autre bout de la Terre. Il a fallu se reconvertir dans l'agriculture. On ne s'est plus occupés de la forêt et c'est bien dommage

Il inflige un coup de pied désabusé au tronc rongé de lichen.

— Tu vois, ce vieux charme était déjà en train de pourrir, il serait mort même sans nous. Cette zone ne produisait que des arbres sans valeur. À peine du bois de chauffe.

Le paysan et Jon demeurent taiseux, presque complices en cet instant où ils restent concentrés dans la contemplation de ces troncs noueux enchevêtrés les uns dans les autres, échoués au milieu des feuillages.

Le silence est brusquement rompu par Stan qui gueule, penché sur la souche.

– Comment on fait pour arracher ça ?

Patrick hausse les épaules, amer.

– Avec le tracteur.

– Et la réserve de carburant ?

– À peine de quoi le faire tourner quelques heures, alors faut le garder… en réserve justement.

– Alors on fait comment ?

– Il nous faudrait un cheval de trait.

– Et ça ne se trouve pas sous le sabot d'une vache, ces bestiaux-là !

Bouillot n'a pas réagi à sa boutade. Stanislas s'éponge le front d'un revers de bras. Il ne sait pas comment aborder le sujet. Il a tout sauf envie de balancer une bombe et d'en porter la responsabilité, alors qu'ils s'acharnent tous comme des damnés sur ce lopin de terre. Mais rien ne sert de continuer comme ça et de faire l'autruche, il faut bien se rendre à l'évidence. Alors il se lance et ajoute prudemment :

– Ce n'est pas juste un canasson qui manque…

– Qu'est-ce que tu me chantes ? Il manque quoi ?

– Des semences.

– Cent kilos. C'est ce qu'on a mis de côté, j'ai assez bataillé avec Joëlle pour pas les broyer en farine. Ça devrait nous assurer une récolte. Alors c'est quoi le problème, selon toi ?

Patrick a parlé plus sèchement qu'il n'aurait voulu, mais il n'aime pas trop la tournure que prend cette conversation. Il connaît assez bien le Parisien à présent pour savoir que cet air suspect, pas franc du collier, n'augure rien de bon.

– Ça n'ira pas.

— Qu'est-ce qui n'ira pas ?

— Les semences.

— Tiens donc ! Et qu'est-ce qu'il en sait, monsieur le trader ?

— La question c'est pas de savoir ce que j'en pense, mais une chose est sûre, ton blé, il est aussi stérile que tes champs.

En les entendant hausser le ton, les femmes ont arrêté leur labeur pour se rapprocher, le front plissé d'inquiétude. Cela faisait longtemps que ces deux-là ne s'étaient pas chicanés, c'était trop beau !

— Les firmes de l'agro, celles qui ont le monopole du marché, incorporent aux semences des gènes qui rendent impossible la réutilisation des graines. C'est dégueulasse mais c'est ainsi…

— N'importe quoi !

Jonathan, lui, a compris. La pitié qu'il ressent l'empêche de se montrer aussi tranchant que d'habitude. Il a en effet lu plein d'articles sur les pratiques de ces semenciers qui déposent des brevets. Leurs graines pour la plupart génétiquement modifiées sont enregistrées dans un catalogue officiel, rendant de fait illégales les semences paysannes, moins stables, qui, n'y étant pas inscrites, sont interdites à la vente.

— Papa a raison. C'est ce qu'on appelle la privatisation du vivant, notamment par le biais des brevets. Ces firmes s'arrogent le droit de sélectionner et de copier les propriétés des plantes pour créer des semences hybrides et d'interdire par la suite de les reproduire…

Jon s'étonne que Patrick ignore ces pratiques puisque les paysans sont les premières victimes du système. Pourtant, si on y réfléchit, il y a une sorte de logique très « ancien monde ». Pris dans la spirale de l'industrie agricole, cette tête de mule de Bouillot a préféré croire aux promesses. Il a fermé les yeux, cédant aux sirènes de la facilité. L'ado cherche comment expliquer tout ça quand son père lui adresse un « stop » silencieux. Stanislas ne veut pas qu'il s'en mêle. Ce sont des affaires d'adultes.

– Patrick, j'ai vérifié sur les sacs que tu as gardés, tous viennent de la multinationale « Sacramento ». Tu pourras pas replanter. Il faudrait trouver de nouvelles semences.

– Putain !

Terrassé par l'évidence, Patrick se laisse choir sur la souche. Pour une putain de fois, les Parisiens ont raison, il s'est laissé embobiner parce que c'était plus simple. À l'époque, il croulait sous les emmerdes et ses finances étaient dans le rouge. Pourquoi se serait-il pris la tête avec des semences paysannes à replanter quand les semenciers professionnels lui apportaient sur un plateau des variétés ultra-résistantes, déjà traitées, avec une productivité garantie ? Aucun agriculteur en conventionnel ne se fatiguait plus à produire ses graines ! Stériles ou non, seuls importaient le rendement et le prix du blé. Et, comme tout un chacun, il a intégré le système, misant sur le prétendu progrès, sans plus s'attarder sur ces questions d'autosuffisance puisque jamais il n'aurait pensé devoir faire face un jour à une pénurie de semences.

Campé devant lui, Stanislas insiste :

– Tu as bien des voisins qui pourraient te dépanner ?

– On a tous le même fournisseur, par la coopérative. Et puis qui m'en donnerait ? Je suis tricard…

L'homme semble soudain écrasé par le poids de cette sinistre révélation. Il secoue la tête comme un boxeur sonné.

— On est foutus. Foutus de chez foutus. On ne tiendra pas une année de plus sans renouveler nos réserves, sans semer…

Sophie refuse d'entendre la suite. Tandis que les autres resserrent les rangs autour du malheureux, elle s'éloigne rapidement, droit vers la piste qui mène au cœur du taillis. Dès qu'elle est hors de vue, elle se met à trotter malgré son épuisement.

Lorsqu'elle arrive en vue de la ferme, elle s'accorde une pause pour préparer ses arguments. *Une plaidoirie, tu devrais plutôt dire !* Et après ? Qu'est-ce qu'elle a à perdre ?

C'est à croire que Johnny n'a pas bougé depuis leur rencontre. Il se tient au même endroit, Stetson vissé sur le crâne, occupé à tailler un bâton à petits coups de lame. Il l'a probablement entendue arriver depuis un moment mais ne relève la tête qu'au moment où elle s'arrête devant lui, essoufflée.

— Tiens donc, mademoiselle Jetaime. Quel bon vent te ramène ?

— Un vent d'emmerdement maximum.

— Ça ne m'étonne qu'à moitié. C'est Bouillot qui t'envoie, cette fois ?

— Toujours pas. On aurait vraiment besoin d'un cheval, voilà…

— Désolé d'entendre ça, mais quand on crache en l'air ça retombe rarement chez le voisin.

— Voilà une puissante philosophie. Elle m'étonne de vous.

— Tu me vouvoies encore ?

— Ça dépend.

L'homme s'esclaffe avec bonne humeur et Sophie comprend qu'elle a une petite chance de l'amadouer. Il se lève sans rien dire, entre dans une dépendance de sa ferme et en ressort quelques minutes plus tard avec une bouteille de vin et deux verres.

– On va commencer par boire un verre et on parlera du cheval ensuite, peut-être…

★

★ ★

À son retour, l'arbre abattu a été encordé et traîné sur la moitié de la parcelle par les hommes, Joëlle et Jon. Ils sont en train de faire une pause pour reprendre leur souffle quand elle surgit dans la clairière. Sophie pourrait presque voir leurs mâchoires se décrocher. Elle avance mine de rien, aux côtés du cheval, réprimant son envie de hurler de joie.

Arrivée à leur hauteur, elle annonce fièrement :

– Je vous présente Jetaime. Ne vous fiez pas à sa silhouette élancée, même s'il ressemble davantage à un pur-sang qu'à un cheval de trait, il paraît que c'est un sacré costaud !

Sans même daigner regarder l'animal, Patrick, méfiant, s'enquiert plutôt de savoir chez qui Sophie est allée le chercher.

– D'où tu le sors ?

– On me l'a prêté.

– On ?

– Quelqu'un d'une ferme, par là…

Elle indique le nord, au pif, grimaçant une moue un peu indécise. On avait beau l'avoir prévenue, elle attendait tout de même un meilleur accueil !

– C'est marrant, décidément, on trouve de tout « dans le coin »… Comme quoi il suffit de se promener !

Mais quand même, je me demande un truc… Prêté en échange de quoi ?

– Houlà là, mais c'est un véritable interrogatoire ?

– Allez, tout le monde sait qu'on ne prête rien pour rien, pas vrai Stan ?

Maintenant, Sophie comprend mieux les cachotteries de Joëlle et, si elle ne craignait pas d'envenimer la situation, elle le planterait là, lui et sa mauvaise humeur ! Et Stan qui reste les bras ballants, à la fixer comme si elle descendait d'une soucoupe volante ! *Y en a pas un pour rattraper l'autre !* pense-t-elle alors. En réalité, Stanislas est tout bonnement jaloux ! Avec ce « on », le doute s'est instillé et la remarque de Patrick n'a fait qu'enfoncer le clou, le voilà en train d'échafauder toutes sortes d'hypothèses sur le pourquoi du comment elle a pu dégoter un cheval ! Mais pas question de se laisser déstabiliser par ce genre de remarque fallacieuse.

D'un ton sec, elle lâche :

– Quelqu'un se décide ou bien je le ramène au bercail ? Je vous laisse dix secondes pour y réfléchir, après quoi je repars.

Patrick va pour répondre mais Joëlle le stoppe net, d'un geste sans équivoque.

– Elle a raison. Alors je propose que les messieurs aillent quérir le harnais pendant que nous papoterons de nos affaires de femmes, puisqu'il est entendu que les choses sérieuses vous reviennent… Et pas un mot de plus ou j'aide Sophie à ramener le cheval à son propriétaire !

*

* *

La nouvelle s'est répandue aux alentours on ne sait trop comment, toujours est-il qu'il aura suffi de deux mois d'existence pour que le marché devienne le point de ralliement des fermes du canton. Jusque-là, les paysans restaient sur leur propriété pour prévenir les vols et se défendre contre les attaques, mais le fait de pouvoir échanger quelques produits et nouvelles a incité les gens du pays à fréquenter de nouveau la place publique. De fait, le climat de méfiance s'est estompé et l'entraide est devenue une valeur refuge dans ce monde sans repères. Le coup de main d'un voisin pour poser une clôture ou un système d'alarme a aujourd'hui plus de sens que sa valeur marchande car il a l'avantage de créer du lien. Le bouche-à-oreille permet malgré tout de se tenir informé et les nouvelles circulent : la situation dans le pays est rude et les vagabonds continuent de sillonner les routes. Ils sont certes beaucoup moins nombreux mais ceux qui ont pris racine se sont constitués en petites bandes et se livrent à des rapines dès que l'occasion se présente. On s'organise donc afin de sécuriser les propriétés, surtout les fermes isolées. Certains commencent même à parler milices, mais beaucoup s'opposent à cette idée, criant à la surenchère et redoutant qu'au contraire ça ne dégénère…

Les premiers stands bricolés à la hâte ont depuis laissé place à des abris plus solides afin de se protéger du soleil ou des intempéries. Les différents édifices forment un ensemble hétéroclite, chacun se débrouillant avec les moyens du bord et recyclant tout ce qu'il est possible de réutiliser. Pas question de se servir de bois massif, matière précieuse dont l'usage est réservé à certains travaux. Ainsi, les « niches » sont faites de portes d'armoires qui moisissaient au grenier, coiffées de tôles récupérées dans la basse-cour. Sur les étals fleurissent toutes sortes de contenants, des cageots empilés, des paniers, des jarres ou des sacs de ménage. Certains ont tapissé les parois d'objets reconvertis, des tire-bouchons-ouvre-boîtes, des lampes à graisse, un thermos à braises, des besaces en fond de culottes ou une ribambelle de bougies plus ou moins odorantes. Chacun a sa balance, laquelle va du trébuchet au pèse-bébé mécanique. Ici, on échange un poisson contre de la viande, des bougies contre de la laine, une paire de bottes contre des cartouches, un vieux phonographe contre des livres… et bien sûr le produit des potagers et des fermes. Un joyeux bazar, à mi-chemin entre le marché et le vide-greniers. Pourtant, derrière ce simulacre de profusion – qui tient surtout au désordre –, le manque est partout, pour tous et dans tous les domaines. Au sein de la foule, constamment la même interrogation revient, lancinante : combien de temps tiendrons-nous ?

Joëlle et Sophie se sont installées sous l'auvent de l'ancien lavoir, lequel est à sec depuis trois ans. Patrick n'aurait jamais donné son accord pour installer un étal, du reste il fait mine de les croire quand elles s'éclipsent le dimanche « en tournée », c'est ainsi que Joëlle a présenté la chose et c'est beaucoup plus simple ainsi.

À Hautereaux, ces dames de la ferme du Chien-Rouge proposent du lait, de rares pommes de terre, quelques légumes verts et des châtaignes. Quand il a été question de troquer la farine issue des semences stériles, les Bouillot ont jugé bon d'en conserver une partie pour l'échanger contre d'éventuelles semences viables, quitte à se serrer encore un peu plus la ceinture durant l'hiver. Les kilos vendus ou changés en pain ont fait long feu.

Sophie a ajouté des leçons de violon, ainsi que l'indique un panneau joliment peint par Jon. Jusqu'à présent, elle n'a pas enregistré une seule inscription, pas même une demande de renseignement, mais elle aime bien sa pancarte et surtout l'optimisme qui s'en dégage ! Si le corps a besoin de nourriture, l'âme n'est pas en reste ! Jouer, apprendre, écouter, méditer, tout ce qui concourt au bien-être participe à créer un cercle vertueux. C'est un peu comme cette histoire de solidarité qui a fait boule de neige. Depuis que le marché existe, les gens reviennent à la messe et s'ouvrent de nouveau.

Ce dimanche-là, après le passage du curé qui a demandé des nouvelles de Patrick encore à demi-mot, Sophie se laisse soudain emporter par la colère. Elle en a assez de tourner autour du pot et décide de mettre les pieds dans le plat.

– C'est quoi à la fin l'histoire de ton mari avec le village ? Ça suffit maintenant ! Cela fait quatre mois qu'on vit avec vous et pas une seule fois il n'y a mis les pieds. LE VILLAGE ! *Le* gros mot… un mot tabou qu'on ne peut même pas prononcer devant lui !

– Juste une histoire bête… Tu as raison, j'aurais dû t'en parler avant.

Joëlle hésite, embarrassée, à croire que son mari a fini par déteindre sur elle.

– Il y a vingt ans, un écolo s'est installé sur la commune. Tu sais comment sont les gens à la campagne, au début il était l'objet de toutes les moqueries, d'autant plus que c'était une sorte de sosie de Johnny !

Le rire de Sophie fuse. Surprise, Joëlle la dévisage. Son amie est hilare.

– Quoi ? C'est si drôle ?

– Sais-tu à qui appartient Jetaime ?

– Nooon ! Mais quelle nouille je suis, j'aurais dû y penser ! Alors tu as rencontré notre Johnny régional !

– Voilà !

– Eh bien imagine-toi vingt ans en arrière, le mec qui débarque à Hautereaux accoutré en rock star avec ses bijoux, sa teinture pour cheveux et sa tronche de séducteur !

– Il faut un certain courage…

– Oh toi, tu es pincée, avoue !

– N'importe quoi ! Il est gentil, voilà tout…

– Et tu aimes ses yeux bleus…

– Pas du tout ! Et ne change pas de sujet !

– OK… Johnny au début, tout le monde se foutait de lui, de son look et de ses façons de rigolo, mais petit à petit il a fait sa place. Il est aimable, tu as bien vu, toujours disposé à donner un coup de main, et puis c'était jamais le dernier pour jouer de la guitare dans les bals et les fêtes de la région. À force, il est devenu un genre de célébrité locale. Et quand il y avait un mur à retaper ou une machine à réparer, il ne disait jamais non. Ici on respecte le travail bien fait et comme c'est un sacré bricoleur, les gens ont fini par vraiment l'apprécier.

– Mais pas ton mari…

– Ce n'est pas si simple. Au début Patrick s'en fichait. Puis, il y a une dizaine d'années, avec l'élection du nouveau maire, Johnny est devenu beaucoup plus militant. Il s'est battu pour que la commune accueille une éolienne et il est allé voir chaque administré avec des arguments bien rodés. Convaincre quelqu'un d'acheter son électricité moins cher ce n'était pas bien difficile, surtout qu'ici les gens ne roulent pas sur l'or, et à l'époque, on ne se méfiait pas encore de ces grosses tours à vent. Du reste, quand on voit ce qui s'est passé, on ne peut pas lui donner tort !... Bref, toujours est-il que le conseil municipal a voté l'installation de l'éolienne, le maire a réquisitionné un lieu bien exposé, à la fois ensoleillé et venteux. Et devine quoi... Le coin idéal se situait en plein sur nos terres, un pré sans grande valeur, mais la famille le fauchait depuis trois générations. Les quelques bottes de foin qu'on en tirait ne valaient pas grand-chose mais pour Patrick, c'était un sacrilège ! Et bien sûr, ça l'a rendu fou... Il a fini par faire sauter le pylône. Il a écopé d'une peine de deux mois de prison avec sursis et une sacrée amende qu'il n'a jamais payée. Depuis, il n'a jamais remis les pieds au village.

– Et toi ? Tu l'as vécu comment ?

Joëlle soupire sans répondre. D'un coup de menton, elle désigne quelqu'un qui avance vers leur stand. Sophie croit reconnaître le boulanger. Celui-ci porte un panier plutôt encombrant qui lui fait monter l'eau à la bouche. S'ils mangent à peu près à leur faim, le pain ne dure jamais la semaine.

L'homme a noué un bandana autour de son front. Plutôt beau mec, remarque-t-elle quand il s'arrête en face de Joëlle et la fixe, les yeux pétillants. En observant son amie, Sophie note aussitôt son sourire béat en même temps qu'un certain flottement dans l'air ! Il se décide à sortir une miche de son panier mais, sans sa présence, elle jurerait qu'ils auraient pu continuer longtemps ce petit jeu de « Je-te-tiens-tu-me-tiens » !

– De la châtaigne pour ma'me Bouillot, bien chaude et bien craquante.

– Parfait, m'sieur Faniot. Et vous voulez quoi en échange ?

– Un sourire et un litre de lait, cela devrait convenir...

Autant dire rien, songe Sophie. Joëlle glousse. Le pain doré passe d'une main à l'autre, les peaux se frôlent. Le boulanger finit par s'éloigner sur une dernière plaisanterie.

Elles n'ont pas le temps de revenir à leur conversation, les chalands se succèdent et la matinée passe à toute vitesse.

Sur le chemin du retour, malgré cette plaisante matinée, elles parlent à peine. *C'est à cause de ce qui s'est passé ce matin avec ce type, elle me cache un truc*, pense Sophie. Elle ne sait trop par où commencer sans se montrer intrusive, alors elle choisit de procéder par allusion :

– Ton mari sait que tu te fournis chez lui ?

– Pierre ?

– M. Faniot, oui…

– Pas précisément. Et le tien ?

– Stan ? Il s'en fiche bien !

– Ça, je me doute… mais quand je parle du tien, je parle de Johnny ?

– Je lui ai simplement dit qu'un voisin avait un cheval, mais comment ça le « mien » ?

– La preuve : voilà que tu rougis !

– N'importe quoi !

– Allez, je connais le zèbre. Il a un certain charme, surtout quand une dame lui plaît. Il t'a chanté *Allumer le feu* ou *L'Envie*, et ça t'a donné envie d'avoir envie, non ?

– Je n'ai jamais trompé Stanislas !

La voix de Sophie s'est brisée sous le coup de l'émotion. Elle ajoute à mi-voix :

– Mais j'aurais sans doute dû… Ça lui aurait fait comprendre… peut-être…

– Alors c'est ça.

– Ça quoi ?

– Entre vous. Je commence à te connaître, Sophie, je vois bien comment tu traites ton Stan. Gentille mais pas amoureuse.

– Mais non ! Et puis c'est trop facile de juger…

– Je me suis mal exprimée. D'autant, tu sais, que je ne me prive pas d'aller voir ailleurs, de temps en temps.

– Tu rigoles !

– Mais non… Et tu es assez fine mouche pour l'avoir deviné.

– Pierre ?

– Pierre, oui, et d'autres avant lui. Je te choque ?

– Ah oui ! Enfin, non… Choquer n'est pas le mot, disons…

– Disons que tu m'imaginais en brave femme de la campagne, épouse attentive et dévouée, insensible aux hommes et à leurs charmes. Eh bien, détrompe-toi, je ne suis pas formatée pour rentrer dans ce moule-là et je n'ai jamais ressemblé à une sainte femme… ni de près ni de loin ! Mais cela ne veut pas dire pour autant que je fais n'importe quoi, je fais très attention. Ni vu, ni connu, ça ne fait de mal à personne et c'est très bien ainsi ! Au contraire, je dirais même que sans Pierre on en serait réduits à manger des galettes depuis belle lurette ! Tu ne t'es jamais demandé pourquoi le boulanger nous fournissait encore en pain quand plus personne n'en trouve, tellement c'est devenu une denrée rare ?

– Pas particulièrement. D'autant qu'on l'économise beaucoup.

– Allez, ma chérie, ne fais pas cette tête ! On a bien le droit à une petite partie gratuite de temps en temps, non ?

– Ah ! Ah ! Ah ! Alors toi, tu vois la vie comme une partie de flipper ? OK, pigé ! Visiblement, le Pierre il t'a fait tilter !

Et elles éclatent de rire, plus complices que jamais après ces confidences.

Alors qu'elles arrivent au bas de la côte qui mène à la nouvelle entrée fortifiée, Joëlle est redevenue sérieuse.

Plutôt que de batailler avec la grille, les hommes ont bouché la grande ouverture en montant un mur de briques, ne laissant qu'un panneau de bois massif verrouillé par un cadenas. Elle marque une pause avant de s'engager plus avant.

— Je préfère qu'on évite le sujet du marché. On dira qu'on a troqué les produits ici ou là.

— Après le coup du cheval, ça fait un peu beaucoup, non ? T'es sûre qu'il va gober ça ?

— Il n'est pas dupe, mais tant que les apparences sont sauves, son honneur l'est aussi. Le pain, par exemple, on l'a eu à la ferme du Chaumont. On ne mentira qu'à moitié puisqu'ils ont remis en route leur vieux four. Contre trois litres de lait et trois œufs, mettons.

— Oh…

Sophie est un peu décontenancée. Elle a toujours considéré Joëlle comme une femme forte et heureuse en couple en dépit du tempérament ombrageux de Bouillot. Elle prend conscience que leur relation n'est pas aussi limpide qu'il y paraît et que Patrick a peut-être quelques raisons de s'emporter, après tout.

Et moi, dans tout ça ?

Joëlle a vu juste. En vérité, son aveu l'a choquée, peut-être parce que, dans son imaginaire, elle se serait crue, elle, la Parisienne, plus libre qu'une paysanne vivant dans une ferme perdue en pleine campagne ? Eh bien, elle a tout faux, un cliché de plus qui tombe…

12.

Les deux hommes se sont lancé un défi. Ils évacueront les plus grosses souches et les quelques billots restants avant le soir.

Patrick n'a pas envie de garder le canasson trop longtemps. Il ne lui a pas fallu longtemps pour deviner d'où il sortait, ce Jetaime ! Tu parles d'un nom pour un cheval ! Il n'y a que cet écolo débile pour inventer un truc si pourri !

Il déteste ce mec, et pas seulement à cause de ses projets foireux. C'est aussi cette désinvolture affirmée à propos de tout et n'importe quoi. Ça l'énerve, ces types qui passent leur vie le nez au vent à chanter partout que la Terre est belle, qu'il ne faut pas faire la guerre et qu'il faut sauver les animaux. Tous ces trieurs de déchets qui voudraient vivre dans un monde aseptisé mais qui ne connaissent rien à la nature. Des donneurs de leçons qui vous prennent de haut et qui ne savent même pas faire la différence entre une vache et une génisse ! Et l'autre, avec son air suffisant, qui ne parle que d'éthique, de développement durable et de bien commun… alors que sa cabane dans les bois, le gars, il l'a édifiée sans aucun permis de construire et l'a pas payée un sou ! Et ça parle d'égalité des chances !

Voyant que Stan le dévisage bizarrement, le paysan s'aperçoit qu'il a juré tout haut…

Il a trop chaud. Sa chemise est trempée et son front dégouline de sueur. Il doit être tout rouge, arc-bouté sur cette saloperie de souche qui résiste encore.

– Faut tailler quelques racines.

– Et le cheval ? Il peut pas les arracher ?

– Pour s'emporter la tête avec ? Et que j'me retrouve en faute devant l'autre crevard ! Pas question ! Cogne là-dedans. Le canasson emportera le reste après.

– Tu charries un peu avec ton « crevard » ! Sans lui on y serait encore au printemps… Et encore !

La souche est déjà à demi levée, ce qui facilite le boulot. Stan s'efforce de couper aussi loin que possible. Les racines ont l'allure de filins d'acier tordus. Il se rappelle avoir lu que le système racinaire d'un arbre pouvait dépasser de trois ou quatre fois le diamètre de sa couronne… Il y a un monde là-dessous. Un monde grouillant de vie, dont l'entrelacs de tunnels, de racines et de leurs radicelles se ramifie en un réseau bien plus complexe que le métro tokyoïte !

Il frappe, frappe encore comme un sourd avant de se redresser à bout de forces. La racine a cédé. Une odeur âcre de sève et de terre lui monte aux narines. Pour la centième fois peut-être il se demande ce qu'il fera quand la situation redeviendra normale ou du moins vivable. Spéculer de nouveau en Bourse ?

Acheter et revendre des devises est stressant mais pas vraiment difficile. Pas pour lui, en tout cas. Il a ça dans le sang. Son père le disait né pour faire du fric, avec cette moue de mépris qu'il détestait. Stan n'a pas inventé le système capitaliste, il s'est contenté d'en profiter et d'en faire profiter ses clients. Alors quoi ? Est-ce à ce point condamnable ? Le fait est qu'il se voit de moins en moins reprendre sa vie là où il l'a laissée, comme si de rien n'était, comme si cette période chaotique n'était qu'un accident de parcours, un bug généralisé à mettre entre parenthèses. Et puis recommencer à acheter et à vendre des matières premières en fermant les yeux sur les conditions de leur extraction : dans quels pays, avec quel respect des normes ? Par qui ? Des enfants, des minorités opprimées ? Et lui là-dedans, quel est son rôle ? Non seulement il ne crée rien, mais, en spéculant sur le travail des autres, il encourage un système qui creuse les inégalités, terreau des mouvements protestataires et, pire encore, des mouvances extrémistes, il le sait. « L'argent n'a pas d'odeur », dit le proverbe. Le travail de la terre, si ! Il pue la crasse, la sueur et tache les mains, mais il vous inonde aussi d'un bien-être que Stan avait jusque-là rarement éprouvé. La satisfaction de faire soi-même, de se réaliser dans quelque chose d'utile, lui offre un nouveau rapport au monde qui s'approche d'une forme de spiritualité.

Pendant qu'il réfléchissait, Patrick a encordé la souche et mené le cheval dans l'axe de la traction.

L'opération s'avère être un jeu d'enfant. Elle s'arrache à la terre comme une dent gâtée à sa gencive. Ils n'ont plus qu'à la charrier jusqu'à l'amas des troncs qui s'entassent autour du champ. Les branchages chargés de feuilles composent une barrière quasi impénétrable. Ils ne manqueront pas de bois cet hiver, ni celui d'après !

Patrick se demande s'il ne va pas refiler quelques bûches au niaiseux, histoire de ne rien lui devoir. En observant la terre retournée, il ne peut s'empêcher de sourire.

— Joëlle va être contente…

– T'as de la chance.

– De la chance ?

Le Parisien paraît accablé. Au lieu de s'en expliquer, il pose une nouvelle question :

– Tu l'aimes, ta femme ?

En temps normal, Patrick aurait sans doute biaisé, mais la tristesse de Stan le désarme.

– Y a qu'elle et y a jamais eu qu'elle, j'ai pas honte de le dire.

– Tu ne l'as jamais trompée ?

– Tu trouves ça bizarre pour un mec, hein ? Moi je pense que quand tu ne te trompes pas de femme, t'as pas besoin de tromper.

– Aïe ! Coup bas !

– J'en conclus que de ton côté…

– Je n'ai pas été exemplaire, c'est sûr. Et je le paie cher. C'est un peu ceinture en ce moment si tu vois ce que je veux dire…

– Ça tombe bien, justement faut se la serrer, la ceinture ! Avec ce qui nous attend…

– Très drôle…

– Et elle sait ?

– Ouais, je crois, je suis sûr même… mais t'imagines bien que j'évite le sujet…

– Je vois. Et elle ? Elle en fait autant ?

– Sophie ? T'es sérieux ? Non, ce n'est vraiment pas dans son logiciel, ma femme est aussi sage qu'une image. C'est comme si je te posais la question pour Joëlle.

– Ben, je te répondrais qu'elle n'est pas si sage.

– Tu déconnes ?

– Je ne suis pas censé être au courant. N'empêche que je l'ai su, au moins une fois, avec un mec du coin. Je ne dirai pas qui, j'ai ma fierté. Mais c'est le genre à sauter sur tout ce qui bouge. Alors, un conseil, fais ce qu'il faut pour que ta Sophie rêve pas trop ailleurs.

— Tu veux dire avec le type qui lui a prêté Jetaime ?

— Laisse tomber. C'est pas parce que tu t'es comporté comme un con qu'elle va forcément te cocufier avec le premier venu.

— Peut-être… Ou peut-être pas.

— Voilà. Et puisqu'on ne sait pas de quoi demain sera fait, ce soir on fait la fête !

— C'est quoi le rapport ?

— Y en a pas ! Mais on vient d'abattre un sacré boulot et c'est notre premier lopin de terre bio ! C'est ton fils qui va être content ! Allez, souris.

— Ouais… sauf qu'on n'a rien à semer dans cette belle terre.

Un sifflement les interrompt, au grand soulagement de Bouillot.

Jules et Jim déboulent de la piste en tenue de chasse. Ils arrivent en trottant, la mine triste.

— Oh, les chasseurs ! Vous nous rapportez quoi donc ?

— Y a rien ! Pas la queue d'un lièvre ! Et ça fait trois lacets qu'on nous fauche !

— Ah, c'est pas facile, hein ? Pour personne… Tout le monde cherche à becter. Allez, tant pis les p'tits gars, on va rentrer ensemble. Fini pour aujourd'hui.

Ils se mettent en route, les enfants cavalant à l'avant et les hommes progressant d'un pas lourd. La faim commence à tirailler les estomacs. Ils ont trimé dur et Patrick a une impérieuse envie de viande, il rêve d'un énorme bifteck… à s'en faire péter la panse. Il en a ras-le-bol des ragoûts végans de Joëlle.

— Je crois qu'il va falloir abattre une bête…

Stan a un sursaut horrifié.

— Une vache ?

— Mais quoi ? On n'a pas mangé de viande depuis quand ? C'est pas un malheureux bout de lard de temps en temps qui nourrit. J'ai besoin de bouffer un steak, moi, n'importe quoi mais de la bidoche !

— Une de tes vaches ! Mais tous les jours on les sort, on les trait, on les appelle par leur prénom… et tu imagines la réaction des gamins et, pire encore, celle de Jon ?

— M'en fous, j'ai faim.

Patrick attend qu'ils soient attablés devant leur trop maigre pitance pour lâcher sa bombe.

— On n'a presque plus rien à manger. On va abattre une vache.

D'emblée, il a parlé d'un ton rogue pour prévenir toute velléité de protestation. D'ailleurs il ne tolérera pas la discussion bien longtemps : c'est sa ferme, on aurait un peu trop tendance à l'oublier ces temps-ci.

Cela ne loupe pas : Jonathan s'empresse de monter au créneau.

— Quand on voit ce que ça coûte à la planète l'élevage intensif, tout ça pour nourrir des vaches qu'on va tuer pour consommer leur viande alors qu'on pourrait nourrir dix fois plus de personnes avec tout ce qu'on leur donne à manger… Et vous voulez continuer ?

— Écoute mon p'tit gars, c'est pas une vache qui va changer les choses et moi ça n'a rien à voir avec de l'élevage intensif, va encore falloir que je t'explique deux trois trucs que t'as oublié de lire dans tes bouquins !

L'adolescent, devant bien admettre que nulle part il n'a vu traces de soja importé dans les silos, reporte son plaidoyer sur le volet affectif et rétorque avec une feinte douceur :

— Noiraude, Adé, Lilou, Prudence, la Grise ou Toinette… Laquelle va être sacrifiée ?

Durant une seconde, Patrick a du mal à en croire ses oreilles. Le môme a bien préparé son coup, il a tapé là où ça fait mal. Il n'a pas le temps de répliquer que sa fille l'attaque à son tour, féroce :

— Et ensuite ?

— Ensuite ?

— Tu en tueras une autre ? Et encore une autre, c'est ça ? Jusqu'à la dernière du troupeau et après tu n'auras plus rien. Plus de lait. Plus de veaux. Plus de futur.

— Oh c'est pas tout blanc ou tout noir ! Et j'ai pas dit qu'on allait y faire passer toutes nos bêtes, mais… merde quoi, à voir vos mines, on dirait que j'ai troué la couche d'ozone à coups de chignole !

— Ce n'est pas du tout ça, proteste Jonathan, on pose simplement une question. À quoi ça sert de s'entêter à vouloir vivre comme avant, à quoi ça sert tout ça si on reproduit les mêmes erreurs ? Manger la poule plutôt que les œufs, vider les océans ou les empoisonner, raser les forêts pour fabriquer des terrasses en teck…

— Tu vas pas encore recommencer avec tes tirades du Larzac ! Quant à toi, ma fille on t'a pas élevée avec ces idées à la con !

— Papa, je dis juste qu'il faut penser à demain !

— Y aura pas de demain !

— Dans ce cas pourquoi tu as défriché ?

— Eh bien pour passer le temps ! Pour croire à quelque chose même si c'est mort ! lance-t-il à bout de nerfs.

Jonathan se lève, atterré. Les vieux se trompent de combat, comme d'habitude. Tous les efforts qu'il a faits pour trouver des solutions lui paraissent soudain inutiles.

Depuis leur arrivée, il s'efforce de comprendre le père de Juliette, il évite de trop la ramener sur l'écologie, mais cette histoire de semences stériles et de champ défriché, c'en est trop ! Il ne peut même pas compter sur le soutien de ses parents, eux non plus n'ont pas l'air de capter qu'il y a urgence à changer, qu'ils ne peuvent plus agir, bouffer ou travailler comme avant !

Dans le silence écrasant, tous entendent la plainte, au loin. Dans la cour, Enfer et Damnation se mettent à hurler à la mort. Un chant leur répond. Le cri reprend, interminable. Stan s'est levé de table et par réflexe se dirige vers la fenêtre noire, scrutant l'obscurité.

– C'est quoi, ça ? Des chiens ?

– Des loups.

– Ici ?

– C'était un pays de loups, le Morvan, tu ne savais pas ?

– Je croyais qu'ils avaient disparu !

– Depuis qu'ils sont revenus d'Italie on en a quelques bandes qui remontent. Ils se tiennent tranquilles en général, mais va savoir, avec le gibier qui se raréfie, ça bouge davantage sur les territoires...

Sophie s'apprête à éteindre la lampe à huile quand son mari retient son geste. Il lui demande de fermer les yeux. Il a préparé sa surprise pendant son tour de potager. Il craint qu'après la discussion de ce soir ce ne soit un peu gâché, mais demain ça n'aura plus de sens.

– Vas-y, rouvre-les.

Entre ses mains en coupe, sa femme découvre une bogue ouverte piquée de deux bougies. La première, à demi fondue, a l'allure d'un 2 amoché. L'autre forme un 1 quasi intact.

— Bon anniversaire !

Une vague de gêne et de tendresse l'envahit. Stan ne l'a pas habituée à ce genre de surprise toute bête.

— C'est bien ce que je crois ?

— Oui. Notre anniversaire de mariage. Comme je n'ai pas trouvé de cadeau sympa, tu dois souffler et faire un vœu.

— Joli ! Tu as eu l'idée tout seul ?

— Non, c'est le bourrin qui me l'a soufflée.

Comme elle l'observe, incrédule, il précise :

— Je rigole. C'est moi. Et Patrick n'est pas le bourrin qu'on croit.

— Tu deviens drôle.

— Merci.

— J'avais complètement oublié.

— Je sais.

— Tu m'en veux ?

— Pas vraiment. J'ai assez merdé, non ?

Au lieu de répondre, elle referme les yeux et souffle, concentrée. Il n'ose pas lui demander son vœu.

— L'an dernier, pour nos vingt ans, on avait dîné chez Guy Savoy, tu t'en souviens ? On avait pris la soupe d'artichaut à la truffe en entrée, et puis...

Elle acquiesce et lui effleure la joue d'une caresse.

— Stan, on a été très heureux.

— Oh ! j'aime pas du tout l'emploi du passé. On peut l'être encore.

— On pourrait... Bon, je crois que je vais dormir, maintenant. Je suis épuisée. N'éteins pas la lampe trop tard. On doit économiser l'huile.

Stanislas contemple les deux petites mèches rabougries qui fument encore. Il ne reconnaît plus la Sophie des dernières années, pas plus l'amoureuse fantaisiste que l'épouse oisive qui lui reprochait le vide de son existence. C'est un peu comme le jeu des vases communicants, la situation s'est inversée. Ici, à la ferme, sa femme a appris à tenir debout toute seule. Elle ne réclame plus d'attention, elle n'a plus besoin de lui et lui il reste seul, comme un con.

Il voudrait lui dire que son absence lui fait mal. Quand il repense à toutes ces années où elle était là… et il n'a rien compris…

⋆
⋆ ⋆

À la mi-novembre, le vent se lève. Il souffle sans discontinuer pendant trois jours, tordant les arbres, sifflant dans les charpentes et faisant battre volets et portes. Sous sa poussée, les nuages déferlent et pilent la campagne d'averses drues. Au potager, une des serres s'est envolée. Parant au plus pressé, les Bouillot ont cloué quelques planches pour contrer la violence du souffle.

Rentrer les vaches à la stabulation devient une épreuve physique. Ce sont les hommes qui s'y collent en faisant attention de ne rien prendre sur le coin de la tête.

Le grand-père, que la vie en communauté avait largement apaisé, repique ses crises pour un oui ou pour un non. Joëlle prétend qu'il est, comme les bêtes, sujet aux variations de la météo, aussi nerveux et imprévisible. Personne n'avait jamais vu ça dans la région. Au marché du dimanche, seuls quelques irréductibles sont venus. Plus de la moitié des niches ont subi des dommages et deux étals se sont envolés, heureusement sans faire de blessés. Le bruit court que les Gourvil ont vu trois arbres valdinguer, littéralement déracinés par une minitornade. On prie pour les toits… Pour l'instant, ça tient.

La faim qui les taraude n'arrange rien. L'hiver approchant, ils n'ont d'autre choix que de réduire les rations, et la sensation de satiété n'est plus qu'un souvenir. Les plus gros appétits ont l'impression d'avoir faim en permanence, l'envie de sucre, de gras ou de viande devient obsédante. Les cuisinières ont beau se donner du mal, tenter de varier le quotidien en inventant de nouvelles recettes, rien n'y fait, chacun sort de table frustré. Sachant que la nouveauté vient essentiellement des herbes sauvages, la créativité reste limitée ! Il faut économiser sur tout : le pain du marché, les rares morceaux de lard du dernier cochon tué par le voisin, le beurre – parce que c'est leur meilleure monnaie d'échange ! –, les légumes en bocaux qu'on fait durer deux ou trois repas, même les châtaignes dont les provisions fondent à vue d'œil. Les sous-bois ont été ratissés, les bogues ramassées jusqu'à la dernière !

Finalement, Patrick n'a pas pu se résoudre à sacrifier une vache. Ce n'est pas que la tâche le rebute – un simple coup de fusil et la Grise serait devenue de la viande bonne à manger – c'est la désapprobation générale qui l'a retenu, et surtout Joëlle.

Pourtant, il regrette sa lâcheté au moins deux fois par jour, chaque fois qu'ils se mettent à table et hument les relents fades de la soupe. Le manque de protéines émacie les corps, mais chacun serre les dents et endure les privations en silence afin de préserver le fragile statu quo. Sans un minimum d'entente, ils ne tiendront pas l'hiver, il n'y a rien à faire d'autre que prendre son mal en patience en espérant un miracle.

Mais au fil des jours l'attentisme fait place au découragement. On remet en cause certaines décisions – surtout le défrichage inutile ! –, on se braque, on s'engueule et on regrette la période bénie de l'été, quand on travaillait ensemble.

Pendant ses insomnies, Joëlle cherche une stratégie dans l'espoir de retrouver l'élan qui les a portés tout l'été, en vain.

Dès le début des intempéries, elle a mis les jumeaux au travail – maths, français et histoire-géo. Sophie les a convaincus de prendre leur première leçon de violon. Jim aime bien. Jules a décrété qu'il aurait préféré la batterie. Mais la musique ne suffit pas à les calmer. Ils deviennent nerveux et se chamaillent pour un oui ou pour un non. Résultat, le pépé s'agite encore plus, quant à Patrick, au lieu de l'aider, il s'enfonce dans un mutisme bougon et disparaît Dieu sait où sous prétexte qu'il « reste à bricoler ». Stan a tiré un fauteuil du salon à côté de celui de Jean et passe son temps à lire des revues agricoles. Fort de son savoir tout neuf, le Parisien pérore sur la culture en semis ou la production laitière avec une assurance qui agace, et Joëlle prend sur elle pour ne pas le remettre à sa place et lui rappeler d'où il vient !

Les seuls qui ne semblent pas souffrir de cette promiscuité, ce sont les amoureux. Hors d'atteinte, imperméables aux privations, ils profitent de cette période magique, celle du premier amour. Ils s'aiment, et rien ne peut leur faire vraiment peur. Depuis la soirée « de la vache à abattre », ils ne débattent plus avec leurs parents et ces derniers préfèrent penser que ça leur passera. Il y a bien assez de sujets qui fâchent pour s'en soucier.

Et quand Juliette perd sa virginité entre les bras de Jon, personne ne se doute de rien.

La persistance de la tempête commence à inquiéter. Trois jours de suite à cette puissance, ce n'est pas normal.

Le plus insupportable, c'est le bruit, ce souffle rageur, impitoyable qui ne laisse pas un instant de répit. Surtout la nuit qui amplifie le sentiment d'angoisse que nourrit l'imagination à chaque assaut et qui laisse redouter des ravages effroyables.

Le troisième jour, en fin d'après-midi, les jumeaux signalent des objets volants. Tous se précipitent à la fenêtre. Un morceau de tôle virevolte comme une vulgaire feuille dans les airs, suivi d'une branche qui heurte la vitre de l'imposte et la transperce, comme un javelot.

Le grand-père se met à hurler, aussitôt suivi par les gémissements des molosses qu'on garde dans l'entrée depuis le début de la tempête, afin qu'ils n'aillent pas se blesser. En s'engouffrant dans la cuisine, le souffle puissant balaie les verres, un carnet, la panière contenant le reste du pain, les magazines de Stan, la pelle à cendres qui va cogner le seau, le thermomètre qui se décroche et se fracasse au sol. La porte du couloir claque violemment contre le chambranle et achève d'affoler les chiens qui se mettent à hurler.

Dans cette cacophonie ambiante, l'hystérie gagne tout le monde : les jumeaux pleurnichent, Juliette se réfugie dans les bras de Jon, Sophie cherche partout un objet qui fasse office de bouche-trou, Joëlle se précipite en haut avec la même idée tandis que Patrick s'efforce de calmer son père qui tournoie pire qu'un derviche. La scène n'a pas duré une minute quand Joëlle redescend avec un coussin, le plus gros qu'elle a trouvé. Sans hésiter, elle le coince dans l'ouverture béante pour que cesse ce rugissement furieux.

— Des clous, vite ! Cela fera l'affaire en attendant de trouver des planches...

Autour d'elle on s'empresse, on fixe le coussin comme on monterait une barricade, les ados s'attaquent au désordre tout en chargeant les jumeaux de mettre le couvert, Patrick va apaiser les chiens, Stan rassure Jean qui trépigne, et Sophie prend sur elle d'ajouter à la soupe aux haricots une grosse cuillerée de graisse pour réconforter tout le monde !

Au cours de la nuit, tel un ogre repu de ses forfaits, le vent retombe. Un silence sinistre s'abat alors sur la campagne, plein d'ombres et de menaces.

Patrick est le premier levé, une heure avant les autres. Les chiens sur les talons, il fait le tour des lieux pour juger de l'ampleur des dégâts. Une partie du toit s'est envolée. Il ramasse des tuiles brisées. Il va falloir réparer.

Il décide de pousser une pointe jusqu'au lopin défriché et de vérifier l'état du bosquet. Enfer et Damnation gémissent d'excitation, la truffe collée au sol.

Bien avant de pénétrer à couvert, on voit les traces de la tempête. Certains arbres ont la cime brisée, d'autres ont été littéralement déracinés, et les plus frêles ont cassé comme de vulgaires allumettes. Partout des branches arrachées jonchent le sol, écrasant les ronciers ou pliant les bouquets de fougères. C'est un spectacle de désolation devant lequel Patrick s'étonne d'éprouver un tel bouleversement.

Heureusement, à mesure qu'il avance dans le sous-bois, les ravages sont moins importants, les arbres ont résisté. Par acquit de conscience, il inspecte les sentes empruntées à la chasse, repère un des lacets des garçons – vide –, le remet en place puis remonte par le ruisseau jusqu'à la lisière nord du bois.

En débouchant sur le lopin défriché, il note qu'une bonne partie des branchages repoussés à la périphérie du champ a disparu, dispersée plus loin ou même soulevée de terre. *Qui sait si le morceau qui a fracassé la fenêtre de la cuisine ne venait pas d'ici,* songe-t-il, *une vengeance de la forêt pour l'avoir amputée !*

Il réprime un grognement, agacé de penser à de telles inepties. Il déraille ou quoi ? C'est à croire que Jonathan finira par déteindre sur lui. Il consulte sa montre, réalise qu'il vient de passer deux heures à marcher. Il est grand temps de rentrer. Il n'a rien bu de chaud et la faim lui noue le ventre.

Il doit gueuler un bon moment après les chiens pour qu'ils se décident à obéir. Après avoir été enfermés plusieurs jours, ils sont tout frétillants et explorent chaque roncier, émoustillés par tous les effluves qui émanent dans cet air humide. La tempête est passée… et leur nervosité avec, pense Patrick. Il les envie, il aimerait bien pouvoir vivre uniquement l'instant présent, sans ressasser les soucis et les saletés qui encombrent le passé.

Alors qu'ils accèdent au cœur du taillis, Enfer marque l'arrêt devant un vieil orme qui a succombé et se met à japper, la queue battante. Les racines arrachées au sol ressemblent à une main géante, les doigts pointés vers le ciel. Le chien a dû flairer une carcasse ou la tanière d'un renard.

En s'approchant, le paysan aperçoit un sac dans le magma de terre boueuse. Le truc n'a pas l'air vieux. Il l'extirpe prudemment du sol et dézippe la fermeture encrassée de terre.

D'abord il pense avoir la berlue. L'éclat doré pourrait être n'importe quoi, mais pas ça… Il doit effleurer la surface froide des lingots pour se convaincre qu'il ne rêve pas.

Un trésor.

À la ferme, Sophie, Joëlle et Juliette déblaient la cour des détritus, tandis que Jon et son père les évacuent à la brouette près du tas de compost, en attendant de trouver un lieu plus propice. L'adolescent se demande fugacement s'il y a une déchetterie dans le coin, puis prend conscience que trier les déchets n'est pas en ce moment la priorité absolue. Il croit encore sentir l'odeur de Juliette, la saveur de sa peau sous sa bouche.

Le vieux Jean est assis sur les marches de la cuisine. On lui a donné de quoi s'occuper, une pelote de laine à démêler. Cet homme, qui n'a connu que les travaux de force, s'absorbe dans cette tâche délicate, comme si l'agilité de ses doigts pouvait pallier son cerveau défaillant.

Tout en balayant, Joëlle songe qu'ils vont devoir refaire le toit de la remise et remplacer les tuiles manquantes au-dessus des chambres tant que la météo est bonne, le mieux serait cet après-midi. Il y en a un tas dans la remise, des vieilles qui sont faites pour durer. Jonathan s'est proposé, les jumeaux aussi, parce qu'ils sont légers et agiles. Joëlle n'est pas très enthousiaste à l'idée de les laisser grimper là-haut mais la présence de l'adolescent la tranquillise. Il est raisonnable, très mature pour son âge, et il supervisera les opérations.

Encore un souci… Elle ferme les yeux et s'efforce de respirer profondément. Ce matin, de savoir que la tempête était passée, elle s'est laissé gagner par l'euphorie. Personne n'en pouvait plus d'être cloîtré dans la maison, enfermé avec ses idées noires et abruti par le vacarme de la tempête.

Le répit aura été de courte durée.

Elle en est là de ses réflexions quand elle voit débouler son mari, les cheveux plaqués par la sueur. Il serre contre sa poitrine un sac qui semble peser lourd. Les chiens le suivent en aboyant.

— On est riches ! Riches à millions ! J'ai trouvé un trésor !

Stanislas s'est figé sur place, la tête vide. Avant même de reconnaître le sac, il sait.

Loin de s'émouvoir, Joëlle énonce platement :

— Chéri, tu devrais faire une pause. On t'a laissé un peu de café.

— Je te dis que j'ai trouvé un trésor !

D'un geste solennel, Patrick ouvre le sac et en sort un lingot qu'il brandit, triomphant.

— Alors ? Je déraisonne toujours ?

Le grand-père se dresse sur ses jambes comme un ressort et approuve fiévreusement.

— C'est le magot des Templiers, je vous l'avais bien dit ! Qui c'est qui avait raison ?

Stanislas a rejoint Bouillot en trois enjambées. Il lui arrache le lingot et le balance dans le tas de purin.

— Ça, un trésor ! Mais c'est que dalle ! De l'or en barre, autant dire de la merde, alors autant qu'il aille dedans !

— Mais t'es dingo ? Rends-moi ça !

Bouillot l'agrippe pour l'empêcher de fouiller son sac mais autant arrêter un enragé, Stanislas se dégage d'une torsion, chope un nouveau lingot et le jette à son tour.

— Et tu vas en faire quoi, imbécile ! Tu vas le manger ? Je croyais que tu avais trouvé un vrai trésor, moi : des lardons, des pommes de terre, du chocolat, mais non, juste de la saloperie en barre qui ne sert à rien. À R-I-E-N, tu entends !

La colère submerge l'ancien trader au point de lui faire péter les plombs. Tout ce qu'il réprimait se déverse maintenant en un flot intarissable, une vague acide de peur et d'impuissance qu'il laisse se répandre devant tous ceux qui le dévisagent, l'air médusé. C'en est presque jubilatoire de se laisser aller, de crier toute son amertume, d'avouer enfin qu'on n'en a plus rien à foutre de rien parce que tout est foutu ! Sophie ne l'aime plus, il a perdu son job et le monde est pourri ! Tout remonte en vrac, le trajet à vélo et le martyre infligé à ses muscles, son escapade pour cacher le sac, les moqueries de Patrick, leurs engueulades, la peur… et maintenant cet or stupide, dérisoire vestige d'un système qui ne renaîtra jamais de ses cendres.

Les autres se sont figés en l'écoutant. Il devine leur surprise et même la suspicion mais c'est l'expression de Sophie qui le ramène à la raison. Elle a cet air indéchiffrable qu'il redoute, cet air d'indifférence et de mépris. Il lui a menti, c'est tout ce qu'elle retient… Dans un dernier effort pour se faire comprendre, Stan attrape le sac à dos et le fait valdinguer. À bout de souffle, il bafouille comme un enfant pris en faute :

– La merde… avec la merde.

Pour une fois, Patrick n'implose pas. Il a saisi l'essentiel. Le sac appartient au Parisien qui l'a planqué à la première occasion. La trahison le chagrine, mais le plus important est d'aller le repêcher. Chaque chose en son temps. Et au fond de lui, il peut comprendre le choix de Stan, celui d'avoir dissimulé l'or. Cela ne veut pas dire qu'il accepte de faire une croix sur les lingots…

Sophie aussi garde le silence. Quand son mari s'éloigne derrière sa brouette, elle n'a pas un geste pour le retenir. Ils en discuteront plus tard, peu importe, il y a eu assez de drames comme ça. Le grand-père que les hurlements ont rendu nerveux commence à l'inquiéter. Il tourne en rond, trépigne et déblatère sur ces malheureux Templiers qu'on a rôtis à la file au bûcher ! Mieux vaut le rentrer. Une fois assis dans son fauteuil, le vieil homme se calme instantanément. Sophie arrange une couverture sur ses genoux, attrape un programme télé et le pose sur ses genoux en faisant mine de le feuilleter. De toute façon, il « choisira » son émission en fonction de ses lubies. *Dallas*, *Tournez Manège* ou *Intervilles* composent son top 3.

Une vague de puanteur l'atteint en même temps que la question :

— Tu savais ?

Sophie se retourne pour découvrir Patrick, crotté jusqu'aux genoux, les avant-bras maculés de purin. Il tient les deux lingots. Le sac doit se trouver au pied des marches.

— Non, mais ça ne m'étonne guère. Tu ne pourrais pas rester dehors ? Ça empeste…

— Si…

— Merci !

— Je voulais juste savoir…

— Hum, je vois… Essaie de ne pas trop lui en vouloir. Quand on est arrivés, on ne peut pas dire que l'accueil ait été très engageant…

— Je sais. Je suis paysan, pas débile profond.

— Tant mieux.

— Bon, j'y vais. J'imagine qu'il causera quand il se sera calmé. Tu crois que c'est le contrecoup ?

— Je présume…

Sophie ne s'attendait pas à une réaction si mesurée de la part de Bouillot. Il est plutôt du genre soupe au lait mais réflexion faite, ce n'est pas si surprenant. Après tout, les paysans ont le culte de la propriété et Stan a bien le droit de trimballer ce qu'il veut et de le cacher où bon lui semble. Il doit craindre que l'histoire ne remette en cause leur relation, mais cela n'arrivera pas, pas avec les femmes pour veiller au grain. Ne forment-ils pas une grande famille, à présent ?

Les deux hommes se tournent autour tout l'après-midi. Le toit de la maison a été réparé et les tuiles remplacées. Celui de la remise, en revanche, a simplement été bâché, faute de disposer du matériel nécessaire à sa réfection.

Patrick s'est enfin lavé, changé et, suivant les conseils de Joëlle qui lui a assuré que même avec des pincettes elle n'y toucherait pas, il a enduit et frotté ses vêtements tachés avec un mélange de cendres et un reste de savon. Demain il ira les rincer dans le ruisseau, les citernes ont beau être pleines, mieux vaut économiser l'eau.

Il profite du calme de la cuisine pour rejoindre Stan et pépé devant le feu. Les femmes sont à la traite, les ados doivent se bécoter dans un coin tranquille et les garçons sont montés dans leur chambre.

Le Parisien est en train de ressemeler une vieille paire de croquenots dont il n'a plus l'usage. Le paysan remarque qu'il manie un véritable poinçon de cordonnier. Cela lui donne une entrée en matière idéale. Il n'a aucune envie de s'engueuler, malgré le coup de sang de ce matin.

— C'est un poinçon que tu tiens là ?

— Tout à fait.

— C'est à toi ?

— Oui. Comme l'or.

Il déclare cela d'un ton neutre, si bien que Patrick se décide à risquer une plaisanterie.

— Ça, j'avais cru comprendre. Alors tu es savetier ou financier ?

— Les deux, à présent… rat des villes et rat des champs. Ça me vient de mon père. C'était un sale con, mais il trimait dur.

— Oh… ? J'aurais pas imaginé.

— Forcément. Tu t'es dit que j'étais né avec une cravate à la place du cordon ombilical.

— Bien vu… ! En attendant, y en a qui jettent l'argent par les fenêtres, mais l'or dans le purin, ça, j'avais jamais vu.

— Pourtant, c'est grâce à vous.

— À nous ?

— Oui, à vous tous, la famille Bouillot, la ferme, la forêt, les animaux. Ici, j'ai trouvé les « vraies richesses ».

— Tu te fous de moi !

— Non.

— C'est d'une niaiserie…

— C'est peut-être niais mais ça n'en est pas moins vrai. Et ce que j'ai dit à propos de l'or aussi. Je me suis peut-être emballé mais que veux-tu qu'on en fasse ?

— J'en sais rien…

Patrick a baissé la tête pour ne pas montrer son embarras. Tramont vient de dire « on » et ça le touche plus qu'il n'ose l'admettre.

Il cherche comment reprendre la conversation quand ils perçoivent le tintement des cloches anti-pillards.

Ils se précipitent aussitôt vers l'armoire à fusils. Ce n'est pas la première fois que ça arrive, la plupart du temps il s'agit d'une bête qui s'est faufilée, mais ça carillonne trop fort pour se limiter au seul passage d'un animal. Et dehors, les chiens se déchaînent.

C'est devant, à l'entrée principale, que ça se passe.

Ils courent aux meurtrières du mur d'enceinte pour découvrir un étrange attelage de vélos, une carriole bringuebalante et deux cyclistes aux allures de touristes. Loin de paraître impressionnés par les abois furieux, ces derniers sourient largement.

Stanislas met quelques secondes à les reconnaître.

Dédé et Maria.

— Dis-moi tu as de bien belles fringues !

Sous sa doudoune Moncler, l'ancien SDF arbore un pull en cachemire camel sur un pantalon en velours. *Celui des week-ends à Deauville*, pense Stanislas. Il ne peut réprimer un pinçon de ressentiment.

Dédé lui décoche une œillade complice.

— Ça me va pas mal, non ?

Plutôt que de répondre, Stan se tourne vers sa compagne de voyage.

— Ah Maria ! Je vous avais à peine reconnue !

La femme de ménage a un teint resplendissant. Un foulard écarlate dégage les boucles de son front et lui donne belle allure. Contrairement à Dédé, elle ne s'est pas servie dans le dressing de son ancienne patronne et porte un simple jean et un pull large sous un caban. *Il faut que je cesse de penser à elle en tant que femme de ménage.*

Stan éprouve une drôle de sensation devant le couple si bien assorti. Envie ? Jalousie ? Pourquoi penser à un couple ? Ces deux-là ne sont pas censés être ensemble, si ? *Et même si c'est le cas, en quoi ça me concerne ?*

Patrick le tire de ses réflexions d'une bourrade.

— Tu ne fais pas les présentations ?

— Si, bien sûr ! Voici Maria, notre ancienne… employée.

— Il veut dire la bonne, précise cette dernière avec une malice à peine déguisée.

— Et Dédé... Ben Dédé, c'est...

— Te fatigue pas. Je vais me présenter tout seul : Dédé donc, domicilié au pied de l'immeuble de môssieur Tramont, pêcheur-bricoleur et vendeur de vélos d'occase à ses temps perdus. Philosophe en hamac quand la météo s'y prête !

— Je vois, réplique Patrick qui en réalité nage en plein brouillard.

Stanislas le présente à son tour :

— Patrick est mon gérant depuis que j'ai racheté la ferme. Ronchon mais pas mauvais bougre.

— Fous-toi de ma gueule, toi !

— Dédé, Maria, laissez-moi vous présenter le sieur Bouillot, maître des lieux, la ferme fortifiée du Chien-Rouge.

— Enchanté !

— Ravie.

— Vos chiens voudraient bien bouffer ma Titine, je crois.

— Merde, oui ! Enfer, Damnation, aux pieds !

Avec un gémissement plaintif, les bêtes se détournent à contrecœur de la poule rousse perchée sur la carriole, les plumes ébouriffées d'indignation. Patrick émet un sifflement approbateur.

— Une géline de Touraine, une bonne pondeuse que vous avez là !

Il se penche pour vérifier son état d'un œil expert. Le volatile semble avoir parfaitement supporté le stress du voyage.

— Vous n'avez qu'à la mettre au poulailler, on l'a sécurisé.

— Impossible ! Mme Titine est habituée à vivre avec nous.

— Avec vous ? Une poule ?

— Elle est tout à fait civilisée.

— Je vois...

— Sinon on a pensé au renfort !

Le temps que l'improbable personnage farfouille dans la carriole, Patrick sent poindre une chute de tension. Déjà qu'il a fallu s'accoutumer aux Tramont, il n'est pas certain d'apprécier l'arrivée de ces deux hurluberlus, ça fait deux estomacs de plus. Seulement après toutes ces politesses, il se voit mal aller les virer comme des malpropres.

La bouteille de cognac que Dédé s'apprête maintenant à offrir fait diversion. Elle est suivie d'un armagnac hors d'âge, ce que tout homme doué de raison ne peut que saluer. Il ne manque plus qu'une côte de bœuf et la multiplication des pains...

Stanislas fronce les sourcils, vaguement agacé.

— Détrompe-moi si je fais fausse route, mais je crois bien que ça vient de ma cave.

— Ça se pourrait bien !

Dédé n'en éprouve aucune gêne. Il détaille son ancien voisin avec grand intérêt. En six mois, Stan s'est métamorphosé. L'homme qui lui fait face n'a plus grand-chose à voir avec l'heureux propriétaire de bagnoles de luxe qui courait après le temps. Il ne s'agit pas seulement du bleu de travail constellé de taches, de sa barbe broussailleuse, ou de son hâle « paysan » très éloigné du teint Roland-Garros qu'il lui connaissait, mais d'un truc plus profond, une présence au monde différente. Ça se voit à son regard qui n'est plus fuyant mais franc et direct, à sa posture aussi, cette façon de se tenir bien droit, campé sur ses deux jambes, comme ancré au sol.

– J'ai peine à te reconnaître, mon ami. Va falloir que tu me racontes !

– D'abord toi ! On veut tout savoir. Paris, le voyage, les changements, tout ! Ici on est comme sur une île déserte.

– Tant mieux.

– C'est si moche que ça ?

Le soir, on sert le souper avec deux bonnes heures de retard.

D'abord il a fallu arranger une nouvelle chambre sous les combles de la dépendance. L'avantage avec Maria et Dédé c'est que, contrairement aux Tramont, ils ne sont pas nés dans la soie et ils se réjouissent de ce confort pour le moins spartiate.

On leur fait ensuite visiter le potager et la stabulation, la douche et l'éolienne, les toilettes sèches et le poulailler. Tout du long, Titine, la poule rousse de Dédé, lui colle aux basques telle une amoureuse transie.

Pendant que les nouveaux venus s'installent et font un brin de toilette, Joëlle rallonge son ragoût de haricots et de lentilles. Au cellier, elle va chercher son dernier pâté fait de bouts de saucisse additionnés de sarrasin aux légumes mis de côté pour la Noël. Elle n'a pas demandé l'avis de son mari – il aurait refusé ! –, mais elle espère bien que cette visite apportera un peu de fantaisie. Elle n'aime pas la tension qui règne entre Juliette et son père, et un peu de légèreté leur ferait du bien à tous.

Elle reste néanmoins bien consciente que nourrir deux bouches de plus ne sera pas une mince affaire. Les privations commencent vraiment à leur peser et entament chaque jour un peu plus le moral des troupes. Il faudra vendre un peu plus de beurre contre la précieuse farine ou sacrifier encore quelques kilos de la stérile – comme elle appelle les précieuses semences de Patrick – et tant pis pour ses savants calculs !

Il lui tarde d'en savoir un peu plus sur la situation à Paris. Maria a simplement dit que c'était dur, sans donner plus d'explications. Elle lui plaît bien cette Maria. Le couple qu'elle forme avec Dédé est assez atypique, surtout si on le compare à celui des Tramont, mais leur duo est plutôt sympathique. Ça lui fait bizarre d'ailleurs de songer que Sophie était la patronne de Maria… Il ne lui a pas échappé que son amie a paru un tantinet mal à l'aise quand elle a proposé que tout le monde se tutoie. Probable que le changement des rapports l'embarrasse.

Décidément, la vie s'amuse parfois à rebattre les cartes en cours de partie. On a vite fait de se trouver en délicate posture et de se faire retourner la tête comme une vulgaire peau de lapin, mettant du même coup au rebus la plupart des idées, grands principes et toutes ces règles de convenance qui régissaient nos existences…

— Alors, Paris ?

— Je devrais peut-être édulcorer, parce qu'ici on est vraiment dans un autre univers, mais je peux vous assurer que c'est moche. D'abord il y a eu la vague des premiers départs. Ceux qui sont restés l'ont baptisée « l'exode des chanceux ».

En entendant ça, Stan s'étrangle et s'insurge :

— Chanceux ? Tu parles ! Si tu avais vu ce bordel, les bagarres et les pillages…

— Bien sûr, on a tous entendu ces histoires, c'était sûrement brutal, mais tu m'excuseras, cette première vague elle se composait surtout des nantis à résidence secondaire et quelques paranos persuadés que la fin du monde avait commencé. Il y a eu des échauffourées, des pillages, mais guère pire.

— Guère pire, tu en as de bonnes ! Et comment tu sais ce qui s'est passé ?

— La rumeur... Crois-moi, en l'absence de communications elle fonctionne à plein !

— Le téléphone arabe... C'est plutôt bien, non ? pense Stan à voix haute, en faisant allusion à sa vie déconnectée.

— Oui, parce que se tenir informés c'est vite devenu vital. Les mieux renseignés étaient les premiers servis. Pour les autres, en revanche, c'était dur.

— Dur comment ?

— Les deux premiers mois on arrivait encore à s'approvisionner au marché noir.

— Un marché noir ? Du troc vous voulez dire ?

Joëlle est si curieuse qu'elle en oublie le tutoiement qu'elle avait elle-même décrété. Le bonhomme l'impressionne avec sa tranquille assurance. Elle lui raconterait volontiers le marché des Hautereaux mais avec Patrick à ses côtés, mieux vaut éviter.

En entendant la suite elle se réjouit d'avoir su tenir sa langue !

— Vu comment ça a tourné tous ces trafics, le marché noir portait bien son nom... Ça poussait de partout comme des champignons, sur les places, dans les squares, aux entrées de supermarché. Au début, c'était un joyeux bordel, tout le monde s'y rendait et l'ambiance restait encore bon enfant malgré tout, mais en quelques semaines à peine des bandes ont pris le contrôle. D'abord en instituant un droit de passage, rien que pour regarder ! Rendez-vous compte, en plus du produit à échanger on devait prévoir le « prix de l'entrée », un œuf, des clopes, du savon, peu importe. Le marché de l'eau est devenu hors de prix dès qu'ils ont eu le monopole – les citernes, les sources de Paris, l'eau des piscines, les palettes entreposées dans les réserves, même les réservoirs privés qu'ils rachetaient pour pouvoir les marchander plus cher ! On « vendait » de tout, et quand je dis tout…

Dédé laisse un silence planer avant de reprendre d'un ton plus grave :

– Les gens ont fini par se débiner. Alors des petits malins ont disposé des barrages pour prélever au passage. Il y a eu de sales bagarres et même des batailles rangées. Certains ont sorti des armes. On parlait même d'homicides pour une bouteille d'eau, une plaquette de chocolat… La nuit, mieux valait ne pas trop traîner, on pouvait tomber sur n'importe qui, n'importe où. Paris s'est vidé petit à petit, et aujourd'hui il ne doit rester plus que des vieux et des malades. Ils vont se laver dans la Seine… comme en Inde. Et puis, partout, des corbeaux, des rats, des renards, et des pillards, mais il y en a de moins en moins car il n'y a plus rien à piller…

– C'est horrible !

Sophie frémit. Il lui est arrivé de s'imaginer des horreurs au cours de ses insomnies, mais au fond elle n'y a jamais vraiment cru. Elle jette un coup d'œil à Jonathan, inquiète de voir comment il prend la chose. Son fils ne laisse rien paraître et, à sa posture, elle devine que sous la table sa main doit serrer celle de Juliette.

– Remarquez, en édictant leurs règles, ces bandes ont mis un semblant d'ordre dans le chaos ambiant. Il fallait pas tuer la poule aux œufs d'or ! Face aux débordements, les chefs ont empêché que les pillages tournent au carnage. En gros, tu pouvais voler, mais pas foutre le feu ou abîmer ce qui aurait pu servir ! Tu sais comment je suis, Stan… je n'aime pas qu'on me dise ce que j'ai à faire. Avec Maria on a envisagé de tenter notre chance ailleurs. C'est à ce moment-là que des voisins squatteurs ont découvert mon petit coin de paradis, au pied de l'immeuble. J'y allais dans la journée pour cultiver mes légumes et nourrir mes poules ou pour bricoler. Aux yeux des autres, même si je faisais gaffe et que je partageais ce que je pouvais, j'étais le rupin du quartier ! Trop gentil pour résister, sûrement. Ils m'ont tout pris. J'ai quand même réussi à sauver Titine. Alors on a embarqué sur mes meilleurs vélos et la remorque que j'avais soigneusement planquée en prévision de ce genre de coup tordu, on y a entassé ce qu'on a pu dont cinq bouteilles de ta meilleure bibine.

— Tu en as d'autres ?

— J'avais. Les autres ont servi au péage.

— Bordel !

— Ça, j'te le fais pas dire. Ça monte dans les combien ton Rémy Martin ?

— Six cent cinquante euros !

— Alors ça nous fait 1 950 balles la sortie de Paris !

— Tu leur as filé trois bouteilles !

— Ouais mon pote ! Mais on a gardé Titine !

— Stan, ton cognac il a déjà dû être bu alors on ne va pas y passer la soirée ! Il y a plus important, non ?

Sophie se tourne vers Maria et, par réflexe, demande d'un ton plus autoritaire qu'elle ne devrait :

— Maria, l'appartement a été pillé ?

— Pas quand nous sommes partis.

— Et c'était quand ?

— Il y a quinze jours.

— Quinze jours ! C'était si dur ?

– Il a fallu faire très attention. La route est dangereuse. Le plus souvent on a voyagé de nuit, sans lumière, pour ne pas risquer les mauvaises rencontres, et puis on a dû adapter notre itinéraire pour contourner des barrages et quelques bandes d'excités. On a eu de la chance de croiser aussi des braves gens qui nous ont ouvert leur porte, offert le gîte et le couvert. On partageait nos provisions, on se reposait un jour ou deux et on repartait. C'est comme ça qu'on est venus, à sauts de puces, et avec quelques petits détours…

– Eh ben…

Patrick siffle cul sec son verre d'armagnac. L'alcool comme les mauvaises nouvelles lui sont un peu montés à la tête, et le mélange des deux ne fait pas bon ménage. Malgré la sympathie que lui inspirent ses « invités », il tient à les prévenir.

– Ici, ça vous paraît sans doute plus calme, mais ce n'est guère mieux. On n'a presque plus rien et on claque du bec.

Dédé hoche la tête, dubitatif… Le paysan est très loin d'imaginer le bordel qui règne dans la capitale et il se protège, normal. Autant mettre les points sur les *i*.

– Je t'arrête tout de suite, Bouillot ! On n'est pas venus ici pour squatter et piquer dans vos assiettes. On va s'installer un petit chez-nous, au bord de la rivière que j'ai repérée là-bas. On y restera un temps et on reprendra la route, au printemps sans doute, en été au plus tard.

Du doigt, il indique l'ouest.

– On aura sans doute besoin de quelques matériaux, une bâche voire quelques tôles. Pour le reste on va se débrouiller. Entre une forêt et une rivière, et notre Titine pour nous pondre des œufs, on aura plus qu'il nous en faut.

— T'es sûr ?

— Aussi sûr que je me nomme Dédé ! Pour ce soir et demain, on va accepter votre invitation, prendre nos marques, évaluer un peu la situation. Ensuite on s'arrangera entre voisins, et je compte bien vous rendre l'hospitalité. J'ai beau être un poil anachorète, union et solidarité font la force de l'homme.

— Anachorète ?

Jonathan aime bien la sonorité du terme.

— Un genre d'ermite, en un peu plus classe si tu préfères, en tout cas moi je préfère..., plaisante-t-il avec désinvolture, mais... maintenant qu'on partage nos vies avec Maria, ce n'est plus vraiment d'actualité.

Autour de la table, personne ne commente l'annonce de Dédé, mais ils sont tous soulagés. Les Bouillot parce qu'ils voient mal comment nourrir deux bouches supplémentaires, les Tramont parce que cette organisation leur semble plus saine.

Les jumeaux songent déjà à déplacer leurs pièges.

Les ados quant à eux s'en fichent, même si Dédé et Maria leur paraissent plutôt cool et franchement décalés.

Jean, dans sa bulle, sourit béatement. Il aime les grandes tablées qui font remonter l'écho des jours anciens.

13.

Novembre et décembre se passent tant bien que mal. L'hiver venant, à défaut de pouvoir se nourrir, les plus malheureux migrent vers le sud pour ne pas crever de froid. Comme le chantait Aznavour, il semblerait que la misère soit moins pénible au soleil… Ceux qui sont restés ont investi les moindres recoins vacants : granges abandonnées ouvertes à tous vents, fermes en ruine, châteaux d'eau, silos à grains désespérément vides ou camions abandonnés sur les routes. D'autres, plus vaillants ou plus débrouillards, se sont bâti des cabanes dans des lieux isolés, glanant ce qu'ils peuvent dans la nature même si la cueillette et la chasse deviennent de plus en plus difficiles.

Les plus nécessiteux errent au hasard, couverts de vieilles frusques ou de couvertures qu'ils ont reçues en échange d'un coup de main, parfois même en échange d'un bijou de famille, a-t-on entendu dire au marché du dimanche. Il n'est pas rare d'en apercevoir courbés au milieu des champs en friche, grattant la terre de leurs ongles pour trouver des racines à bouffer, des graines ou quelques champignons, quitte à s'en rendre malades !

Dédé et Maria possèdent un gros avantage sur ces exilés : ils savent s'arranger des privations ; tous deux ont connu des épreuves par le passé et les ont surmontées. Grâce à la résistance de Maria et au savoir-faire de Dédé, à sa débrouillardise, à ses talents de pêcheur et de chasseur, leur installation sur la commune se déroule étonnamment bien.

Ils ont élu domicile à la limite est du bois, à un kilomètre à vol d'oiseau de la demeure de Johnny. L'ancien SDF avait repéré l'emplacement qui s'avère en effet idéal : une petite élévation de terrain au-dessus de la rivière où le pêcheur averti a aussitôt posé ses lignes, de la terre fertile tout autour, de l'eau en abondance et des bois où Dédé peut tendre des collets.

Le temps d'effectuer quelques travaux, le couple voulait dormir sous la grosse toile qu'ils avaient embarquée à Paris, mais les Bouillot les ont finalement persuadés de loger à la ferme en attendant d'être plus confortables. Pour les repas, en revanche, chacun participe. Dédé et Maria déjeunent sur leur chantier et pour dîner on a convenu qu'ils apporteraient un « petit quelque chose ». À la surprise générale, surtout celle des jumeaux, Dédé rapporte de magnifiques prises : des truites, un brochet, des perches, un lièvre et même des palombes qu'on ne sait trop comment il a bien pu piéger ! Autant dire une manne inespérée pour des estomacs affamés !

La cabane de Dédé s'adosse à trois hêtres centenaires qui semblent avoir été postés là en sentinelles, juste avant de plonger dans les profondeurs du taillis. L'essentiel du bois provient de la forêt, plus quelques bonnes planches généreusement cédées par Patrick.

Les adolescents viennent chaque jour prêter main-forte, trop heureux de s'éloigner un peu de la ferme et de changer d'air. Souvent, les jumeaux les accompagnent, ravis eux aussi d'aider à la construction de la petite cabane de Dédé contre quelques secrets que ce dernier partage volontiers. Pour le toit, Dédé a utilisé un entrelacs de branches souples sur lesquelles il a disposé sa bâche de tente recouverte d'un tapis de mousse épais comme le poing. L'étanchéité du toit garantie, ils procèdent de la même manière sur les parois pour colmater chaque interstice de façon à isoler parfaitement l'intérieur.

Fin novembre, ils enfoncent le dernier clou. Ils se meublent sommairement d'un banc, d'une table et d'un matelas à ressorts que Joëlle leur offre avec plaisir. Pour le complément et les petites fournitures, ils possèdent l'essentiel : une lampe à huile, des bougies, des draps et deux sacs de couchage, des taies d'oreiller qu'ils bourrent de fougères sèches, deux bols, une casserole et une marmite, quelques couverts, une boîte à outils complète, deux paniers, des habits pour chaque saison, des bottes en caoutchouc, une scie, des rustines et des chambres à air de rechange ainsi que leurs dernières provisions de bouche auxquelles s'ajoute ce qu'ils tirent de la rivière et de la forêt. « De quoi tenir un bout de temps », comme dit Dédé.

Maria a complété l'ensemble d'un petit coffre et d'un fauteuil à bascule qui moisissaient au grenier des Bouillot. Au pied de la butte, Dédé a construit un abri sommaire pour les bulbes et les graines qu'il a pu récupérer de son potager parisien. Il a également monté une petite serre destinée à ses semis d'hiver, carottes, oignons blancs, pois, ails et une variété de chou.

Quand ils ne sont pas occupés aux semis, Dédé et Maria parcourent la forêt et remontent les berges de « leur rivière » afin de se familiariser avec le milieu. Tandis que Dédé pose ses cannes, Maria « part aux champignons » et se découvre une véritable aptitude à repérer les meilleurs coins. Avant les premières grosses gelées, elle a ramassé quantité de girolles et de chanterelles, des trompettes-de-la-mort, des pieds-de-mouton et les derniers cèpes de la saison qu'elle s'empresse de montrer à Joëlle. Cette dernière lui apprend à distinguer les comestibles des amanites, cortinaires et fausses morilles.

Le dimanche, le couple ne tarde pas à avoir son propre étal. Dédé propose ses meilleures prises contre des produits de première nécessité, de la graisse et de la farine, mais aussi des clous – ils ont fini leur réserve –, de la ficelle, une pierre à aiguiser, une cognée plus pratique que leur hachette, un panier à écrevisses qui servira au printemps, bref, le nécessaire à leur petit quotidien dans la forêt…

Les habitants de la ferme s'habituent tout naturellement à ce nouveau voisinage comme Dédé et Maria s'acclimatent eux parfaitement à leur nouvel environnement. Dédé fait partie de ces individus qui semblent partout chez eux. Toujours positif, sa joie de vivre et sa débrouillardise redonneraient foi en l'existence à quiconque se croit perdu ! Quant à Maria, si son physique exotique a commencé par faire jaser, sa douceur et sa gentillesse font fondre les plus grincheux. Au marché, sa bonne humeur et sa simplicité font merveille, même les mauvaises langues ne trouvent plus rien à redire sur son compte.

Bien sûr, on les assaille de questions sur la situation à Paris, l'état des routes, la précarité des populations dans les autres villes et ce flot d'informations fraîches ravive les hypothèses les plus folles. Des rumeurs enflent à propos de l'armée. Comme elle dispose, dit-on, d'une énorme quantité de rations de survie en réserve, il paraîtrait que les volontaires pour regarnir les rangs sont plus nombreux que jamais ! Que ne ferait-on pas pour gagner sa pitance ? Certains affirment que des troupes se déploient dans les grosses villes et que la reprise n'est plus qu'une question de semaines, peut-être même de jours. Quant à savoir s'il s'agira de la naissance d'un monde nouveau ou de la résurgence d'un système condamné par avance, nul ne le sait… mais tout le monde échafaude des scénarios pour exorciser ses craintes et ne pas perdre espoir. Chacun y va de son point de vue et les rumeurs les plus folles circulent à travers le pays, dans chaque village, au sein de chaque foyer…

À la ferme du Chien-Rouge, si le moral tend à s'améliorer, ni les Bouillot ni les Tramont ne cèdent à ces chimères. Comment croire à une reprise quand rien ne paraît évoluer, dans un sens ou dans l'autre, que chaque jour de privations ressemble au précédent, et que le quotidien, immuable, n'offre d'autre satisfaction que celle de se reposer après une dure journée de labeur ? Leur réalité et ses contours trop crus laissent peu de place aux rêves : la faim contre la solidarité ; les espoirs perdus ; l'urgence, la peur et la lâcheté, la tristesse et la lassitude, et parfois un acte de bravoure…

⋆

⋆ ⋆

— Voilà !

D'une chiquenaude, Juliette s'assure que la mèche tombe bien sur le front de Johnny. Pour sculpter l'énorme banane en vogue dans les années 60, toute sa réserve de gel y est passée, mais le résultat est magnifique.

La gamine est si fière du résultat que Johnny se garde bien de lui révéler que son idole avait renoncé au port de la banane depuis des décennies. Il s'en voudrait de gâcher sa joie.

Elle se recule d'un pas, demande avec un soupçon d'inquiétude :

– Alors, tu en penses quoi ?

– Impec ! Manque plus qu'une scène pour jouer ce soir.

Il lance un clin d'œil à Jonathan vautré devant la cheminée mais n'obtient en retour qu'un timide sourire. À dire vrai, au fond de lui, la compagnie des jeunes le ravit, mais Johnny ne sait pas toujours s'y prendre avec eux d'autant qu'il ignore que Jon a entendu ses parents se disputer à son sujet. Stan est jaloux du vieux rocker, même si cela paraît absurde compte tenu des goûts de sa mère. En tout cas, il l'a accusée de prendre des nouvelles du canasson à la moindre occasion, juste pour se faire draguer. À la fin, il a crié : « Tu veux te venger de moi, c'est ça ? » et Jonathan a enfoncé sa tête dans la couette pour ne pas entendre la suite, ni imaginer les termes de cette « vengeance » qui impliquait l'écolo.

Johnny est à mille lieues d'imaginer son trouble. Il y a quelques semaines à peine, Juliette et le garçon ont toqué à sa porte, « simplement pour le saluer en passant », a dit la petite qu'il connaît bien. Autrefois, il lui avait appris quelques tours, mais en grandissant la gamine s'était mise à le snober, sans doute avait-elle mieux à faire, et certainement que son bourrin de paternel l'avait dissuadée de fréquenter cet excentrique. « Ils ne captent rien, on dirait qu'ils le font exprès ! » se plaint l'adolescente. « Ils ne veulent pas, c'est pire », renchérit Jon.

Ne souhaitant ni prendre parti, ni interférer de quelque manière que ce soit dans leurs relations familiales, Johnny a tenté de tempérer leur jugement.

— Changer d'optique n'est facile pour personne et l'effondrement brutal du système rend les choses encore plus compliquées, a-t-il plaidé par souci d'équité.

Mais les gamins n'en démordent pas, pour eux c'est du pipeau et leurs darons sont bouchés ! Ici, au moins, personne ne vient leur dire quoi faire ni quoi penser. *Normal, c'est de leur âge...*, pense Johnny qui se garde bien de souffler sur les braises, et pourtant ce crétin de Bouillot ne mériterait pas mieux !

Pour détendre l'atmosphère, il va mettre un vinyle sur son vieux tourne-disque relié à l'éolienne. C'est l'un des grands avantages de sa cabane, il possède assez d'énergie pour vivre normalement. La musique est un luxe qu'on ne peut se permettre à la ferme car l'électricité produite par la roue de vélo est bien trop précieuse pour être gaspillée à écouter des chansons.

Intrigué par son installation, le gamin l'interroge :

— Vous avez combien de puissance ?

Bien qu'il feigne le contraire, Johnny est un peu vexé que Jon continue de le vouvoyer.

— Ma foi, ça dépend des jours... du soleil et du vent, mais disons que j'ai largement de quoi.

— T'as trop de la chance, Johnny. Si je pouvais rebrancher mon sèche-cheveux à la ferme, ce serait top ! Et j'te raconte même pas la corvée de linge et la vaisselle ! J'ai les mains qui crevassent à force de tripatouiller dans l'eau glacée ! Ça me saoule, t'as même pas idée ! T'as déjà vu une esthéticienne avec des boudins pareils ?

Elle brandit des doigts effilés, parfaits.

– Je ne peux rien pour ton linge, mais le sèche-cheveux, c'est pas un souci, ma Juju. Je te branche une rallonge ici, et le tour est joué !

– Sérieux ?

– Bah, si tu me trouves une rallonge de trois kilomètres…

– Ah ! Ah ! Très drôle !

– Si seulement ton paternel n'était pas si borné, il profiterait d'une éolienne aussi grosse qu'une minicentrale et tout le monde serait content, à l'heure qu'il est !

– Je croyais que tu détestais les « et si ma tante en avait deux », réplique Juliette, agacée.

Si l'adolescente n'hésite pas à critiquer son père, elle n'aime pas trop que les autres s'autorisent à le faire, Jona excepté. Ah, Jona… son premier grand amour. Ce que pense l'un, l'autre le capte aussitôt. Reliés l'un à l'autre, *in love* à la vie à la mort !

Johnny s'est mis à fredonner sur l'air du vieux vinyle : « Jésus, Jésus-Christ est un hippie./ Son père s'appelait Jo, je crois./ Sa mère s'appelait Mary, je crois./ Le FBI lui court après, je crois./ Et s'ils arrivent à le coincer/ Ils mettront notre ami en croix… »

Juliette et Jonathan se retiennent de rire. Quand l'écolo se met à chanter, c'est le signe qu'il est temps de partir. Sa façon à lui de faire comprendre qu'il faut le laisser retourner à son monde et à sa musique.

*
* *

Ce 24 décembre, les habitants de la ferme s'activent à préparer Noël. La veille, les hommes ont rapporté un sapin volumineux qui embaume à présent la cuisine de son odeur épicée mêlée aux senteurs fades des légumes bouillis. Joëlle a jugé que la veillée serait plus conviviale au chaud dans la cuisine plutôt qu'au salon où ils n'ont pas mis les pieds depuis une éternité. Elle a demandé à son mari de sortir la malle aux décorations et les enfants s'en sont donné à cœur joie, enjolivant chaque étagère, chaque fenêtre et jusqu'au tour des portes. Pour une fois les ados ne font pas la gueule ! Croulant sous les boules multicolores et les anges en paille, l'arbre est magnifique. Même Sophie qui d'habitude penche plutôt pour des décors sobres et raffinés s'émerveille devant la profusion de couleurs de ces pacotilles à deux sous !

Depuis maintenant un mois, elles économisent sur les rations en prévision du « festin ». Au marché, elles ont échafaudé des stratégies pour obtenir un pâté, un morceau de viande, et assez de pain pour en avoir une bonne tranche chacun. À force de négociations, elles ont aussi récupéré un talon de jambon mis à infuser pour parfumer la soupe spécial restrictions et, comble du luxe, près d'une livre de farine de châtaigne… cadeau de Pierre à sa belle absente – tant il est vrai que Joëlle n'a plus la tête à la gaudriole ces temps-ci ! Elles en ont confectionné un gâteau en forme de bûche qu'elles ont ensuite glacé au miel. Juliette a été chargée de le prédécouper en parts individuelles – et de même taille cela va sans dire, pour ne pas faire de jaloux.

Ce soir, à défaut de foie gras et de chapon, ils auront au moins de quoi réveillonner : entrée, plat et dessert, s'il vous plaît !

Dédé et Maria ont promis de se joindre à la fête. Avec eux, ils seront onze à table. Sophie se doute bien qu'ils n'arriveront pas les mains vides mais tout en se reprochant ses petits calculs mesquins, elle ne peut s'empêcher de songer que leurs portions seront forcément amputées de leurs deux parts. Parfois aussi elle se demande quelle étrange raison les a poussés à s'exiler dans le Morvan, précisément au même endroit qu'eux, plutôt qu'en Bretagne, en Normandie ou à Trou-en-Cambrousse ! C'est plus fort qu'elle, depuis leur arrivée elle a l'impression d'avoir été détrônée de son statut privilégié, celui de l'amie, la Parisienne qui a bravé la route pour venir ici, à la ferme du Chien-Rouge... Puis elle chasse cette pensée peu charitable et s'accorde une pause pour admirer le résultat de leurs efforts.

La lampe allumée fait scintiller les paillettes des boules et le sapin décoré donne à la cuisine un air de cabaret. Tout le monde est là, à l'exception d'Enfer et Damnation qui somnolent dans l'entrée. La chaleur qui règne, étouffante, les rend un peu groggy et leur donnerait presque le tournis, à moins que ce ne soit la faim. Sophie devine que les autres aussi s'efforcent d'oublier les tiraillements d'estomac et cette idée suffit à lui rendre sa bonne humeur. Autour d'elle, on chante, on échange des souvenirs de Noël qui déclenchent fous rires, plaisanteries et aussi de joyeuses anecdotes qui, quand elles dévient sur le registre culinaire, sont tout empreintes de nostalgie ! Les hommes ont coupé une impressionnante quantité de bois – pour ça au moins, il n'est pas question d'économies ! – et, à présent, ils tournent en rond. Perchée en haut de l'escabeau, Joëlle n'a plus qu'à apporter la touche finale.

— Quelqu'un peut me passer l'étoile du berger ?

Son mari rétorque d'un ton goguenard :

— L-aurait pas plutôt un mouton à bouffer ton berger ? On s'en tape de son étoile !

— Enfin Patrick, dit-elle, faussement outrée, un peu de respect pour la tradition chrétienne...

— Mouais… J'm'en fous de toutes ces bondieuseries, moi j'ai surtout les crocs.

— Je sais…

— On pourrait sacrifier une poule, tu crois pas ?

Patrick a baissé la voix, pour ne pas se faire entendre des jumeaux occupés à finir la banderole qu'ils veulent absolument accrocher à la façade. *C'est bien une lubie de citadins, cette manie de tout enguirlander comme ça*, pense le paysan, brusquement agacé. L'entrain des autres l'affecte soudainement, c'est à croire qu'on prépare la fête du siècle alors que leur menu ressemblera à s'y méprendre à celui des jours précédents et des jours suivants ! N'empêche, il ne sera pas celui qui aura causé des histoires le jour de la Nativité !

— Ce n'est pas une bonne idée, répond Joëlle sur le même ton. On a besoin des œufs.

— Sur sept pondeuses, ça ne ferait pas une si grosse différence !

— Chéri… si on commence comme ça, on ne saura plus s'arrêter. On en a déjà discuté, il faut tenir.

— Quitte à crever de faim !

Cette fois Patrick a haussé le ton. Surpris, Stan et Sophie relèvent brusquement la tête. Sa femme continue à argumenter d'un ton tranquille.

— On n'en crève pas, on n'a juste pas notre content, ce n'est pas pareil.

— Je saurais pas dire, j'ai jamais entamé de grève de la faim !

— Patrick… c'est Noël…

— Tu parles… À Noël y a de la dinde, et une bûche à la crème !

— Et des huîtres ! renchérit Stanislas dont l'estomac vide veut se montrer solidaire de celui de son comparse.

Par habitude, Patrick réplique mollement :
– Les huîtres, c'est un truc de bourge.
– C'est sûr que ça ne remplace pas une côte de bœuf.
– Et des frites !
– Avec la bonne andouillette qui va bien !
– Ça suffit vous deux ! On dirait deux gamins ! Alors qu'avec Joëlle on s'est donné un mal de chien pour offrir ce qu'il y a de mieux !

Sophie les foudroie du regard. Si Stan a pris l'habitude de défendre « son pote » – un comble quand on songe à leurs débuts conflictuels ! –, elle n'a pas l'intention de se laisser marcher sur les pieds ! Ils rêvent tous de bons petits plats mais c'est à elles, les femmes, qu'incombent la responsabilité des repas, la gestion des provisions et des rations ! Dieu merci elles ont du lait à profusion, des œufs et des légumineuses pour les protéines, alors elles font ce qu'elles peuvent avec les moyens du bord et tout le monde doit en prendre son parti en attendant des jours meilleurs…

Heureusement, l'arrivée de Maria tombe à point nommé et fait diversion. Cette dernière pénètre dans la cuisine les joues rougies par le froid. Elle salue joyeusement et gratifie la compagnie d'un sourire rayonnant, puis se laisse enlacer par Joëlle qui a dégringolé de son escabeau pour l'accueillir.
– Tu es toute seule ? Et ton amoureux ?
– Au supermarché !
– Tu plaisantes, qu'est-ce que tu nous racontes là !
– Tu verras bien…
– Allez vas-y, explique !
– Non, c'est une surprise !

Pendant qu'elle se débarrasse de ses couches de vêtements, Sophie déploie la grande nappe brodée qu'a sortie Joëlle pour l'occasion, une pièce de famille qui a fait tous les baptêmes, les noces, les communions et les enterrements depuis quarante ans… Elle vérifie l'alignement et la symétrie, lisse les plis du tissu, puis lance distraitement :

— Maria, vous… tu mettras le couvert.

Le silence qui accueille ses mots lui fait réaliser sa bourde. Elle voudrait ravaler sa phrase, la reformuler avec un « tu » franc et direct qui porterait un message moins condescendant. Trop tard… Et la réponse ne se fait pas attendre. Le ton, loin d'être méchant mais avec une pointe d'ironie, lui fait l'effet d'une gifle.

— Sophie, je ne suis plus une employée à qui *tu* donnes des ordres mais je dresserai la table avec grand plaisir.

— Désolée, vraiment…, je suis confuse, c'est seulement…

— … l'habitude.

— C'est cela !

La gratitude inonde Sophie. Maria aurait pu se montrer revancharde, au lieu de quoi elle se détourne vers la fenêtre et lance joyeusement :

— Le voilà !

L'homme fait une entrée triomphale, les quatre magnifiques truites ventrues qui se balancent au bout de sa branche de saule leur mettent à tous l'eau à la bouche. Stan siffle longuement.

— Nom de Dieu ! Tu les as prises où ?

— Supérette Nature, juste en bas de chez nous.

Les jumeaux se sont approchés et tournent déjà autour des truites, les inspectant avec convoitise sous toutes les coutures.

— Non mais vraiment, tu les as eues où ?

– Dans un bas-fond de la rivière, repéré à une lieue d'ici !

– Et alors les bracos ? lance Patrick ragaillardi. Dédé n'est pas là depuis deux mois qu'il connaît déjà les meilleurs coins de pêche ! On dirait que je ne vous ai rien appris !

– Les grosses truites, elles se laissent jamais attraper, proteste Jules.

– T'es sûr ? rigole Dédé en lui ébouriffant la tignasse. Et comment je les ai prises alors celles-ci ?

– Ch'ais pas…

– Eh môme ! Ne boude pas va… Je peux te garantir que ces grosses malignes se planquaient bien. Pour les faire sortir de leur trou et déjouer leur méfiance, il a fallu que je sorte le grand jeu !

– Tu nous apprendras ?

– À tous les deux ? Des bandits comme vous ? Bon d'accord, on tope là.

– On taupe ?

– On tope ! Façon de dire qu'on conclut un marché. Dans ton langage, je crois que tu appelles ça un *chek* !

– D'accord ! Chek Dédé ! reprennent en chœur les deux gamins surexcités.

– Chek !

Joëlle et Sophie s'empressent d'éviscérer et de rincer les truites. Elles invitent Maria à les rejoindre afin de trancher la difficile question de la préparation : faut-il les cuisiner grillées au feu avec un peu de sel et des herbes, ou bien en ragoût pour accompagner les légumes au lard ? Elles conviennent d'en préparer une en carpaccio, coupée en fines lamelles mises à mariner dans un mélange d'huile de noix, de sel, de poivre et d'herbes aromatiques. « Une entrée digne d'un palace », s'extasie

Stan en connaisseur. Soudain, le grand-père se dresse sur ses jambes, en plein désarroi.

— Ce soir, ils repassent *La vie est belle*. Qui veut le voir avec moi ?

Le vieux porte sa chemise du dimanche, élimée au col et aux poignets. On lui a expliqué que c'était le réveillon, et pour le faire participer aux préparatifs on lui a donné de quoi s'occuper les mains comme découper une étoile, démêler une guirlande, mais il ne reste jamais très longtemps concentré sur sa tâche et quand plus personne n'est à ses côtés pour le solliciter, le pauvre se sent abandonné. Ainsi, comme un enfant avec son doudou, il retourne inexorablement à la seule source de distraction qui lui soit familière et l'apaise, le poste de télé.

La « télé de Jean » est devenue un sujet de blague. Seul moyen de faire diversion lors de ses crises, c'est aussi parfois juste une pause en sa compagnie. On s'assoit à ses côtés pour « regarder » une émission ou sa série favorite. Le plus assidu, bien sûr, c'est son grand pote Stanislas alias Lulu. L'ancien trader passe désormais une partie de ses soirées dans un fauteuil, face à l'écran noir ; et tout en lisant ses revues agricoles, il ponctue les monologues du grand-père de quelques remarques pour le rassurer de sa présence. Quelquefois aussi le vieux tient à feuilleter l'album de famille et commente les clichés. On y suit l'évolution de la ferme avec l'apparition, sur les images, de machines agricoles de plus en plus sophistiquées. Aux questions faussement naïves de Stan, il ânonne les mêmes explications : « Ça, c'est la moissonneuse-javeleuse, ne va pas la confondre avec la moissonneuse-faucheuse ou avec la batteuse et encore moins avec la lieuse ! M'enfin, t'as perdu la mémoire ou bien quoi, mon Lulu ? On en a pourtant fait un paquet, de moissons, quand on était gamins ! »

À quoi l'autre « gamin » s'empresse de répondre que oui, il les reconnaît, mais il se mélange les pédales, ou la lumière est trop faible, et puis… peu importe l'argument puisque l'ancêtre déjà repart dans ses souvenirs : un mariage, la communion d'un neveu, sa Capucine perdue.

Curieusement, Stan en est venu à apprécier ces moments presque autant que son vieux compagnon.

Ce soir-là, le grand-père n'en démord pas, résolument décidé à regarder son film. Il l'invite à s'asseoir auprès de lui et demande, fébrile :

– Ça commence… Tu connais l'histoire ?

– De *Plus belle la vie* ?

– Tu pourrais pas parler à l'endroit, Lulu ? Ça veut rien dire, ton titre ! c'est *La vie est belle.*

– Ah oui, dans un camp de concentration ?

– Un camp ? Enfin, t'as bu un coup de trop… ou alors tu perds vraiment la boule ! C'est le film en noir et blanc de l'Américain, Franck je sais plus comment. L'histoire d'un gars qui croit avoir raté sa vie…

– Franck Capra, alors…

– Si tu veux. Allez, on regarde maintenant ?

– Mais, on sert le souper de Noël ce soir, vous avez oublié ?

Le vieux visage se plisse, tellement perplexe que Stan craint de l'avoir contrarié au point de le voir se décomposer et se mettre à pleurer. Heureusement, le grésillement des truites sur le gril détourne son attention et le rappelle à sa faim, en le plongeant dans un ravissement béat. Ainsi va la vie de Jean, pianotant dans le registre de ses émotions quand il voyage avec bonheur et nostalgie dans le passé ou avec tristesse et incompréhension dans le présent. Parfois, Stan se surprend à lui envier cette vie aux confins de la réalité, à la périphérie des turpitudes du monde actuel…

Dehors, la neige a commencé à tomber. Le nez collé au carreau, les jumeaux regardent, émerveillés, les flocons virevolter dans la nuit.

Les femmes rapatrient les troupes d'un joyeux et retentissant « À table ! » qu'il n'est nul besoin de répéter, bancs et chaises sont pris d'assaut. La soirée peut vraiment commencer. Les premières bouchées sont dégustées dans un silence religieux. Rien n'est plus important à cet instant que le fondant de la chair des truites dans la bouche, la saveur des légumes longuement mitonnés et parfumés au lard, prélude à la plénitude que la mastication et la déglutition d'exquises nourritures procurent avant de remplir les estomacs. Exceptionnellement, les jumeaux ont droit à un verre de vin coupé d'eau pour faire comme tout le monde. L'alcool, euphorisant, tourne les têtes, réchauffe les cœurs et délie les langues. Chacun y va de son petit discours et de ses vœux pour les temps futurs. De l'abondance, de la solidarité, une bonne partie de chasse, Internet et ses merveilles, la paix dans le monde et le retour de… Capucine ? Oui, Capucine est une truie, explique Patrick pour satisfaire la curiosité de Stan qui en reste bouche bée.

Le seul moment de gêne se produit quand Dédé narre avec verve sa cocasse rencontre avec le sosie de Johnny et sa possible réincarnation de Noé, à qui il a demandé conseil pour son installation. C'est alors qu'en remarquant la mine déconfite des deux hommes Dédé ravale la fin de son histoire, conscient d'avoir mis les pieds dans le plat, mais sans trop bien savoir à quel moment ça a coincé. Alors il enchaîne sur sa vie, sa naissance et son statut d'enfant illégitime, fruit des amours entre un braco dénommé Totoche et la femme d'un garde-chasse, son abandon à la DDASS, puis sa famille d'accueil – des paysans solognots ni bons ni mauvais, ce qui au regard des autres gamins était déjà un sacré cadeau –, son adolescence à la campagne et puis le mirage de la ville, son emploi de bureau et l'amour fusionnel pour Louise, la fausse couche et la dégringolade, la dépression, l'errance sur les trottoirs de la capitale jusqu'à ce qu'il déniche ce terrain en friche au pied de l'immeuble des Tramont qui est devenu le refuge dont il avait besoin pour se reconstruire, et le havre de paix où il a fini par trouver son équilibre… et de conclure sa tirade, les yeux brillants, posés sur Maria.

— Voilà le cadeau que la vie m'a offert, ma Maria de l'autre bout du monde, alors tant pis pour ce que j'ai perdu en route, ce qui m'importe aujourd'hui c'est le présent, le seul qui compte, et c'est pour lui qu'on doit se battre…

La tablée entière est suspendue à ses lèvres, même les ados sont fascinés par le personnage et sa philosophie tranquille, la façon dont il compose avec sa plus grande douleur et son pragmatisme joyeux. Voilà un « vieux » qui ne se soucie pas de l'apocalypse mais de choses concrètes et qui fabrique son bonheur en vivant le moment présent et en goûtant chacun des plaisirs simples du quotidien.

Réconciliés par ces paroles, ils trinquent tous à l'espérance, à cette confiance retrouvée dans la vie. À minuit, la bûche est apportée avec cérémonie au centre de la table et tous la contemplent émerveillés, avant de s'en délecter.

Puis vient le moment d'échanger les cadeaux. Certains sont emballés dans du papier journal – que Joëlle récupère aussitôt déplié –, d'autres dans des bouts de tissu, à la manière des furoshikis japonais, ou simplement offerts, tels quels : des hameçons, un mouchoir brodé, trois écharpes récupérées dans un vieux pull, une paire de gants presque neufs, des graines de tomates et une tablette de chocolat que Stanislas a conservée et cachée durant ces longs mois de privations. Personne ne lui en fait la remarque, pas même Sophie. Avec son Opinel, il partage aussi équitablement que possible – cela fait à peu près un carré et demi par personne – avant de tendre son offrande à chacun. Il est le seul à ne pas en avoir, mais personne ne s'en aperçoit, à l'exception de sa femme.

« Joyeux Noël », murmure-t-il. Elle lui répond avec un sourire si lumineux qu'il ne regrette pas une seconde son sacrifice. Avec ce cadeau, le plus précieux de tous, il a l'impression que son ancienne vie s'efface encore un peu.

*
* *

– J'n'ai plus d'énergie, moi. Faut dire qu'avec ce qu'on bouffe ou plutôt qu'on ne bouffe pas… Cette nuit, j'ai rêvé que je me tapais un bœuf bourguignon avec plein de lardons et une bonne purée bien crémeuse et…

Patrick lorgne sa femme qui lui fait les gros yeux. Trop tard. Les jumeaux trépignent déjà et se balancent des noms de plats sans respirer.

– Des macaronis !

– Sept hamburgers !

– Des patates à la graisse d'oie !

– Des spaghettis au Nutella !

– Un sanglier à la broche !

– T'es déjà pas foutu de rapporter un lièvre !

– Et toi pas mieux !

– Ça suffit, les enfants, ça ne sert à rien ces chamailleries puisque de toute façon, ce sera soupe aux blettes !

– Beuuuurk !

Joëlle est furibarde. Patrick n'arrive pas à comprendre qu'à force de se plaindre son humeur morose déteint sur les garçons qui, à leur tour, se lamentent sur leur sort. La soirée de Noël remonte à dix jours et la faim n'en est que plus âpre, exacerbée par le souvenir de la bûche et du chocolat. Le nouvel an est passé à la trappe, mais qui aurait le cœur à fêter le passage d'une année si sombre à une autre plus incertaine encore ?

Au marché, il n'y a plus guère que des rogatons à échanger. Les dernières conserves deviennent une monnaie d'échange d'une valeur inestimable. Trois fermes se sont fait attaquer par une bande de vagabonds, on ignore si ce sont les mêmes assaillants ou si cela annonce une recrudescence de maraudeurs et de voleurs dans la région. Par miracle, il n'y a pas eu de blessés graves du côté des paysans, juste quelques ecchymoses, une côte cassée et des coups de fusil sans cadavre.

Ce matin, Joëlle les a convoqués pour un inventaire de crise. *Un de plus*, pense Sophie. Elles savent au gramme près ce que renferme le cellier, mais son amie soutient que c'est une façon de responsabiliser tout le monde et de couper court aux réclamations des plus affamés. Cela ne semble pas faire la moindre différence pour Patrick. Depuis quelque temps, il est perpétuellement ronchon. *Est-ce parce qu'il se sent coupable et responsable de l'état des réserves ou bien impuissant à faire face et à trouver des solutions ?* Et Sophie de se demander ce qui est pire pour le moral, un inventaire catastrophique ou quelqu'un qui se plaint tout le temps d'avoir faim ?

Dorénavant, quand ça chauffe entre les époux Bouillot, les Tramont évitent de s'en mêler pour ne pas jeter de l'huile sur le feu.

Les provisions sont alignées sur la table : des bocaux et un sachet de farine, les pommes – beaucoup –, quelques prunes rescapées qui se fripent déjà, les légumes de saison – choux, blettes, pommes de terre et un bouquet de poireaux. Des œufs, du lait. Et quelques conserves.

Le compte, ou plutôt la division est vite faite, ces réserves sont censées durer deux mois, trois dans l'idéal, ce qui revient à se rationner drastiquement et, pour dire encore plus clairement les choses, à s'affamer.

Un miracle, c'est ce qu'il nous faut maintenant, prie Sophie en son for intérieur.

Joëlle se racle la gorge. Les autres attendent ses commentaires et son analyse de la situation : c'est elle la gardienne du cellier, elle qui gère les provisions, décide des économies et programme le rationnement. Sur elle encore reposent les espoirs, et la charge, bien trop lourde, commence à peser sur ses épaules. Sophie remarque combien elle a maigri. Sous ses yeux, les cernes dessinent des ombres bleues.

— Voilà : tout ce qu'il nous reste tient sur cette planche, plus quelques truites que j'ai mises à fumer.

— Ça ne suffira pas.

— Je sais, Patrick. On doit anticiper. Trouver d'autres moyens de subsistance.

— Y a rien à cogiter, faut sacrifier une vache. Je prends le fusil, je règle ça tout de suite et on bouffera du steak.

Ils se dévisagent, chacun attendant que l'un ou l'autre se décide à parler. Les jeunes se sont renfrognés, comme recroquevillés, et cette fois Jon ne semble pas pressé de se jeter dans un débat stérile ou tout du moins houleux. Stanislas est le seul à s'interposer :

– Les vaches pourraient faire des veaux, tu ne crois pas ?

– Tiens donc, et comment ? Par l'opération du Saint-Esprit peut-être ?

– Y a pas un mâle chez les voisins ? Un bœuf ?

– Un bœuf pour faire un veau ! Eh bien il est pas près de naître celui-ci ! Les bœufs, mon pauvre Stan, c'est pas des taureaux, c'est pour la viande, ils sont castrés !

– Un taureau, alors ?

– Dans le coin ? Crois pas en avoir vu un dans une ferme ces temps-ci.

– Il faudrait en trouver un. On doublerait le troupeau, ce qui permettrait alors de tuer un ou deux veaux, et puis encore quelques-uns l'année suivante, et ainsi de suite jusqu'à reformer un beau cheptel, non ? C'est ça l'avenir…

Jonathan sent la main de Juliette lui envoyer des signaux en morse. *Réponds pas. Je t'aime et on s'en fout…* Il voudrait l'écouter et s'en tenir là mais il est incapable de résister à la provoc. Lui aussi crève la dalle, comme tout le monde ici, mais si c'est pour refaire les mêmes sempiternelles conneries, autant baisser les bras et s'empêtrer encore un peu plus profondément dans la merde ! Décidément, alors que l'Effondrement devrait leur servir de leçon, ils persistent et signent pour le même scénario catastrophe…

– Vous voulez vraiment recommencer ? Refaire les mêmes erreurs avec les mêmes résultats ! Ça ne suffit pas à vous faire réagir ce qu'on est en train de vivre ? Parce qu'en continuant à raisonner comme ça, avec votre productivisme à tout va, là c'est un aller simple vers la catastrophe, la vraie, sans retour possible… et ce sera votre faute, vous tous qui refusez de changer vos petites habitudes !

Patrick le toise avec ironie.

— Alors quoi, on arrête de se reproduire aussi parce que les enfants nuisent à la planète ?

Le silence qui suit est écrasant. Jonathan est devenu livide et Juliette vient se blottir contre lui comme pour se protéger. C'est la première fois qu'ils sont si démonstratifs devant les « vieux ». En remarquant ses yeux embués, Bouillot se demande ce qu'il a bien pu dire.

Le doute lui noue soudain les tripes jusqu'à en avoir un haut-le-cœur.

— Quoi ? Qu'est-ce que j'ai dit encore qui va pas ?

Joëlle s'avance, la main tendue, comme pour toucher sa fille. Celle-ci a un recul imperceptible. La main retombe. Il règne un de ces moments suspendus qui précèdent les orages… ou l'annonce d'une nouvelle fracassante. Quand Juliette se décide à parler, son ton enfantin contraste avec la gravité de son visage. Elle lâche dans un souffle :

— J'attends un bébé. On attend un bébé.

Jonathan resserre son étreinte en toisant fixement les parents.

Les mères sont les premières à saisir la portée de la nouvelle. Joëlle laisse échapper un hoquet de surprise. Sophie ressent un choc semblable à une poussée d'adrénaline, une réaction ambivalente où la peur le dispute à l'excitation. *Un bébé ?* Elle regarde tour à tour son fils et Juliette sans savoir que dire. Joëlle lui saisit le poignet et elles échangent un sourire tremblant. C'est tellement inattendu, tellement fou, un bébé dans un monde qui s'écroule… Pourtant il y a autre chose, une chose qui dément l'hiver trop noir, qui défie la faim, les privations, comme une promesse d'avenir. Devant la frêle silhouette de l'adolescente inquiète, elles se rappellent ce poids dans leur ventre, la métamorphose de leur corps qui prépare ce petit être à la vie et l'immense bonheur de le sentir grandir en elles, elles se souviennent surtout de l'amour inconditionnel qu'elles lui portaient déjà avant même de lui donner naissance. Une joie absurde, irrationnelle. Stan, lui, accuse le coup sans dire un mot, comme statufié. Sophie lui lance un peu bêtement :

– Tu vas être papi, Stan. Et moi grand-mère…

Elle aurait mieux fait de se taire. Bouillot avance d'un pas, la mâchoire serrée. Il doit remettre de l'ordre, prendre l'ascendant avant que ça ne vire au grand n'importe quoi ! Que les gosses soient inconscients c'est une chose, mais si les bonnes femmes s'y mettent…

– Vous n'avez rien trouvé de mieux que de me faire un enfant dans le dos ! Vous n'auriez pas pu vous retenir, ou bien sauter en marche, y a des méthodes, non ? Vous n'êtes pas des lapins bon sang !

– Arrête ! Ce n'est pas…

– Joëlle, tu me laisses gérer, OK ?

– Tu appelles ça gérer ? En hurlant ?

Juliette ne leur laisse pas l'occasion de se disputer. Elle a repris de l'assurance et sa voix ne tremble plus.

– Ce bébé on le gardera.

– Non mais je rêve ! J'hallucine, ou plutôt je vis un putain de cauchemar, ouais ! Donc… tu accouches et… ensuite ? Vous avez pensé à la bouffe ? On a déjà à peine de quoi survivre mais on va devoir compter avec un mioche en plus ? Tu as seize ans, Juliette ! SEIZE ANS ! Et ton petit copain pas mieux !

– Et alors ?

– Alors ça change que vous êtes deux gosses qui jouez au papa et à la maman ! Putain, ça fait une bouche de plus à nourrir et on ne peut pas se le permettre !

Mères et fille lui opposent des regards horrifiés. Jonathan serre les poings tandis que Stan lui étreint doucement l'épaule. Même les jumeaux, d'ordinaire si réactifs, restent cloués sur place, muets comme des carpes !

Patrick réalise qu'il y est allé un peu fort, mais qu'on ne vienne pas lui reprocher d'être hors de lui et qu'on ne s'avise pas non plus de lui chanter que c'est une bonne nouvelle ! Il cherche du soutien auprès de son pote, mais Stan détourne les yeux et il se sent lâché. C'est exactement ça ! Stan bat en retraite et se carapate au premier coup de zef, parce que malgré les airs qu'il se donne à rouler des mécaniques sous prétexte qu'il sait labourer trois brins d'herbe, c'est juste un foutu couard de Parigot !

L'indignation lui coupe le sifflet et, renâclant à faire machine arrière, il enrage à sec, en remâchant ses arguments. Bande d'inconscients ! On ne met pas au monde un gosse dans des conditions pareilles à moins d'avoir un petit pois dans le crâne ! Sont-ils devenus fous ?

Un éclat de rire le cueille à froid, celui de pépé qui se gondole devant on ne sait quelle connerie invisible sur l'écran noir. L'espace d'une seconde, Patrick a cru que le vieux se réjouissait à l'idée d'être arrière-grand-père ! À cet instant, il comprend que s'il reste la situation va dégénérer. Mieux vaut partir avant que ça tourne au vinaigre !

C'est le monde à l'envers !

Il ouvre la porte de la cuisine et plonge dans le froid glacial, éructant des mots sans suite.

Sous le coup de la colère, la faim lui est passée.

Les vaches sont sauvées.

14.

Le lendemain matin, à la table du petit déjeuner, personne ne se risque à aborder le sujet. Les ados n'ont pas réapparu depuis la veille et les femmes ont décidé de les laisser tranquilles. Sur le tableau des tâches, Joëlle a effacé leurs corvées et les a réparties entre Sophie et elle. Patrick s'est retranché dans son mutisme et lorsqu'il daigne enfin dire deux mots, c'est pour revenir sur l'inconscience de ces gamins pourris gâtés qui n'ont aucune idée de la réalité. Par miracle, il n'a pas reparlé de foutre les Tramont à la porte, mais Jonathan en a pris pour son grade avec ses idées à la con. Puis tout y est passé, il a vitupéré sur les vaches sacrées, le bétail qu'on veut l'empêcher de tuer, et les semences pourries, il a fustigé le banquier et, pour clore son monologue, sa femme qui ne prend jamais son parti…

À la fin, Joëlle a haussé le ton, ce dont elle n'est pas coutumière, et Patrick en est resté coi, planté là comme un idiot. Puis, comme après chaque coup de gueule, le remords a pris le dessus. Rien à faire, chaque fois, ça lui vient sans prévenir et il assiste impuissant à son pétage de plombs en direct, incapable de contenir ses émotions. Pourtant il sait ce que ces débordements lui ont coûté par le passé, et quand vient la redescente, il réalise l'étendue des dégâts.

Jamais il n'a parlé ainsi à sa fille. Qu'est-ce qui lui a pris, bon sang ? Sommer sa gamine d'avorter de la sorte, devant tout le monde ! Juliette n'est pas une Marie-couche-toi-là, le petit con non plus d'ailleurs, pas un débauché, juste un crétin de gosse.

N'empêche, il ne peut faire machine arrière, il en va de sa crédibilité, ils devront d'abord s'excuser !

Il s'endort maussade, le cœur rempli d'amertume, sans avoir rien résolu.

Sur le coup de 8 heures, Dédé et Maria débarquent à la table du petit déjeuner, la bouche en cœur, et deux œufs en guise de passe-droit.

Maria s'excuse de cette intrusion matinale en forçant un peu sa bonne humeur.

– On a eu envie de passer, une visite de courtoisie. Regardez ce qu'elle nous a pondu, Titine ! Elle se plaît bien ici. Et nous aussi…

Sa voix sonne creux dans le silence pesant. Dédé lui ne s'embarrasse pas de tels scrupules. Autant prendre le taureau par les cornes.

– Salut aux grands-pères !

Comme Stan et Patrick n'ont pas l'air de saisir, il précise avec un gros rire :

– C'est à vous deux que je cause, les papis !

– Tu es au courant ?

– Ben té, sinon on ne serait pas venus de si bon matin ! D'ailleurs on prendrait volontiers une eau chaude pour se réchauffer, ma douce et moi. Avec quelques feuilles de tisane, ça ne serait pas de refus…

– Vous les avez vus ?

— Nos deux tourtereaux ? Ils sont passés hier. Je sais pas ce que tu leur as fait Bouillot, mais ils semblaient secoués ces petits.

— Ben vu « l'annonciation », c'était pas les seuls !

— J'imagine… N'empêche…

Joëlle est soudain prise d'un odieux pressentiment.

— Ils sont passés quand ? Hier soir ?

— Dans l'après-midi et ils sont repartis vers 17 heures.

— Merde. Ils ne sont pas descendus dîner et j'ai préféré les laisser tranquilles. Sophie, tu sais si Jonathan a dormi dans sa chambre ?

— Non…

Dédé n'aime pas ça non plus, d'autant qu'il se sent dans la peau du porteur de mauvaises nouvelles.

— Ça me regarde pas, mais à votre place je me grouillerais de leur dire que je les aime… eux et le bébé à naître.

Le paysan a un sursaut d'indignation.

— Facile à dire pour toi ! Tu les imagines ces deux-là, encore des gosses, en train de pouponner !

— Écoute, Bouillot, on ne se connaît pas encore très bien mais je me pique d'en savoir un rayon sur mes semblables, et je suis sûr que tu es un type bien.

— Ça commence mal !

— Tu m'as demandé mon avis, alors je vais pas me priver. C'est vrai, ces gosses sont un peu jeunes pour devenir parents, mais si on va par là ils sont aussi très jeunes pour encaisser la fin du monde !

— La fin du monde ? Rien que ça !

— C'est sans doute pas l'apocalypse, mais rien ne sera plus jamais comme avant, on le sait tous. Alors un bébé… c'est peut-être leur façon de garder espoir et de s'inventer un avenir.

Lasses d'écouter ces palabres, Joëlle et Sophie, folles d'inquiétude, se sont levées d'un même élan. L'une est partie comme une flèche vers la dépendance, l'autre grimpe l'escalier en appelant sa fille.

Les lits sont vides. Le hangar où les ados passent une partie de leurs journées à bricoler est désert. Tout le monde se met aussitôt à leur recherche. La stabulation, le grenier, la cour, le potager. Ils ne sont nulle part. En revanche, Sophie remarque tout de suite que le sac de Jonathan a disparu ainsi que les vélos et une moitié de la miche de pain.

Cette dernière découverte les accable. Prendre du pain, cette denrée tellement précieuse, signifie clairement qu'ils ne comptent pas rentrer tout de suite.

Bouillot ne met pas longtemps à repérer des traces de pneus toutes fraîches. Les ados ont pris plein ouest, mais la piste se perd sur le bitume, au bout de cinq cents mètres. Sophie sent la nausée monter. Elle les imagine, nez au vent, libres comme l'air, mais totalement inconscients du danger alors que partout des vagabonds en embuscade guettent la moindre occasion de détrousser le premier venu. Elle les voit tomber dans un guet-apens, imagine les coups qui pleuvent. Les images sont si violentes, si précises qu'elle s'affaisse en gémissant sur le sol… Stan se précipite, mais c'est dans les bras de Joëlle qu'elle va chercher du réconfort. Son amie la berce légèrement en lui assurant que Jon et Juliette ne sont pas idiots, que ni l'un ni l'autre ne fera quoi que ce soit d'inconsidéré et que le bébé à naître va les rendre encore plus prudents. Jonathan a déjà fait face à l'adversité, il a participé à des manifs et des opérations coup de poing, quant à Juliette, elle a beau s'en plaindre, c'est une fille de la campagne, à eux deux ils ont de l'expérience et sont plus coriaces que ce qu'ils veulent bien laisser paraître. « Regarde comment ils se débrouillent depuis le début, tu les as déjà entendus s'apitoyer sur leur sort, tu les as déjà vus se décourager ou rester à ne rien faire ? » insiste-elle avec une conviction grandissante. « La plupart des améliorations, l'éolienne, la douche, tout ça ils l'ont fait de leurs mains ! »

Tandis que Sophie reprend lentement le contrôle de ses émotions, elles en viennent à conclure que le plus important est de ne rien décider dans la précipitation. Après les événements de la veille, Jonathan et Juliette éprouvent certainement le besoin de se retrouver seuls, au calme. Ils rentreront un peu plus tard, quand ils auront faim. Et s'ils ne donnent pas signe de vie, les deux mères se renseigneront dimanche, au marché de Hautereaux.

Dédé et Maria repartent en compagnie des jumeaux à qui ils ont proposé une partie de pêche. Joëlle n'a pas hésité une seconde à les laisser aller. Les garçons supportent déjà assez de choses difficiles, inutile d'y ajouter un psychodrame familial. De toute façon, il y a beaucoup moins de travail à la ferme. Depuis que le cheptel, réduit, reste au chaud dans l'étable, les rondes se résument à vérifier le système anti-intrusion.

Après le déjeuner, Patrick et Stan se réfugient dans la remise sous prétexte de couper du bois. La colère des femmes est trop vive pour tenter quoi que ce soit. Il est clair qu'elles les tiennent pour responsables de la situation, Patrick en première ligne parce qu'il a fait sa crise et Stan parce que lui au contraire n'a pipé mot, laissant les pauvres gosses se défendre seuls.

Dès que la porte se referme, Bouillot s'exclame entre ses dents serrées :

– Ce que j'ai pu être con ! Fallait encore que je la ramène, une fois de plus ! Peut-être la fois de trop !

– Je sais… mais ça ne sert plus à rien de le dire…

– Mais quoi alors ? Putain, ils ont fichu le camp avec mon petit-fils !

– Ah bon, je croyais que c'était une connerie !

– Connerie ou pas, c'est quand même d'un mioche qu'on parle… Mon petit-fils.

– *Ton* petit-fils !? Et pourquoi pas *ma* petite-fille ?

– On s'en fout. Tout ce que je sais, c'est qu'ils sont dehors, et que le danger est partout.

– Ta femme a raison. Nos gosses sont loin d'être idiots, ils ont dû trouver un coin tranquille.

En prononçant ces mots, Stan s'efforce d'y croire autant qu'il essaie de rassurer Patrick, mais l'image de son fils enchaîné au pont lors de sa dernière manif n'en fait pas vraiment un modèle de prudence.

Jonathan papa… comment est-ce possible ? Si vite ? Maintenant ?

Une soudaine chute de tension lui coupe les jambes, heureusement l'établi tout près lui permet de prendre appui, le temps que cesse son vertige. Encore tout chancelant, il revit le moment précis où Sophie lui a annoncé sa grossesse, son incommensurable joie d'avoir un être à aimer et à qui transmettre ce qu'il a appris, se confondant avec l'angoisse de ne pas être à la hauteur et avec la terreur de ressembler à son propre père qui ne lui a jamais montré autre chose que sa déception et sa désapprobation.

La fugue de Jonathan sonne comme un électrochoc, remettant en cause toutes ses certitudes. Tétanisé, Stan se demande s'il n'a pas reproduit le schéma de cette figure paternelle autoritaire. Est-il au fond vraiment si différent du sien ? Combien de fois a-t-il dit à son fils qu'il l'aimait ? S'est-il jamais vraiment soucié de le comprendre, ou même intéressé à ses idées autrement qu'en les critiquant ou en les tournant en dérision ? Que lui a-t-il enseigné sinon de grands discours sur le libéralisme, arc-bouté sur ses principes capitalistes ?

Constatant l'état de détresse et de confusion dans lequel Stan se trouve, Patrick s'éloigne par pudeur, afin de lui laisser le temps de se reprendre. Il part chercher sa cognée puis, ensemble, ils s'attaquent sans mot dire à la pile de grumes. Ils travaillent de longues heures, taillant et débitant le bois sans prendre le temps d'une pause, jusqu'à l'épuisement, jusqu'à ce que la brûlure de leurs muscles efface leurs morbides pensées.

Ils finissent par baisser les armes et plantent la hache dans le billot à fendre le bois, rentrant à reculons ou tout au moins en traînant les pieds. Trouant l'obscurité, cette petite et modeste lueur dans la cuisine est le seul point de lumière à des kilomètres à la ronde. Cette réalité frappe Bouillot de plein fouet alors qu'il pousse la porte, et c'est à ce gosse qu'ils doivent ce confort. Et lui, au lieu de montrer sa gratitude, n'a su que lui gueuler dessus. Qu'est-ce qu'il en a à foutre de savoir qui a raison et qui a tort ? Écolo ou pas, cela ne change rien à la situation.

Dans la cuisine, l'humeur est morose, les femmes se contentant d'échanger les plates banalités du quotidien. Les jumeaux ont demandé à rester chez Dédé et Maria et leur mère a accepté, trop heureuse de les tenir à l'écart d'un foyer déserté, vidé de son entrain, mais rempli de l'absence des ados. Sans eux, le silence est pesant. Le grand-père est resté scotché au poste de télé une bonne partie de la journée, enchaînant les critiques et les remarques acerbes sur l'allure des animateurs. À présent il s'en prend à la mine de chien bien coiffé de

Patrick Sabatier. Pour son fils, c'est de nouveau la goutte d'eau qui fait déborder le vase. Il implose.

— Ça suffit maintenant papa ! Ça fait huit mois que ça dure cette histoire, huit mois que t'arrêtes pas de nous faire chier avec ton stupide écran noir ! Tu vois pas qu'elle est morte ta télé ? Tout est mort ! Les cultures, la terre, l'espoir, tout…

Il s'écroule dans les bras de sa femme qui s'est précipitée pour l'empêcher de tomber à genoux sur le sol. Il sanglote dans son cou, épuisé par sa propre colère et ravagé par la peur depuis la disparition de sa Juliette. À travers ses sanglots, il bafouille : « Pardon… Je suis un con, mais quand c'est trop, c'est trop. »

Stanislas et Sophie assistent à la scène, médusés. Ils connaissent les coups de colère du paysan, ils ont appris à décrypter ses manœuvres de reculade et ses excuses à la dérobée, mais jamais ils ne l'ont vu si fragile et vulnérable. Émus de la tendresse avec laquelle Joëlle berce son mari, Stan et Sophie se rapprochent instinctivement et s'étreignent à leur tour. Le nez plongé dans les cheveux de Sophie, humant l'odeur de sa peau légèrement sucrée, Stan prend conscience qu'il ne l'a pas serrée ainsi depuis des mois, bien avant même l'Effondrement. Avant il n'y songeait pas, ensuite c'est elle qui n'a plus voulu.

À sentir son abandon, le désir monte, irradiant ses reins. Il n'ose pas l'embrasser ici, mais il voudrait que ce moment dure une éternité.

— Elle va revenir, hein ?

La question du vieux les arrache à leur étreinte. Joëlle tente de le rassurer.

— Oui, Jean, évidemment que notre Juliette va revenir.

— Juliette ? Je te cause de ma Capucine. Tu crois qu'elle reviendra ?

— Oui, elle aussi rentrera. Venez à table manger la soupe. Ce soir tout le monde a besoin de reprendre des forces…

★
★ ★

Chaque jour de la semaine s'étire interminablement. Malgré ses résolutions, Joëlle n'a pu s'empêcher d'aller chez les meilleures amies de sa fille dans l'espoir que l'une d'entre elles aurait de ses nouvelles, mais personne n'a aperçu le couple.

En voyant les jumeaux tourner en rond comme des âmes en peine, Dédé s'efforce de leur remonter le moral en leur enseignant ses meilleurs trucs – même ceux qu'il s'était juré de ne pas divulguer ! – mais il voit bien que le cœur n'y est plus. Jules et Jim d'ordinaire si curieux demeurent sagement plantés devant leur canne, sans même songer à se chamailler. Les gamins demandent chaque jour après « Jon et Ju » et leur mère répond que les amoureux ont eu besoin de prendre un peu de distance, de trouver un abri pour eux deux et qu'ils vont revenir, qu'ils ne les oublient pas et pensent à eux.

Devant la mine bouleversée des garçons, elle sait bien qu'ils ne la croient qu'à moitié. Elle-même tente de se persuader que Juliette et Jonathan sont sains et saufs et parfois, quand l'angoisse lui laisse un répit, elle parvient presque à les imaginer pédalant sur leurs vélos, libres et heureux. Chaque soir, pourtant, à l'heure où le crépuscule tombe et que le froid se fait plus dur, elle ne peut s'empêcher de les imaginer quelque part, esseulés, dans le froid et affamés.

Avec Sophie, elles passent des heures à énumérer des raisons de ne pas douter. À leur âge c'est tellement normal de se rebeller ! Joëlle raconte qu'elle faisait le mur à même pas quinze ans. Sophie renchérit sur son été en Corse qu'elle a sillonnée en stop, sac à dos sur l'épaule. Durant quelques heures, elles se rassurent ainsi, puis les ombres envahissent la maison et la peur prend le dessus. À table plus personne ne rouspète devant le maigre dîner. Patrick ne réclame plus de rab, ce départ lui a coupé la chique en même temps que l'appétit ! La faim qui les tenaille leur fait presque honte à côté de l'angoisse de ne pas savoir ce que leurs enfants peuvent bien trouver à manger. Imaginer à quel point ils doivent être affamés est un supplice pour eux.

Dès qu'ils ont fini leur soupe, Jules et Jim vont se réfugier auprès du grand-père qui, maigre réconfort, reste égal à lui-même. Ils le bombardent de questions sur le programme du soir, opinent gravement de la tête en écoutant ses commentaires.

Malgré le peu d'entrain, la soirée s'éternise, chacun sachant que l'insomnie le tiendra éveillé longtemps. Puis on se chuchote tristement « à demain » et chacun regagne sa chambre d'un pas lourd et résigné, avec pour seule attente que la journée suivante apporte une bonne nouvelle.

Au moment du coucher, Sophie a pris l'habitude de se réfugier dans les bras de Stan et ils se réconfortent ainsi, à la chaleur l'un de l'autre, sans aller plus loin, ce serait comme trahir l'attente. Ils comptent les jours avant dimanche, encore quatre, et puis trois, et puis deux.

Quant à Jöelle, elle a même avoué à Patrick l'existence du marché des Hautereaux car, là-bas, forcément, quelqu'un les aura vus passer, on leur donnera des nouvelles, qui sait… Peut-être même un message de leur part.

⋆
⋆ ⋆

Quand arrive la fin de semaine, Patrick, à bout de nerfs, emporte une flasque de gnôle pour « tenir le coup » lorsqu'il va au boulot. Ils n'ont pas fait grand-chose, sinon vérifier et réparer les machines agricoles « pour quand on pourra les faire remarcher », graissé la herse pour prévenir la rouille, débité un tombereau de bûches, puis gratté et récuré la stabulation au point qu'on pourrait s'y asseoir et déplier sa nappe de pique-nique. Pourtant, quels que soient l'intensité de l'effort et le nombre d'heures passées à trimer, le temps se traîne abominablement jusqu'au matin suivant.

Cet après-midi Stan a suggéré de remettre le hangar en ordre, pour se donner un répit supplémentaire et ne pas gamberger.

Patrick hoche la tête et avale une lampée d'alcool puis il passe la bouteille à son compagnon.

— C'est la dernière.

— C'est pas du gâchis ?

Au lieu de répondre, Patrick poursuit rêveusement :

— Il y a pas trente ans mon père était ici, à la même place, à attendre mon retour. Avec des potes du lycée agricole, on avait fugué pour monter au plateau du Larzac, soutenir les paysans en lutte contre un projet d'extension de camp militaire.

— Merde ! Ça devait être quelque chose !

Patrick émet un ricanement désabusé.

– En fait de lutte, on a surtout picolé et dragué les filles. Il y avait même des ouvrières de Lip qui avaient fait la grève en 73 et qui soutenaient le mouvement sans vraiment trop savoir pourquoi, comme nous tous d'ailleurs… « Ouvriers et paysans, tous ensemble », elles disaient et on y croyait dur comme fer !

Il boit une nouvelle gorgée, secoue la tête, soudain rembruni.

– Quand je suis rentré, je me suis pris la raclée de ma vie. Si tu savais comme mon vieux a pu me faire chier !

– Tu parles bien de Jean ?

– Ça oui, y en a pas deux comme lui ! Mais à l'époque il était beaucoup moins drôle qu'aujourd'hui. Sévère et aussi borné qu'un âne. Je marchais bien, moi, en classe, j'aurais pu faire de belles études, mais pas question ! Il m'a obligé à reprendre l'exploitation, comme son père l'y avait contraint et son père encore avant lui. Culs-terreux de père en fils, t'imagines ?

– Très bien.

– Et toi ?

Stan sursaute, surpris par le changement de ton.

– Moi quoi ?

– Ton père, tu l'as encore sur le dos ?

– Oh non ! Et si l'un gueulait sur l'autre, c'était plutôt moi.

– Tiens donc, j'aurais pas pensé ! Il était aussi dans les affaires ?

– Des affaires en carton. Faillites en tous genres.

– Merde !

– Je ne te le fais pas dire. À sa décharge, il y croyait chaque fois. Il n'a pas seulement été cordonnier, mais aussi menuisier, représentant en parapluies… Mille métiers, mille misères. La seule chose qu'il faisait bien et à fond, c'était picoler ! Bref, on n'avait jamais un sou, ma mère déprimait et moi, dans notre petit pavillon de banlieue triste à se flinguer, je ne pensais qu'à me tirer de là.

— C'est marrant, je la voyais pas comme ça ta vie.

— Tu t'es laissé abuser par la couche de vernis.

— On se fait des idées, tu sais.

— Je sais.

Les deux hommes laissent planer un silence, perdus dans leurs souvenirs respectifs, puis Patrick attrape la bouteille et envoie une bourrade à Stan.

— On la finit ?

— Au point où on en est…

Ils avalent tour à tour une lampée, rotent joyeusement.

— Les femmes vont pas être contentes.

— Les femmes ont toujours quelque chose à redire.

— C'est pas faux.

— Ça n'empêche pas de les aimer.

— Carrément. Je porte un toast aux femmes !

— À ma chérie !

— Et à la mienne !

*

* *

Enfin, le dimanche arrive. Maria et Dédé ont accepté bien volontiers de sacrifier le sacro-saint jour de marché pour s'occuper des jumeaux. Le prétexte est flagrant mais Joëlle n'a pas envie que les hommes tournent en rond avec les garçons dans les pattes.

Patrick crève d'envie d'accompagner les femmes, pourtant il ne fait aucun commentaire en les voyant préparer les paniers. Se rendre aux Hautereaux serait une trop grosse humiliation. Il n'y a pas remis les pieds depuis l'histoire de l'éolienne. Mieux vaut s'abrutir en récurant une nouvelle fois l'étable… un terme plus approprié que stabulation, se dit-il, depuis que ses sept cents mètres carrés ultra-connectés n'abritent plus que six vaches.

La renommée du marché au troc s'étend désormais à toute la région et sa fréquentation ne cesse de croître, attirant chaque semaine plus de deux cents personnes venues des alentours. Peu importent le froid et le manque de marchandises, le troc est devenu prétexte, car les paysans se pressent avant tout aux Hautereaux pour se retrouver ensemble, bavarder et prendre des nouvelles les uns des autres, trop heureux d'échapper quelques heures à leurs exploitations devenues des camps de retranchement. Les plus éloignés arrivent en convoi et en charrette à cheval, ce qui fait dire à Dédé que le Far West n'est pas si loin…

À leur arrivée et malgré l'heure matinale, quelques « troqueurs » s'affairent déjà autour des étals. On déploie des tissus bigarrés destinés à mettre en valeur un tas de bric-à-brac, on dispose les paniers d'où émergent des bottes de poireaux au milieu des choux, courges et autres légumes racines comme les topinambours, les panais ou rutabagas, qui font dire aux commères les plus âgées qu'elles aussi, « quand elles étaient toute gamine en temps de guerre », ont connu les restrictions, pas mécontentes dans leur for intérieur d'en remontrer aux jeunes. Pommes et poires d'hiver sont disposées en forme de petites pyramides, tandis que les poignées de châtaignes sont exposées à part.

Rongées par l'angoisse, Joëlle et Sophie ne voient rien de tout cela et avancent comme des automates, cherchant partout le curé du regard. Si quelqu'un a ouï dire quelque chose c'est forcément lui, le brave homme connaît toutes les rumeurs « ou alors Pierre saura peut-être », échafaude Joëlle tandis que toutes deux slaloment entre les brouettes et les charrettes stationnées en plein milieu de la chaussée. Dans ces rues sans voitures, personne ne se soucie plus de se garer. La semaine dernière, cela les amusait encore, mais ce matin le désordre ne fait qu'accentuer leur confusion et elles se demandent s'il faut y voir un mauvais présage... Pas le temps d'explorer plus avant cette pessimiste éventualité... là, sous l'auvent violet d'une tenture, le miracle surgit.

Ils sont là, les deux amoureux, à trente mètres, et s'agitent comme si tout était normal. Juliette est en train d'accrocher un panneau « Coiffure JuJu, coupes à sec, hommes et femmes ». Son salon minimaliste se compose d'une chaise, d'un miroir et des accessoires indispensables, trois peignes et deux paires de ciseaux, un rasoir et des pinces, deux serviettes éponges. Sur l'étal voisin Jonathan aligne soigneusement des fromages – il y a une dizaine de crottins et de bûchettes cendrées, un véritable trésor ! Elles reconnaissent alors le stand de Johnny. En général, il ne vient qu'une fois par mois. Avec trois chèvres dont une vieille bique bréhaigne qui ne donne plus rien, il obtient trois à quatre litres de lait par jour, ce qui limite sa production.

Elles avancent à petits pas. Toutes les belles phrases qu'elles ont répétées se sont évanouies.

Les deux ados lèvent les yeux au même moment vers leur mère respective.

— Maman ?

Juliette toise sa mère d'un air mi-figue mi-raisin, *sa tête des lendemains de fête*, se dit Joëlle. Elle semble si jeune, si fragile, sa petite qui porte un bébé et qui s'est enfuie sans même crier gare...

Le reproche fuse avant qu'elle n'ait réfléchi.

— J'étais morte d'inquiétude !

— On a eu besoin d'encaisser… et ça va prendre du temps.

Sophie effleure la joue de son fils, persuadée qu'il va reculer, mais il avance au contraire, l'enlace, et elle ferme les yeux, ivre de joie. Son fils est là, solide et bien vivant, il n'a pas maigri davantage. Elle se redresse d'un sursaut pour le toucher. Elle caresse son visage, palpe ses bras et s'émerveille de sentir ses muscles. Il est là son petit. Elle rit de soulagement et il rit en retour, sensible à son émotion.

Juliette s'avance alors vers sa mère et se blottit dans ses bras, lui murmurant quelques petits mots d'excuses presque inaudibles : « J'aurais sans doute dû te prévenir toi, mais papa a besoin d'une leçon. » Joëlle acquiesce, la gorge serrée, sans chercher à retenir ses larmes.

— Et moi j'aurais sans doute dû intervenir mais tu connais ton père, lorsqu'il est dans cet état, il ne se contrôle plus et il faut laisser passer l'orage…

— Mais ce qu'il a dit est…

— Absolument odieux, je te le concède, et inacceptable, je te l'accorde aussi.

Tous les quatre se regardent un peu gênés, soudain conscients d'être le point de mire des badauds. Ici tout le monde est au courant de leur fugue. Le seul secret qui tient encore c'est la grossesse de Juliette.

Sophie remarque alors la présence du rocker qui ne semble pas vraiment à son aise. Il déplace les fromages, les repositionne dans une piètre tentative pour se donner une contenance. C'est bien la première fois depuis qu'elle l'a croisé qu'il ne fanfaronne pas ! Elle se délecte à l'apostropher :

— Alors, cow-boy, tu nous prends nos enfants ?

— Sûrement pas ma douce ! Je ne prends rien, j'offre l'hospitalité à ceux qui en ont besoin, à ceux qui la demandent.

— Bon sang, je n'ai même pas songé à venir chez toi !

— Je pourrais me vexer.

Joëlle ajoute son grain de sel, partagée entre l'envie de secouer le vieux rocker et celle de lui claquer la bise.

— Et moi je pourrais t'engueuler de ne pas nous avoir prévenues !

— Mesdames, du calme ! Vos enfants m'ont demandé de garder le secret. J'ai accepté contre la promesse de venir nous montrer aujourd'hui. Et nous voilà. Même si vous n'étiez pas venues, vous auriez rapidement su qu'ils étaient ici, avec moi.

— Merci.

Joëlle ne sait pas trop comment formuler la suite.

— Bon eh bien maintenant faut rentrer à la maison, non ?

— Rentrer ? Comme ça… comme si de rien n'était ? Tu parles de quoi, là, maman ?

Juliette s'est refermée illico et Joëlle se giflerait d'avoir voulu précipiter les choses.

— Il regrette, ma puce, il est complètement amorphe depuis que vous avez disparu, il…

— Maman ! Ce n'est pas juste une engueulade de plus !

Elle touche son ventre d'un geste tout à la fois symbolique et protecteur.

— Mon bébé… Mon bébé ne serait qu'une bouche à nourrir !

— Calme-toi ma chérie.

— Je ne suis pas énervée, je suis dégoûtée et j'ai honte pour lui et j'ai besoin que tu comprennes… et toi aussi, Sophie.

Le discours de Juliette la touche en effet en plein cœur. Au-delà de son indignation et de son comportement parfois un peu puéril, l'adolescente est prête à tout pour défendre son enfant et cette faculté à s'affirmer et à dire non l'émerveille. Sophie, elle, n'a jamais su… Oui, en même temps que ce bébé grandit en elle, Juliette est en train de devenir une femme.

Finalement, après avoir convaincu Johnny d'accepter la moitié de leurs marchandises, elles se résignent à monter leur étalage. Sophie voit à peine passer les heures. Sa déception de ne pas rentrer avec les enfants est balayée par un formidable soulagement : Juliette et Jonathan dorment au chaud dans une cabane pourvue de tout le confort possible, sous la protection de l'homme le plus débrouillard qu'elle connaisse, hormis Dédé.

Joëlle, quant à elle, rumine sa colère.

À 11 heures, il n'y a plus rien à échanger et les villageois se scindent en deux groupes : les croyants qui rejoignent l'église et les païens qui, juste en face, prolongent la conversation, attablés autour d'une tisane, enfin une infusion discrètement arrosée de gnôle fournie par quelques bouilleurs de cru. Ça fume, ça boit, ça discute dans une ambiance surchauffée ! La pipe, dont le fourneau permet les mélanges d'herbes les plus audacieux, a remplacé les cigarettes roulées. On s'échange des recettes d'eau-de-vie et on rapporte les derniers cancans : deux vaches ont vêlé chez les Rimont. Le vieux Grosjean s'est cassé la cheville et Maria, qui a des connaissances médicales, s'est proposée pour passer chez lui tous les jours. La Catherine ferait affaire avec une bande de vagabonds – ceux qui ont élu domicile dans l'ancienne ferme du Chahut – et elle se laisserait payer en rapines. D'ici à ce qu'elle couche avec leur chef, il n'y a qu'un pas... Bernard veut tuer un cochon et il a proposé au fils Gourvil de l'aider contre les pieds et un bout de lard. Il ne l'en avait pas informé depuis cinq minutes que le village entier a voulu passer commande, mais il comptait garder les meilleurs morceaux, et à présent que tout le canton est au courant, il redoute les vols... L'armée approche. Un gars du bourg aurait entendu un avion, parfaitement ! Les jeunes de Chaloux, eux, parleraient de monter une gazette...

Les esprits s'échauffent, on s'interpelle de tablée en tablée, mais le ton reste bon enfant. Personne n'a envie de se disputer. Même les commérages sur le compte de cette garce de Catherine sont teintés d'indulgence. On se promet de tenir l'hiver, se hasardant même à parler de projets, de cultures et de constructions communes, pour le printemps prochain.

Commune. Le mot roule de bouche en bouche et ravive des souvenirs. L'idée germe ce dimanche-là, précisément. Une communauté, comme celle des communards qui crurent à la démocratie directe.

⋆

⋆ ⋆

— Tu me fais chier, Patrick ! Puissamment et royalement chier. Tes réquisitoires m'emmerdent, tes coups de sang aussi ! Je ne sais pas ce qui me retient de prendre mes cliques et mes claques et de me barrer ! D'ailleurs, c'est ce que je vais faire ! Je suis à bout ! Le bout du bout ! *Ras-le-bol !*

Joëlle n'a pas encore franchi le seuil de la porte qu'elle s'est mise à crier. Dans la cuisine, l'ahurissement est général. Ils la dévisagent tous, éberlués, Patrick, Stan,

Dédé et Maria. Même Jean demeure bouche bée, muet pour une fois.

Appréhendant la suite, Patrick essaie de temporiser :

– Qu'est-ce qui t'arrive, ma douce ?

– Ma douce, mon cul !

– Mais enfin, que se passe-t-il ?

– Il se passe que nos enfants ne reviendront à la maison qu'à une seule condition, et cette condition c'est que *monsieur* accepte de faire la paix avec celui qui les a accueillis !

– Tu les as vus ?!

– Vus et embrassés.

– Mais ils sont où ?

– Devine !

Il fait soudain une drôle de tête.

– Allez ! Devine !

– Ne me dis pas qu'ils sont chez cet écolo de mes deux, avec ses moulins à vent et ses crottes de bique !

– Je crois que tu n'as pas bien écouté. Ou alors tu es vraiment complètement bouché.

– Tu peux comprendre que je me suis fait du souci, moi aussi ?

– Oui, mais pas que tu insultes l'homme qui les a recueillis. Et je te signale que son moulin à vent, comme tu dis, lui donne tout le courant dont il a besoin ! Alors ?

– Alors quoi ?

– Alors c'est simple. Soit tu es disposé à aller présenter tes excuses, soit je fous le camp les rejoindre.

En proie à un fort sentiment d'injustice, Patrick cherche désespérément un argument à faire valoir. Stan s'est approché de lui et lui frotte le dos, comme on tranquillise une bête rétive. Ça l'énerve encore plus, il ne veut pas de compassion mais juste qu'on reconnaisse ses droits ! Il s'écarte violement.

Sans lâcher prise, Joëlle le relance d'un regard dur et implacable.

– Alors ?

– Jamais. Ça jamais ! Plutôt crever…

– Eh bien tu vas crever ! Et sans moi !

*
* *

La première chose que Patrick aperçoit au-dessus du taillis c'est la grande hélice aux pales blanches, puis le toit et enfin la bâtisse légèrement de guingois. En dépit de son allure un peu bancale, le bardage épais lui confère une allure douillette. De la lumière filtre des trois fenêtres ; non pas la lueur chiche d'une veilleuse, mais une franche clarté qui égaye la grisaille de cette fin de matinée. Patrick s'immobilise, fasciné. Il avait oublié à quel point la lumière électrique lui manquait et se rappelle qu'il suffisait d'appuyer sur un interrupteur ; comme il a oublié, aussi, l'eau qui coulait à flots lorsqu'on ouvrait machinalement le robinet, ou encore le pot de confiture qu'on vidait sans se préoccuper de savoir si ce serait le dernier de l'année… Admettre que toute cette période est désormais révolue le plonge dans un état second, en retrait d'un monde qu'il ne sait plus bien comment habiter…

Un bruit diffus l'arrache à sa réflexion. Un cheval piétine le sol, balançant vivement le cou devant une chèvre. Il reconnaît Jetaime. L'animal ne porte pas de licol, il évolue librement. La chèvre aussi. Patrick étouffe un juron. Partout ailleurs, le silence règne. Sa montre marque midi. Il se demande si les enfants sont là, décide que, si personne ne répond, il renoncera. Ce ne sera pas sa faute.

Il toque contre la porte, écoute le silence. *J'ai essayé, voilà*, raisonne-t-il, conscient qu'il est en train de tricher à cause de la lumière aux fenêtres. Au moment où il s'apprête à faire demi-tour, une voix grave et chaude :

– C'est ouvert.

Il pousse le battant. La pièce où il pénètre est plus vaste qu'il ne l'imaginait du dehors, curieusement meublée, *à la façon hippie*, pense-t-il en la balayant du regard, jusqu'à ce que ses yeux se posent sur l'ennemi de toujours.

Johnny est assis devant une tasse fumante qui embaume la menthe. Il l'observe d'un air que Patrick juge goguenard.

– Tiens, tiens, qui voilà…

– Te fous pas de ma gueule, c'est assez pénible comme ça.

– J'imagine.

Le ton sérieux et posé de la réplique marque une forme de politesse, il faut le reconnaître. D'un geste, il l'invite à prendre place. Patrick tire une chaise et s'assoit du bout des fesses. Il n'a pas réfléchi à son discours et se retrouve subitement comme un couillon.

– J'ai vu ton cheval dehors. Il n'est pas attaché.

– Il n'en a pas besoin.

– Complètement con comme nom Jetaime.

– Tu t'y connais en connerie, c'est vrai…

Le mec ne va rien lui faciliter. Patrick respire un bon coup avant de se lancer.

– Bon, on va pas tourner autour du pot, ils sont où, les enfants ?

— Les futurs parents, tu veux dire ? Je les trouve chouettes, ces mômes. J'aurais bien aimé en avoir des comme eux…

— Sauf que ce ne sont pas les tiens.

— Effectivement.

Conscients d'avoir frôlé l'emballement, ils laissent passer un ange. *Un gros*, pense Bouillot. Les gamins ont dû se trouver un coin tranquille, histoire de bien enfoncer le clou de son humiliation. La question de Johnny le cueille par surprise :

— Un petit canon ?

Comme il hésite, parce que la ficelle est un peu grosse, son hôte insiste :

— Ça ne t'engage à rien.

— Pas faux.

Johnny va chercher une bouteille dans un meuble à rayons. Il la débouche d'un coup de poignet, sort deux verres et les remplit presque à ras bord. Du blanc, note Patrick. Le geste est généreux, le sourire engageant.

— C'est mon petit vin du Verdanel, un cépage du Sud qui est en train de migrer vers le nord, la faute à ton dérèglement climatique qui a foutu en l'air ce monde que vous aimiez tant…

— Mon dérèglement ?

— Façon de dire que nous, *les écolos de mes deux*, comme tu dis, on l'a vu venir de loin. Mais bon je vais pas revenir là-dessus, ça nous avancerait à rien de pinailler. Je te propose d'essayer de faire avec ce qu'on a, du mieux avec du moins. Ça te va ?

Patrick prend le temps de siroter le petit blanc, puis hoche la tête. Le vin est bon, l'écolo ne s'est pas foutu de sa gueule. Compte tenu de la conjoncture et du contexte, c'est un cadeau royal. Il a beau ironiser, le Johnny le reçoit avec les honneurs, il doit le reconnaître. C'est peut-être le moment de déclarer ses bonnes intentions...

— Y a une chose qui va te plaire. Je vais me mettre au bio.

— Ah ouais ?

— Ouais.

— Du coup, ça en fera deux.

— Deux quoi ?

— Deux « écolos de mes couilles ». Non, trêve de plaisanteries, j'ai un marché à te proposer. Il paraît que tu as défriché une partie de ton bois.

— C'est Sophie qui t'a dit ça ?

— Non, mon cheval ! Il me rapporte tout en rentrant de chez toi.

Patrick s'abstient de réagir. La pique est bien sentie, c'est de bonne guerre puisqu'il n'a jamais remercié pour le prêt du cheval, mais si l'écolo s'attend à ce qu'il s'en excuse maintenant, il peut aller se brosser !

La question suivante le prend au dépourvu :

— À présent que tu as de la bonne terre, un sol vierge de toutes tes saloperies chimiques, tu vas y semer quoi ?

— C'est le problème. Je n'en ai pas la moindre idée. Ça doit pas trop te surprendre, si ?

— Pas vraiment. Me doute bien que t'es dans la merde avec tes belles semences stériles, hein ?

— C'est ça. Dans la merde.

— Ben, moi j'ai ma petite idée. Des graines anciennes qui seraient pas génétiquement modifiées, ce qu'on appelle aujourd'hui des semences paysannes.

— Et tu dégotes ça où, aujourd'hui ?

L'homme avale son vin cul sec, fait claquer sa langue lorsque de la mezzanine émergent les deux adolescents. Patrick se sent pris d'un coup de chaud. Ils étaient là depuis le début ! Dans un accès de panique, il essaie mentalement de rembobiner le fil de leur conversation pour s'assurer qu'il n'a rien dit de travers. Il n'apprécie pas trop que Johnny supervise leurs retrouvailles mais il n'a pas vraiment le choix. Sa fille lui semble déjà plus ronde, ce doit être son imagination qui lui joue des tours. Elle est enceinte de combien ? Six, sept semaines ? Il n'a même pas pris la peine de se renseigner. Le gamin la serre de près, encombré d'un sac en toile qu'il dépose devant lui.

— Alors tu es venu…

— Ben tu vois…

— On a un truc pour toi.

Ils se regardent, n'osant dire ni faire quoi que ce soit qui puisse rompre le fragile équilibre de la situation. L'écolo prend la direction des opérations. Il ouvre le sac. *Des semences…*

— Vas-y. Goûte-moi ça.

Patrick avance timidement la main. Son cœur bat à grands coups. Les grains renflés, parfaits, ont une couleur pourpre. Sous sa paume, ils roulent comme de la soie.

— C'est une variété très ancienne, un blé qu'on cultivait autrefois sur les collines de Haute-Provence. Un vieil ami me les a laissées en héritage. C'est lui qui m'a tout appris de la vraie nature. Oui, la vraie. Pas celle qui a été transformée, voire défigurée pour être plus précis.

Patrick hoche la tête en signe d'approbation, conscient de la valeur de l'offrande. Seul un paysan peut comprendre. La honte l'envahit. Il s'est laissé manipuler par ces guignols de chez Sacramento et consorts avec leurs cochonneries hybrides et, comme tant d'autres, il leur a laissé le champ libre, c'est le cas de le dire. Timidement, il porte quelques grains à sa bouche, les croque en connaisseur. La saveur est légèrement âcre, plus consistante que le blé ordinaire. Depuis combien d'années n'avait-il pas fait ça ? Mais qui le voudrait avec toutes les saloperies dont les multinationales enrobent leurs semences ? Ils en respirent déjà suffisamment !

– Ce sont les gamins qui m'ont parlé de ton problème… Ça me plaît de te donner ça pour que tu le plantes dans de la vraie terre, celle que l'on travaille en la respectant… La terre des hommes, tu vois ?

Patrick acquiesce, la gorge nouée. Il lance un regard à sa fille appuyée contre son amoureux. Il lui sourit comme si tout était résolu. Il ouvre la bouche afin de les remercier, pour leur tolérance et pour les semences, mais la referme, faute de trouver les mots. Il devrait s'excuser, dire au moins qu'il regrette, expliquer que c'est la faute de son foutu caractère, qu'il s'emporte et qu'après il ne sait plus revenir en arrière… mais il ne peut pas, il n'y arrive pas. Les mots se bloquent avant d'avoir franchi ses lèvres. Et Johnny qui le regarde avec son air conquérant, presque condescendant, lui semble-t-il.

– Tu veux quoi en échange ?

La question claque sèchement. C'est tout ce qu'il a trouvé à dire et déjà il regrette. Il aimerait pouvoir la ravaler ou la reformuler de façon à l'adoucir, mais il ne sait pas faire, depuis le temps qu'il aboie comme un vieux clébard agressif il a perdu le sens de la mesure. Par chance, son hôte ignore la provocation.

– Promets-moi ou plutôt promets-nous de bien les cultiver et qu'on s'y mette tous ensemble.

Il fait un clin d'œil à Juliette qui rigole. Patrick réalise alors à quel point ils sont proches, ça lui cause un choc et l'atteint durement. L'autre continue sans se douter qu'il remue le couteau dans la plaie.

— On doit penser au petit à naître. Tu sais ce qu'on dit, en Afrique ?

— Pas la moindre idée.

— Il faut tout un village pour élever un enfant.

Au lieu de répondre, Patrick, contemplatif, laisse lentement filer le blé entre ses doigts comme si c'étaient des pièces d'or car c'est bien d'un trésor qu'il s'agit. *Le seul qui vaille, un trésor vieux comme l'humanité*, songe-t-il. Il se rappelle alors comme il croyait à l'avenir autrefois, avant que les soucis ne le rendent si con. C'est ça qu'il faudrait dire.

— Finis ton verre et viens voir. J'ai encore un truc à te montrer dans la grange.

Juliette ébauche un sourire pour l'y encourager. Un premier pas vers le pardon, espère-t-il, puis tout en buvant sa dernière lampée de vin, il se lève et suit le rocker.

La grange est située à l'orée du bosquet, derrière la cabane. Le bâtiment est presque aussi vaste que l'habitation avec un sol en terre battue, une ampoule reliée à l'éolienne qui éclaire les outils soigneusement rangés, pinces, faux, pioches, scies… les machines sont vieilles, certaines sont déjà des antiquités. Bouillot remarque un motoculteur mécanique et une arracheuse de patates à côté d'un attelage parfaitement entretenu. Et trônant au milieu de l'espace, une Harley Davidson rutilante. Tandis qu'il détaille les lieux, Johnny rapporte une lourde pièce de bois à la lame étincelante. On voit que l'outil a été maintes fois aiguisé et ciré.

— Avise-moi ça ! C'était à un vieux d'Aubignane. Il m'a aussi cédé sa charrue. Regarde cette merveille de soc ! C'est forgé à la main. On croirait l'étrave d'un bateau. Il va te fendre la terre comme un océan.

Il fait une pause, reprend plus gravement :

– Attention, il n'est pas certain que les graines vont germer. Avant que je les récupère, elles ont été mal stockées, elles ont pris le gel. On ne peut jamais prévoir. Juste espérer.

Patrick hoche la tête. Il ne sait faire que ça, acquiescer, boire un coup et compter les « merci » qu'il peine à arracher. D'un coup de menton, il désigne la moto.

– Elle ne roule plus.

– Ben non, forcément.

– Joëlle est montée dessus à l'époque où elle roulait ou j'me trompe ?

– Patrick, tu te fais du mal. Tu crois pas qu'il est temps de laisser tomber ?

– Je veux juste que tu répondes. Après je pourrai.

– OK. Je l'ai emmenée faire un petit tour, oui. Et ensuite elle est revenue. C'est suffisant, non ?

Patrick se retient d'acquiescer. C'est vrai, Joëlle est toujours revenue. Mais la joie qui fut la sienne en touchant le blé se teinte maintenant d'amertume parce qu'il y a autre chose, quelque chose que Johnny vient de dire et qui ressemble à une issue.

« On ne peut jamais prévoir. Juste espérer. »

Nouveaux printemps

15.

L'hiver a été rude, hommes et femmes ont dû vivre sur leurs maigres réserves. Les corps se sont émaciés et on a pris l'habitude d'avoir faim, et pourtant, notamment grâce au marché au troc, la plupart des gens ont survécu. Mais les vieux et les personnes à la santé fragile ont payé un lourd tribut. On manque de tout, d'installations, de médecins, de médicaments et, si le savoir des anciens sur les plantes suffit à soulager et soigner bien des maux, il ne permet pas de traiter les pathologies graves. Heureusement, les mentalités ont continué d'évoluer dans le bon sens et l'entraide s'organise spontanément. Beaucoup ont réalisé que vivre retranché, égoïstement, et sans égards pour son voisin, n'apportait rien de bon. Auprès de ses fidèles à la messe du dimanche, et auprès de ses concitoyens le reste du temps, inlassablement, le curé a prêché la solidarité. Il a parlé d'un nouvel ordre des choses, né des décombres d'un monde cupide devenu fou, il a enjoint à ses ouailles de distribuer aux plus miséreux les maigres surplus plutôt que de thésauriser. Gagnés par sa ferveur, certains ont donné l'exemple en offrant de la farine, un morceau de lard, du beurre, quelques œufs… Les Gourvil ont accueilli chez eux une vagabonde et son gosse. L'empathie pour toutes ces familles déracinées et abandonnés de tous, ces mères seules avec leurs enfants, se généralise au fur et à mesure que la pénurie s'installe. Peu à peu, les villageois ont commencé à considérer l'autre non pas comme un ennemi, mais comme un compagnon de mauvaise fortune. Et puis les rumeurs d'une reprise se sont répandues.

Un colporteur jure avoir aperçu un hélico tourner au loin, du côté de l'autoroute. Une femme de Chaloux soutient mordicus que sa cousine a aperçu un convoi militaire filer sur la nationale. Certains affirment que l'armée s'est déployée, que ce n'est plus qu'une question de temps avant que les troupes ne « réinvestissent » les villes et n'y rétablissent l'ordre en reprenant le pouvoir. D'autres prétendent que ce sont des conneries, qu'il n'y a rien à reprendre. Entre les deux, restent les indécis… qui hésitent et les pragmatiques qui verront en temps voulu qui avait raison car, pour l'heure, il y a mieux à faire. En février, avec les premières semailles, il faut transporter le fumier et le répandre sur les sols labourés. Ensuite il faut préparer l'ensemencement des salsifis, chicorées et carottes, pois et poireaux, oignons, fèves ou persil ; continuer les semis de tomates et d'aubergines ; planter l'ail, l'avoine, les pommes de terre ; tailler les fruitiers et réparer les clôtures branlantes ; récolter navets, patates et le pourpier d'hiver. Quand vient mars, et après l'épandage, c'est le moment d'achever les semailles en pleine terre, de tester les vieilles recettes d'engrais et d'herbicides héritées des aïeux – le bicarbonate se négocie à prix d'or ! –, récolter les céleris, choux, chicons et les sempiternelles patates, féculent de base de tous les repas. Le mois de mars, c'est aussi le labour des champs, la saillie des génisses, pourvu qu'il trouve un taureau dans le canton, et cette appréhension de se faire voler ses bêtes ; alors, pour garder les animaux, beaucoup de fermes utilisent désormais des prairies partagées. L'arrangement permet de veiller aux troupeaux avec seulement deux ou trois bergers armés. Grâce au ciel, la plupart des bandes de vagabonds se sont dispersées au cours de l'hiver, chassées par le froid et moins vaillantes face à la détermination des villageois de ne plus se laisser voler. « Contre des paysans qui font bloc, les voyous ne peuvent rien ! » affirment maintenant les récalcitrants de la première heure, ceux qui cultivaient l'entre-soi et apparentaient la mise en place d'un troc solidaire à un système communiste !

Les premières chaleurs arrivent en avril. Dans les vergers et les jardins, poiriers et cerisiers se couvrent de fleurs, les tiges des saules ploient sous les chatons argentés comme autant de promesses. Dans les prairies laissées en friche, la biodiversité fait son grand retour, partout les papillons et les abeilles butinent, les insectes bourdonnent, les passereaux s'en régalent et, dans les trous d'eau, les grenouilles coassent à tout va. Les coquelicots, que les pesticides avaient quasiment fait disparaître des campagnes, pointent de nouveau leurs têtes et défroissent leurs pétales écarlates sur les talus ensauvagés des bords de route, recouvrant les champs d'immenses et chatoyantes nappes.

Face à la menace de pluies torrentielles, aussi dévastatrices pour les cultures que les épisodes caniculaires, une équipe de volontaires s'est constituée pour replanter des haies autour des champs cultivés. Ceux qu'on moquait hier pour leurs pratiques d'agroforesterie, qualifiées d'archaïques, dispensent aujourd'hui leurs conseils. On ne parle plus de rendement à l'hectare mais d'un retour au savoir-faire paysan, qui tient compte des contraintes et des possibilités de son environnement, bref qui sache s'adapter au milieu pour en tirer le meilleur parti plutôt que de viser la productivité à marche forcée dont les effets délétères sur les écosystèmes et les sols menacent directement les cultures à moyen terme. C'est le retour en grâce du fait-maison et des recettes de grand-mère. Certains ont même ressorti les cottes à bretelles ou les velours avec poches aux genoux des armoires de famille. On redécouvre la cueillette des « males-herbes » afin de guérir les petits bobos, la fièvre, l'insomnie et les inflammations. Ceux qui détiennent ce savoir n'ont pas tardé à être sollicités et transmettent, comme cela se faisait d'une génération à l'autre, le plus souvent de mère en fille, leurs recettes de sorcières. Soucieuse de connaître des remèdes naturels pour soigner le bébé à naître, Juliette s'est tout de suite intéressée au sujet et suit assidûment les enseignements ! Elle a rallié sa meilleure copine à sa cause, et même s'il leur arrive encore de regretter un bon Big Mac suivi d'une séance shopping maquillage entre filles à la ville du coin, les soirées séries et Insta, elles trouvent un certain charme à leur nouvelle existence. De son côté, Jonathan réfléchit à monter un repaire-café où les jeunes du coin échangeraient les bons plans.

À la ferme du Chien-Rouge aussi tout a changé, de l'eau a coulé sous les ponts et le temps a arrondi les angles. Bouillot et Tramont ont décidé de s'organiser sur le modèle des coopératives. Le travail et les récoltes seront mis en commun et chacun continuera à fonctionner selon ses capacités.

Pour Patrick, c'est une nouvelle ère qui s'ouvre. Ses dettes, son ressentiment et ses colères sont de l'histoire ancienne, une histoire qu'il veut tenir à distance. En acceptant de tourner la page et de se réconcilier avec son vieil ennemi, il a cessé de se ronger les sangs. Il a retrouvé le sens de son métier de paysan et se concentre sur l'essentiel.

Avec l'aide de Stan, Dédé et sur les conseils de Johnny qui maîtrise parfaitement les méthodes agraires ancestrales, le champ de la forêt a été ameubli, préparé puis enrichi de compost.

Fin février, tiré par le brave Jetaime, le soc effilé en métal fend la terre pour le premier labour. Les femmes suivent, épandant parcimonieusement le précieux grain. Campé sur le bord du champ, le grand-père les encourage, le bras en l'air, mimant le geste des semeurs à la volée. À ses côtés Juliette rit, les mains posées sur son petit ventre rond. Il en vient même à danser une gigue paysanne en laquelle tous, émus devant cette manifestation de joie, veulent voir la promesse d'une année fertile.

Le labour et les semailles achevés, Patrick a l'impression de connaître chaque pouce de terre travaillé. Un plaisir néanmoins quelque peu gâché par la crainte d'un échec. Le blé de printemps est plus exposé au stress hydrique et à la canicule et son rendement moindre ; en outre rien ne dit que les semences sont viables. Germera-t-il ? Cette question le hante du matin au soir et du soir au matin… Leur avenir en dépend, et, si le blé ancien ne prend pas, il n'y en aura pas…

Les semaines qui suivent, il s'épuise tant qu'il peut à la tâche mais rien ne réussit à détourner ses pensées de cette parcelle de blé. Il sent encore les grains pourpres rouler dans sa paume et les imagine prendre vie au creux de sa terre, puis subir les assauts de gelées tardives ou autres événements climatiques catastrophiques.

Le troupeau des laitières a passé l'hiver sans famine ni maladie mortelle. Il n'est plus question d'amputer le cheptel d'une bête, Patrick s'est fait une raison. D'ailleurs, en reconnaissant que fréquenter le marché du dimanche servait leurs intérêts, Patrick a révisé sa position sur beaucoup de sujets. Pour l'instant, leur production de lait reste leur principale monnaie d'échange et la base de leur alimentation. C'est grâce au lait, au beurre et aux fromages artisanaux qu'ils ont évité la famine.

En mars, les femmes travaillent au potager à plein temps, hormis les trois heures de cours qu'elles dispensent quotidiennement à Jules et Jim, en attendant la création d'une classe à plusieurs niveaux aux Hautereaux, décidée unanimement. Les jumeaux ont bien râlé un peu mais ils se montrent plutôt doués. Eux aussi ont gagné en maturité durant l'hiver. Une fois libérés de leur part de corvées du jour – vaisselle, tour de garde, nettoyage de la stabulation – et les devoirs achevés, ils partent chasser ou pêcher, le plus souvent en compagnie de Dédé.

Le ventre de Juliette s'arrondit de jour en jour. La naissance est prévue en juillet, en même temps que la moisson, et chacun y voit un signe du destin… Avec sa formation, Maria pourra l'aider à accoucher à domicile, tout devrait bien se passer, mais en cas de complications, on a trouvé un vétérinaire qui vit sur Chaloux et qui pourrait intervenir.

Choyée par tous, comblée des attentions d'un Jona très amoureux qui prend très au sérieux sa future paternité, Juliette est aux anges. Il lui arrive de faire tourner les grands-pères en bourrique pour le seul plaisir de les voir se chamailler à propos du « petit ». Patrick penche pour un garçon et prétend qu'il sera « aussi blond que leur blé ». Stanislas, lui, mise sur une fille « aussi jolie, futée et gracieuse qu'une fée ». Avant que ça ne vire à la foire d'empoigne, Joëlle doit leur rappeler qu'ils ont beau parier sur le sexe des anges, c'est la nature qui choisit !

Par ailleurs, les amoureux ont beau répéter que c'est eux qui décideront le jour J, le choix du prénom occupe aussi pas mal de veillées, chacun espérant inspirer les futurs parents. Théo, Martin, Alba, Astrée ou Cosima ; Pierre, Arthur, Charlotte, Romy, Clément ou Claire. Va-t'en savoir pourquoi, le grand-père s'est entiché de « Thermidor » et, on a beau lui expliquer que c'est « un peu lourd » à porter, il n'en démord pas.

Joëlle a commencé à coudre des langes et, après avoir démaillé de vieux pulls démodés, Sophie s'est mise au tricot, le point mousse pour commencer, et confectionne chaussons et brassières assortis qui vont du mauve au blanc.

Puis il a été question d'ajouter une dépendance, ou d'aménager un coin de grange abandonné pour héberger le couple et son enfant à naître, car Juliette a insisté pour avoir son indépendance. Pas question pour la future jeune maman de vivre sous le toit de ses parents ! Avec l'aide et les conseils de Dédé et de Johnny, tous se sont mis au travail pour construire leur futur foyer. Pour ce faire, ils ont débité des arbres en planches, utilisant la scie de long à deux mains qu'un voisin leur a prêtée. Dédé a équarri à la hache de longues traverses de chêne pour la charpente et, peu à peu, la petite maison, composée d'une pièce principale et d'une charmante mezzanine, a commencé à s'élever et prendre forme.

En grande partie grâce à l'expertise de Dédé et de Johnny, les travaux de charpente ont pris moins de trois semaines. Sous le bardage, une épaisse couche isolante de paille est intercalée. Patrick a fabriqué une échelle hautement sécurisée avec une rampe et de larges échelons antidérapants pour accéder à la mezzanine où l'on a posé un matelas. Le vieux poêle est une trouvaille provenant du marché au troc échangé contre deux miches de pain, trois truites et des fromages. Pour le reste, ustensiles, cuvettes ou flexibles sanitaires, on s'est servi parmi les rebuts du hangar.

Confortable à l'intérieur, il faut bien avouer que la petite cabane qui sent bon le bois fraîchement coupé a aussi fière allure de l'extérieur, posée là, juste en lisière de verger et couronnée par les arbres en fleur.

En attendant la pose d'une petite éolienne dont Johnny supervise la fabrication, Dédé s'occupe de monter une citerne récupérée on ne sait où, grâce à une combine dont lui seul a le secret. Celle-ci comblera les besoins essentiels en eau. Il a également creusé des bassins de filtrage afin de recycler les eaux usées. Maria et Joëlle se sont consacrées à la décoration des volets en peignant oiseaux ou fleurs naïves en bleu Majorelle avec les pots de peinture destinés à la dépendance. Un hamac a été tendu entre un cerisier et un cognassier et il n'est pas rare de voir fureter des amateurs à l'heure de la sieste, si bien que Juliette s'est résolue à ouvrir un atelier « détente et relaxation » avec sa copine. Elles ont déjà sept commandes à honorer !

Les jumeaux ont à leur tour réclamé une cabane dans les arbres et Dédé a promis de s'y coller à la fin de l'été quand il y aura moins de travail… Pour un épicurien comme lui, il semblerait que le temps de la flânerie soit relégué au rang des souvenirs, excepté sa sacro-sainte sieste en hamac à laquelle il ne dérogerait pour rien au monde !

Entre les mauvaises herbes qui prospèrent, Patrick guette la germination. La montaison demeure sa seule préoccupation et son humeur oscille entre espoir et catastrophisme.

À Chaloux, la gazette voit enfin le jour. L'idée est venue au rédacteur en chef alors qu'il fouillait son grenier, devant une ronéotypeuse et un stock de feuilles carbone. Le premier numéro s'arrache si vite qu'ils doivent relancer un tirage, puis un second. Les informations sont réputées fiables et tout ce qui tient de la rumeur est consigné dans une rubrique : « À ce qu'il paraît… sans certitude ! »

Ce journal marque le début d'une nouvelle ère. Partout, les gens s'organisent de plus en plus, quelques services reprennent – courrier, plomberie, aide à la personne, travaux agricoles – grâce à des groupes de bénévoles. Ce que le curé avait initié pour ses ouailles se répand à présent aux villages alentour.

Aux Hautereaux, un bal est organisé, puis un second. Grâce à son marché, le village est devenu le centre névralgique de cette région du Morvan. Comme au Moyen Âge, on se retrouve lors des foires commerçantes pour se distraire et échanger des pratiques. Sans intrants chimiques ni machines pour les épandre, les paysans réapprennent les méthodes de culture traditionnelles s'étonnant souvent de l'efficacité des techniques naturelles employées par les anciens ! Ceux-là même qui lors des veillées ne se font pas prier pour redonner ses lettres de noblesse à un métier qui a été dévoyé par les diktats de l'agriculture intensive. Des couples se forment, on oublie les vieilles rancunes, on règle quelques différends et l'esprit de solidarité finit par l'emporter sur l'hostilité.

*
* *

Une nuit de mai, alors que la terre commençait à souffrir d'une chaleur précoce et insistante, un orage éclate enfin.

Mais la joie de voir arriver l'eau se mue rapidement en angoisse à l'écoute du crépitement infernal que fait la pluie qui s'abat sur le toit comme une volée de plomb.

Patrick ouvre violemment la porte. Dans leur lit Stan et Sophie se redressent d'un bond, le cœur battant, en croisant le regard affolé de Patrick. À la main il tient une lampe à pétrole dont la flamme oscille follement. Il se précipite vers eux, gueulant de toutes ses forces :

— Vite, au blé, ça va tout emporter !

Derrière lui, ils distinguent Jonathan et Joëlle, munis eux aussi de lampes.

Sans échanger un seul mot, ils enfilent un short, un imper et chaussent une paire de bottes. Derrière les carreaux de la cuisine l'ampoule jette un infime éclat. Malgré le rideau d'eau, ils aperçoivent Juliette, restée à l'abri, la main tendrement posée sur son gros ventre.

Fouettés par la pluie drue qui crève sans pitié les frondaisons, ils progressent aussi vite que possible, tantôt courant dans une trouée du sous-bois, tantôt trottant pour ne pas se tordre une cheville sur le sentier boueux. Patrick a pris la tête du petit groupe et avance à l'instinct, guidé par les centaines de trajets faits de la ferme au champ. Sophie et Joëlle suivent tant bien que mal, et Stan vient en dernier, obnubilé par la crainte de perdre une botte. Il a enfilé une paire trop grande et se maudit de sa bêtise. Les ombres tournoient autour d'eux au rythme des bourrasques, accentuant l'impression d'être perdu au cœur des ténèbres.

Le champ apparaît soudain dans l'échancrure du bois. Ils s'arrêtent à sa lisière, ahuris par le spectacle de désolation. La terre pilonnée par le déluge se change en boue épaisse, et bientôt le trop-plein ruissellera et emportera dans ses coulées les semences, et avec elles les efforts acharnés de l'hiver et l'espoir d'une vie nouvelle !

Ils restent ainsi, giflés par les trombes d'eau, saisis d'impuissance.

— C'est foutu ! foutu ! foutu ! Nom de Dieu de foutu !

Bouillot gémit de rage et son cri réveille Stanislas. Ses lectures au coin du feu, ses frustrations, sa douleur et ses élans, soudain tout le pousse en avant, comme si on actionnait un levier en lui : il sait quoi faire.

— On va chercher des pelles, des pioches, tout ce qui sert à creuser, vite ! vite !

Patrick relève la tête et cligne des yeux d'un air égaré.

— Tu veux faire quoi ?

— On va creuser des fossés de dérivation.

— Et tu sais faire ça ?

— J'ai appris… dans des livres, mais la pratique n'est jamais loin de la théorie pour qui veut se battre, et on va pas se laisser faire, nom de Dieu.

Patrick s'avance vers lui, éclairant leurs deux visages de la lampe qu'il tient à bout de bras. Malgré la pluie, le vent, l'imminence de la catastrophe, il esquisse un sourire.

— Putain, non ! T'as raison, on va pas se laisser faire. Vite !

Malgré la pluie battante, ils ne perdent pas de temps. Ils font aussitôt un aller-retour pour quérir tout ce qui pourrait creuser et, chacun se chargeant d'un outil, ils se mettent au travail. Pour éviter que le champ cultivé ne soit englouti, il faut excaver un fossé sur son périmètre, puis des rigoles sur la pente naturelle du sol de façon à dévier le flot. C'est Stan qui commande et Patrick ne trouve rien à redire, alors que Sophie, retrouvant chez son mari cette pugnacité de l'homme qui sait prendre une décision et l'appliquer, se surprend à l'admirer.

Ils se mettent au travail, piochant le sol avec ardeur. Faisant fi de la fatigue, ils ne sont plus que le prolongement de leurs outils et soulèvent des tombereaux de boue collante.

Au début leurs efforts paraissent ridiculement vains et l'eau submerge les piètres saignées, pourtant ils s'acharnent à creuser. Ils refusent la fin absurde de cette terre sur laquelle ils ont tant souffert, ils refusent de voir le blé précieux emporté dans le déluge !

Lentement, le fossé principal prend forme, les encourageant à redoubler leurs efforts tandis que les femmes s'attaquent aux rigoles secondaires pour gagner du temps. Aussitôt qu'ils raccordent les différents réseaux à la rigole principale que Stan a demandée « la plus profonde possible », l'eau se met à couler en chantant une musique aussi douce à leurs oreilles qu'une symphonie de Mozart. Très rapidement, les goulottes qui débordaient se déversent dans les tranchées moyennes qui elles-mêmes rejoignent l'artère principale. L'eau, désormais, s'écoule miraculeusement, et, comme si l'orage n'attendait qu'un commandement du ciel, la pluie se fait moins drue.

Ils s'arrêtent, exténués, le corps couvert de boue. Sur leurs visages maculés, même sourire douloureux et, pourtant, Stan ne peut s'empêcher de crier victoire. Patrick lui tombe dans les bras.

– On a gagné ! On a gagné !

Sophie s'affaisse sur elle-même en gémissant.

— Je crois que je vais crever de courbatures.
— Le pire c'est qu'il va falloir prendre une douche, réplique Joëlle.
— Jamais. Je préfère me changer en statue de boue.
— Alors on sera deux.
Stan et Patrick tentent d'évaluer les dégâts. Le champ a certes piètre allure, mais la terre encore en place n'a pas trop souffert, semble-t-il.
— T'en penses quoi le Parigot ?
— Tu me demandes mon avis, le péquenaud ?
— Ben ouais, pour une fois, juste retour des choses !
— Alors je dirai qu'on a évité le pire.
— Je crois aussi. Y a un truc qui me taraude, quand même…
— Quoi donc ?
— Où es-tu allé pêcher cette idée de fossés ?
— Chez un certain Bouillot Patrick, lycée agricole de Château-Chinon.
— Tu rigoles ?
— Non, c'était dans un de tes manuels scolaires.
— Ben merde, j'avais dû sécher le cours ce jour-là !
Ils explosent d'un gros rire avant de s'affaler au sol.

Le retour à la ferme leur prend le double du temps habituel. Pour se donner du courage, ils jurent de se faire un petit déjeuner avec du vrai café et de sortir la miche et le beurre réservé au marché ! Au diable le rationnement, on ne chipote pas le jour d'un miracle ! Ce coup de semonce tombé du ciel et la catastrophe évitée de justesse sonnent forcément le renouveau.

*
* *

Le 21 mai, le village des Hautereaux inaugure sa première fête de printemps.

Le matin même Stanislas branche son portable afin de contrôler la connexion. Il ne vérifie plus systématiquement, loin de là, il lui arrive de laisser passer des semaines sans y penser.

Lovée sous l'édredon, Sophie déclare rêveusement :

– Quand on s'est enfuis de Paris, jamais je n'aurais pu imaginer qu'on resterait ici.

– Moi non plus.

– Tu te rappelles ton premier geste, le matin ?

– J'attrapais mon portable ?

– Tu allumais France Info, lançais la machine à café et simultanément consultais tes cotations.

– Ça me paraît dingue, aujourd'hui. J'aurais du mal à reprendre ce rythme de vie… D'ailleurs ma montre m'a lâché. La pile doit être morte.

– Ta Patek à douze millions de dollars ?

– Un peu moins de 10 000 euros. C'est drôle, ça ne m'a rien fait. Et puis finalement, je la trouve assez moche. Je regrette juste un truc…

Stan hésite, il n'a pas envie que Sophie se méprenne sur sa réticence.

– Dis-moi.

– Quelquefois j'ai l'impression de vivre au ralenti. Tu crois que je suis encore accro aux shoots d'adrénaline ?

– Peut-être. Mais tu as une terre maintenant.

– Que veux-tu dire ?

– Considère la ferme comme si c'était ta boîte… Mets à profit les connaissances que tu as acquises, imagine comment tu pourrais améliorer ses rendements, diversifier l'activité pour être plus autonome ou encore développer l'agroécologie… C'est un défi passionnant, non ?

— Oui. Mais…

Tandis qu'il soupèse la suggestion, Stan a branché son portable au chargeur solaire de son fils. Le bruit familier d'une petite musique résonne, tellement familier qu'il ne réagit pas tout de suite.

— Merde, ça remarche !

Sophie a jailli du lit avec l'agilité d'un cabri. Elle se pétrifie, n'osant plus bouger de peur d'interférer.

L'icône du portable signale un message. En mettant le haut-parleur, Stan redoute d'entendre un message d'outre-tombe. Il s'attend à un cri, des paroles déchirantes d'adieu.

Une voix neutre débite mécaniquement : « Pour renouveler votre contrat d'assurance taper 1, pour modifier les termes de votre contrat taper 2, pour un renseignement taper 3, pour joindre un conseiller taper 4… »

Machinalement, il opte pour le dernier choix, tombe sur une annonce automatique : « Ce service est momentanément interrompu, veuillez renouveler votre appel… » Il recompose le numéro, retombe sur la même annonce.

— Putain c'est quoi ce binz ?

— Tu penses qu'ils ont rebranché l'électricité ?

— On serait au courant, c'est le cas de le dire ! Non, impossible…

— Et s'ils avaient fait un simple essai ?

— Un truc du style : « Allô monsieur Duchmoll, ça va couper mais on veut savoir si ça marche » ?

— En gros, oui.

— Ce serait plutôt débile.

— Peut-être mais cela corroborerait les rumeurs ! Au marché, les gens prétendent que l'armée a pris la main. Et la mairie n'a pas démenti, il paraît que ce n'est plus qu'une question de temps avant qu'on ne voie débarquer des camions !

– Et en supposant que tu aies raison, chérie, qu'est-ce que tu proposes ?

– Rien.

– Ah… d'accord. On rallume le jus et toi tu éteins la lumière.

– Tu te vois retourner à Paris aujourd'hui ? Et Jon ? Juliette ? Et leur bébé ? Tu nous imagines camper dans le penthouse dévasté, balayer les débris, reclouer trois étagères et recommencer comme si de rien n'était ?

Rien que d'envisager ce retour en arrière, Sophie en est malade. Pour elle, la ferme du Chien-Rouge n'est pas une parenthèse. Il y a encore un an, elle aurait été tentée de dramatiser, de parler de survie, d'expérience initiatique, or la réalité est mille fois plus simple : l'existence est parfois foutrement dure, mais jamais elle ne s'est sentie aussi vivante qu'ici, sur cette terre du Morvan !

Le téléphone portable fuse comme un boulet de canon et va se fracasser contre le mur. Stan la regarde, sourire aux lèvres.

– Recommencer ? Hors de question ! Et ce foutu portable ne m'intéresse plus. Allez, on a déjà trop traîné. Que la fête commence, comme dirait l'autre !

Ce matin, comme à leur habitude, le grand-père et Stan se promènent dans la campagne. Machinalement, ils se dirigent vers le champ. Stan, tout à l'observation des couples de palombes qui volent joyeusement dans le ciel, ne voit pas ce qui déclenche l'excitation du grand-père. Celui-ci ouvre de grands yeux joyeux et se met à danser comme il le fait souvent, retrouvant une agilité de jeune homme. Il pointe du doigt ce qu'il a vu et Stan le voit aussi : le champ s'est marbré, ici et là, d'un léger duvet vert ! Le blé.

— Le blé ! Le blé ! Le blé !

Il se met à danser avec le grand-père et tous deux tournent et virent, en criant, riant jusqu'à ne plus avoir de souffle lorsqu'ils aperçoivent au loin la famille au complet qui s'en vient vers eux et à qui ils font de grands gestes.

16.

Un grand calicot peint a été tendu en travers de la grand-rue : « FÊTE DE L'ÉTÉ ». Grâce au travail acharné de Jon et de Johnny, l'éolienne géante a pu être réparée et remise en service pour les festivités… D'après leurs calculs, le « moulin à vent », une fois raccordé au réseau desservant le village, devrait fournir suffisamment d'électricité pour que tout le monde puisse s'éclairer, voire utiliser avec sobriété quelques accessoires d'autrefois !

Un immense buffet a été dressé sur la place de l'église où chacun est invité à déposer sa contribution. On a sorti des trésors : du vin, des chapelets de boudins qui n'attendent plus que d'être grillés sur les braseros – on n'en compte pas moins de douze ! –, des tartes, des saladiers de pommes de terre à l'huile, des ragoûts de venaison odorants à base de haricots, des fromages issus des exploitations laitières ou des quelques chèvres qui ont survécu à l'abattage, des desserts enfin, des gâteaux au miel, des brioches ventrues et bien sûr une profusion de pommes et de poires, des compotes et clafoutis acidulés à la rhubarbe.

Autour du lavoir, des stands de jeux ont été installés pour les enfants, pêche au canard, tir au ballon, chamboule-tout. Des grappes de gamins surexcités courent partout.

À contre-pied du marasme ambiant, la journée a été placée sous le signe de la fantaisie, une parodie de « carnaval » où chacun est encouragé à se travestir à sa guise. Le résultat est un flamboyant mélange de nippes plus ou moins assorties. Une fille coiffée d'un bibi à voilette arbore une tenue de Superman. Les hommes ont sorti leurs vieux gilets et des montres à gousset. Sur les bleus de travail, on porte des bretelles larges, des chemises à jabots ou des marcels blancs. Quantité de mousselines et de tulles – la plupart issus de voilages – et quelques mantilles ornent la chevelure des filles. Maria s'est trouvé un jupon qui lui donne des allures de gitane. Joëlle a préféré une tunique indienne et Sophie un top en strass sur une jupette à fleurs. Dédé a déniché un haut-de-forme sur un pantalon de smoking, et Johnny, bien sûr, a sorti son plus bel accoutrement de rocker super-star, veste à clous et coupe mulet !

Bouillot, en revanche, a renoncé à se déguiser pour « jouer les guignols ». Il n'en a pas besoin. Sa simple présence suffit à le faire remarquer. Depuis sa condamnation pour dégradation de bien public et injures à la force publique, personne n'avait vu le paysan irascible remettre un pied au village. Cela remonte à quinze ans.

Le silence se fait quand les deux familles au complet passent sous la banderole. On ne sait trop comment réagir, puis un murmure se répand : « Bouillot est là », « Il est venu… », « Sacrément gonflé, le mec », et, par allusion à l'éolienne, certains ne se privent pas de mauvais jeux de mots, riant sous cape qu'il ne « manque pas d'air ! », qu'il « a le vent en poupe, le Bouillot » ou « tiens, le revoilà… depuis quinze ans qu'il se faisait porter *pâle* ! ».

C'est alors que le rocker surgit de la foule. Il empoigne Patrick dans une étreinte virile, signifiant à tous que la rumeur disait vrai : les ennemis de toujours se sont rabibochés et la hache de guerre est bel et bien enterrée !

Alors que tous les regards sont tournés vers lui, Patrick désigne ce que personne ne voit car tout le monde est trop occupé à le dévisager, lui, le revenant.

À ses côtés sont entassés plusieurs sacs de jute dans une brouette.

Patrick arrive à hauteur du maire et face au groupe qui l'entoure.

– Nom de nom ! Pour une surprise, c'est une surprise. Mais qui revoilà… ?

– Eh oui, m'sieur le Maire…

– Alors, il ne fait plus la tête ?

– Non, il vient faire la fête.

– L'ami te souhaite la bienvenue.

– Et le maire du village ?

– Aussi. Ça a assez duré, non ? Et comme on dit, c'est de l'histoire ancienne…

Il pose une main sur l'épaule de Patrick.

– Il est temps que tu reprennes ta place parmi nous… On a d'autres combats à mener, non ?

Patrick acquiesce avec un grand sourire. Le maire lui ouvre les bras. Bouillot s'approche et ils s'étreignent chaleureusement. Puis il s'écarte un peu, et sans dissimuler sa joie annonce :

– Mais je ne suis pas venu seul. Et surtout pas les mains vides…

Il fait un signe. Tout le groupe de la ferme s'avance en poussant la charrette attelée au cheval de Johnny.

– Voici les premiers blés de mon… de nos champs.

Il montre Stanislas et les autres.

— Oui, de notre champ. On vous offre la récolte en partage. Ce blé, ce n'est pas uniquement le nôtre, c'est le bien commun. Transformons-le en farine et la farine en pain pour tout le village…

Un silence ému précède la rumeur qui va grandissant et se répand comme une traînée de poudre parmi l'assemblée. La nouvelle fait grand bruit. Un premier villageois se met à applaudir bientôt suivi par ses voisins puis repris en chœur par tout le village.

C'est l'ovation ! Le paria est porté en triomphe jusqu'au tonneau de vin, où le maire, la panse ceinte de son écharpe tricolore, république oblige, le rejoint !

— On n'a que l'embarras du choix pour trinquer ! Ton retour ? Le blé ? Ce petit à naître ? Ou alors cette éolienne que tu as cassée, qui nous a éloignés de toi pendant si longtemps et qui, ironie du sort, reprend aujourd'hui du service grâce à toi ?

— Oui mais c'est plutôt grâce à Johnny, Dédé et surtout mon futur gendre, il n'a pas été le dernier à aider.

— Sûr, un bon gars, ce petiot.

— Je dirai pas le contraire.

— Et écolo, à ce qu'il paraît !

— Ouais, il a ses idées et moi les miennes, mais on s'entend !

Le grand-père, un verre à la main, se fige d'un coup. Parmi la foule, une paysanne aux cheveux de neige le fixe, puis son visage se fend sur un sourire incertain. Le cri du vieil homme se fond dans la cacophonie.

— Capucine !

Ils se tombent dans les bras. Stanislas est le seul à avoir remarqué leur étreinte.

— Pépé, c'est elle votre Capucine ? On m'avait dit que c'était une truie !

— Pas une truie non, mais une jolie fleur dans une peau de vache !

On n'a pas le temps de s'expliquer que la foule se fend sur trois hommes en costume de chasse, carabine en bandoulière. Plus encore que leurs armes, ce qui jure, c'est la gravité de leur mine, un air de solennité malvenu.

Le premier, un brun filiforme, se fraie un passage jusqu'au maire.

— Bonjour tout le monde ! On vient de Saulieu où le préfet nous a mandatés pour faire le tour des villages.

— Salut, l'étranger... Le préfet, dis-tu ? Il en existerait encore ? Et que veut-il ce grand homme ?

— Ne plus continuer comme ça, dans le désordre !

Le maigriot s'est gonflé comme un coq pour assener l'évidence. Ses acolytes acquiescent à grands coups de menton.

— Tu veux dire... l'anarchie ?

Dédé le toise, goguenard. Encouragé par l'intervention, l'autre approuve vigoureusement.

— L'anarchie, exactement. Chez nous, on a rétabli la monnaie.

— Elle nous manquait, celle-là ! Faut dire que j'étais trader, alors je sais de quoi je cause.

Stanislas esquisse une courbette qui soulève quelques rires. Les intrus sont les seuls à ne pas percevoir l'ironie.

— Alors je vous annonce qu'on a rétabli une monnaie au niveau régional. On vous apporte les premières pièces : le morvan !

L'homme brandit une bourse en cuir. Délicatement, il en sort un disque de métal grossièrement frappé.

Une voix s'élève de la foule :

— Le taux de change entre le morvan et le bourguignon, ça va pas être simple !

– Et je cause pas de la Côte-d'Or ! Toujours à péter plus haut que leur cul les Costaloriens !

– Le cul de la poule, tu veux dire !

Des rires se propagent, mais on se tient encore. Devant ce début de sédition, l'officiel à la bourse paraît soudain moins sûr de lui et, pour se donner une contenance, il poursuit hâtivement :

– Il est urgent de réformer nos institutions. Police, justice, administration…

– T'oublies les taxes et les impôts, lance Patrick, hilare.

– … et pour ça il nous faut des dirigeants, et donc des élections !

Cette fois un silence consterné accueille l'annonce. Bouillot a perdu sa bonne humeur. Il lève la main pour réclamer la parole.

– On a déjà un chef.

– Vous parlez de votre maire ? On a prévu une pri…

– Je t'arrête tout de suite, monsieur l'Officiel ! Le maire ne représente que lui-même. Ici chacun prend les décisions pour la communauté. Chacun de nous, personne et tout le monde ! Alors votre élection, on se la met où je pense.

Il finit sa tirade sous des salves de rires et d'applaudissements et, sans plus de cérémonie, les trois hommes sont prestement renvoyés d'où ils viennent ; ils disparaissent comme ils sont venus, anonymes ! L'orchestre qui devait jouer après le banquet grimpe sur l'estrade et entame une gigue. Sophie court chercher son violon rangé au presbytère et se dépêche de rejoindre les musiciens. Il y a Johnny à la guitare, Paulo au banjo et trois accordéons virtuoses – ceux de Roger l'aubergiste, le père Gourvil et Martin, un jeune installé récemment. L'ensemble, pour le moins baroque, fonctionne à merveille ! Les tubes s'enchaînent, approximatifs et joyeux. Les couples se forment et se défont, sauf Jean et Capucine, agrippés l'un à l'autre, qui ne se quitteront pas d'un pouce. Faute de pouvoir inviter sa femme, Stan invite Joëlle qui virevolte de bras en bras, puis Juliette, sa bru – il adore ce terme délicieusement désuet – qui se targue d'avoir le ventre « aussi rond qu'une planète miniature », pour faire sourire Jon.

Coincé au buffet – mais ravi de l'être ! –, Bouillot, lui, n'a guère le loisir de danser, il parle et trinque au milieu des anciens camarades ! Ceux-là ont mille choses à rattraper, et, en ce jour de liesse, les quinze années de querelle se dissolvent rapidement dans la joie des retrouvailles.

Plus tard, au cœur de la nuit, Stan sent une main qu'il connaît si bien se glisser dans la sienne puis le tirer à l'écart, vers les limites du champ. À mesure que Sophie et lui s'éloignent, la lumière des feux s'estompe et, au loin, les fanions sur leur guirlande semblent danser sur un fil invisible.

Sans lui poser aucune question, il la laisse l'emmener, porté par une émotion étrange. Au loin, il distingue la lueur ténue d'une flamme.

Ils approchent d'une petite ferme et déjà l'odeur du foin embaume.

Toujours sans mot dire, elle l'entraîne, se contentant de lui lancer un regard énigmatique. Les fleurs piquées dans ses cheveux se sont un peu flétries, des mèches folles s'échappent de son chignon.

Le trouble qui fait osciller Stan entre jalousie et désir le rend maladroit.

— Tu n'es pas avec ton amant ?

— Tu n'es qu'un idiot, chéri, un idiot soupçonneux qui aurait bien mérité d'être cocufié.

— Parce que je ne l'ai pas été ?

— J'aurais pu et j'aurais dû… pour te faire la leçon, mais non. C'était juste l'envie qui me manquait et pourtant celle de te rendre la pareille était forte, crois-moi !

— Alors, qu'est-ce que… ?

Elle l'embrasse à pleine bouche, l'empêchant de poursuivre. Les mots qu'il voulait dire glissent sur sa langue et celle de sa femme qui vient s'y enrouler voluptueusement.

— Parce que je t'aime… quand même. Il m'a fallu tout ce temps pour le comprendre.

Elle le toise avec un soupçon de provocation, puis se laisse couler dans le foin.

Il bascule à sa suite, cherchant sa bouche, écartant fiévreusement les pans de sa jupe. Le désir si longtemps contenu le rend pressé, presque brutal, surtout quand il la sent rire sous ses lèvres.

D'une tape, elle le repousse.

— Houlà, mon taureau fougueux, tu crois que j'ai attendu tout ce temps pour qu'on bâcle les choses ?

— Qui t'a dit que j'allais bâcler, mon amour ?

Cette fois il prend son temps pour l'embrasser, puis desserre son étreinte afin de tempérer ses ardeurs et s'écarte un peu d'elle pour la regarder langoureusement, puis il l'étreint de nouveau…

*

* *

Plus tard dans la nuit, lovés l'un contre l'autre, ils observent la voûte étoilée.

— Je n'avais jamais admiré un ciel comme celui-ci.

— Pourtant tu en as vu depuis qu'on est à la ferme !

— Oui, mais cette nuit, c'est le nôtre. Un ciel de palace à cent mille étoiles.

— Un ciel de nouveau départ.

— Le ciel de notre vie.

Au petit matin, alors que le jour se lève à peine, les Bouillot et les Tramont prennent le chemin du retour. Jules et Jim ont passé leur première nuit blanche et, malgré leur épuisement, se gonflent d'importance, se prenant presque pour des adultes ! On a emprunté une brouette afin de transporter le pépé plus commodément. Il a fallu l'arracher à Capucine en lui promettant qu'ils se retrouveraient le dimanche suivant. Heureux comme un roi, le vieux agite les bras en sémaphore pour attirer l'attention sur l'envol d'un oiseau et pérorer sur la beauté du monde. Les amoureux marchent devant, à petits pas. Soudain, à l'embranchement qui mène vers la forêt, ils stoppent net.

— Et si on passait par le champ ?

Jonathan n'a pas besoin de préciser lequel. Pour eux il n'en existe qu'un seul, celui du petit bois.

Malgré la fatigue, Joëlle réplique joyeusement :

— Bonne idée, mon gendre ! Ce sera une belle façon de commencer la journée.

Ils quittent le chemin vicinal et avancent lentement sur le sol caillouteux. Heureusement, à force de passer et repasser, la piste s'est élargie pour devenir un vrai sentier. Ballotté par les cahots, Jean proteste :

— La prochaine fois on prendra ma GS, c'est tout de même plus confortable que ce cabrouet, té !

— C'est ça pépé, on y pensera.

— Ça y est, le compte est bon, on a gagné !

— Mais oui, pépé…

Le vieux s'agite au risque de verser, et Patrick serre les dents pour ne pas engueuler son père. Ils sont tous épuisés et un peu ivres – à l'exception de Juliette qui marche en canard, le ventre tendu en avant comme la proue d'un navire.

Le cri des jumeaux les alerte soudain.

— Les chevreuils !

Le groupe parcourt les derniers mètres avec précaution. Les rayons du soleil levant illuminent le champ de la couleur de l'or des pailles fraîchement coupées. Là-bas, au milieu de la parcelle, cherchant les quelques grains de blé qu'ils n'ont pas ramassés, un brocard, sa chevrette et deux adorables petits faons broutent paisiblement.

Patrick en a les larmes aux yeux. C'est bien le recommencement ou plutôt non… le Commencement !

Tous contemplent ce petit miracle en silence.

Finalement, Stanislas se décide à bouger. Il fait trois pas, jusqu'à la lisière du champ où la terre est féconde. Il respire son odeur âcre, tend la main pour effleurer les pailles. L'émotion lui serre la gorge. Jamais il n'a éprouvé un tel sentiment, une telle satisfaction profonde, pas même quand il décrochait des millions en une poignée de secondes. Ce champ qui aujourd'hui cristallise tous les espoirs et redonne foi en la vie est le plus précieux des biens. Il ne lui appartient pas et pourtant lui seul porte la promesse d'un futur heureux. Il pense à ce sac plein de semences de blé qu'ils ont précieusement conservées. Il pense à toutes ces graines et ces pousses pleines de vie que le potager abrite, aux poissons qui se reproduisent dans les rivières, aux oiseaux dont les chants emplissent l'air, aux arbres gorgés de sève qui fabriquent le bois avec lequel ils se chaufferont l'hiver venu, le grenier plein de réserves...

Patrick s'est approché et lui pose simplement la main sur l'épaule, sans rien dire. Par ce geste le paysan adoube l'ancien trader, ils le savent tous les deux.

— Mon petit-fils... Nos petits-enfants auront de quoi vivre !

Stan ne relève pas l'allusion faite au sexe du bébé à naître. L'émotion cède à l'excitation. Depuis sa conversation avec Sophie, la veille, il réfléchit à leur affaire. Or, maintenant qu'ils sont sûrs d'avoir une récolte, il peut enfin parler.

— Tu sais, j'ai pas mal cogité cet hiver et j'ai fait quelques calculs prévisionnels. On pourrait multiplier les rendements par trois si on s'y prend bien. D'abord il faudrait défricher encore quelques hectares. En stockant chaque année une plus grosse quantité de semences on pourrait produire beaucoup plus, échanger le surplus, s'agrandir et augmenter encore la production ! Tu imagines un peu la courbe ?

— Ce que je vois surtout, mon pote, c'est la courbe d'un cercle vicieux ! Ne me dis pas que tu veux retourner là-dedans !

Stanislas rougit violemment.

— Évidemment... Bon Dieu, on a vite fait de redevenir con ! Tu as fichtrement raison, on n'a pas besoin de plus. On a déjà tout, tout... Absolument *tout*.

Du même auteur

Romans

Solitudes blanches, Actes Sud, 1994.
Le Grand Brame, J.-C. Lattès, 1998.
Le Chant du Grand Nord, tomes 1 et 2, XO Éditions, 2002.
L'Or sous la neige, XO Éditions, 2004.
Loup, XO Éditions, 2008.
Le Grand Voyage, tome 1, *Mohawks et le Peuple d'en haut*, XO Éditions, 2011.
Le Grand Voyage, tome 2, *La Quête de Mohawks*, XO Éditions, 2012.
Belle et Sébastien, XO Éditions, 2013.
Le Chant du Grand Nord, édition intégrale, XO Éditions, 2017.
L'École buissonnière, XO Éditions, 2017.
Donne-moi des ailes, XO Éditions, 2019.
Poly, XO Éditions, 2020.

Récits

Le Triathlon historique, Albin Michel, 1988.
Transsibérie, le mythe sauvage, Robert Laffont, 1992.

La Vie en Nord. Douze ans sur la piste des trappeurs, Robert Laffont, 1993.
L'Enfant des neiges, Actes Sud, 1995.
Otchum, chef de meute. L'extraordinaire aventure d'un chien de traîneau, Éditions de La Martinière, 1996.
Un hiver sur les traces de Jack London, Éditions de La Martinière, 1997.
Taïga ou le Rêve sibérien, réédition illustrée aux Éditions de La Martinière, 1998.
Destin Nord, entretien avec Lionel Duroy, Robert Laffont, 1998.
L'Odyssée blanche, Robert Laffont, 1999.
Mémoires glacées, XO Éditions, 2007.
Avec mes chiens. L'Odyssée sauvage, XO Éditions, 2014.
La Grande Course, XO Éditions, 2015.

Livres illustrés

Solitude Nord, avec Alain Rastoin, Nathan Image, 1990.
Nord. Grands voyages dans les pays d'en haut, Éditions de La Martinière, 1997.
Territoire, Minerva, 1998.
C'est encore loin l'Alaska…, Albin Michel, 2000.
L'Enfant des neiges, Éditions du Chêne/TF1 Éditions, 2002.
Le Voyageur du froid, Éditions du Chêne/TF1 Éditions, 2003.
Le Dernier Trappeur, Éditions du Chêne, 2005.
L'Odyssée sibérienne, Éditions du Chêne, 2006.
La Passion du Grand Nord, Éditions du Chêne/XO Éditions, 2011.
Les Pieds sur Terre. Mon encyclopédie de la nature mois par mois, Éditions de La Martinière/XO Éditions, 2016.

C'est le monde à l'envers !

Livres pour enfants

Robinson du froid, avec Diane Vanier, Éditions de La Martinière, 1997.
Le Dernier Trappeur, Nathan Jeunesse, 2004.
Tadlak, entre chien et loup, avec Diane Vanier, Éditions du Chêne Jeunesse, 2005.
L'Odyssée sibérienne, Nathan Jeunesse, 2006.
Contes du Grand Nord, avec Diane Vanier, Flammarion, 2007.
Avec mes chiens. L'Odyssée sauvage, Hachette Jeunesse, 2014.
La Grande Course avec mes chiens, Hachette Jeunesse, 2015.
L'École buissonnière, Hachette Jeunesse, 2017.

Bande dessinée

Belle et Sébastien, 12 bis/XO Éditions, 2013.

Après l'écriture du roman,
Nicolas Vanier est passé derrière la caméra.
C'est le monde à l'envers ! est aujourd'hui un film.

Composition et mise en pages
Nord Compo à Villeneuve-d'Ascq

Impression réalisée par CPI BUSSIÈRE
Saint-Amand-Montrond (Cher), en septembre 2024

N° d'édition : 5277/11 - N° d'impression : 2079034
Dépôt légal : septembre 2022

Imprimé en France

Conformément au souhait de Nicolas Vanier,
le papier de cet ouvrage est composé de fibres naturelles,
renouvelables, recyclables et fabriquées à partir du bois
provenant de forêts plantées et cultivées expressément
pour la fabrication de pâtes à papier.

**Soucieuses de la préservation de
l'environnement, les Éditions XO
utilisent du papier issu de forêts gérées
de manière responsable.**